ユードラ・ハニーセットのすばらしき世界

THE BRILLIANT LIFE OF EUDORA HONEYSETT

ANNIE LYONS

アニー・ライアンズ
金原瑞人／西田佳子 訳

ASTRA HOUSE

ユードラ・ハニーセットのすばらしき世界

装幀　白畠かおり　装画　水翠

死ぬときには、キャベツでも植えていたい

ミシェル・ド・モンテーニュ

1

火曜日の朝。郵便箱の蓋がぱたんと音をたてるのをきいて、ユードラ・ハニーセットはどきりとした。しかし、一瞬飛びはねた心臓は、急降下してきた熱気球が着地するかのように、すぐに元どおりに落ち着いた。どうせ、なにかのダイレクトメールだ。いつだってこんなふうに、頼みもしないごみばかりが送られてくる。やっとの思いで立ちあがり、杖を手にする。自分の体にかかる重力に抗いながら、ユードラはあらためて考えた。無用なごみで地球を埋めつくしていこうとする人間の能力には感服するほかない。海はプラスチックだらけだし、陸地には、作られて三年しかたっていないのに壊れた冷蔵庫がごろごろしている。我が家のドアマットも似たようなもの。宅配ピザのメニュー表、老人ホームの広告、自宅前から道路までの私道の舗装をやりなおしませんかという個人業者のチラシ。うちには私道なんてないのに。ときには老人ホームの広告に目を向けることもあるが、どうしたって批判の目になってしまう。いかにもお金がかかっていそうなパンフレットには、こんな素敵な施設に入れて幸せ、とばかりに笑顔で乾杯する老夫婦が写っている。彼らにとっては、施設は有名ホテルのようなものなのだろう。

まったくもって気が知れない。自分はこの家で生まれて、この家で死にたいと思っている。それも、早いほうがありがたい。

どんな女性でも、ユードラくらいの年齢になれば、死について考えずにはいられないものだ。しかしユードラにとって、死への意識は昔から常に頭の片隅に存在していた。戦時中に育ったということもあるだろう。しかし、死ぬのが怖いとは思わない。死を本能的にネガティブにとらえようとする世の中の風潮をみると、つい苦笑いしてしまう。とはいえ、それは意外でもなんでもない。みんな、暇さえあればスマホをみてばかりだ。なにかの真実でもみつけようとしているんだろうが、そんなもの、みつかるはずがない。くだらない動画をみては無駄な笑い声を漏らし、まわりの世界に目を向けようともしないし、そこにいる人々に関心を持とうともしない。彼らにとって、自分は――ユードラ・ハニーセットは――透明人間なのだ。でも、それでちっともかまわない。人生を精一杯生きてきて、次のステップに進む覚悟ができている。近ごろの人々はみんな、それを人生の終着駅とかなんとか、やけにあいまいな言葉で呼びたがる。

死。終末。覚悟ができているというより、むしろ楽しみとさえ思える。死はブラックホールに吸いこまれるようなものだろうか。いや、もっといいものだとしたら、これまで愛した人々と再会できるかもしれない。といっても、愛した人なんて数えるほどしかいない。何百人も友だちを作りたがる人たちの気持ちがわからない。いつだったか、ラジオで〝毒友〟の話をきいたことがある。自分にとって毒になる友だちがいたら関係を切りなさい、とのことだったが、いわせてもらえば、そもそもそういう人とは友だちにならないようにするべきなのだ。余計な人づきあいをしないのが肝心。お母さんがよくいっていたように、他人のことなんか放っておけばいい。

ドアマットに散らばった郵便物を拾いあつめた。けっこう大変だったが、うれしい驚きもあった。ごみのような広告に混じって、Ａ４サイズの封筒があった。スイスの消印が押してある。また心臓がどきりとしたが、今回は跳ねるべくして跳ねたのだ。楽しみに待っていたものがとうとう届いたのだから。

封筒の上に、ほかのいろんな郵便物をのせる。聖なる遺物でも運ぶように、それをうやうやしく胸の前に掲げもち、キッチンに戻った。ほかの郵便物をチェックすると、手紙が一通あった。次の診察予約についてのお知らせだ。そんなもの、もうまったく必要ないのに。国民保健サービス《NHS》としては、国民の命を少しでも長く維持する義務を果たしているだけなのだろう。それはわかっていても、ときどき思ってしまう。放っておいてくれればいいのに。というか、〝サービスをすべて辞退します〟という選択肢がほしい。その手紙をわきに押しやって、うまく力の入らない手でＡ４の封筒をつかんだ。しかし時計に目をやり、その封筒もわきに置いた。あとにしよう。ちゃんと集中して考えられるときに読んだほうがいい。必要なものを揃えて出かける準備をした。この外出は毎日のルーティーンで、大切にしている。世の中に嫌気がさしているとはいえ、一日じゅう家にこもっているなんてごめんだ。老人というのは椅子にちんまり座ってじっとしているものだが、そんなふうに暮らしていたら、ただでさえ古時計みたいにがたのきた体が、ますます衰えてしまう。朝は八時に起きて、十時に家を出る。そこらじゅうにいるだらしない年寄りみたいになりたくない。

スイミングに必要なものの入ったバッグをつかみ、家を出た。日差しが明るすぎてまぶしいくらいだ。まもなくサングラスが光に反応して色がつき、楽にまわりがみえるようになった。ふとみると、隣家のドアの前に立てられていた〈売家〉の看板が〈売却済〉に変わっている。思わず寒けを感じた。新しい隣人が来るなんて。前の一家みたいに、近所づきあいを好まない人たちだったらいいのだけど。郵便配達員が歩いているのに気づいて、目を合わせないようにした。以前、近道をしようとして庭を横切っていくところをみて叱りつけてやってから、気まずい関係になってしまった。踏みつけられたデイリリー〔ヘメロカリスの別名〕は、その年花を咲かせなかった。前はちょくちょく足を止めて話しかけてくれたものだが、いまはむこうも目をそらしている。べつにかまわない。あっちがひどいことをして、こっちが注意しただけだ。

歩みは遅いが、忍耐強く歩きつづけているうちに、トン、タン、タン、トン、タン、タンというリズムを刻めるようになった。杖がいい仕事をしてくれる。この杖のことを〝三本目の足〟と呼ぶ担当のソーシャルワーカーのことを思い、笑みが浮かんだ。ソーシャルワーカーの名前はルース。どこまでもポジティヴで明るい女性で、自分とは違うタイプではあるが、接していていやな感じはしない。それに、親切だ。ああいうやさしい心に出合うことはあまりないから、できるだけ素直に受け取っておきたい。

ルースが魔法のように姿をみせたのは、去年ユードラが道で転んだときだった。歩道を歩いていたはずなのに、いきなりその歩道にキスしていた。運悪く、しつこくキャンキャン鳴きつづける犬を二匹連れた男性がそれをみていて、救急車を呼ぶといってきかなかった。ユードラはそれを断り、だいじょうぶだから、家に帰る道を教えてほしいといった。ところが、あわてたせいで、自分の住所が出てこなかった。一瞬おいて思い出し、それを口にした。

「ウォルドリングフィールド、クリフロードのキー・コテージ。サフォーク州」

男性は眉をひそめた。「サフォーク州？」

「ええ」ユードラはきっぱり答えた。

男性はやさしい表情でいった。「それは勘違いじゃありませんか？　ここはロンドンの南東部ですよ。サフォーク州じゃない。やはり救急車を呼びます。きっと頭を打ったんですよ」

そんなわけで救急車に乗せられ、身の毛のよだつようなひとときを過ごすはめになった。そのあとは、救急外来でひたすら待たされた。そのあいだに、突然ひらめいた。息が詰まるのではないかと思うほど混雑した救急外来の中で、あれほどすばらしい啓示が得られるとは思わなかった。とはいえ、長年生きてきた経験から、人生とは驚きの連続だと知っている。

ユードラの心に火をつけたのは、ほとんどの歯を失い、頬のほくろから毛を生やした、ひとりの老女だった。おとぎ話に出てくる魔法使いみたいな外見だったが、しょぼしょぼした目にはやさしそうな光が宿っていた。あの人の隣に座ろう――迷ったあげくにそう決めた瞬間、老女のほうから話しかけてきた。

「あなたもわたしもそろそろ順番が来そうだわね」一気にそういうと、苦しそうに息をついてユードラの顔をみた。

「そうだといいのだけど」ユードラは愛想笑いを浮かべて答えた。「でも、これだけ混んでると、もうしばらくかかるかもしれないわ」

老女はかぶりを振った。「ここの待ち時間じゃないわよ、ばかね。どれくらいでお迎えが来るかってこと」

普段のユードラならむっとしただろう。しかし、小柄で奇妙なこの老女に対して、妙な親しみを感じていた。「まあ、それもそうね。こういうことは自分でどうにかできることじゃないのが残念だわ」

「自殺もいいかなって思ったことはあるわよ」ランチのメニューを考えるときのような口調で、老女はいった。

「自殺？　なにをいいだすの？」

老女はいたずらっぽい視線を向けてきた。「あなただって考えたことはあるでしょ？　隠したって無駄よ。わたしたちくらいの歳になれば、だれだって考えることなんだから」

ユードラの脳裏に恐ろしい思い出がまざまざとよみがえってきた。「わたしはないわ」そういって、背すじをぴんと伸ばした。

「通ります！」女性の声が響いた。何人かの救急医療隊員がドアをあけて駆けこんできた。ストレッチャーには年寄りの男性。何人もの医師や看護師がどこからともなく集まってきて、患者のバイタルサインを取りながら、急ぎ足で通り抜けていく。「心停止寸前です！」

待合室そのものが息を詰めているかのようだ。一団が廊下を進んでみえなくなる。「気の毒にねえ。あんな最期はごめんだわ」老女がそういって、ユードラの腕をぽんと叩いた。「あちこちつつきまわされながら、この世から退場するなんてね。自分の運命くらい、自分で決めたっていいんじゃない？」

「でも、どうやって？」ユードラはきいた。不安より好奇心が勝った。

老女は鼻の横を指で叩いてウィンクをすると、救命ベルトのように腹に巻きつけていたバッグに手を入れた。取りだしたのは、角が折れたパンフレット。ユードラは、汚れた靴下でも差しだされたかのように、それを受け取った。老女がいう。「ここに電話してみて」

「エルジー・ハウレットさん」看護師が呼んだ。

老女はすっくと立ちあがった。「ユードラ、おだいじにね」うしろを振りむくことなくそういった。

疲れた赤い目をした医師と陽気でてきぱきした看護師たちにいろんな検査や問診をされ、すべてが終わったときにはだいぶ時間がたっていた。そのときになってようやく、ユードラははっとした。あのエルジーという女性は、どうしてこちらの名前を知っていたんだろう。こちらからは教えなかったはずだ。まあ、救急医療隊員たちとの会話でもきいていたんだろう。さっきのパンフレットはみないほうがいい。頭ではそうわかっていたが、手持ち無沙汰なこともあり、最初から最後まで目を通してしまった。その結果、脳がオーバードライブ状態に陥った。さまざまな思いがぐるぐる駆けめぐって、まるで頭の中で花火が次々と打ち上がっているみたいだ。医師は、ひどく気の毒そうな態度で接してくる。ユードラがかなりの高齢で、医療の力ではそのことをどうすることもできないからだろう。そんな医師の顔をみて、ユードラの脳内でなにかのスイッチがぱちりと入り、心が決まった。もう帰っていいですよとようやくいわれたとき、ユードラはエルジーにもらったパンフレットをぎゅっとつかんで胸に押しあて、看護師のひとりに近づいた。

「すみません、エルジー・ハウレットさんに会いたいのですが」

看護師は表情を曇らせた。「お身内のかたですか?」

「いえ、わたしは――」ふたりの関係をうまくいいあらわす言葉はないだろうか。「――友人です」

看護師はユードラの背後に目をやりながらいった。「お身内以外には、個人情報は明かせないんです」

「そうですか。じゃあ、妹ってことで」

疲れたようすの看護師は、中途半端な作り笑いを浮かべた。「お気の毒ですが、エルジーは三十分ほど前に亡くなりました」

「そんな」ユードラはパンフレットを強く握りしめた。「亡くなった？」

看護師はユードラの袖にそっと触れた。「ええ。ご愁傷様です」

ユードラは看護師の目をみていった。「いいえ。彼女は覚悟ができていたと思うわ」

看護師は、どうなんだろうという顔でうなずいた。「どうぞおだいじに」

病院からの帰り、乗り心地がいいとは決していえない患者輸送車を降りて、秋の明るい日差しの中に足を踏みだしたとき、ユードラは、生まれ変わったような気分だった。こうしてNHSの世話になりはしたものの、エルジーが教えてくれたことと、エルジーが伝えてくれた死への覚悟こそ、いまのユードラに大きな力を与えてくれている。これ以上に心強い支えがあるだろうか。

なんとしてでもユードラをこの世に生かしておこうと考える多くの人々のひとりがルースだった。ルースがやってきたのは、霧雨の降る十月のある日。ユードラは一週間近く家から出ることができずにいた。いうことをきいてくれない足腰がうらめしくて、いまにも怒りが爆発しそうだった。ルースに杖を差しだされたとき、自分でも意外だったが、ルースへの好感をおぼえた。〝贈り物〟という言葉がこれほどぴったりくる品が、ほかにあるだろうか。杖は自由を取りもどしてくれた。外の世界をふたたび楽しめるようにしてくれた。これで、あの計画を進めていくことができる。

しかしその好感も、あっというまに薄れていった。ルースがバッグからフォルダーとペンを取りだして、お決まりの書類に記入を始めたからだ。

「ユードラ・ハニー……セット」書きながらいう。

「最後のtはふたつ」ユードラはいった。これまで生きてきた中で、名前の綴りを何度間違われたかわからない。

「ユードラ、おひとりで暮らしていらっしゃるのね?」

〝ミス・ハニーセット〟と呼んでもらいたかったが、不満をなんとかのみこんだ。「ええ」

「お身内や親戚は?」

「ひとりもいないわ」

ルースの顔に気の毒そうな表情が浮かんだ。「お友だちは?」

「猫がいるわ」

ルースはユードラの猫に目をやった。怠け者の太った雌猫だ。いまはソファの背の上で昼寝を決めこんでいる。そして笑顔でこういった。「お買い物や部屋の掃除のお手伝いは、してくれそうにないわね」

冗談のつもりだったのだろうが、ユードラはついむきになって、きっぱりと答えた。「自分でなんとかするわ」

「もちろんそうでしょうけど、いろんな形での支援が得られるっていうことを知っておいてほしいの。清掃や洗濯のサービスに登録することもできるし、ケアワーカーに毎日通ってもらうようにすることもできる」

　これから乱痴気騒ぎを楽しみましょう、とでもいわれたような顔で、ユードラはルースをみた。「助けなんかいらないわ。せっかくだけど」

　ルースはうなずいた。ああ、そういうタイプね、とでもいいたげだ。ユードラのような反応をするさまざまな高齢者を相手にしてきたからこその表情だった。「とにかく、困ったときはいつでも頼って。名刺を渡しておくから、気が変わったら連絡をしてね」

　ルースが帰っていくとすぐ、ユードラは名刺をごみ箱に捨てた。猫のモンゴメリが足元にまとわりついてきたので、あやうくつまずきそうになった。猫は大きな鳴き声を何度もあげて、餌をねだってくる「だれの助けもいらない。そうよね、モンゴメリ」ユードラは猫用の皿にビスケットを入れてやった。それを床に置き、猫の耳のうしろをかいてやろうとしたが、がぶりと手を噛まれてしまった。


　レジャーセンターに着いた。ここのプールに来ると、顔も名前もない一市民になれるのがありがたい。支給されたカードを使えば、受付を通さなくても中に入ることができる。問題はその奥にあるゲートだ。カードを使って開閉するタイプのゲートなのだが、テクノロジーと名の付くものが大嫌いなユードラは、この化け物みたいな機械が設置されたとき、ここをあやうく退会してしまうところだった。しかし、カードを機械に通す作業を何度もやって慣れてしまうと、なんの苦もなく更衣室に入ることができるようになった。中の個室はいつも同じところを使い、ロッカーも同じものを使う。そしてプールに行くと、毎週顔を合わせる会員たちに会釈をして、言葉を交わすのをたくみに避けた。いったん水に入ると、最初のひやりとする感覚を無視して、水が冷たいだのなんだのと楽しそうに騒ぐ若い女性にも目をくれず、水中の心地よさを思い切り味わう。この場所でだけは、喜びに似たものを感じることができる。このときだけは、体が軽くなって痛みも忘れられる。昔から水泳は得意で、いまでもティーンエイジャーのときのようにすいすい泳ぐことができる。痛みがなくなるわけではないが、背景に溶けこむかのように目立たなくなるから、自由に手足を伸ばして水中を動きまわれるのだ。

プールに来ても長時間泳ぎつづけるわけではない。せいぜい三十分くらいだ。それくらいの時間でも、ユードラにとって必要なものを与えてくれる。目的と、今日もなんとかがんばろうという推進力。水から出ると、現実の重みがいやでものしかかってきた。杖を手にして、更衣室へとゆっくり歩きはじめた。

レジャーセンターを出たとき、駐車場でふたりの女性が口論しているのがみえた。汚い言葉の応酬があたりに響きわたっている。ユードラは口をぽかんとあけてふたりをみつめた。驚きを隠すことができない。こんなに騒々しいけんかを目の当たりにするのは久しぶりだ。そのうち、女性のひとりがユードラに気づいた。

「じろじろみてんじゃないわよ！」

もっと若いころのユードラなら、黙っていられなかっただろう。失礼な物言いはやめなさい、目上の者を敬いなさい、と。しかし、そんな勇気はとうの昔に失ってしまった。この女性がなにをするかわからないし、理屈が通じるとも思えない。年寄りはなにしろ弱い存在なのだ。ちょっとしたことで骨折だってしかねない。

「失礼」小声でそういうと、身をかがめるようにしてその場を離れた。できるだけ速く歩いたが、残念ながら、歳を取るとなにかとペースが遅くなる。七十歳までは身軽に動きまわることができたが、いまではとても無理だ。なにかと忙《せわ》しない現代社会で、自分はすっかりお荷物になってしまった。

うしろをこっそり振りかえってみた。女性たちはまだ口論を続けている。レジャーセンターのスタッフがひとり出てきて、ふたりをなだめはじめた。うしろに車の列ができているので、放っておけないのだろう。クラクションの騒音がひどい。ユードラは自分の手が震えているのに気づいて、店に寄ろうと決めた。店は家までの道のりのちょうど半分の地点にある。現代の生活は昔に比べていやなことばかりだが、最近よくある小型のスーパーマーケットはすごくいい。最近では広い道に出るたびにみつけることができて便利だし、小型といっても客はそこそこいるから、買い物中に自分だけがじろじろみられることもない。しかも警備員がいる。安心だ。

入り口で腕組みをして立っている警備員に軽く会釈をした。この警備員はとくに体格がいい。生鮮食品売り場に進むと、神聖さを感じるほどのひんやりした空気を吸いこみながらゆっくり歩きまわり、牛乳の一パイントパックを手にした。そして、いつのまにかパン売り場の前に来ていた。

ユードラが子どものころ、お母さんは店でケーキを買うのをよしとしなかった。ブリキの缶の中にはいつも自家製のスポンジケーキかフルーツケーキが入っていた。余ったペストリー生地で作ったレモンカード・タルトが五切れか六切れ入っていることもあった。ユードラは、あるプラスチックの容器に目を留めた。中身はリンゴの二つ折りパイに違いない。おぼろな記憶がよみがえり、自分でも意外なほど温かい気持ちになった。

無意識に手を伸ばし、レジに向かっていた。やっぱりやめた、と思う暇もなかった。

さっきとは違って落ち着いた気分で、家へと歩きはじめた。思ってもみなかった買い物をしたことで、胸がわくわくしていた。家の近所の角を曲がった瞬間、リードをつけた二匹の小型犬が、耳障りな鳴き声をあげながらユードラに迫ってくる。あろうことか、襲いかかってひっくり返してやるぞ、とでも思っているようだ。

「チャス！　デイヴ！　戻れ！」

犬たちは踊るようなステップを踏んで戻っていった。解放されたユードラは、犬の飼い主をにらみつけた。

「うちの馬鹿犬どもが申し訳ない、ミス・ハニーセット」飼い主の男がいう。「こいつらときたら、ろくでもないことばかりしやがる。だいじょうぶだったかい？」

ユードラは複雑な気分だった。無礼な犬たちに腹を立てたものの、飼い主が名前をきちんと呼んでくれたのはうれしかった。でも、男の言葉遣いや、ロンドン南東部特有の癖のある話しかたは気に入らない。そもそも、この男は何者なんだろう。歳は自分より少し下だろうが、その差はせいぜい五歳といったところ。白い髪はだいぶ薄い。ただ、服装はこぎれいだ。青のチェックのシャツに、きちんと折り目のついた紺のズボン。目尻に笑いじわがある。笑いじわのある人間は信用ならない。「ええ、だいじょうぶよ。ええと、どこかでお会いしたかしら？」

男は片手を差しだして、にっこりした。「スタンリー・マーチャム。去年あなたが道で転んだとき、手を貸した者だよ」

ユードラはぎょっとして相手をみつめた。

男は笑った。「いや、手を貸したというより、そばにいたというか。で、その後、調子は？」

同情と気遣いが伝わってきて、ユードラは逃げだしたくなった。「残念ながら、このとおりよ。どうもありがとう。申し訳ないけれど、これで……」

スタンリーはうなずいた。「もちろん。なにかと忙しいだろうからね」

ユードラはふんと鼻を鳴らした。「ええ、とても。ではごきげんよう」

「気をつけて」

疲労感が波のように押し寄せてくるのを感じながら玄関に入る。ドアを閉め、外の世界を遮断すると、やっとのことでお茶をいれた。サンドイッチといっしょにリビングに運ぶ。椅子に腰をおろして、ほっと安堵の息をついた。

目を覚ますと何時間もたっていた。お茶はすっかり冷めているし、サンドイッチには手もつけていなかった。手足がだるい。このごろは、眠っても疲れがちっとも取れない気がする。起きている時間は、次に眠るまでのつなぎのようなものだ。頭がはっきりしてくると、例の封筒のことを思い出した。買ってきたパイのことも。これだけの理由があれば、椅子から腰をあげるにはじゅうぶんだった。必要なものを取りにいくついでに、お茶をいれなおした。キッチンを動きまわっているとき、ある考えがひらめいた。引き出しの奥をまさぐると、探し物がみつかった。リビングに戻り、さっき買ってきたパイにキャンドルを挿してマッチをする。小さな火がともり、テーブルのむこうの写真を炎が照らした。両親の写真だ。ふたりのあいだには、五歳のときの自分がいる。

「ユードラ、お誕生日おめでとう」小さくつぶやいてからキャンドルの火を吹きけし、胸の中で願いを念じた。キャンドルをはずし、パイをひと口食べる。べたべたした甘ったるいパイだったが、おなかがすいていたので、一気に半分食べた。口いっぱいに紅茶を含み、口に残ったた甘さを薄める。両手と口のまわりをハンカチで拭き、封筒を手に取った。これこそ、ずっと待ちこがれていたものだ。最高の誕生日プレゼントになってくれた。

レターオープナーをつかむ。お父さんが使っていたものだ。銀製の、小さな剣のようなデザイン。子どものころは、よくこれにみとれていたものだ。でも、けっして触らせてもらえなかったのを覚えている。封筒に切れ目を入れて、ホチキス留めされた書類を取りだした。脈が速くなるのを感じながら、書類の表紙に目をやった。

クリニック・レベンスヴァール――生と死に尊厳を

パイをもうひと口食べてページをめくり、中身を読みはじめた。

一九四〇年　ピカデリーのリヨンズ・ティーカップにて

「なんでも好きなものを選びなさい。なんでもいいよ」アルバート・ハニーセットの目が光った。本気でいっているのかもしれない。

「お父さん、ほんとに？　〝節度を持って〟じゃなくていいの？」ユードラはきいた。ポスターにはそう書いてあった。意味ははっきりわからなかったが、だいじなことなんだろうと感じていた。

お父さんは笑った。大きくて温かな笑い声。これをきくといつも、やさしく抱きしめられているような気持ちになる。「ドーラはいい子だね。それにとってもやさしい子だ。今朝、チャーチルさんに電話をかけたんだ。そしたら、今日はユードラの誕生日だから、特別に許可するといってくれたよ」

ユードラはくすくす笑った。「それなら、素敵なパイをひと切れと、レモンのコーディアル〔ハーブや果物をシロップに漬けこんだ濃縮飲料。別名スクウォッシュ〕を頼んでもいい？」

「そうこなくっちゃ、だな」アルバートはそういって、ウェイトレスに視線を送った。

ユードラは椅子に座ったまま背すじを伸ばし、両手を膝に置いて、ほかのテーブルの客たちのようすをうかがった。軍服姿の男がところどころにいること以外には、いまが戦争中だということを思い出させるものはなにもない。髪をきちんとセットして上品な服装をした女性たちをうっとりと眺めた。自分のワンピースの生地をぴんと伸ばして整えた。ワンピースはギンガムチェックで、サイズはぶかぶか。襟の形もゆがんでいる。お母さんがテーブルクロスを使って縫ってくれたものだ。

絶対に口に出してはいわないが、戦争って、なんだかおもしろい。ヒーローみたいな兵士たちが、自由を求めて戦っているのだ。チャーチルさんなら、この国を勝利に導いてくれるだろうし、こんなに胸がわくわくする出来事は生まれてはじめてだ。戦争が始まってからしばらくのあいだはサフォーク州に住む母方の大おじの家で暮らしていたが、ロンドンに戻ってもだいじょうぶだろうと判断した両親が呼びもどしてくれた。戦争なんてすぐに終わる、ユードラはそう思っていた。戦争が始まる前と同じ、家族三人の幸せな暮らしが続くんだろう、と。

まもなくウェイトレスが注文の品を運んできた。パイに挿してあるキャンドルをみて、ユードラは確信した。この暮らしにはなんの翳りもない。

「お誕生日おめでとうございます」ウェイトレスがいって、ユードラの前にパイの皿を置いた。

「ありがとう」

「誕生日おめでとう、ドーラ」お父さんがいう。「さあ、願い事を」

ユードラはキャンドルの火を吹きけして、目を閉じた。どうか、どうか、この瞬間が永遠に続きますように。

願いに応えるように、空襲警報のサイレンが鳴りひびいた。願いがヒトラーに届いちゃったのかな、とユードラは思った。お父さんに手を引かれてシェルターに駆けこむ。中はたくさんの人でぎゅうぎゅう詰めだ。でも、お父さんといっしょならだいじょうぶ。アルバート・ハニーセットがそばにいるとき、悪いことなんか起こったことはないんだから。薄暗いシェルターの中で、お父さんはユードラをぎゅっと抱きよせ、頭のてっぺんにキスしてくれた。

「いいものがあるよ」ナプキンで包んだものをコートのポケットから取りだした。

「わたしのパイ！　お父さん、ありがとう」

「お誕生日おめでとう、ドーラ」

「お父さんもひと口食べる？」

返ってきた声をきいただけで、お父さんが微笑んでいるのがわかった。「いや、おまえがひとりで食べなさい。いつもいい子にしているごほうびだ。おまえがいい子で、お父さんもお母さんもとてもうれしいよ」

お父さんにもたれかかるようにして、パイをひと口ひと口しっかり味わった。甘酸っぱいリンゴの味が、ジョン大おじさんの果樹園で収穫のお手伝いをしたときのことを思い出させてくれる。

「今日、お母さんも来られればよかったのにな」食べおわると、ナプキンで口元を拭いた。

「じつは、そのことで話があるんだ」

お父さんの顔をみあげた。口調が変わったのが気になった。なにかよくない話が始まるのかもしれない。シェルター内の人いきれのせいで、皮膚がぴりぴりした。

「お母さんはいま、すごく疲れてるんだ。赤ちゃんが生まれるからね」

なにもいえなかった。どう反応していいのかわからなかった。

お父さんにもそれが伝わったようだ。「心配しなくてもいい。赤ちゃんが生まれるのはすばらしいことだからね。おまえにとっては遊び相手にもなるだろうし、一生の友だちにもなってくれるだろう」

なんだかほっとした。それはたしかにいいことだ。学校の友だちも、きょうだいのいる子が多い。自分にきょうだいがいないのは残念なことなんじゃないかと思うこともあった。

「生まれてくる赤ちゃんは、世界で最高に幸運な赤ちゃんだ。ドーラみたいなお姉ちゃんがいるんだからね」

お父さんの胸に頭を預け、つんとする煙草のにおいを吸いこんだ。

「それと、もうひとつ」さっきと同じ口調だった。ユードラは緊張して息を詰めた。「お父さんはしばらく遠くに行かなきゃならない」

「遠くって？　しばらくって？　いつ帰ってくるの？」堰を切ったように言葉が出てくる。

お父さんにぎゅっと抱きしめられた。閉所恐怖症になってしまったような息苦しさをおぼえはじめた。「いつ帰れるかはわからないんだよ。だから、おまえには強い子でいてほしい。お母さんと赤ちゃんの面倒をみていてくれ」

疑問で頭がいっぱいだった。**どうしていまなの？　いつ帰れるのか、どうしてわからないの？　どうして〝だいじょうぶだよ〟っていってくれないの？**　唇を強く結んで、それを声に出さないようにした。もし言葉にしてしまったら、お父さんが嘘でごまかしたりはしないだろうとわかっていたのだ。真実を知ることがなにより怖かった。

警報解除を知らせる音が響いても、ほかにだれもいなくなるまで、ふたりはそのまま動かなかった。お父さんはきつく抱きしめてくれた。何年もあとになって気づいたことがある。お父さんは娘をなぐさめようとしていたのではなく、娘にすがりついていたのだ。これからなにが起こるかわからないという現実の重みに耐えかねていたのだろう。

「お母さんと赤ちゃんのこと、頼んだぞ。いいな？」

お父さんの顔をみあげた。涙が光ったような気がしたが、きっと錯覚だろうと思いなおした。

「まかせておいて。がんばるから。でも、お父さんが帰ってきたら、いっしょにがんばろうね」

お父さんはうなずき、ユードラを急かすように立ちあがった。「いい子だ、ドーラ。おまえならそういってくれると思っていたよ」

シェルターから出てまばゆい光の中に立つと、ユードラは通りをみわたした。なにもかも、一時間前とまったく同じだ。ティーショップの窓にはふたりの女性がみえる。さっき自分たちがついていたテーブルだ。女性たちはなにごともなかったかのように、お茶とサンドイッチを楽しんでいる。バスやタクシーが低くうなりながら走っていく。人々もあちらへこちらへと歩いていく。いつもの生活がいつもどおりに続いている。

それとは対照的に、お父さんと手をつないでピカデリーを歩くユードラ自身は、細胞のひとつひとつに至るまで、それまでとは別の人間になってしまったような気がしていた。何年もたってからわかったことだが、それは子ども時代が終わった瞬間だった。その後に暗黒の年月が待ち受けていると知っていたら、お父さんにこういっていただろう。シェルターに戻りたい、お願いだから永遠にあそこに隠れていよう、と。

2

翌朝、ユードラは目覚まし時計ではなく、トラックがバックで進むときの音で目を覚ました。眼鏡をかけて時計をみる。七時二十七分。早く起こされてしまった。むっとして眉をひそめたものの、頭がはっきりしてくると、夜中に一度も起きなかったことに気がついた。こんなこと、何年ぶりだろう。ところが次の瞬間、残念なことがわかった。一度も起きなかったせいで、ベッドを濡らしてしまったのだ。深いため息をつくと、やっとのことで上体を起こし、どうやってこれを処理したらいいんだろうと考えた。そのとき、どこまでも前向きなソーシャルワーカー、ルースの言葉が頭に浮かんだ。

困ったことがあったらいつでも頼って。

さらに、昨夜じっくり目を通したパンフレットのことも思い出した。全身に電気が走ったように、力がわいてくる。

「やるわよ、ユードラ。ぐずぐずしててもしょうがない。ベッドをさっさときれいにして、電話をかけなくちゃ」

　シーツをはがすのはそうでもないが、新しいシーツをかけてベッドを整えるのはなかなか大変だ。途中で何度か休憩しては、掛け布団を発明した人物を呪いながら、シーツの交換をした。お母さんといっしょにベッドメイキングをしたときのことが思い出される。シーツと毛布と羽毛の上掛けという三点セットをきれいに整えて、マットレスの角は病院のベッドみたいにきちんとシーツを折りこんで完璧に仕上げたものだ。お母さんが病気になったとき、当時の流行を追ってゴムつきのボックスシーツを使うようになった。そのほうがベッドメイキングが楽になるだろうと思ったし、実際にそうだった。しかし、よかったのはしばらくのあいだだけ。そのうち自分が歳を取ると、ゴムつきのシーツもプラスチックのスナップボタンも、手指の関節炎にとっては敵だということがわかった。

　ベッドメイキングを終えるころには、モンゴメリが餌をねだりに二階にあがってきていた。整えたばかりのベッドに飛びのり、不機嫌そうにニャアと鳴く。ユードラに追いはらわれて、今度は甲高い威嚇の声をあげた。

「まったく、なんて気難しい猫ちゃんなの」ユードラがいうと、猫は黄緑色の冷たい視線を返してから、大きなあくびをした。剣のように鋭い歯がみえる。

　ゴムつきのシーツを買ったのと同じように、猫を迎えたのも、気弱になっていたときの思いつきだった。晩年をひとりで過ごすより、いい仲間がほしいと思ったのだ。しかし残念なことに、モンゴメリはいつのまにか、長年しかたなく連れ添った夫のようになってしまった。いつも不機嫌で、無愛想で、食べることにしか興味がない。

残り少ないエネルギーを振りしぼって服を着た。今日はプールには行かない。もっと重要な仕事がある。

カーテンをあけると、引っ越し業者のトラックがみえた。フェリーみたいに大きなトラックで、隣家の前の路肩にはおさまりきらずに、こちらの家の前のスペースも一部ふさいでいる。何人もの男たちが作業中だ。体の大きさもタトゥーの数もまちまちな男たちが家具を次々に積みこんでいく。そのてきぱきしたようすからして、ずいぶん熟練した作業員たちなのだろう。ひとりが顔をあげて、にっこり笑いかけてきた。ユードラはカーテンを閉めた。今日は外の世界に気を取られたくない。

汚れたシーツを持って下におりようとしたが、猫が階段の手前に座りこんで動こうとしない。

「わたしを転ばせようとなんて、するんじゃないわよ。餌をくれる人がいなくなるんですからね」猫は一瞬むっとしたようにユードラをみあげたが、いわれたことに納得したのか、腰をくねらせて階段をおりていった。人を小ばかにしたしぐさが板についている。

洗濯機の大きな口にシーツをつっこんでから、猫に餌をやる。猫は当然とでもいうようにそれをむさぼり、あっというまに外に出ていった。ユードラはトーストとお茶を持ってリビングに腰をおろした。気は進まないもののひと口食べてみると、猛烈におなかがすいていたことがわかった。トーストを食べおわり、ラジオをつける。電話をかける前に、ちょっと目を閉じていよう。ラジオでは、スイスのクリニックで安楽死を迎えた女性の話をしている。女性は高齢者の看護の仕事をしていて、自分が老いることを受け入れられなかったのだという。老人が屈辱的な思いをしたりさまざまな苦労をしたりするのを目の当たりにしてきたせいだ。

「賢い人ね」ユードラはつぶやき、うとうとしはじめた。

鋭いノックの音がして、はっと目を覚ました。そのまま目を閉じる。しかし、訪ねてきた人物はあきらめるつもりがないようで、さらに強くノッカーを打ちつける。ユードラはやっとのことで立ちあがり、玄関に向かった。チェーンがかけてあるのをみてほっとした。ドアを細くあけてみる。スキンヘッドの若い男が立っていた。大きなバッグを持ってこちらに身をかがめ、にやにや笑っている。

「突然すみませんねえ。ごきげんいかがですか？」老人や重病人を相手にするときの甘ったるい話しかただ。何度きいてもいやな感じしかしない。

「なんのご用？」できるだけ強い口調でいった。ドアチェーンのおかげで強気になれた。

若い男は眉をひそめたが、セールストークを始めた。「ジョシュという者です。非行に走った若者たちの社会復帰に協力する活動をしていましてね」台本を読んでいるかのようだ。なにかのカードをみせてきたが、ユードラには読めなかった。図書館のカードみたいだが、たぶん違うだろう。

「なんのご用？」もう一度いった。ドアを閉めてやりたかったが、その勇気はなかった。

ジョシュはかばんのファスナーを開き、食器用のふきんを取りだした。「こちらのふきん、いかがでしょうか。そのへんではみつからないような、最高級の布を使っているんですよ。一パックで五ポンドです」

「そんなふきん、いらないわ」

ジョシュは引きさがらない。「じゃあ、こちらの薄手のものはどうです？　食器にけばが残らないんですよ」

「なにも買うつもりはないから、帰ってちょうだい」

ジョシュがぎろりとにらみつけてきた。さっきまでのへらへらした表情とはまったく違う、悪意のある鋭い目つきだ。「くそばばあ」うなるようにいってから、かばんを背中にかつぎ、家の前の小道をのしのしと歩いていった。門のところで振りかえって、さげすむような視線を向けてくる。「とっととくたばれ」咳払いをして唾を吐いた。

「人を呪わば穴ふたつ」ユードラはそういってドアを閉めた。ほっとしたのにまだ震える手で鍵をかける。

恐怖は人間を行動に駆りたてるものだ。戦うか逃げるかを決断しなければならない。ユードラにはもう、戦う気力も体力もない。逃げる方法ならいろいろあるが、あの特異な方法こそ、いまの自分が選ぶべきものだと感じた。その逃げ場に行ったらもう戻ってくることはないし、すべてに終止符を打つことができる。

　この世界で生きることは、自分にとってはきつすぎる。ジョシュみたいな乱暴者に出会うより恐ろしいことがいくらでもあるのだ。このごろは、だれもが自分のことしか考えていない。自分さえよければいいと思っている。こんな弱者がいるということに気づく余裕なんかないのだろう。全世界をのみこんでやろうとでもいうように、ニュースや食べ物をむさぼる人々。なにかをみては、それがいい、それが悪いと判断して、持論を主張する。自分の意見ほど価値のあるものはない、とでも思っているんだろうか。そんな人々の目には、ユードラの存在は映らない。ただ、ユードラのほうも、彼らのことを気にするのをやめてしまった。いまの人間はいまの世界で楽しく生きていけばいい。〝ブレグジット〔イギリスの欧州連合離脱〕後の、ドナルド・トランプに牛耳られた、まわりのみんなを見下してやさしい気持ちなんかかけらも持たない〟世の中で。いまとなってはもう、彼らに手を差しのべる意味もない。もうすぐ自分はいなくなる。人々のモラルがどんどん低下していくのを目にしなくてすむ。めでたくおさらばだ。

　リビングに戻る。震えの止まらない手で電話を取った。老眼鏡をかけて、小冊子の裏表紙に書かれた電話番号を確かめると、注意深くボタンを押した。

「クリニック・レベンスヴァール。カニヒ・イネン・ヘルフェン?」いきなりドイツ語がきこえて、びっくりした。脳の一部が反射的に〝電話を切れ〟と命じてきた。ドイツ人は昔から大嫌いだ。戦争中に起きたことは許してもいいじゃないかという人もいるだろうが、自分は違う。

ただ、その瞬間思い出した。このクリニックはスイスにあるから、いまのはスイスドイツ語だ。恐れることはない。

「英語で話していただけますか?」

相手の女性の声は柔らかくて落ち着きがあった。気持ちをほっとさせてくれる。「ええ、もちろん。お電話ありがとうございます」

パンフレットを開き、専門用語を確認した。間違ったいいかたをしたくない。「自発的幇助自死の予約を希望します」きっぱりといった。この言葉をとうとう口にしたことでアドレナリンがどっと出てきた。頭がくらくらする。

「わかりました。お電話をくださるのはこれがはじめてですか?」

「いいえ。そちらのパンフレットを読んだあと、資料請求のお電話をしました」エルジーの名前は出さないことにした。これは自分で決めたこと。自分の物語を自分で終わらせる。「送ってくださってありがとうございます。最初から最後までしっかり読んで、決断しました。その上で予約をしたいんです。お願いします」

言葉遣いは大切。自分の死について話すときだって、礼儀は忘れちゃだめ。

「わかりました」女性はまたいった。「ご存じかもしれませんが、しかるべき手順を踏む必要があります」

「手順とは?」

「あらゆることをじゅうぶんに考えてのご決断だということを確認しなければならないんです。それに関連して起こりうるさまざまなことを理解していらっしゃるか、近親者と話し合ったか、そして、これがほんとうに唯一の選択肢だと断言できるのか」

ユードラは咳払いをした。この女性の甘ったるい話しかたには、もううんざりしていた。

「わたしは八十五歳です。すっかり疲れて、孤独で、やりたいこともなければ、会いたい人もいません。鬱になっているわけじゃありませんよ。ただ人生に疲れただけです。老人向けの施設でよだれを垂らしたり、大人用のおむつをつけて大音量のテレビの前に座ったり、そんな生活は送りたくない。尊厳を持ってこの世を去りたいんです。力になっていただけますか？　それともだめなんですか？」

一瞬の間があった。「お力にはなれます。ただ、所定の手続きが必要です。よろしければ書類をお送りします。それを第一歩として、手続きを順次進めていくことになります。それをお望みなんですよね？」

「ええ、お願いします」声が震えた。話に耳を傾けてくれる人がようやくみつかったのだ。

「どうもありがとう」

「どういたしまして」女性は少し迷ってから続けた。「なんだかいつもと勝手が違うというか。失礼なことをいってしまったらごめんなさい。おっしゃりたいことはよくわかるんです。わたしの祖母が同じことをいっていました。しっかり生きていられるうちに死にたい、と」

「その願いはかなったんですか？」ユードラは好奇心をそそられて尋ねた。

「ええ。わたしがここで働くようになったのは、そのことがあったからなんです」

相手が率直に答えてくれたおかげで、勇気が出てきた。「あなたのお名前は？」

「ペトラです」

「ありがとう、ペトラ。じゃあ、書類を送っていただけるかしら」

「承知しました。こちらまでいらしていただくのは難しそうですから、手続きは電話で進めることになります」

「それだとなにか問題があるんですか？」

「いいえ、そういうわけではありませんが、さまざまな書類を提出していただかなければなりませんし、リーベルマン医師からもかなり細かく話をきかれることになるでしょう。費用についてはご存じですか？」

「問題ありません」

「よかった。失礼なことをきいてしまいました。では、もしよろしければ、詳しいお話をきかせていただけますか？」

問われるままに答えたあと、ユードラはきいた。「期間はどれくらいなのか、わかりますか？」〝死ぬまでの〟という言葉は省いてもだいじょうぶだろうと思った。

「ケースバイケースですが、署名なさってから三カ月か四カ月かと。どの時点であっても、気が変わればキャンセルできます」

気が変わるなんて、ありえない。クリスマスまでに逝けるとわかってほっとした。一年でいちばん深い孤独と不幸を感じるのがクリスマスだ。

「全プロセスにわたって、わたしが担当者になります」ペトラはいった。「わからないことや不安なことがありましたら、いつでもお電話をください。喜んでお力になります」

「ありがとう、ペトラ」自分がいまどれほどの感謝と安堵の気持ちに包まれているか、このことが自分にとってどれだけ大切なのか、伝わっていますようにと願った。まもなく電話を切ると、多幸感と極度の疲労の両方が押しよせてきた。賽は投げられた。足を引きずってキッチンに行った。ほとんどなにも書きこまれていないカレンダーの前に立ち、四カ月後の日付をみた。書きこんだ文字は震え、乱れていた。

自由になる日。

笑みがこぼれる。とうとう主導権を握った。何年ぶりだろう。年齢になんか、もう負けない。そんなもの、もう関係ない。野菜や果物の皮を捨てるように、ごみ箱に放りこんでやる。自分の思うとおりに最期を迎える。自分ひとりで。

ノックの音をきいて、現実に戻った。さっきのいやな若者が戻ってきて、よからぬことをするつもりなのかもしれない。最初はそう思ったが、さっきみたいに乱暴なノックではないし、遠慮がちにさえきこえる。ゆっくり玄関に向かうと、ドアチェーンをかけたままドアを開けた。

眉根を寄せて目をこらす。そこにあったのは、小さな女の子の顔だった。最初はぽかんとしていた顔が、ユードラをみてしかめっ面になる。ユードラの表情をそのまま真似たかのようだった。

「なにか？」ユードラは強い口調でいった。

子どもの顔の上に、顔がもうひとつあらわれた。ぎこちない笑顔にくしゃくしゃの髪。ユードラは冷たい目を向けた。

「突然すみません」女性はいった。声が少し大きすぎる。

子どもがさらに顔をしかめる。「ママ、どうしてそんなに大きな声なの？」

ユードラは眉を片方だけ吊りあげた。

「ごめんね」女性は子どもに謝ってから、「失礼しました」とユードラにいった。「ご挨拶にうかがったんです。隣に引っ越してきましたので」

「ああ」ユードラはいった。

「どうしてチェーンをかけたままなの？　壊れてるの？」女の子がいう。

「変な人が入ってくると困るからよ」ユードラはあえてそんなふうにいった。

「あたしたち、変な人じゃないよ。だからちゃんとあけてほしいな」

あけたくはない。しかし、無礼な人間だと思われたくもない。しかたなくドアチェーンをはずした。

「うん、このほうがいいよ」女の子が続ける。「あたし、ローズ・トレウィドニーっていうの」

ユードラは一瞬、子どもをじっとみた。Tシャツはサクランボ色、何段ものフリルを重ねたようなスカートは紫色。ひどい組み合わせだ。

「わたしはマギー」母親がいう。「今日、コーンウォールから越してきたんです。けっこうな長旅だったので、無事に到着してほっとしてるんですよ。素敵なところですね。コーンウォールみたいにビーチは楽しめないけど」

マギーはそういって笑い声をあげたが、ユードラにはなにがおもしろいのかわからず、黙っていた。マギーが沈黙を埋めるように話しつづけるのをききながらも、女の子がこちらをじっとみあげているのを意識していた。

とうとうマギーの言葉が途切れた。「まあそんなわけで、お近づきのご挨拶をと思いまして」

「あの引っ越し屋のトラック、いつまであそこにいるのかしら?」ユードラは問いただすようにいうと、トラックのほうに顔を向けた。

マギーも振りかえってそちらをみた。「ああ、えっと、そんなにはかからないかと。お邪魔ですか?」

「だって、うちの前のスペースにもかかってるでしょ」

「そうですね、申し訳ありません」

「猫ちゃん、なんていう名前なの?」頭上の空気が張りつめていくのを気にもせず、ローズがきいた。

「モンゴメリ」ユードラは苛立ちを隠さなかった。

「おーい、モンゴメリ。こっちだよ、モンゴメリ」ローズは呼びかけながらその場にしゃがみ、チュッチュッと唇を鳴らして猫の気を引こうとした。

「あまり愛想のいい猫じゃないの」ユードラは断りを入れた。

猫はまっすぐローズに駆けよってくると、驚きの行動をみせた。おとなしくなでられただけではない。抱きあげられるという命にかかわる危険にさらされそうになったとき、ごろごろと喉を鳴らしたのだ。

「わあ、かわいい。男の子かな？　うちにも猫がいたんだけど、車に轢かれちゃったの」

ユードラのみている前で、ローズはモンゴメリをぎゅっと抱きしめた。そのままの格好で、次々に質問をぶつけてくる。どういうわけか、答えるしかないという気持ちにさせられた。

「お名前は？」

「ユードラ」

「何歳？」

「八十五歳」

「あたしは十歳。おばあさん、ここにひとりで住んでるの？」

「ええ」

「子どもは？」

「いないわ」

「寂しくない？」

ユードラは眉をひそめた。「べつに」

「女王様のこと、好き？」

「もちろん」

「あたしも、好き」

母親が割りこんできた。「ローズ、あまり長々とお邪魔しちゃ申し訳ないわ」口の形だけでユードラに〝ごめんなさい〟と伝える。「さあ、帰るわよ。お部屋のお片づけをしなさい」

「うん、わかった」ローズは猫の頭にキスをして、その体をどすんと下におろすと、母親のあとをついて歩きはじめた。

「じゃあね、ユードラ、モンゴメリ。また会おうね」

ユードラは玄関のドアを閉めて、そのままそこに突っ立っていた。いまのはいったいなんだったんだろう。ふと、小さな音が口から出てきた。奇妙というか異質というか、予想もしていなかったような音だ。猫も驚いてこちらをみあげている。飼い主の笑い声をきいたのは、このときが生まれてはじめてだったからだ。その後、猫はさっとその場をあとにして、食べ物を探しにいってしまった。

一九四〇年　ロンドン南東部、シドニー・アヴェニュー

ステラ・ハニーセットは、自分の到着を全世界に知らせるべく、空襲警報のサイレンに負けないほどの大きな泣き声をあげた。サイレンはさっき鳴ったばかりで、分娩中のお母さんは、アルバートが作っておいてくれたアンダーソン・シェルター〔庭に鉄板を埋めて作られた少人数用シェルター〕に避難していた。

「うちの天使たちを守ってやりたいんだ」お父さんのそんな言葉をききながら、ユードラはシェルター作りを手伝ったものだ。波形の鉄板のシェルターを防水シートにかける、お父さんがシャベルを使い、大量の土でシェルター全体を覆いかくした。

「さあ、ぬくぬく快適な避難所のできあがりだ」一歩さがって満足そうにそれを眺める。「じゃ、この上にカボチャを植えなおすぞ。ここにあったやつをいったん引っこぬかなきゃならなかったんだ。かわいそうにな。手伝ってくれるか？」

「もちろん」

「ようし、いい子だ。それが終わったら、シェルターの中をきれいにするぞ。おまえとお母さんが気持ちよく過ごせるようにな」

「生まれてくる赤ちゃんもね」ユードラはいった。そう答えるのが自分の正しい役割だろうと

思った。

お父さんは体をかがめてユードラの頭のてっぺんにキスをした。「おまえになら、お母さんと赤ちゃんを安心してまかせられるよ」

ユードラは顔をあげて、お父さんににっこり笑いかけた。花が太陽に向かって花びらを開くかのようだった。お父さんがいなくなってしまうのは寂しいが、大切な務めを果たすためだということはわかっていた。それなら自分も、やるべきことをやらなければならない。お父さんにいわれたとおりにがんばれば、神様もチャーチルさんも、お父さんを無傷で返してくれるはずだ。

「いったいなんの騒ぎだね」フェンスのむこうから、不機嫌そうな声がきこえた。

「こんにちは、クラブさん」お父さんがいって、できたばかりのシェルターにシャベルを立てかけると、隣人に歩みよった。「ロンドンが空襲を受けたときには、ぜひ奥さんといっしょにうちのシェルターを使ってください。六人入れるシェルターですからね」

クラブさんはあきれたような顔をした。「アドルフ・ヒトラーごときがなにをしてこようと、わたしは自分のベッドに寝ているよ」

ユードラは目を丸くした。恐ろしい敵がクラブさんの寝室に攻めこんでくる光景を思いうかべてしまったからだ。

「われわれは、前回だってドイツ兵を蹴散らしたんだ。今回も負けるものか！」

ユードラははっと息をのんだ。お父さんがだいじょうぶだよというように肩に手を置いてくれた。「まあ、気が変わることがあればいつでもどうぞ。では、わたしたちはこれで」そういってユードラを連れ、家の中に戻る。

クラブさんはそのあとも「ドイツ野郎ども」とかなんとかつぶやいていた。ユードラはお父さんの手にいっそう強くしがみついた。真夜中に隣人の叫び声をきいて目が覚めることがときどきあった。背すじがぞっとするような、恐ろしい声だった。怒ったときのどなり声というより、罠にかかって必死に逃れようとしている動物の咆哮のような響き。はじめてそれをきいたとき、ユードラは自分の部屋を出て駆けだし、階段の手前でお父さんに衝突した。

お父さんは床に膝をつき、ユードラの震える体を抱きよせてくれた。「だいじょうぶだよ、ドーラ。心配しなくていい。クラブさんも叫びたくて叫んでるわけじゃないんだ。戦争で息子さんを亡くしただろう？　そのせいで悪い夢をみてしまう。とても恐ろしい夢なんだ。わかったかい？」

ユードラには理解できなかったが、すぐにこくりとうなずいた。お父さんと秘密を共有するのは、それがどんなことでも、ユードラにとっては宝物だった。胸の中に永遠にしまっておきたい、宝石のようなもの。クラブさんに会ったときはいつでもやさしくしようとしたが、クラブさんの目つきはいつもぎらぎらしているし、次になにをいいだすかわからないようなところがあるので、怖くてたまらなかった。

お父さんが長方形のカーペットをシェルターに運びこむのを手伝ったり、木材と金網を使って簡単なベッドを作るときには、釘を打ちやすいように金網を支えてあげたりした。ベッドのフレームに薄手のマットレスを置くと、お父さんは一歩さがって満足そうに出来ばえを眺めた。

「大きさを確かめてみようか」お父さんはきらきらした目でキャンドルに火をともし、それを花瓶の中に置いた。

「オッケー」ユードラは身をよじるように狭い空間に入りこんだ。「わあ、すっぽり」そういってくすくす笑った。

お父さんも隣に寝そべって、笑顔を向けてきた。「ほらな？ ぬくぬく快適なシェルターだろう？」マットレスの境目を越えて手を差しだして、ユードラの小さな手を包みこんだ。永遠にこうしていられたらいいのに――ユードラはいつものようにそう思った。

戦争が始まって以降、生活に大きな変化はない。いつでもガスマスクを持ちあるかなければならないし、空襲警報がきこえてはこないかと耳をすませている必要があるが、変わったことといえばそれくらいだ。お父さんは毎晩、ラジオでニュースをきいている。ユードラはお父さんの足元に座って、同じようにニュースをきこうとした。なにをいっているのかはよくわからなかったが、お父さんがお母さんに、ロンドンにいればだいじょうぶだといっているのはわかった。ユードラはそれだけでじゅうぶんだった。お父さんが嘘をつくはずがない。お父さんがだいじょうぶだというなら、なんの心配もしなくていい。

「そんなところで、ふたりでなにをやっているの？」ビアトリス・ハニーセットの鋭い声がきこえて、ユードラは我に返った。お母さんが眉をひそめてシェルターの中をのぞきこんでいる。

お父さんはユードラの手を放して、勢いよく立ちあがった。「入ってきてごらん。ドーラとふたりで作ったんだ」客を招きいれるときのような大げさなおじぎをした。

「わたしにどうやって入れっていうの？」お母さんは大きくなったおなかを手でさすった。

「お母さん、手伝うよ」ユードラはいった。お父さんがウィンクしてくれたので、胸がどきりとした。

お母さんは息を弾ませながらシェルターに入ってきて、手作りのベッドによいしょと腰をおろした。「ちょっと暗いし、窮屈ね」

お父さんはその隣に座り、肩に手をまわした。「そのうち慣れれば居心地がよくなるよ」そういって、頬にキスした。

「もう、なにするのよ」お母さんは口ではそういったが、顔には笑みが浮かんでいた。もう一度、シェルターの中をみまわす。「ここまでにするの、大変だったんじゃない？」

「ベッドを作るの、わたしも手伝ったのよ」ユードラはいった。「シェルターの上にはカボチャを植えなおしたし」

お母さんは夫と娘を交互にみた。「あなたたちふたり、たいした親子だわね」

お父さんはユードラに手を伸ばした。片腕で妻を、片腕で娘を強く抱きしめる。「わたしの宝物だ」

「おなかの赤ちゃんが空襲の最中に出てこないことを願っていましょう」お母さんはそういった。


アルバート・ハニーセットが戦地に赴いて一カ月後。ロンドン大空襲が始まって一週間がたつかたたないかのころに、ビアトリス・ハニーセットは産気づいた。ユードラにとってありがたいことに、隣のクラブ夫人がようやく折れてシェルターに避難するようになってくれていた。空襲が毎晩続くようになったからだろう。お母さんの苦痛の叫びはヒトラーの爆弾よりずっと恐ろしかったから、隣人がそばにいてくれるのが心強かった。

息を詰めてお母さんの手を握りしめた。隣家のクラブ夫人がこの状況に対応してくれた。クラブ夫人はすごく痩せていて、ペパーミントのにおいがした。ベテランの司書として働いているそうだが、こういうときにどうすればいいかを完璧に理解していた。新しい命がこの世に出てこようとしている。たくさんの命の火が敵の爆撃によって吹きけされようとしている、ちょうどそのときに。

ユードラは揺れるキャンドルの炎をじっとみつめて、祈った。爆撃の轟音が激しさを増したかと思うと、静寂が訪れた。息を吐いた直後、体が横に倒れこんだ。爆弾の衝撃でシェルターが揺れたのだ。心臓が早鐘を打ちつづける。シェルターの側面がガチャガチャと音をたてる。

屋根の狭い隙間からみえる空らしきものが真っ赤に燃えている。泣きさけびたい、と思った。でも、そうしちゃいけないとわかっている。お父さんがここにいたら、勇敢に振る舞いなさい、というだろう。お母さんは痛みと不安で目を見開き、シェルターの外が大変な状況になっていることになど気づいてもいないようだ。ユードラは目をぎゅっとつぶり、奇跡が起こってくれますように、お父さんが助けにきてくれますように、と祈った。するとそのとき、湿っぽい暗闇の中から小さな声がきこえた。

「いやなことは袋にしまいこんで、笑おう、笑おう、笑おう」

クラブ夫人の歌声だった。ユードラは驚いて目をぱちくりさせたが、その直後に気がついた。お母さんの声がきこえなくなった。お母さんは決意を固めたような表情をして目を固く閉じ、全身でいきんでいる。警報解除のサイレンが響いた。そのとき、ステラがあらわれた。血まみれで泣きさけびながら、この混沌と騒乱の世界に生まれでてきたのだ。クラブ夫人がその体を毛布で包み、お母さんに渡した。

「この子たちをロンドンにいさせちゃだめ。どこかに逃げると約束して」自分の子どもを失った経験を持つ母親ならではの重々しい口調で、クラブ夫人はいった。

疲れはてて青白い顔をしたお母さんは視線をあげてクラブ夫人の顔をみると、こくりとうなずいた。「約束するわ」

何時間かたってからシェルターを出ると、クラブ夫妻の家が爆弾の直撃を受けていたことがわかった。残っているのは前面の外壁だけ。まるで人形の家みたいになっている。クラブ氏は庭の隅にいた。ベッドに横になったまま、家から吹きとばされたのだ。クラブ夫人はデヴォンにいる妹のところで暮らすことになった。ユードラは悲しみを感じつつも、亡くなったクラブさんはきっと満足しているだろうと思った。ヒトラーがなにをしてこようともベッドから出るものか、という自分の言葉を実行できたわけだから。

3

翌週はずっとそわそわしていた。郵便物がドアマットの上に落ちる音がするたび、心臓がどきどきした。しかし、急いでみにいっても、そこにあるのはダイレクトメールばかり。唯一のなぐさめは、希望があるということだった。自分の意志で、自分の人生をすっきりと終えることができるかもしれないという希望。

自分の死は自分のやりかたで迎える。

そう思うだけで、一日一日を過ごすつらさが紛れるような気がした。

ある日の朝、いつものルーティーンどおりに服を着替え、ニュース番組の〈トゥデイ〉をみながら朝食をとり、十時になる前に家を出た。風はあるが気温の高い日だった。玄関を出たところで足を止め、日差しを顔で受け止めてから、歩きだした。通りの先にスタンリー・マーチャムの姿がみえる。しつこく吠えつづける二匹の犬を散歩させているところだ。歳のせいでゆっくりとしか歩けないことに、このときばかりは感謝した。追いついてしまう心配がないからだ。

考えごとをしながら歩いているうちにレジャーセンターに着いた。いつものロッカーと着替えの個室は使用中だった。苛立ちを感じながら空いているところを探していると、だれかに名前を呼ばれた。他人がこの名前を口にするのを耳にすることなど、このごろはめったにない。ユードラというめずらしい名前でなかったら、同じ名前のほかの人を呼ぶ声だと思っただろう。

「ユードラ！」ふたりの声が同時に響いた。

振りかえるとマギーがいた。どこかおかしいんじゃないかと思うような満面の笑み。隣にはローズが立っている。

「こんにちは」ユードラの心は沈んだ。会ってしまったからには会話をしなければならない。

「やっぱりユードラだった！」マギーは明るくいった。

やっぱりもなにも、みればわかるでしょう、とユードラは思った。「ええ、まあ」ローズが緑色の大きなゴーグルをつけているのに気がついた。まるでぎょろ目のカエルみたいだ。

「いつもここで泳いでいるんですか？」マギーがきく。

「できるだけ毎日」ユードラは答えた。

「わあ、すごい。うちの母もそうしてくれたらいいのに」

「おばあちゃんは椅子に座って外を眺めているのが好きだもんね」ローズがいう。

「そうね。もっと体を動かさなきゃだめだっていってるのに。動かさないと、動かなくなっちゃう。そうですよね？」マギーはユードラにいった。

マギーがなにをいいたいのかわからず、ユードラは毅然とした表情でひとつうなずいた。

「わたし、そろそろ……」

「ねえ、また猫ちゃんに会いにいってていい？」ローズがいった。

「ローズ、勝手に押しかけていったりしちゃだめよ」マギーが決まり悪そうにいう。

「えー、だって、おうちに行かなきゃ猫ちゃんには会えないでしょ？」

マギーは助けを求めるようにユードラをみたが、ユードラはなにもいわなかった。

ローズはこれをチャンスと思ったらしい。「ねえ、あとで行っていい？　プレゼントがあるの」

ユードラは女の子に目をやった。なかなか粘り強い子だ。それに、こちらが断ったところであきらめそうにない。これまで人づきあいはなるべく避けてきたものの、この子があの気難しい猫と遊ぶためにうちを訪ねてきたところで、困ったことにはならないだろう。

「そうね、二時にいらっしゃい。遅刻はだめよ」

「かしこまりました！」ローズは大声でいって敬礼した。

ユードラは唇をゆがめながら更衣室に入り、頭を左右に振った。真っ白い明かりに照らされたメインプールに出ていくと、ローズとマギーは浅いところで水をはねあげて遊んでいた。ユードラはふたりを無視してレーンのひとつに向かった。端は水が浅くなっている。そこに体を沈めて、水の浮力を体感する。何往復か泳いでから、少し休憩した。ローズとマギーが笑い声をあげるのがきこえた。ローズがプールのサイドラインに立ち、マギーが水中で手を広げて、飛びこんでおいでと誘っている。飛びこんだローズの体をマギーが受け止めたとき、ふたりの顔は歓喜に輝いていた。ユードラは大きく息を吸って水に深くもぐり、いまみた光景を頭から追いやった。

家に着いた瞬間、水泳のあとの気だるさがどこかに飛んでいったかのようだった。スイスの消印のついた分厚くて大きな封筒が、ドアマットの上に鎮座していたからだ。一秒でも早く中をみたい。水泳用のバッグをどすんと床に置き、封筒を持ってリビングに入った。使うのはやはりお父さんのレターオープナー。入っていた書類を膝の上に置いた。メモがついている。ヨーロッパの人らしい優雅な筆記体だ。

ハニーセット様

本日はお話をうかがえてよかったです。ご希望の書類をお送りいたします。それらについてなにかご質問がありましたら、どうぞお電話ください。ただのおしゃべりでもかまいません。
大変なご決断をされたハニーセット様に、いつも寄り添っていたいと思っています。

かしこ
ペトラ

そこはかとない温もりが伝わってくるような手紙だった。人の思いやりに触れた経験はあまりない。ペトラの書いてくれたメモにてのひらを重ねてから、書類に目をやった。こんなにたくさんの情報が必要なのか。驚きはしなかったが、一枚ずつめくって目を通していくだけで、あっというまに疲れてしまった。

ほら、ユードラ、がんばって。ぐずぐずしてちゃだめ。決断はしたんだから、前進あるのみよ。

すべてを記入するのに二時間ほどかかった。完成した書類を封筒に入れ、封をした。椅子の背にもたれかかる。達成感がしわしわと全身に満ちてきた。サンドイッチでも作ろうか。でも、まぶたが重い。もう少し休んでいよう。朝からいろいろ大変だった。生きるために水泳をし、死ぬために書類を作った。もうへとへとだ。

はっとして目が覚めた。

「ヤッホー！」郵便受けをあけてローズが呼びかけてきた。

「ヤッホーときましたか」ユードラはつぶやいて、よっこらしょと腰をあげた。ドアをあけながら、自分の目を手で覆いたくなる衝動をこらえた。ローズの服装があまりにカラフルすぎて、まともにみたら目がくらんでしまいそうだ。紫、黄、オレンジ、緑――さまざまな色が混ざりあって、強烈な見た目になっている。

「あたし、いろんなファッションを試してるところなの」ユードラの驚いた顔をみて、ローズは説明した。「ママといっしょにこれを作ったの、ユードラにあげたくて」ハチミツ色のビスケットをのせたお皿を差しだした。

「中へどうぞ」ユードラはいった。

「うん」ローズはユードラのあとについてリビングに入った。「前に住んでたところの名物みたいなお菓子なの」お皿を小さなサイドテーブルに置く。「コーニッシュ・フェアリングっていうんだ。まあ、要するにジンジャービスケットなんだけど」

「ありがとう」ユードラはいった。

「飲み物を用意しようよ。うちのおばあちゃんちに行くと、いつもそうするんだ」

「いいわよ」ユードラは答えながら考えた。この子は、離れて住むおばあちゃんの代わりを自分にさせようとしているんじゃないだろうか。そうではありませんように。もしそうなら、きっとひどくがっかりさせてしまうから。

「じゃ、あたしが飲み物を持ってくるね」

「お茶、いれられるの？」

「ううん」

「じゃあ、なにを飲むつもり？」

「スクウォッシュ。それならじょうずに作れるんだ」

「戸棚にフルーツのコーディアルが入っているかも」

「探してみる」ローズはそういって、跳ねるような足どりでキッチンに向かった。「ユードラも飲みたい？」

「そういうときは、あなたもいかが、っていうのよ。そのほうが礼儀正しいから」

「うん、わかった。それで、どうする？」

「なにが？」

「飲みたい？」

これは、人生でいちばん長い午後になるかもしれない。ユードラはおののきながら答えた。

「ええ、ぜひ」

ローズはうなずいて、リビングから出ていった。戸棚を開け閉めする音がきこえる。自分がもっと元気に動けたら、あの子から目を離さずにいられるのに、とユードラは思った。ローズは鼻歌を歌いだした。いつもは静かなこの家であんな声がきこえるなんて、なんだか妙な感じだ。けれど、不愉快ではない。まもなくローズはリビングに戻ってきた。手にしているのはボーンチャイナのマグカップふたつ。白濁したレモン味の飲み物が縁ぎりぎりのところまで注がれている。ローズはにっこり笑ってユードラにカップをひとつ手渡した。ユードラはそれをみて一瞬眉をひそめたが、素直に受け取った。

「乾杯！」ローズがいって、自分のカップをユードラのカップにぶつけた。「ビスケット、食べる？」お皿を差しだす。

「ありがとう」ユードラはいって、ビスケットを一枚取った。飲み物は歯の感覚がおかしくなるくらい甘い。ひと口飲んで降参し、カップをテーブルに置いた。ビスケットをかじる。これも甘いが、心がほっと温かくなるような、うれしい甘さだった。昔お母さんがよく焼いてくれたジンジャーケーキを思いだす。「おいしいわ」素直にいった。

「でしょ」ローズはスクウォッシュを飲みほし、手の甲で口元を拭った。「その手紙、だれに出すの？」ユードラの大切な封筒を指さしてきく。

「詮索好きは身を滅ぼす」ユードラはいった。

「センサク？　どういう意味？」

「うちの母がよくいっていたわ。要するに、自分には関係のないことに首をつっこむな、ということ」

「わかる」ローズはいった。「ママによくいわれるの。なんでもかんでも知りたがるのはよくないって。だけど、なんでもかんでも気になるんだもん」

「まあ、その気持ちもわかるわね」

「もうひとつきいてもいい？　答えたくなかったら答えなくていいから」

「ええ、いいわ」

「あの写真に写ってるの、ユードラ？」ローズはサイドテーブルの写真立てを指さした。

「ええ。真ん中にいるのがわたしよ」

「隣にいるのはユードラのパパ？」

「ええ。もうひとりは母」

ローズは長いこと写真をみつめていた。「古い写真って好き。その時代に行って、みんながどんなふうに暮らしてたのか知りたくなるの」

「どうして？」ユードラは興味を引かれた。近ごろの人はみんな、昔のことなんかどうでもいいんだろうと思っていたからだ。

「あたし、歴史が好きなの。戦争のこととか、どんなふうだったのかとか。いまの生活よりずっと興味があるんだ。ユードラは、昔に戻りたいと思ったりする？」

ユードラは写真に目をやった。「ええ、いつもそう思ってるわ」足首になにかがこすれる感触がした。はっとして下をみると、猫のモンゴメリがふたりの脚にじゃれついていた。

「あらら、モンゴメリ、そこにいたの」ローズがそういって猫を抱きあげ、頭のてっぺんにあごをこすりつけた。

ユードラにとっては驚きの光景だった。モンゴメリのほうもローズに顔をすりつけている。

「これからどうする？」ローズがきいた。

「じつは、郵便局に行きたいの」ユードラは封筒に目をやった。

「賛成。行こうよ」

「勝手に出かけたら、ママに叱られるんじゃない？」やめておこうかな、という言葉を期待して、ユードラはいった。

「たしかに。ママにきいてくるから、ユードラはお出かけの支度をしてて。外で待ち合わせね」

ユードラは苛立ちを感じたが、どういうわけか、いわれたとおりにした。ローズが帰ってくれそうな気配はみじんもない。だったらこのチャンスに賭けよう。母親からは、勝手に出かけたりしてはいけないといわれているのではないか。郵便局へは、できればひとりで行きたい。

道路を歩きはじめて何メートルも進まないうちに、ローズの声がした。「ユードラ！　待って。あたしも行く！」

きこえないふりをしても無駄だ。ユードラは足を止めて、ローズが追いつくのを待った。しばらくは黙って歩いた。ローズは敷石から敷石へと跳びうつりながら進んでいく。

「小さいころ、父によくいわれたものよ。舗道のひび割れには気をつけなさい。つまずくと熊につかまるぞって」

「おもしろいね」

郵便局に着くと、窓口に短い列ができていた。いちばん前にいるのはスタンリー・マーチャム。窓口の担当者になにかいわれて大笑いしている。ユードラはそれをみても驚かなかった。はじめて会ったときから、あの男のことは道化者だと思っていた。スタンリーが窓口に背を向けてこちらに歩きはじめると、ユードラは、棚に置かれたクッションつき封筒に興味をひかれたふりをした。それでもスタンリーはユードラを見逃してはくれなかった。

「やあ、こんにちは」

「どうも」

「やあ、こんにちは」ローズがスタンリーの挨拶を真似た。

「お孫さんかな?」スタンリーはきらきらした目でローズをみた。

「とんでもない」ユードラは答えた。

「お友だちなの」ローズがきっぱりという。

ユードラはびっくりした。「え、そうなの?」

「そうじゃないの?」ローズがいう。

「もちろんそうだとも。よかったね」スタンリーがいった。

「あたし、ローズ」ローズは手を差しだした。

スタンリーはにっこりしてその手を握った。「わたしはスタンリー。お近づきになれてうれしいよ、ローズ」

ローズはくすくす笑っている。

ユードラの番が来た。「失礼」そういって窓口に進みでた。ふたりのお気楽なおしゃべりをきいて苛立ちをおぼえていた。

「じゃあね、スタンリー」ローズはそういってからユードラに向きなおった。「いい人だね」

「えっと、スイスにエアメールを」ユードラは窓口の男性にいった。男性はユードラには冗談をいうつもりがないようだ。そもそも、この人とはこれまで会話をしたこともないような気がする。

「ねえ、これ、食べたことある？」ローズが窓口の前の陳列棚からお菓子の袋をひとつ取った。

ユードラは目を細くしてそれをみた。「ハリボーのチェリー味ね。いいえ、食べたことはないわ」

「食べてみてよ。すっごくおいしいから」

窓口の係員は封筒に切手とエアメールのラベルを貼り、うしろに置かれた大きな灰色の袋にそれを入れた。「ほかには？」

いいえ、運命の日を決められればそれでいいの。ユードラはそう思った。

ローズに目をやった。視界がぱっと開けて、世界のすべてをみわたしているような感じがした。「これもいただくわ」グミの袋を手にして、窓口の男性にみせた。男性はローズに満面の笑みをみせ、ユードラにも微笑みかけた。

「合わせて七ポンド七十九ペンスです」

ユードラは十ポンド紙幣を出し、渡されたお釣りを注意深く数えながら財布に入れた。郵便局を出るとき、ローズにグミの袋を渡した。

ローズはユードラをまっすぐみあげた。「ありがとう、ユードラ」袋をあけてユードラに差しだす。「ひとつ食べてみて」

ユードラが袋に手を入れることができずにいるのをみて、ローズは自分のてのひらに注意深く中身を出し、ユードラのてのひらにひとつのせた。ユードラはどきりとした。子どもの手があまりに柔らかく、温かかったからだ。グミを口に入れて、また驚いた。チェリーの味が濃くて、かなりおいしい。「ありがとう、ローズ」

「ううん、買ってくれたのはユードラだよ。ありがとう」

「おふたりさん、うしろを通りますよ」声をきいてユードラが振りかえると、郵便局員が、手紙や小包の入った大きな灰色の袋を郵便局から運びだし、バンにのせるところだった。袋を放りこみ、バンのドアを閉め、次の集荷に向かっていく。ユードラはほっとした。これでだいじょうぶ、やることはやった。あとは待つだけだ。

一九四四年　サフォーク州ウォルドリングフィールド、クリフ・ロード、キーコテージ

「ドーラ、もういっかい」

ユードラは微笑み、おんぼろの木製ぶらんこを、とげが手に刺さらないように気をつけながら手前に引いた。「行くわよ?」

「うん!」

ユードラは手を離した。妹を愛おしく思う気持ちで胸がいっぱいだった。ころころという笑い声があたりに響く。樫の木の枝をきしませながら、ぶらんこが前後に揺れる。ささやくような音をたてる木の葉のあいだから漏れる日差しを顔に受けながら、ユードラは、自分がこのぶらんこに乗っていたころのことを思い出していた。背中を押してくれていたのはお父さん。無事に帰ってきてくれますようにと、心の中で祈った。最近届いた手紙は、希望を持たせてくれるものだった。

みんなに会いたいよ。早く帰れるよう願ってる。

願い。すばらしい言葉だ。その言葉をお守りのように抱きつづけていた。

「もっと高く!　もっと!　もっと!」

ステラは手のかかる妹だが、ユードラにとってはなんでもないことだった。とにかく溺愛し

ていたし、ステラの世話をよろしくねとお母さんにまかされたのもうれしかった。出征前のお父さんとの約束もある。心臓が動きつづけているのと同じように、その声はいつでも頭のどこかで響いていた。

ステラの歓声がどんどん大きく高くなっていく。耳をつんざくような金切り声だ。落ち着かせたほうがいいだろうか、とユードラは思った。

「ステラ、ひと休みしようか。おうちに入ってなにか飲もうよ。ずっと外にいて、暑いでしょう」

「いやーーーー！　ドーラ、もっと！　もっと！」ステラが声を張りあげる。

「いったいなんの騒ぎ？」

お母さんの姿をみて、ユードラは顔をしかめた。お母さんは首元を真っ赤にして、こちらに向かってくる。手にはふきんを持っていた。友だちのお母さんの中には、首にスカーフを巻いたり真珠のネックレスをつけたりしている人がいるが、ユードラのお母さんにとってはふきんがアクセサリー代わりなのだ。

「お母さん、ごめんなさい。遊んでいただけなの」ユードラはいった。戦争中だからこそ、争いごとを起こさないように気をつけなければならない。そうすればチャーチルさんもほめてくれるだろう。

ビアトリス・ハニーセットは娘たちをみた。ユードラは、その目が自分をとらえたとき、眼差しが和らいだのをみてとった。しかし、視線がステラに移ると、その目つきは険しくなった。幼いステラに人さし指を向ける。

「それ以上騒いだり叫んだりしないでちょうだい。いまは戦争中だってこと、あんたにはわからないの？」

ステラはあごを突きだして、母親をにらみつけた。あからさまに反抗的な態度をとられて、ビアトリスは目を狭め、息を荒らげてステラをみた。ユードラは妹とお母さんの顔をかわるがわるみていたが、ナイフのように鋭いステラの視線を受けたお母さんの表情がわずかに暗くなったのに気がついた。ステラの大きな目はサフォークの空のように青く澄みわたっている。お父さんの目の生き写しだ。一瞬悲しそうな顔をしたビアトリスだが、すぐに怒りが再燃したらしい。ふきんを持つ手に力をこめ、ステラに向かってそれを振りおろした。

「なんて悪い子なの！」

ユードラがそういわれたのなら、きっと恐怖と恥ずかしさに耐えられなくなっただろうが、ステラは挑発的な笑い声をあげ、母親が怒りにまかせて振りまわすふきんを避けながら、庭の奥まで走っていった。ビアトリスは追いかけていこうとしたが、ユードラがその手をつかんだ。

「お母さん、だいじょうぶだよ。わたしがステラをみてるから、お母さんは少し休んでて。すごく暑いから、みんな、頭に血がのぼってるんだよ」

ビアトリスは目に涙をためて、長女の顔をまっすぐにみた。その眼差しには底無し沼のような悲しみがある。ユードラは恐ろしくなった。

強い子でいてほしい。お母さんの面倒をよろしく頼む……。

お父さんの言葉を思い出すことで、新たな力を得ることができた。言葉を選びながら、ユードラはいった。「お母さん、だいじょうぶ。お父さんはもうすぐ帰ってくるから。わたしたちもロンドンに帰って、また前みたいに暮らせるよ」

ビアトリスはユードラの手を握った。「ドーラ、いい子ね」そういって、家の中に戻っていった。

ユードラの背中を汗が伝いおちた。暑さのせいで空気が重い。ポケットに石をいくつも入れているみたいだ。庭の奥に目をやると、ステラがリンゴの木の陰からこちらをにらんでいた。完璧に整った小さな顔に、悪意たっぷりの表情を浮かべている。ステラにとって、これは大がかりなゲームみたいなもので、自分が勝者だと確信しているのだ。

ユードラはため息をついて手を差しだした。「ステラ、こっちにいらっしゃい。夕食のパイ作りを手伝ってほしいの」こんな暑い日にパイを焼くなんてばかげているとは思ったが、畑で一日働いてきた大おじは、心のこもった手料理を楽しみにしている。夏だろうがなんだろうが、関係ない。

キッチンの空気はひんやりとして、入っていくとほっとした。まずはパイ生地をこねはじめた。バターと小麦粉のかたまりを手先で押すうちに、いつのまにか鼻歌を歌っていた。

「ドーラ、それ、なんの歌？」ステラはキッチンのテーブルについて牛乳を飲んでいた。

「〈また逢いましょう〉っていう歌よ」ユードラは歌った。「『また逢えるでしょう。どこかはわからず、いつかもわからないけれど』」激怒したお母さんの姿をみたあとではあったが、ユードラは明るい気分だった。お父さんの教えに従ってラジオでニュースをきいていて、勝利は間近だと確信していた。お母さんは、気が滅入るからといってラジオをききたがらない。しかしユードラは、きかずにはいられなかった。お父さんのために、という思いがあった。ラジオをきいていることで、お父さんを守っているような気がしたのだ。ばかげた考えだとわかってはいたが、自分がラジオをきいていることをお父さんがわかってくれているんじゃないか、と心のどこかで感じていた。お父さんの身に実際になにが起こっているのかはラジオからは伝わってこないが、ラジオをきくことで無事を信じていられるのだから、とりあえずはそれでじゅうぶんだと思えた。

一日が過ぎるごとに、お父さんの帰る日が近づいてくる。毎晩、ユードラはベッドのかたわらにひざまずき、全身全霊をこめて祈った。ステラにもお祈りをしなさいといいきかせた。ステラは父親に会ったことがなく、お祈りの最中もそわそわしてばかりだったが、最後にはきちんと「アーメン」といってくれた。

ユードラは妹のステラのことを心から愛していたものの、ステラが問題児であることには気づいていた。

「悪魔みたいな子どもだな」ある日、ステラが蝶々の羽をむしっているところをみた大おじがそういった。おしおきとして、ステラはごはん抜きで一日じゅう部屋に閉じこめられることになったが、さすがのユードラもその決定に従うしかなかった。ステラを連れて階段をのぼる。きっと大声をあげて暴れるだろうと思っていたが、ステラは妙に落ち着いていて、声をあげることも表情を変えることもなく、ベッドに座りこんだ。ユードラはしばらくのあいだ隣に腰をおろし、膝の上で両手を組んでいた。

「ステラ、どうしてあんなことをしたの？　残酷すぎると思わない？」

ステラは視線をあげてユードラをみた。なんの悪びれることもないその表情をみて、ユードラはぞっとした。「羽をむしっても飛べるかどうか、知りたかっただけ。飛べなかったね」ステラはそういうと、ぷいと顔をそらしてベッドに横になった。大きな青い目が宙の一点をみつめている。

ステラはまだ小さな子どもなのよ、とユードラは自分にいいきかせた。子どもというのはときに残酷なものだ。もう少し大きくなれば、そんなことはしなくなるだろう。戦争中に生まれたことで、つらい思いをいろいろしているに違いない。父親には一度も会えていないし、母親にはいつも叱られ、日中は畑で働いている大おじは夜に帰宅して酒を飲むばかり。予測できない方向に転がりつづける人生航路をうまく渡っていけるのは自分だけなのかもしれない——ユードラはそんなふうに感じていた。だからこそ、なにがあってもステラを守ってやらなければならない。

「パイに使うニンジンをとってきてくれる？」ユードラはいった。

「いいよ、ドーラ」ステラはスキップで裏口からいった。ユードラは微笑み、鼻歌の続きを歌った。


お父さん、また逢いましょう。きっといつか逢いましょう。

パイが焼きあがったので、今度はウサギの料理の出来具合をみた。ウサギは、大おじがきのうつかまえてきたものだ。ウサギをしめて皮を剥ぐのは、大得意になっていた。最初の何回かはナイフで自分の手を傷つけてしまったものだが、いまでは名人といってもいい。ここに来てから家事のあらゆることが得意になり、お母さんに代わってほとんどすべてをこなしている。それをいやだとは思わなかった。お母さんは気を病んでいる。医師によると、かなり悪い状態だそうだ。それに、これだってお父さんと交わした約束のひとつだ。


ステラがスキップで戻ってきた。とってきたニンジンをトロフィーのように高く掲げている。

「とってきたよ！」

「いい子ね。きれいに洗ってくれる？」

「うん、いいよ」

「あらあら、ふたりして小さな家政婦さんみたいね。家のことを全部やってくれるなんて」ユードラが振りかえると、戸口にお母さんが立っていた。姉妹でがんばっているのをみたら喜んでくれるものと思っていたのに、そうでもないようだ。お母さんの口調から嫉妬のような感情が伝わってくる。

「ニンジンを洗うの！」ステラが大声でいい、泥と水をあちこちに撒きちらした。

「そんなに汚さないでちょうだい！」お母さんの顔が真っ赤になってきた。

「だいじょうぶよ、お母さん。わたしが掃除するから。お茶をいれようか？」ユードラはとりなした。

そのとき、玄関から大きなノックの音がきこえた。ビアトリスが胸に手を当てる。「心臓が飛びだすかと思ったわ。いったいだれ？」

ユードラは動けなかった。お父さんだ。きっとお父さん。そうであってほしい。「わたしが出ようか？」

ビアトリスはさっと手を振った。「いいわよ、あなたはお茶をいれててちょうだい。わたしが出るから」

ユードラは首を大きく曲げて、お母さんがドアをあけるところを見守った。「ドーラ、だれが来たの？」ステラがきいて、ユードラの前に出ようとした。

外に立っている少年をみた瞬間、それがだれなのかがわかった。みんなのいう〝死の天使〟だ。話の中身まではわからないが、もごもごとつぶやくように「お気の毒です」と繰りかえしているのはきこえた。ユードラは目を閉じて、キッチンのドアを閉めた。両手でステラを抱きしめて耳をふさぐ。悲鳴があがる。家じゅうに、村じゅうに、国じゅうに響きわたるような悲鳴。ユードラには、永遠に終わらない悲鳴のように感じられた。

4

翌日はじっとりとした暑さにみまわれた。泳ぎに行きたいのはやまやまだが、レジャーセンターまで歩くことを考えると二の足を踏んでしまう。ユードラは窓と裏のドアをあけて、少しでもリビングに風が通るようにした。裏口で一瞬足を止め、干上がってしまった裏庭をみて目をしばたたいた。芝生なのに、草より土のほうがたくさんみえる。強い日差しのせいでひび割れて、まるで焼きすぎたパイ生地のようだ。以前は隣人が、自分の庭のついでにこっちの草刈りもやってくれていた。やりかたはちょっと雑だったが、ありがたく感じていたものだ。めったに話しかけてこないのもよかった。でも、隣人一家が越していってしまったいま、芝生の手入れをだれにやってもらえばいいのかわからない。花壇の手入れくらいなら自分でなんとかなるが、それもこのごろはだいぶきつくなってきた。こんな悩みももうすぐ過去のものになってくれそうだ。

朝食のあと、せっかく家にいるのだから、時間を有効に使おうと決心した。やるべきことを整理していこう。まず考えるべきは遺言のことだ。書いておいたほうがいいだろうか。いや、なんの意味がある？　この家を相続する人間さえひとりもいないんだから。そういう場合、遺産はすべて国のものになる。有意義に使われてほしいものだが、あまり期待はできない。チャーチルのあとの首相はひとりの例外もなく、信用ならない人物ばかりなのだ。地元の議員も同じで、毎月開かれる市民のための説明会に参加したその日に、この人はだめだと判断した。人のことを「ユードラ」とファーストネームで呼んできたのが許せなかった。それに、家の前の歩道がでこぼこになっているのを直してほしいといったのに、まだなにもしてくれていない。

モンゴメリがリビングに入ってきて、足首に軽く頭をすりつけてきた。

「くすぐったい！」そう叫んでもモンゴメリはまた頭をすりつける。ユードラは手を下に伸ばして頭をなでてやった。モンゴメリがその手に顔を押しつけてくる。「今日はごきげんがいいようね」声をかけてやると、モンゴメリはソファの背もたれの上の、日当たりのいいところに体を落ち着け、うとうとしはじめた。ベルベットみたいな前足を折りまげ、その上に鼻先をのせている。そのようすに元気をもらって、ユードラは便箋とペンを手にした。

これはユードラ・ハニーセットの最終的な意志である。わたしの精神状態にはなんら問題がない。遺言として以下のことがらを希望する。

ペンのお尻で上唇をとんとんと叩いてから、続きを書いた。

自宅とその中にあるものは売却し、銀行口座の残高とともに、ＮＨＳに委譲してほしい。猫のモンゴメリは隣人のローズ・トレウィドニーに引き取ってもらいたい。

椅子の隣の棚に置いてある、資産関連の書類が入ったフォルダーに目をやった。お金についてはもっと具体的な指示をしておくべきだろうか。そう思ったとき、ごみ収集車が近づいてくる音がした。

「ああ、もう」ごみ袋を玄関前に置いたままで、まだ収集箱に持っていっていないのを思い出した。よいしょと立ちあがり、急ぎ気味に玄関に向かった。足を引きずりながらごみ袋を運ぶ。やっとのことで歩道に出たが、そのときにはもうごみ収集車は走りだしていた。

「ああ、もう！」さっきより強い怒りをこめていった。ユードラは気づいていなかったが、そのとき、スタンリーがローズとおしゃべりしていた。二匹の犬がきゃんきゃん吠えながらふたりの足元にじゃれついている。スタンリーのほうは、ユードラが出てきたのに気がついていた。犬のリードをローズに渡し、笑顔でユードラに近づいた。

「それ、なんとかしたいだろう？」スタンリーはそういって、手を差しだした。ユードラは驚いて振りかえり、ごみ袋を背中のほうに引いた。荷物を盗まれるのを恐れるような動きだった。スタンリーは笑い声をあげ、収集車のほうをみた。唇に指を二本当てて自信たっぷりに指笛を吹く。大きな音が響きわたった。

ユードラが唖然とする一方で、ローズは目をきらきらさせてスタンリーをみあげた。「それ、どうやるの？　教えて」

「いいとも」

ごみ収集係のひとりがこちらをみた。「積みのこしがひとつあるぞ！」スタンリーが叫ぶ。収集係は親指を立てると、走ってごみ袋を取りにきてくれた。

「すまないね、スタンリー」収集係がにっこり笑う。「こちらのレディーのものでしたか」とユードラにも声をかけてごみ袋を受け取ろうとした。しかし、力のこもったユードラの手は、袋をなかなか放そうとしない。それというのも、レディーなどと呼ばれたおかげで、ユードラはどぎまぎしてしまったからだ。知らないうちに顔が赤くなっていた。

「さっきの、かっこよかったね」ローズがスタンリーにいう。

「ありがとう」ユードラは礼をいった。

スタンリーはおおげさに腰をかがめた。犬たちはいつものようにうるさく吠えながら、まわりの人間の体によじのぼろうとしている。

犬を蹴飛ばしてやりたいという衝動を抑えて、ユードラはきびすを返した。

「ねえ、ふたりとも、うちでお茶を飲まない？」ローズがいった。

ユードラは一瞬立ちどまってローズの顔をみた。行きたくはないが、いつのまにか、ローズの誘いは断れないと思うようになっていた。

「喜んでお邪魔するよ。だが、このやんちゃ坊主たちを家に置いてこないとな」スタンリーがいって二匹の犬を指さした。「ミス・ハニーセット、お茶をご一緒できるかな？」

「ええ」

「じゃ、四時ごろにどうかな？」ローズがいった。「それと、お茶会では名字で呼びあうことにしない？　ミス・ハニーセットとミスター・マーチャム、そしてあたしはミス・トレウィドニー。ちょっと昔っぽくていいでしょ」うれしそうに自分の体を抱きしめる。

「そうしようか、ミス・トレウィドニーとミス・ハニーセット。ふたりのご婦人とお茶をいただくのを楽しみにしているよ。では、四時に」スタンリーはそういって深くおじぎした。

ローズがくすくす笑う。「すごく楽しくなりそうね」

ユードラは複雑な気持ちで家に戻った。行きたくない。人づきあいなんてごめんだ。長年にわたって、必要以上の人づきあいはうまく避けて暮らしてきた。ひとりにしてほしい。やるべきことを片づけて、こんな生活をすべて終わりにしたい。どうして放っておいてくれないの？

とはいえ、不作法なことは絶対にしないというのがユードラ・ハニーセットの信条でもある。それに、ただお茶を飲むだけのことだ。とりあえず今回は喜んでお邪魔して、できるだけ早くおいとますることにしよう。

三時五十八分に家を出て、ローズの家の玄関へと歩いていった。「時間きっかりに来ると思ったよ」うしろから声がきこえた。振りかえると、スタンリーが門を通ってくるところだった。きれいなスイートピーの花束とケーキの容器を持っている。

「ええ、もちろん。遅刻は失礼だもの」ユードラはそういって呼び鈴を押した。

「そのとおり」

ローズがすぐに出てきた。ローズのきのうの服装を覚えていて心の準備をしていたユードラだが、今日はさらに驚かされてしまった。バラ色のスパンコールで〈女の子が最強〉と書いてある紫色のTシャツ。縞模様のオレンジ色の短パン。蛍光グリーンのボアマフラー。髪には金色の大きなリボン。「ごきげんよう、ミス・ハニーセット。ごきげんよう、ミスター・マーチャム!」

ぎこちなく膝を折ってレディーのようなおじぎをする。

「ごきげんよう、ミス・トレウィドニー!」スタンリーが応じて、ユードラの背中を押した。

「レディーファーストでどうぞ」

「こんにちは」ユードラは、ふたりのくだらないセレブごっこに付き合うつもりはなかった。

玄関の奥にマギーがあらわれた。「こんにちは。ユードラ、また会えてうれしいわ。そちらはスタンリーね」

大人同士で握手を交わした。マギーはぼさぼさの髪を赤と金色のスカーフでひとつに結わえていた。服装は白いTシャツに、ペンキの飛びちったダンガリーシャツ。ユードラはそのときはじめて、マギーのおなかが大きいことに気がついた。

「こんな格好でごめんなさい」マギーは自分の髪に手をやった。「子ども部屋の飾りつけをしているところなの」

「じゃあ、小さな弟か妹ができるんだね」スタンリーがローズにいった。

「妹よ。名前はデイジーなんだって」ローズはげんなりしたようすでいった。

「うち、パートナーの仕事の関係でコーンウォールから越してきたんです」マギーがいった。

〝パートナー〟という言葉をきいて、ユードラは一瞬とまどったが、最近は配偶者のことをそう呼ぶのだと思い出した。

「お茶会は庭でしない?」ローズがいう。

「すばらしいね」スタンリーが答えた。「その前に、これを」花束とケーキの箱を差しだす。

手ぶらでやってきたユードラは決まりが悪かった。

「ありがとう」ローズはいった。「わあ、とってもいいにおいよ、ママ」

花束をマギーに差しだす。マギーもすうっと息を吸って香りを嗅いだ。「ほんとうね」

香りはユードラのところまで漂ってきて、過去の記憶を呼びさました。悲しみで息が詰まりそうになる。「お庭はこちらかしら?」杖で裏口のほうを指して、きいた。現実に返ることで気持ちを紛らせたかった。

「ええ」マギーがいった。「もう準備はできてるわ。ローズとふたりで冷たいピーチティーをいれて、スポンジケーキを焼いたの」

「しまった。わたしが持ってきたのもスポンジケーキなんだ！」スタンリーがいう。「だが、うちのエイダがよくいっていたよ。ケーキが多すぎて困ることなんかないってね」

なんでも程度ってものがあるけどね、とユードラは思った。

「じゃ、あとはローズにまかせようかしら」マギーがいった。

「ミス・トレウィドニーでしょ」ローズが訂正する。

「失礼、ミス・トレウィドニー。二階にいるから、なにかあったら呼んでちょうだい」マギーはそういってにっこりした。ユードラはその笑顔に魅了された。自分らしく生きている人間の、自然な美しさにみとれると同時に、それを妬ましくさえ感じた。

ローズが先頭に立って庭に出た。だれかが芝生の手入れをしようとした痕跡があるが、適当に終わらせてしまったようだ。物置小屋とは反対の隅に、張られた布のたるんだトランポリンがある。庭の周囲には木々が並んでいる。どれも低木ではあるが、そのわりにずいぶん背が高い。ところどころにバラやラベンダーの茂みもある。三人は、緑色のパラソルの下のテーブルについた。まだ気温は高いが、木の葉のあいだから涼しい風が吹いてきて気持ちがいい。

「なかなか素敵なお茶会だね」スタンリーがいった。

「ええ」ユードラも否定はできなかった。

ローズはアイスティーをグラスになみなみと注ぎ、ケーキを大きくカットした。「どうぞ召し上がれ」

「ありがとう」ユードラはいった。

「ありがとう、ミス・トレウィドニー」スタンリーも同時にいう。

「エイダって、奥さんの名前？」ローズがきいて、ケーキをほおばった。

スタンリーが悲しげな顔でうなずいた。「わたしの天使だ。結婚してもうすぐ六十年だったんだが……そのお祝いはできなかった」

「残念ね」ローズがいう。ユードラは黙っていた。感情を言葉にあらわすのはあまり好きではない。

「ああ。だが、エイダと出会えてよかった。最高の人生を送れたし、長いこといっしょにいられたからね。学校で知り合ったんだ。きみより若いころにね」

「何歳だったの？」ローズがきいた。真剣な顔になっている。

「六歳だった」スタンリーはやさしく微笑んでいた。

「六歳で？」ローズは大きな声をあげた。「かわいい！　ひと目ぼれだったの？」

「そうだよ。エイダは学校でいちばんかわいかった。大きな青い目をして、髪は巻き毛のブロンドで。それに、笑い声が最高だった。小さな鈴が鳴ってるみたいでね。笑ってほしくて、いろんなことをやったものだよ。エイダには、あなたはクラスでいちばんおちゃらけてるわね、いといわれたが、いつもふざけてておもしろい子って、だれにでも好かれるものだろう?」

そうとは限らないけどね、とユードラは思った。スタンリー・マーチャムのことがだんだんわかってきた。相当な自信家なんだろうと思っていたが、やはりそのとおりだった。

「真実の愛を六歳でみつけたなんて、ロマンティックだわ」ローズは力をこめていった。「そんなの、あたしには想像できない。あたしの知ってる男の子はみんな、ばかみたいなんだもん」

スタンリーは笑い声をあげた。「男の子ってのはそういうもんだ」

「ミス・ハニーセット、あなたは?」ローズがきいた。「恋愛のご経験は?」ユードラが眉をひそめるのをみて、続ける。「詮索好きは身を滅ぼす、だっけ?」

「そのとおりよ」

「ごめんなさい。じゃあ、猫の話はどう?」

「かまわないわ」

「何年くらい飼ってるの?」

「十二年になるわね」猫を迎えたのはお母さんが亡くなってまもなくのことだった。悲しみを紛らすことができればと思ったのだが、そうはならなかった。

「どうしてモンゴメリって名前にしたの?」

「あててみよう。陸軍元帥の名前をもらったのではないかな?」

「そうじゃないわ」ユードラはいった。本当はそのとおりだったが、秘密にしておきたかった。

「犬を飼おうと思ったことはないの？」

「ないわ」

「人間ってのは、犬派か猫派のどちらかなんだろうな」スタンリーがいった。

そうとは限らないってば、とユードラは思った。

「エイダは犬が好きだったが、わたしは小さいころからずっと猫を飼っていた」

「じゃ、スタンリーさんは猫派なのね」ローズがいう。「ユードラと同じ」

スタンリーはうなずいた。「だが、エイダに犬を飼いたい犬を飼いたいといわれて、だめだとはいえなかった。エイダが望めば、月だって投げ縄をかけてつかまえてやったさ」

「素晴らしき哉《かな》、人生」ユードラがいった。

「それ、なあに？」

スタンリーは微笑んだ。「そういう台詞《せりふ》があったんだよ。月を投げ縄でつかまえるってね。『素晴らしき哉、人生！』っていうタイトルの映画で、ジミー・ステュアートが主役だった」

「女優はドナ・リード」ユードラがつけたした。

「あの女優はきれいだったな。いい映画だった。ローズ、きみもきっと気に入るよ」

ローズはテーブルに両肘をついて、ふたりを眺めていた。「ふたりが話してるの、いい感じ」

ユードラとスタンリーは目をみあわせた。「ねえ、チャスとデイヴはなんていう種類なの？」

「キャバリア・キング・チャールズ・スパニエル」スタンリーがいった。「耳の形がチャールズ一世にちょっと似てるから、そう呼ばれてるんだ」

「二世よね」ユードラが口を挟んだ。スタンリーがぽかんとしてユードラをみる。「チャールズ二世、王政復古を実現させた王様よ」

「おっしゃるとおり。一本取られたな」スタンリーは頭を下げた。

「わかればよろしい」ユードラは答えた。

「ワンちゃんたち、何歳?」ローズがきく。

「十歳だよ。その前にも犬を飼っていたんだが、エイダのお気に入りはこの子たちだった」スタンリーの目がうるんだ。「エイダの忘れ形見ってやつだ。やんちゃ小僧だけどな」

ローズが立ちあがり、スタンリーに抱きついた。自分の小さな体に引きよせるように、ぎゅっと抱きしめる。ユードラは驚きながらも、これからどうなるんだろうと思ってふたりをみていた。「奥さんが死んじゃって、寂しいのね」ローズがいう。

うなずいたスタンリーをみて、ユードラはぎょっとした。泣いていたのだ。

「だいじょうぶよ、スタンリー」ローズはいった。「たまには泣くのもいいんだって。気持ちを楽にさせてくれるから」

ユードラは驚くばかりだった。人前であんなふうに悲しみをさらけだすなんて。ハンドバッグに手を伸ばし、清潔なハンカチを取りだした。スタンリーを落ち着かせる方法をほかに思いつかない。「どうぞ」といって、ハンカチを差しだす。

「ありがとう」スタンリーは微笑んだ。「申し訳ない。ときどきこうして少し落ちこんでしまうんだ。突然襲ってくるというか。いや、情けない年寄りそのものだな」

ユードラは唇を強く引きむすんだ。

「そんなことないよ！」ローズが叫ぶ。「奥さんが死んじゃったんだもん。そりゃあ悲しいよ。だれだってそんなときはあるし、それに、あたしたちは友だちでしょう？」

ローズはこげ茶色の瞳をユードラに向けた。相手を引きこんで絶対に放さない、そんな視線だった。

「ケーキをもうひと切れいただかない？」ユードラはいった。この状況では、そういうのが精一杯だった。

「素敵なアイディアね！」ローズが応じる。

「ありがとう」スタンリーがいった。悲しみのせいで声がかすれている。「ふたりとも、とてもやさしいね」うなずいたユードラを、スタンリーが軽く小突いた。「似た者同士だな。どっちも老いぼれだ」

「いっしょにしないでちょうだい」

スタンリーは笑った。「今度ふたりでダンスでもどうかな？　食事は？　映画もいいな」ユードラは眉をひそめた。「ナイトクラブはどうだ？」ユードラが怯えきった顔になった。「冗談だよ！」スタンリーはにやりと笑った。「変わった人だなあ、ミス・ハニーセット」

ユードラはスタンリーを横目でにらみつけた。「そう思うのは自分が変わり者だからでしょう、ミスター・マーチャム」

「一本取られたな」

「新しいお友だちができるって、最高ね」ローズがいった。「BFFよ、永遠なれ！」

「BFFって？」ユードラはきいた。

「ベストフレンド・フォーエバー！」ローズが高らかにいう。

ユードラは疲れてしまった。こんなふざけた感じの会話には慣れていないからだ。「わたし、そろそろおいとまするわ。ふたりとも、どうもありがとう――」この場にふさわしい言葉を探した。「――楽しいお茶会だったわ」

「こちらこそ、来てくれてありがとう。とっても楽しかった」ローズがいい、廊下を歩きだしたユードラのあとをついてきた。ユードラが玄関を出ようとしたとき、ローズがユードラの腰に抱きついた。ユードラはびっくりして動けなくなってしまった。こんなふうに人の温もりを感じることはめったにない。気恥ずかしいが、思いがけず心まで温かくなった。「またね」ローズがいう。

家に帰ると、ユードラはドアに鍵をかけて外界を遮断し、チェーンもかけた。疲れきっていたし、混乱もしていた。楽しいお茶会だったといったのは嘘ではない。スタンリーはしゃくに障る男だが、ローズはエネルギーのかたまりみたいな子だ。でも、それに付き合っている暇は自分にはない。死に向けた計画を立てなければならないし、人のやさしさなどというものにそれを邪魔されたくはない。

一九四八年　ロンドン南東部、シドニー・アヴェニュー

ユードラはふと思いたってスイートピーの種を買った。そのときはいい考えだと思えた。お母さんを元気づけることができるし、ステラに世話をさせればそのぶんおとなしくさせることができるだろう。昔はお父さんがスイートピーを育てていた。ユードラがまだ小さかったころは、家じゅうのあちこちに花瓶が置いてあり、ふんわりしたやさしい香りを漂わせていたものだ。そんな幸福な日々を思い出すことで、心のなぐさめになるのではないか。お父さんの写真をみたり、お父さんが好きだった歌をきいたりするのと同じだ。このことが思いもよらない騒ぎを引き起こすとわかっていたら、ユードラは、種の袋を棚に置いたまま店を出ただろう。

終戦間近に元の家に戻ったユードラは、失ったお父さんをもう一度失ったような気分だった。どこをみても、なにをみても、お父さんはもういないんだと思い知らされる。煙草のにおいもしなければ、いつも寝室のドアにかけてあったナイトガウンもない。家の中を歩きまわるお母さんは、〝わたしは戦争未亡人です〟という雰囲気を全身にまとっている。やつれた顔に浮か

ぶ表情は、これはほんとうにわたしの人生なんだろうか、といっているようだ。なんとかしなきゃ、とユードラは思った。このままだと家族全員が悲しみにのみこまれてしまう。まだ十四歳なのに、時間が急加速して大人のようになってしまった。だれもそれに気づいてくれないし、そもそも、大人になっていいなんて、だれにもいわれていないのに。

シェルターの中でお父さんにいわれた言葉が、いままで以上に強く思い出された。お母さんと妹の面倒をみるのは自分の務めだ。いなくなったお父さんの代わりに、ふたりを守ってやらなきゃならない。

お母さんには、小学校で働かないかというオファーを受けなよ、といった。ステラが通っている学校だ。お母さんは楽しく仕事をしているようにみえる。お母さんが家でひたすら落ち込んでいるのではないとわかっていれば、ユードラも気楽に中学校生活を楽しむことができた。ただ、ステラを学校に迎えに行くのはユードラの役目だし、ほかにもおおかたの家事をこなしている。それでも、お母さんの日常生活からストレスを取り除いてやれば、口論を少しでも減らすことができる。

口論が起これば、ステラも巻き込むことになる。残念なことに、ステラは小学生になっても生意気な態度をあらためなかった。むしろ前よりひどくなったくらいだ。田舎で気ままに暮らしているうちに、乱暴な性質が強化されてしまったらしい。学校でもトラブルばかり起こすし、その罰としてスリッパで叩かれたことも数えきれないくらいある。ユードラはステラに説教をしていい子にさせようとしたが、ステラはいつも肩をすくめ、どうしてあんなことをしたのか自分でもわからないの、というばかりだ。お母さんはそんなステラがどうにも許せないようだ。癇癪持ちの子どもを持ってしまった不名誉に加えて、未亡人という重い現実が常にのしかかっているせいで、生意気な娘に対する怒りが倍増しているらしい。ユードラにとっては不安だらけの毎日だった。いつどこでどんな諍いが起こるかわからないのだ。

そんなステラにもかわいらしいところはあるし、人にやさしくしようという気持ちがかいまみえることもある。今回スイートピーの種を買ったいちばんの理由がそれだった。

「サプライズがあるの」ある日の午後、ユードラはステラにいった。お母さんは遅くまで学校で働いているので、秘密のミッションを始めるにはいまがいちばんだ。

「サプライズって、どんな?」ステラは期待に目を輝かせた。こういう顔をみると、妹への愛情で胸がいっぱいになる。ステラは不思議なくらいお父さんにそっくりだ。

「スイートピーの種を買ってきたの。いっしょに育てて、お母さんを喜ばせない?」

ステラは腕組みをした。「やりたくない」

話の持っていきかたが悪かった、とユードラは思った。「そんなこといわないで。花が咲いたら、きっと気に入ると思うわ。とってもいい香りがするし。自分で香水を作れるかもよ」これもお母さんがいやがることだが、ステラはバラの花びらを集めてジャムの空き瓶に入れ、水で満たしておくのが好きだった。どろどろになった水が入ったべたべたの瓶をみせられたことがある。シャネルの五番よ、というステラの言葉が微笑ましかった。お父さんがあの場にいたら、きっと大笑いしていただろう。

ステラは爪を噛んで考えた。「うん、いいよ。やりかたを教えて」

ユードラとステラは、いくつものトレイに注意深く堆肥を入れて、小さな種を蒔いた。

「奥の寝室の窓際に置いておけば、そのうち芽が出るから、そうしたら庭に植えるの。ほったらかしにしてちゃだめよ。土が乾かないように気をつけてないと」

ステラは真剣な顔でうなずいた。「毎日確かめる」

「いい子ね。それと、しばらくはお母さんには内緒よ。いいわね？」

「しーっ」ステラはにやりと笑い、唇に人さし指を当てた。

すぐに芽が出て、大きくなってきた。「いつ庭に植えるの？」緑色の茎が力強く伸びてきたのをみて、ステラがうれしそうにいった。

「明日、学校から帰ってきたらやろうね」ユードラはいった。お母さんは帰りが遅くなるはずだ。

「楽しみだなあ。早くにおいを嗅ぎたい！」ステラがいった。ユードラはうれしくてたまらなかった。作戦成功だ。妹がその気になってくれたから、すべてはうまくいくだろう。

クモの巣まみれになった物置小屋の奥に、お父さんが昔使っていた支柱をひとまとめにしたものがあった。ユードラはそれを庭に持ってきた。なにも生えていない庭に支柱を次々に立てていく。「じゃ、支柱の列に沿って小さな穴を掘って、苗を丁寧に植えつけていくのよ。そうしたら、つるが支柱にからみついて伸びていくから」

「わかった」ステラはそういって、移植ごてをふりかざした。

ユードラが感心するほど、ステラの作業は丁寧なものだった。穴を掘り、苗を植え、それをいたわるように、まわりの土をぽんぽんと叩く。すべてが終わると、ふたりは一歩さがって出来ばえを眺めた。

「がんばったわね、ステラ。すぐに花が咲くわ。ただ、水やりを忘れちゃだめよ」

「そしたら香水を作れるんでしょ？」

「ええ、香水を作れるわ」

ステラはユードラの腰に抱きついた。「ドーラ、大好き」

ユードラはステラの頭のてっぺんにキスをした。よくお父さんがこうしてキスしてくれた。

「わたしも大好きよ」

何週間かたった、ある土曜日の朝、ステラがキッチンに駆けこんできた。「ドーラ、ドーラ、花が咲いてる！　早くみにきて！」

ユードラはステラのあとについて庭に行った。ステラのいったとおり、スイートピーが美しくていい香りの花を咲かせていた。

「お花をつもうよ！」ステラが叫ぶ。

ユードラはハサミを取ってきて、十本ほどを切った。「ステラに少しあげるね。残りは花瓶に入れて、お母さんにあげる」

「ありがとう」ステラは、生まれたばかりの赤ん坊を抱く母親のように、大切そうに花を受け取った。

その後、ユードラがベッドのシーツを取り替えているときに、どなり声がきこえてきた。

「どこで盗んできたの？　この性悪娘！」

「ドーラとふたりで育てたの。あたしのだよ！」

「嘘つき！　あんたはいつも嘘ばっかり。どこかの庭から盗んできたんでしょうに」

「盗んでない！　あたしの花だよ！」

「親に向かってどなるんじゃない！」

「そっちがどなるからでしょ！　あたしは嘘なんかついてない！　あんたなんか死んじゃえばいいのに！」

あわててキッチンにおりていくと、お母さんがステラに猛烈な平手打ちをくらわせるところだった。ステラの体が吹っ飛ぶ。「お母さん、やめて！　お願いだからやめて！」

お母さんが振りかえった。その顔は怒りで醜くゆがんでいる。「ユードラ、あんたもきいたでしょう、この子のひどい言葉を。親に向かってよくもあんなことを。死ねばいいだなんて」

ステラも怒りで顔を真っ赤にしていたが、泣いてはいなかった。大人になってからユードラは考えたことがある。ステラが泣いているところを一度でもみたことがあっただろうか。「だって、ほんとうにそう思ってるから」ステラは落ち着いた声でいった。「本気だよ」

「悪魔！」お母さんは金切り声をあげ、ステラにつかみかかろうとした。ステラが身をかわしたので、お母さんは足をもつれさせて床に倒れた。

「大っ嫌い！」ステラは叫び、キッチンから出ていった。

ユードラはすすり泣くお母さんのそばに膝をつき、なぐさめようとした。「お母さん、ステラは本気だったわけじゃないわよ。話をきいてもらえなくて腹を立ててただけ。スイートピーは本当にわたしたちが育てたの。お母さんへのサプライズのつもりだった」

ビアトリスは顔をあげてユードラをみた。その顔は深い悲しみに沈んでいた。これからの年月、ユードラはこの表情を何度となくみることになる。自分の顔と同じくらい、みなれたものになっていくのだった。「わたしへの？」

ユードラはうなずいた。「喜んでくれると思ったの。庭に来て、みてくれる？」

ビアトリスは小さくうなずくと、娘の手を取って立ちあがった。ふたりで庭に出たが、すぐに足を止めた。ステラの姿がみえたのだ。ステラはスイートピーを全部引っこ抜いたところだった。支柱もなにもかも、根こそぎ抜いて、芝生に放りなげると、オオカミが獲物を八つ裂きにするように、つるをばらばらに引きちぎった。途中で顔をあげたが、手は止めようとしない。母親の顔をにらみつけながら、茎を折り、花びらをむしりつづける。その冷徹な執念を目の当たりにして、ユードラは体の芯まで凍えるような思いがした。

5

げんなりするほど蒸し暑い夜だったにもかかわらず、翌朝目覚めたユードラは、いつになくすっきりした気分だった。奇妙な夢をみた。スタンリーが、しおれかけたスイートピーの花束を持って涙にくれていた。ユードラのそばにはステラがいて、助けて助けてといっている。しかし、なにを恐れているのかがわからない。

「お願い、ドーラ。頼りはお姉ちゃんだけなの」

目をそらしたいのにそらすことができない。そのうち、ステラの顔がゆがんでローズの顔になった。ローズも懇願を続ける。「助けて、ユードラ。お願い。チェリー味のハリボーを分けてあげるから」

重い体を起こして座った姿勢になると、ばかげた夢の残滓《ざんし》を頭から追い出そうとした。カーテンの隙間から強い朝日が射している。起きて起きてとせがんでくる小さな子どものようだ。モンゴメリも攻勢に加わった。ニャアニャアとしつこく鳴きながら、半開きのドアから体を滑りこませてくると、ベッドに飛びのった。あきれたような目でユードラをじっとみる。その顔はこういっているようだ。**おいおい、こんなところでなにをぐずぐずしてるんだよ。猫に餌をやるのを忘れてるんじゃないか？**

ユードラは手を伸ばし、骨っぽい頭をなでてやった。モンゴメリはうれしそうに喉を鳴らしてくれた。

「これはずいぶんな変わりようね。そんな甘えた声、前はきかせてくれなかったのに」

そのうちモンゴメリは新しい遊びにも飽きてしまったようだ。喉を鳴らすのをやめて、不機嫌そうに手にかじりついてきた。

「あっというまに元どおり」ユードラは手を引っこめた。「わかったわ、いらっしゃい」ゆっくり歩きだす。めずらしく、モンゴメリは階段をおりるユードラをつまずかせようとはしなかった。餌の用意をするユードラの足首に顔をすりつけて甘える。ユードラは自分の朝食も用意してリビングに運び、ラジオをつけた。いつもと同じ朝だ。紅茶、トースト、ニュース番組の〈トゥデイ〉。気にくわない話がきこえてくるたび、辛辣な言葉をラジオに返す。今日の怒りのターゲットは、七十五歳のアメリカ人女性。老いることはすばらしい、というテーマの本を絶賛していた。

「年齢なんか、ただの数字よ」女性は陽気な南部訛りの英語でインタビュアーに応える。こんなしゃべりかたをする人なんて、はなから信じられない、とユードラは思った。「前向きな気持ちで愛を忘れず、美しいものに囲まれて、たっぷり食べて、たっぷり運動していれば、永遠に生きていられるわ」

「永遠に生きられる、ですって？」ユードラはふんと鼻で笑った。食事や運動に関する考えかたには同意するが、そのことは頭から追いやった。「いったいなんの話をしてるのよ、ばかな女ね」

インタビュアーが突っこんでくれた。「しかし、永遠に生きられる人なんていませんよね？」

女性は笑い声をあげた。ユードラは顔をしかめる。「この世で生きるとは限らないわ。この世を去って、別の場所に行くだけ。だから永遠に生きられる」

トーストが喉に詰まりそうになった。「この世を去って別の場所に行く？　ばかばかしくて話にならない。それって死ぬってことでしょ。死！　遠まわしないいかたなんか、いい加減にやめてちょうだい！」

「そういう言葉を使っていると、生と死を現実視できなくなるんじゃないか、という意見がきこえてきそうですが」インタビュアーがいう。

「そのとおりよ」ユードラはラジオをみてうなずいた。

しかし、女性は止まらない。「それはわかるけど、ものの考えかたは人それぞれだし、お互いにそれを尊重しなきゃならないと思うわ。わたしがいえるのは、わたしは幸せで満ち足りた人生を生きてるってことだけ。そして、わたしの知識をシェアすることで、ほかの人たちの力になれると思うの」

「大きなお世話としかいいようがないわね」ユードラはいった。

「人はできるだけ長く人生を楽しむべき、というのがわたしの信条であり哲学でもあるの。それをばかにしたりけなしたりするのは個人の自由だけど、わたしはそういう人たちを気の毒だと思うわ。だって、そういう人たちは心のどこかで自分は不幸だと感じてるってことだから」

ユードラはかっとしていった。「わたしが幸せかどうかなんて、あなたなんかにわかってたまるもんですか。なによ、聖人ぶっちゃって！　そんないい加減な持論をぶって、わたしの朝のひとときを台無しにしないでくれる？」大げさな手つきでラジオを切る。「だれが幸せでだれが不幸なのか、わたしが教えてあげる」腰をあげる。さっさと支度をして朝のスイミングに出かけよう。

ユードラにとって、なにより自分の年齢を感じさせられるのは、動きの遅さだった。お茶を一杯いれるにしても、二階のトイレに行くにしても、いちいちかなり苦労するし、それが腹立たしくてならない。みんなが年寄りをみていらいらする気持ちもよくわかる。よぼよぼの老いぼれが目の前にいたら邪魔だと思うのももっともだ。しかしなによりつらいのは、自分がそういう老いぼれのひとりになってしまったということだ。

お母さんが老いていくようすをみているときは、悲しみと憤りを同時に感じていたものだ。このわたしを産んでくれた人がこんなに小さくしぼんでしまい、こんなに怯えた目で世の中をにらみつけているなんて、どういうこと？　歳を重ねるって、どうしてこんなに残酷なことなの？　そう思った。

自分は絶対にあんなふうにはならない。体が衰えて、手入れもなにもされていないアンティークの置時計みたいになればなるほど、その決意は強くなった。自分の意志でこの世を去る。**わたしの死。どうやって迎えるかはわたしが決める。**最近では、なにかの呪文のようにこの言葉を繰りかえしている。

それがふつうのやりかたじゃないってことはわかっている。人々は死について話さない。話したがらない。死が怖いから、目を背け、ないもののように扱う。凶悪なコンピュータゲームで他人の頭を吹っ飛ばしたり、人々がむごたらしいやりかたで殺されるホラー映画を夢中になってみたりするくせに、死とはなにかという現実に向き合おうとしないし、死の意味について、大人目線での議論を闘わせることもない。自分のやりかたは、それとは逆。戦時中に育ったことや、人生の節目節目に人の死を経験したことに影響を受けているのかもしれない。理由がなんであれ、死を怖いとは思わないし、無視したり目を背けたりはしない。それどころか、老いが血管にひそかに入りこんできたかのように全身に広がりはじめたときは、それがうれしかった。大切な友人がやっと来てくれた、という気がしたものだ。

身支度をするのに三十分はかかった。大変だけれど水泳というごほうびが待っているんだと思うようにして、苛立ちを抑えた。さあ出かけようと思ったとき、電話が鳴った。どうしようか。どうせよくあるセールスの電話だ。まだ二十歳にもならない若者が、仕事なんてめんどくさいといわんばかりの態度でペット保険の説明をしてきたりする。いや、もっとひどいときは、ばかみたいな録音のメッセージが流れてくることもある。あなたは最近事故にあいましたね、その補償を受け取れますよ、みたいな内容だ。これもまた、この騒々しくてばかばかしい世界になんか未練はない、そう思わせてくれる。

一瞬動きを止めて耳をそばだてた。電話につないでいるのはかなり旧式の自動応答機だ。お母さんとの暮らしの中で、文明の利器といわれるものを生活に取り入れようとしたときの思い出の品。そう、あれは、あのいらいらするゴムつきのボックスシーツを買ったのとちょうど同じころだった。

「もしもし。クリニック・レベンスヴァールのペトラです。ハニーセットさんの最近のお申し込みについてお話があり、お電話さしあげました」

あわてて電話に出ようとしたユードラは、あやうくつんのめって転ぶところだった。「まったく、この膝といったら。なんでまともに動いてくれないの」

ありがたいことに、ペトラが話しつづけているあいだに電話にたどりつくことができた。受話器をひったくるように取りあげる。「もしもし? ユードラ・ハニーセットです」

「あら、こんにちは。ハニーセットさん。いらしたんですね。クリニック・レベンスヴァールのペトラです。お申し込みの書類が届いたので、少しお話がしたいと思いまして。いまよろしいですか？」

ユードラはぞくぞくするような興奮をおぼえた。プールに行くのは取りやめ。この電話は、それとは比べ物にならないくらい重要だ。椅子に腰をおろした。「ええ、もちろん。お話というのは？」

「前にお電話をくださったとき、所定の手続きが必要だと申し上げましたよね？」

「ええ。だから書類を送りました。自分の意志だということをはっきりさせるために」

「そうですね。では、きっちり進めてまいりましょう。あらためまして、わたしはペトラ・コンラッドです。ハニーセットさん、ユードラとお呼びしていいですか？」

あまりうれしくはなかったが、とっつきにくい人間だと思われるのも困る。この女性は、いまの自分と、自分がいちばんほしいものをつないでくれる人間なのだ。「お好きなように」

「よかった。ユードラ、年齢は八十五歳で間違いないですね」

「ええ」

「配偶者も子どももいませんね」

「ええ。どちらもいないわ」

「ひとり暮らしですか？」

「ええ」

「自分は不幸せだと思っていますか？」

この質問がどんな話につながっていくのか、ユードラはわかっていた。「落ち込んでもいないし、寂しいとか悲しいとか、そういう気持ちはまったくないわ。加齢のせいで体がつらくなっているだけ。家族も友だちもいない」そのときふと、ローズの元気いっぱいの笑顔が目に浮かんだ。「前にも話したように、他人の世話にはなりたくないし、小汚い老人ホームで老いぼれていくのはいやなの。自分の人生は自分でコントロールしたいし、終末は自分の判断で迎えたい。これはわたし自身の意志よ。すべて理解しているし、自分の能力についてもしっかり把握してる。宣誓書でもなんでも、必要なものにはすぐにでもサインするわ。そのために飲まなきゃいけない薬があるなら、そしてそれが可能なら、自分で飲む覚悟もある」

「ユードラ、お気持ちはよくわかります。わたしはあなたの味方ですよ。いまお話ししている内容が今後のことを左右するわけではありません。ただ、お話しすべきことをきちんと話しておくというのが、わたしどもに課された義務なんです。あらゆる可能性や選択肢について話し合い、これが本当に正しい道なのかどうかを検証しなければなりません」

「わかったわ」

「このことを、ほかのどなたかと話し合ったことはありますか？」

ユードラは不安になった。「いいえ、一度も。だって、そんな必要はないと思うから。たしかに、これがあなたのお仕事なんでしょうね。いろんな項目を漏らさずチェックしなきゃならない。でも、わたしは本当にこれでいいのよ。もう心は決まってる。これこそが、わたしの望む道なの」

ペトラは咳払いをした。「それはわかります。でも、人生には〝絶対〟というものはありません。決心が揺らぐことがない人間なんていないんです。こういう重要なことがらについてはとくに。わたしの祖母のこと、前に話しましたよね。祖母も、自発的安楽死を選ぶことが自分にとってほんとうに正しい道なのか、ずいぶん迷っていましたよ」

「ご病気だったの？」

「ええ。生活の質がとても悪化していました。それでも簡単には決断できなかったんです」

「わたしも迷ったはずだと思っているの？」

「いいえ、そういうわけじゃありません。でも、ユードラ、わたしはあなたの話し相手になりたいんです。祖母がそうしてくれたように、なんでも話してほしい。ふたりだけの秘密にしますから」

そんなふうに好きこのんで自分の本音をさらけだそうとする人が多いのはどうしてなんだろう。自分だったら、そんなことをするくらいなら下着姿で外を走るほうがましだ。ユードラはそう思ったが、否定も肯定もしないことにした。協力的じゃないと思われたくはないし、信念を曲げたくもない。「ご親切にありがとう。きかれたことには喜んで答えるわ。でも、これはずっと前から考えていたことで、いまさら考えを変える気はないの」

「最初に考えたのはいつですか？」

ユードラはよく考えてみた。答えは何通りもある。いろんな意味で、物心ついたころから考えていたような気がする。「母が弱ってきたのをみたときから、真剣に考えはじめたんだと思う」

「お母様の介護を？」

「ええ」

「長いこと？」

「わたしはこの家で生まれて、ずっと母といっしょに暮らしていたの。二〇〇五年に母が九十五歳で亡くなるまで」この話をすると、たいていの人はびっくりして、お母さんはいい人生を送られたのね、という。しかしユードラにとっては、母親の晩年にいいことなどひとつもなかった。

「苦労されたんですね」ペトラがいった。その洞察力に、ユードラは心を打たれた。

「ええ、まあ。でも、ふたりきりの親子だったわけで」

「最善を尽くしたんですね」

不意に感情がわきあがってきて、喉をしめつけられるような感じがした。「そうしたつもりよ」

「ユードラ、正直な気持ちを話してもいいかしら」

「ええ、どうぞ」

「あなたの申込書をリーベルマン医師に渡したら、却下されるような気がするの」

「そんな、どうして？」

「リーベルマン医師だけでなく、彼女の同僚たちも、あなたが鬱状態にあると考えるでしょうから」

「鬱なんかじゃないわ」ユードラの声に怒りがにじんだ。

「ええ、そうかもしれないけど、状況というか、おひとりなので……」

「ひとりだけど、孤独ではないわ。しっかり食べて運動して、毎日クロスワードパズルをやって、ラジオをきいてる。ただ歳を取ってるだけで、これ以上歳を取りたくないだけよ！」きついいいかたをしてしまったことを、すぐに後悔した。

「わかりますよ、本当に。でも、こちらにはいろんな規定があるんです。通常、自発的安楽死が認められるのは、病気で生活の質が悪く、生きていることがつらい人たちだけです」

「でも、わたし自身の意志なのよ！　自分が生きるか死ぬかなんて、自分で決められるのが当然でしょう？　動物は安楽死させるのに、人間はさせないの？　それを望む人間には認めてくれたっていいじゃない！」

「世の中には一定の決まりがあるんです。お気持ちはお察しします。ただ、正直にお話ししているだけです」

「じゃ、世の中を変える必要があるわね。みんな、もっと大人になるべきなのよ。そして、死についてきちんと考えるべき」

「そのとおりかもしれません」

「それじゃ、わたしの希望をかなえてはくれないの？　わたしはこの先、大人用おむつをつけて、知らない人たちに手足を動かされて生きていかなきゃいけないの？」

「ユードラ、あなたの力になりたいとは思っています。最初に言葉を交わしたときからそう思っていました。わたしの祖母を思い出したから」

「あなたのお祖母さんも、わたしみたいなよぼよぼ婆さんだった？」

　ペトラは笑った。胸が温かくなるような笑い声だった。ユードラも自然と微笑んでいた。

「頑固な人でしたよ。あなたみたいに。そして、強い意志を持った人だった」

「お祖母さんの安楽死に手を貸したのよね？」

「はい」

「じゃあ、わたしにも手を貸してくれない？　お願いよ」懇願するような口調が効いたのか、ペトラは少し考えてから答えた。

「できるだけのことはします。でも、ドクターが同意してくれるかどうかはわかりません。それと、ひとつ約束してほしいことがあります」

「約束？」

「このことについて話がしたくなったら、必ずわたしに電話をください。どんなことでも、どんなに小さなことでも、迷いでも、疑問でも。いつでもかまいませんから」

ユードラはためらった。こんなふうに人にやさしくされることには慣れていない。不意をつかれたような気分だった。「ありがとう」小声でいった。「それで、申し込みは上に通してくれるの？」

「ええ。なにかあったら電話をくださいね？」

「そうするわ」ユードラにとっては、結婚式の誓いのような荘厳な約束だった。

「よかった。いつでもお電話を待ってますからね。では、また」

「またね、ペトラ」

電話を切ったユードラの心は、希望と疲れが混じりあったものでいっぱいだった。いまはただ祈っているしかない。椅子に深く座って目を閉じた。一日のルーティーンをこなすのは後回しだ。

ドアを強く叩く音で目が覚めたが、目をあけようともしなかった。出ていく必要なんかない。どうせたいした用事ではないだろう。いつだってそうだ。また音がした。さっきより大きいし、せっつかれているような感じがする。

放っておけばすぐにあきらめるわよ。ユードラはそう思ってため息をついた。

ところが、そうはいかなかった。ノックの主をみくびっていたらしい。次にきこえたのは、郵便受けをあける金属音だった。ああ、なるほど……とユードラは思った。だれが来たのか、わかったのだ。

「ユードラ！　あたしよ。ローズ。お隣のローズよ」

「そうね、間違いないわ」ユードラはつぶやいた。「郵便受けごしにどなりこむなんてこと、ほかのだれがするっていうの？」じっと座ったまま、ローズが飽きてあきらめるのを待つことにしたが、うまくいくはずがなかった。

「ユードラ！　いるんでしょ？　教えてほしいことがあるの。すごくだいじなこと」

「どうかしらね」ユードラはだれにいうでもなくつぶやいた。玄関が一瞬静かになる。とうとうあきらめてくれたんだろうか、とかすかな希望を持った。

「こんにちは！　ユードラ！　なにかあったの？　家にいるのは知ってるんだよ。だって、今日はまだ出かけてないでしょ」

「まいったわね。ゲシュタポが隣に住んでるみたい」ユードラはそういって腰をあげた。「はいはい、いるわよ！」あきれて返事をする。

「よかった！　ここで待ってるね」ユードラの気も知らず、ローズは元気いっぱいだった。

ユードラはいらいらしながら玄関まで歩き、ドアをさっとあけた。鋭い目でにらみつけてやるつもりだった。ところが、怒りの表情は一瞬で消えた。驚きのあまり、口をぽかんとあけていた。ローズはいつもの服装だった。紫がかったピンク色の、ひらひらしたミニスカートに、シルバーのスパンコールがついたサンダル、蛍光イエローのTシャツ。ここまではいつもどおりだ。しかし今日はこれに加えて、青いスイミングキャップをかぶり、同じく青のゴーグルをつけている。全体的な印象が強烈としかいいようがない。ユードラは驚いて言葉もなくしてしまった。

その隙にローズがいった。「こんにちは、ユードラ。いっしょにプールに行かない?」

「え?」ユードラはそういうのがやっとだった。

「プールに、行かない?」ローズがゆっくり繰りかえす。「あたしと、いっしょに」

ユードラは混乱すると同時にあきれていた。「いいえ、やめておくわ。お誘いありがとう」

「えー」ローズは不満そうに頬の内側を噛んだ。「歩くのが大変だから行かないの? だったら、ママに車で送ってもらおうよ」

ユードラは考えた。泳ぎに行きたいとは思うが、行くならひとりのほうがいい。「どうしてわたしといっしょに行きたいなんて思うの?」

「えっと、だって、ひとりだとなんかつまんないし。ユードラだってそうかなと思ったし。それに、どっちも泳ぐのが好きでしょ? うちのママ、おなかに赤ちゃんがいるから疲れてて、プールは無理なんだって。だからいっしょに行かない? フローズンドリンクをおごってあげる」

「わたしはひとりでもつまらなくなんかないわ」ユードラは答えた。また怒りがわいてきた。「わたしは八十五歳で、ひとりでいるのが好きなのよ。ローズ、あなたは同じ年ごろの友だちと遊べばいいじゃないの」

ローズは肩をすくめた。「親友のロッティはコーンウォールにいるんだ。スタンリーとパパとママ以外だと、友だちはユードラだけ。あ、モンゴメリも友だちだけど、猫は泳げないだろうし……」

期待をこめたローズの顔をみて、ユードラの良心がちくりと痛んだ。「なるほど、わかったわ」ローズが相手だと反論もなにもできたものではない。

「やったあ！」ローズが天に拳を突きあげた。


狭苦しい空間に体を押しこめてプールに向かうあいだ、ユードラはマギーに対して苛立ちはじめていた。娘とプールだなんて本当にいいの、と繰りかえしきいてくるからだ。

「うちの子、いいだしたらきかないのよ」

「きこえてるよ」ローズが後部座席から声をかけてくる。

「ただ、本当はいやだったら無理しないでね、といいたかったの」

「いやじゃないっていったでしょ。何度もきかなくてもだいじょうぶよ」

「ごめんなさい」マギーは小声でいった。「それと、ありがとう。とても助かるわ」

ありがたいことに、ローズはユードラの着替え用個室には入ってこようとしなかった。ただ、ユードラが着替え終わってドアをあけると、ローズはそのすぐ前で待ちかまえていた。

「なにかあるといけないから、ここでずっと待ってたの」

「ありがとう」ユードラはどう答えていいかわからないままにそういうと、プールサイドに向かって歩きはじめた。

レッスン用のプールでは〈家族でバシャバシャ〉というイベントをやっていたので、ふたりはメインプールの浅いほうの端に行った。通常のスイミング・レーンのほうについ目をやってしまう。いつものようにあそこで行ったり来たり泳げたらいいのに。

「飛びこもうよ」ローズがいう。

「だめよ」ユードラは答えた。「わたしはハシゴを使うわ」

「あたしは飛びこむ」

「お好きになさい」

ローズはにやっと笑った。「ユードラの話しかた、大好き。昔の言葉みたい」

「そう」ユードラは答えながら、体を水に沈めていった。ひんやりとした水に体が包まれて、心地よかった。マギーの車の中が息苦しいほど暑かったので、なおさらそう感じられるのだろう。まずは仰向けになって水面に浮いた。このときだけは自分の年齢から解きはなたれるように思える。

「行くよ。覚悟して!」ローズが叫んで、プールサイドから飛びこんできた。

「ちょっと!」水が派手にはねかかってきたので、ユードラは目をつぶった。

「ぶつからないようにしたんだよ」ローズがいう。

「それはどうも」

ローズはユードラを真似て仰向けに浮いた。「泳げるの?」ユードラはきいた。

「まあね」ローズは体の向きを変え、犬かきでユードラのまわりを泳いだ。

「クロールを教えてあげましょうか?」ユードラはきいた。昔の記憶がうっすらと脳裏をよぎる。

「うん、お願い。だいぶできるようになったんだけど、ときどき溺れそうになるの」

「それはだめね。やってみせてちょうだい」

ローズは大きく息を吸いこみ、手足を縮こまらせて水中に姿を消した。そして、すごい勢いで水面に出てくると、苦しそうに息をついて、また同じ動きを繰りかえす。たしかに、まるで溺れているみたいだ。みているとおもしろいが、なんだか恐ろしくもある。

「やめて、ローズ。ストップ!」

ローズは水面に顔を出し、ゴーグルの奥で大きく目を見開いた。

「溺れそうっていってた意味はわかったわ。実際、溺れているみたいだったもの。そこに立って、わたしの動きをちょっとみていて」

ローズはいわれたとおりにした。ユードラはプールの端から端までを、ゆったりした一定のペースで行ったり来たり泳いでみせた。

元の場所に戻ると、ローズが水をばしゃばしゃはねあげながら拍手をしてくれた。「すごいね！　お魚みたいだった。教えてくれるの？」

その熱意を感じて、ユードラは元気が出てきた。「まあ、やってみましょう。だいじなのは、体をまっすぐな状態でキープすること。そうすれば滑るように進んでいけるから。そして、一定のリズムにのって泳ぐこと。あわてないこと」

「まっすぐ、滑るように、一定のリズムで、あわてない。わかった」

「じゃ、膝を伸ばしたまま水を蹴るようにして。それと、水をかくときには、てのひらを外側に向けて、親指から水に入れるの」

ローズはうなずいた。「わかった。やってみる」

はじめの何回かは手足がばらばらに動いているようだったが、まもなく、ローズはのみこみの早い子どもだとわかってきた。腕の動きがまだまだぎこちなくて、なにかの発作を起こした人のようではあるが、全体としてはさっきより落ち着いた感じで水中を進んでいる。

「とてもじょうずよ、ローズ。慣れてきたわね」

ローズはうれしそうに笑った。「ありがとう。溺れてる感じがしなくなったよ」

「それをきいて安心したわ」ユードラは壁の大きな時計に目をやった。いつのまにか一時間が過ぎている。「そろそろあがりましょうか」少し残念そうな口調になっていた。「もうすぐお母さんがお迎えに来るわ」

「あと五分だけ、いい？　お願い！　あたし、ここでひとりで練習するから、ユードラはあっちで泳いできて」

それはありがたい、とユードラは思った。「ひとりでだいじょうぶ？」

ローズはうなずいた。「うん、だいじょうぶ。すぐそばにいるんだし」

「そうね。でも、肘の高さより深いところには行かないこと」

「肘の高さね」ローズが繰りかえす。

ユードラはひとりで泳ぎはじめたが、ローズからは目を離さないようにした。ローズはどうやらただクロールを練習するのには飽きてしまったようで、プールから出ては飛びこむのを繰りかえしていた。ユードラがプールの端でひと休みしながらみていると、ローズは手足を大きく広げてジャンプしたあと、楽しさを抑えきれないとでもいうように水に入った。あんなふうに無邪気に遊ぶことが子ども時代の自分にはあっただろうか、とローズは思った。いや、毎日の暮らしの中に喜びなんかなかった。決まった家事や作業の繰りかえしだった。自分は生まれたときから大人だったんだ、と思うこともあった。いつもだれかの面倒をみていた。楽しいことがなかったわけじゃない。でも、その楽しみに没頭することはできなかった。まわりにはいつもだれか、面倒をみたり元気づけたりしてあげなきゃいけない人がいた。ローズのことがちょっとうらやましい。そして、また思う。あのときお父さんが戦死しなかったら、わたしの人生はどんなものになっていたんだろう。きっと、もっとたくさんの喜びに包まれていたはずだ。

あと一往復。これで終わりにしようと思って泳ぎはじめた。楽しい午後になったのはうれしいが、もう疲れてしまった。深いほうの端に近づいたとき、ローズの顔が水面に出たり沈んだりするのがみえた。

「助けて、ユードラ！　溺れる！」

「ローズ！」ユードラはあわててプールのコースロープをくぐり、なんとかローズの体を支えて水面に浮かせてやった。

咳き込んだり水をはねあげたりしているローズをみているうち、ユードラは気がついた。ローズは笑っている。「溺れてたんじゃないの。ちょっとふざけただけだよ」

ユードラの頭が一瞬で沸騰した。「二度と同じことをしちゃだめ。絶対に。わかったわね？」大声でどなった。

ローズは表情を曇らせた。「ごめんなさい、ユードラ。冗談のつもりだった」

「そういう冗談はだめ。今日のプールはこれでおしまい。もう二度と来ない」ユードラがプールから出ると、ローズもついてきた。

別々の個室で着替え、マギーの車を待った。ユードラの沈黙には圧倒的な迫力があった。いつもは元気いっぱいのローズにも、その怒りの強さが伝わったようだ。顔をあげてユードラをみる。「ユードラ、本当にごめんなさい」力のない声でいった。

ユードラはローズをじろりとにらみつけ、なにもいわなかった。もうくたくただった。泳いだからではなく、怒ったからだ。そんな怒りのことはさっさと吹っ切ってしまいたいのに、胸の奥底にしつこく根付いている記憶を呼びさまされて、忘れることができなかった。

「お詫びの印にフローズンドリンクを買おうか?」ローズがいう。

「いらないわ」

重い空気の中にマギーの車がやってきた。「遅くなってごめんなさい。ひどい渋滞だったの。プール、どうだった? 楽しかった?」そのとき、ふたりの表情に気づいて顔をしかめた。

「あらあら、なにがあったの?」

さっさと帰りたい、とユードラは思った。さっきのことを問い詰められるのはごめんだ。ところがローズが自分から告白しはじめた。「すごく楽しかったの。ユードラがクロールを教えてくれて、あたし、じょうずにできたんだよ。ユードラがそういってくれた。だけどそのあと、あたしがふざけちゃって、ユードラが怒ってるの。あたし、すごく悪かったと思ってる」

マギーは申し訳なさそうに肩をすくめ、体をかがめて娘と向き合った。ユードラは目をそらした。マギーはローズの髪を耳にかけてやりながら、きいた。「なにをしたの?」

ローズはユードラのほうをちらっとみてから答えた。「あたし、溺れてるふりをしたの。それで、ユードラをすごく驚かせちゃった」

「まあ、なんてこと」

ローズの目から大粒の涙がこぼれた。「悪いことをしたってわかってる。ごめんなさい。ユードラ、許して」

四つの目がユードラをみている。許してくれといっている。ただごめんなさいといえば、いまのこの感情がリセットされると思っているんだろう。「あなたはとてもひどいことをしたのよ」

ローズはうなずいた。「うん。もう絶対にしない」

ユードラはマギーをみた。マギーはローズと同じ顔をしている。そこにはいいたいことがすべて書いてあった。どうか娘を許して。ユードラはため息をついた。「わかったわ。もう家に帰りましょう。わたし、疲れてしまって」

「ええ、もちろん。ありがとう」マギーがいった。手を伸ばし、ユードラの腕をぎゅっとつかむ。

どうしてみんな、こんなふうに感情を表に出せるの？ ユードラは車に向かって歩きながら考えた。**そんなだから、世の中はいつだって落ち着きがないのよ。**

家に着くと、ローズが勢いよく車から降りて、ユードラのドアをあけた。「降りるの、ひとりでだいじょうぶ？」必死でごきげんをとろうとしてくる。

「だいじょうぶよ、ありがとう」ユードラはよいしょと立ちあがり、自宅へと歩きだした。

「うちでお茶でもいかが？」

「いいえ、遠慮するわ」ユードラは振りかえりもせずにいった。「さようなら」家に入ると、閉めたドアに寄りかかった。両手が震えている。恐怖のせいなのか怒りのせいなのか、自分でもわからない。でも、ひとつだけ心に決めたことがある。いつも趣味の悪い服装をしているあの少女には、もう好き勝手にさせない。あんなふうに感情をかき乱されるようなことは、もう二度とあってはならないのだ。

一九五〇年　ロンドン南東部、ブロックウェル・プール

「先に行くからね！」

「ステラ、待ちなさい。走ると転ぶわよ！」妹が更衣室を出て、人でいっぱいのプールに向かって走りだすのをみて、ユードラは呼びかけた。

「ドーラ、がみがみうるさいなあ。お母さんみたい」ステラは顔だけ振りかえってそういうと、ユードラが追いつくのを待って、また駆けだした。

ユードラはステラの頭に手を置いた。「あなたを危ない目にあわせるわけにはいかないの。大切な妹なんだから」

ステラは満面の笑みをみせてきた。「飛びこもうよ」

「そんなことしちゃだめなんじゃない？」ユードラは壁に貼られたプール利用者のための注意書きに目をやった。

「爆撃やダイビングはだめって書いてあるけど、飛びこむのはだいじょうぶだよ。ねえ、〝濃厚なペッティング〟ってなに？」ステラが眉をひそめた。

「それは――」

「やあ、ユードラ。久しぶりだね」

振りかえると、サム・ブキャナンがいた。学校に通っていたとき、いちばん人気のあった男子だ。ユードラは笑顔を作り、サムの顔だけをみるようにした。見事に発達した胸の筋肉に目をやってはいけない。「こんにちは、サム。泳ぎに来たの？」

なにいってるの、泳ぎに来たに決まってるじゃない。プールに来てるんだから！

サムはうなずいた。「ビルとエリックといっしょに来たんだ。もうだいぶ泳いだけど、ぼくはもうちょっと泳ごうかな」

「ドーラ」ステラが腕を引っぱってきた。「行こうよ」

「ああ、そうね」ユードラはサムを振りかえった。「じゃ、妹の面倒をみるから」

「あとで遊ぼうよ」サムがウィンクをする。

ユードラは胸の高鳴りを感じながら、ステラとプールに近づいた。サム・ブキャナンが話しかけてくれた！　会えてうれしそうだった！　もしかしたら――単調な生活になにかの変化が起こるかも。家庭という、外部から隔絶された小さな世界の中で、お母さんと妹といっしょに生きているのは楽な毎日ではない。あのふたりの板挟みになる役割から、いつか逃れることができるんだろうか。ふたりのことは心から愛しているけど、ふたりの憎しみに身をさらして生きているのは身がもたない。サムみたいな男の子に会って、ほんの一瞬でも現実から逃れることができれば、将来への希望が生まれてくる。

「ドーラ、おいでよ。飛びこむよ」

サムのほうに目をやった。友だちと並んで座っている。こっちに明るい笑みを向けてくれた。こっちをみていてくれた――そう思うと、顔が赤くなりそうだった。思いきってウィンクを返すと、ステラの手を握った。

「行くわよ！」

「レッツゴー！」ステラも叫ぶ。

くすくす笑いながらジャンプしたが、ドボンという音とともに水をはねあげた瞬間、鋭いホイッスルが鳴りひびいた。ライフガードの警告だ。

「飛びこみ《ボミング》は禁止だよ」ライフガードは人さし指をこちらに向けて、どなってきた。「最終警告だ」

「爆撃《ボミング》なんかしてないよ」ステラがいいかえす。

「ステラ、黙って。やっぱり飛びこみはだめだったのよ」ユードラがいった。「すみません」ライフガードに謝った。恥ずかしさで頬が赤くなる。ライフガードはうなずいた。ユードラはサムのほうをみたが、もうさっきの場所にはいなかった。

「ドーラ、こっちこっち」ステテラが呼んでいる。「水の中でおしゃべりしようよ」

ユードラは微笑んだ。ふたりの好きな遊びだった。「行くわよ、ワン・ツー・スリー」同時に大きく息を吸い、水中に顔を沈めた。口の形だけで言葉を伝えようとするステラの顔がおもしろい。ふたりは笑いながら水面に顔を出した。

「なんていったと思う?」ステラがいう。

「全然わからない」ユードラは笑いながらいった。

「王様ばんざい!」ステラは声を張りあげた。

「なるほどね。じゃ、水泳の練習をしようか?」

「やだなあ。水泳なんてつまんない」

「でも、溺れるのはいやでしょ? それに、プールに来たんだから泳がなきゃ」

「水遊びだけでいいもん!」ステラは水面を左右のてのひらで叩いた。

「いいから、練習するわよ。きっと小さなお魚さんみたいになれるから」

ステラはあきれたような顔をした。「いいけど、五分だけね」

ユードラの人生の中でいちばん長く感じられる五分だった。ステラは反抗的で、いわれたことをやろうとしない。同じ間違いを繰りかえすし、ユードラの隙をみては水をかけてくる。

「ステラ、まじめにやりなさい。やる気が全然ないじゃない!」ユードラはうんざりしていった。

「ドーラだってひどいよ。えらそうだし、意地悪だし、お母さんみたい。大っきらい！」

「ステラ、そんなことはいわないの。言葉に気をつけなさい」

「そんなのどうでもいい。ほっといて」ステラはそういって、水の中を反対のほうに歩いていった。

ユードラはため息をついた。「手を焼いてるみたいだね」声をきいて振りかえったとき、筋肉質な男性の上半身にぶつかりそうになった。サム・ブキャナンだ。

ユードラは小さく笑った。「まあね。人にものを教わるのがきらいなのよ」

「大変だな」サム・ブキャナンはにっこり笑った。そのとき、ユードラはふと思ってしまった。あの唇にキスしたらどんな感じがするだろう。いけない妄想をしてしまったことで、体がぶるっと震える。「あのさ、ぼく、もう帰らなきゃいけないんだけど、そのうちいっしょに映画に行かない？〈リッツィー〉で、ケーリー・グラントの新しい映画をやってるんだ」

ユードラは催眠術にでもかけられたような気分だった。幸せと希望で胸がいっぱいになる。

「ええ、うれし――」

「ユードラ！　助けて！」

声のしたほうをみると、ステラの頭が水面から出たり沈んだりしている。プールの深いほうの端にいるのだ。

「ステラ！」

その後は時間が二倍速で過ぎていった。さっき警告をしてきたライフガードがヒーローのように水に飛びこみ、震えるステラを助けだした。ユードラはそこに駆けよって膝をつき、ステラをぎゅっと抱きしめて頭をなでた。

「ステラ、ごめんね」ライフガードにお礼をいってから、ステラに声をかけた。ステラは黙ったまま顔をしかめている。「だいじょうぶ？」まだ黙っている。「ステラ、なにかいって」

ステラは顔をあげてユードラをにらみつけた。その顔には傲慢さと強気な怒りが満ちている。

「全部ドーラのせいだからね。あんたがあのばかみたいな男といちゃいちゃしてなかったら、こんなことにはならなかった」

ユードラは罪悪感でいっぱいになった。「そうね。本当にそうだわ。ごめんなさい、ステラ。あなたをちゃんとみているべきだった。本当にごめんなさい」

「わかればいい。ちゃんと反省して。意地悪なあんたが全部悪い。**あんたがそんなだから、やったのよ**」

ユードラは妹の目をみた。妹はにらみかえしてくる。あんたがそんなだから、やったのよ。その言葉が引っかかる。ユードラがあわてて駆けつけたときにステラがみせた、勝利を確信したかのような表情も。まさか、そんなばかなことを？　まだこんなに小さな子どもが、姉を自分の思うままに動かしたいからって、そんなことをする？　ステラは自分を慕ってくれているはずなのに。それは確実なのに。気を引くためだけに溺れたふりをするなんて。しかしユードラは、そんなふうに考えたことをすぐに後悔して、自分を恥じた。ステラはまだ子どもだ。自分は姉として妹を守ってやる義務がある。ステラの頭のてっぺんにキスをして、タオルでその体を包んでやった。「おいで。着替えましょう」

翌週もプールでサムをみかけた。「妹さん、だいじょうぶ?」そうきいてくれた。

「うん、だいじょうぶよ。おかげさまで」

「よかった」サムは表情を和らげ、にっこりした。「それで、映画はいつにする?」

ユードラは視線を下げた。「それ、あまり気が進まなくて。でも、誘ってくれてありがとう」

その言葉は薬のような味を口に残した。消毒液のような、酸っぱいような、いやな味だったが、胸にのしかかる罪悪感から逃れるためには、それを我慢するしかなかった。

6

目の前に長く伸びるありきたりな廊下を眺めながら、ユードラは考えた。NHSはどうして、高齢者外来をこの廊下の奥に配置したんだろう。ここまでの移動もひと苦労だった。バスでいろんなタイプの乗客たちに囲まれていると、気分が滅入ってくる。バスを降りたあとは酷暑の中を歩き、ようやく病院の入り口にたどりついたときには、八十代にしてエベレスト登頂を果たしたかのような気分だった。それだけではない。今回の通院は時間の無駄だと最初からわかっている。働きすぎで疲れはてたどこかの医者が、やるべきことリストの一項目にチェックを入れるためだけの行為なのだ。それでも必死でここまでやってきたのには、ひとつ理由があった。NHSは、道徳面が崩壊しきったこの国に残された数少ない砦のようなものだと思う。そんなNHSから呼び出しを受けた以上、山を動かしてでも、あるいはベクスリー行き一九四番バスに乗ってでも、それに応えなければならない。国民の義務だ。

深く息を吸って勇気を奮いおこし、果てしなく続くかのような廊下を歩きはじめる。両側の壁にはいろんな言葉をつづった明るい色のモザイクの飾りが並んでいる。セント・ジェイムズ小学校の子どもたちが作ったものらしい。そのひとつ、どぎついピンクと黄色を組み合わせた〈ハッピー〉という言葉は、七歳のロージーの作品だ。ローズとロージーは仲良しなのだろう。派手な色の組み合わせが大好きな子ども同士、きっと気が合うはずだ。

「おやおや、ミス・ハニーセット。こんなところで会えてうれしいねえ！」

振りかえると、スタンリー・マーチャムが近づいてくるのがみえた。うれしそうに笑って両腕を広げている。もしかして、ハグをするつもりだろうか。そうさせないために、ユードラは一歩さがって「おはようございます」といった。スタンリーに会えたことがうれしいのかうれしくないのか、自分でもよくわからない。スタンリーと話しているといつもいらいらするのはたしかだが、こういう冷たい雰囲気の場所で知った顔をみると、それなりの安心感もわいてくる。

「お仲間かな?」スタンリーがいって、高齢者外来のほうを指さした。ユードラはきょとんとしてスタンリーをみた。「老いぼれ御用達の診察室だよ」スタンリーがつけくわえる。

　ユードラは咳払いをした。「わたしは高齢者外来と呼びたいわね」

「そうだろうとも」スタンリーは目をきらきらさせている。「エスコートさせていただこうかな」

「ひとりでだいじょうぶよ、ありがとう」失礼な物言いだったと思い、つけくわえた。「でも、お仲間がいるのはうれしいわね。ゆっくり歩いてくれるなら」

「喜んで。妻のエイダも、晩年はゆっくり歩いていたものだ。いつもこういっていたよ。**スタン、どうしてみんな、いつもせかせかしてるのかしらね? あんなに急いであっちへこっちへ行ってると、いろんなものをみのがしちゃうのに。ちょっとは足を止めて、顔をお日様に向けなきゃだめよ**」

「賢い女性だったのね」

「そうなんだ」

　スタンリーの声色が変わった。喉が締めつけられているときの声。いまにも泣き声になりそうだ。お互いが気まずい思いをしないように、ユードラは話題を変えた。「お子さんは?」

「ふたり」スタンリーは誇らしそうにいった。「ポールはもうすぐ五十歳、シャロンは五十二歳。ふたりとも結婚して、それぞれ子どもがいる。わたしのこともよく気にかけてくれるよ」

「よかったわね」

スタンリーは微笑んだ。「わたしは幸運なんだろうな。すばらしい子どもがふたりいて、かわいい孫もいる。願わくばエイダがここにいて、その幸運を分かち合うことができたらな」

「着いたわ」外来診察室の入り口まで来たので、ユードラはほっとした。

「お先にどうぞ」スタンリーがいってドアをあけた。

「ありがとう」

受付で名前を告げ、笑ってしまうほど座り心地の悪い、青いプラスチックの椅子に腰をおろした。**神様の待合室ね。**室内をみまわしながら、ユードラはそう思った。高齢の夫婦が並んで座っている。夫の腕を強くつかみ、中空の一点をみつめる女性。眉間にしわを寄せて〈テレグラフ〉紙を読む夫。目をきょろきょろ動かしながらあたりを歩きまわる女性もいる。探し物がどこかから突然あらわれるのを待っているかのようだ。鳥のように小さな体、細くとがったあごや鼻、白髪まじりのぼさぼさ髪。黒い目をぎらつかせていつも獲物を探しているカラスみたいだ。褪せた黄色のサンドレスのサイズがやけに大きくて、しかも本当に鳥のような小さな体をしているせいか、ひどく不格好にみえる。おそらく、もう自分で着替えることはできないのだろう。着るものを選ぶのも人まかせだったり、見た目よりも楽であることを優先して服を選んでいたりするのではないか。昔、お母さんの病院を訪ねたとき、お母さんはジャージのズボンをはいていた。あのときのことを思い出すと体が震える。鳥のような女性はユードラに目を留めた。知った顔だと気づいたかのような表情が浮かぶ。ずんずんと近づいてきて、ユードラの両腕をつかんだ。

「マージェリー、あんたって子はまったく！　いったいどこに行ってたの？」

ユードラは困惑してスタンリーをみた。スタンリーは、こういうときにどうすればいいのか完璧にわかっていた。「こんにちは」そういって片手を出す。「ちゃんとした自己紹介がまだだったね」

女性はスタンリーをみて、媚びを含んだとしか形容のできない笑みを浮かべた。「ええ、そうね、ピーター。わたし……イーニッドよ」

「ああそうか、イーニッド！　元気かい？」

「そうね、元気だけど、飛行機の到着が遅れてて、いつになったら出発できるかわからないの」

「それは大変だね。今日の行き先は？」

「ニューヨークよ」

「いいねえ」

「サンフランシスコのほうが好きだけど、編集者の指示に従うしかないもの。ストーリーどおりに動かないとね」

「そりゃあそうだ」

「お母さん、こっちに来て」やつれた風貌の女性がイーニッドの背後にあらわれた。

「編集者のキャサリンよ」イーニッドは自分の娘を紹介した。

「こんにちは、はじめまして」キャサリンはうんざりしたように、しかしやさしい表情でいった。こういう場面には慣れっこなのだろう。

「搭乗案内があったの？」

「そうよ、お母さん。行きましょう」

「じゃあね、イーニッド」スタンリーがいった。

「さようなら」ユードラも続く。

「おふたりとも、さようなら」イーニッドは目をきらきらさせていた。「またこっちに戻ってきたら、〈グラウチョ〉に行きましょう」

「楽しみにしてるよ。なあ、マージェリー」

「そうね」ユードラも話を合わせた。

イーニッドの娘はありがとうというように微笑むと、母親を連れて待合室から出ていった。

「かわいそうに」ユードラはいった。

「いや、幸せそうにみえたけどな」スタンリーがいう。「だが、娘さんは大変そうだ。亡くなる前のエイダもあんなふうでね。話を合わせてやるのがいちばんいいんだが、そう簡単なことじゃない」

「たしかに。あなた、とてもやさしい人なのね」ユードラはいった。お世辞をいうのは好きではないが、ほめるべき人はきちんとほめるべきだという信条がある。

スタンリーは肩をすくめた。「だれだってすることとさ」

そうでもないわ。世間にはやさしさも思いやりもない人が多い。せっかちで、なんでも勝手に決めつけてくる。

「ああ、忘れるところだった。借りていたハンカチだ」スタンリーはポケットからハンカチを取りだした。「洗ってアイロンをかけておいたよ。ご婦人のものだからね。どうもありがとう。いつ会えるかわからないから、ずっと持ちあるいていたんだ」

「ありがとう」ユードラはいった。なんて思慮深い人なんだろう、と感心していた。どんなときにも陽気に接してくるのにはときどき閉口するが、今日会えたことはうれしかった。病院なんていやだなあという思いを紛らせてくれた。

「なんだか刑務所にいるみたいだね」スタンリーがいった。

「え？　刑務所？」

「なんでここにいるのかをきいちゃいけないって空気があるからさ」スタンリーはそういってくすくす笑った。

ユードラはあきれて天井をあおいだ。こういうくだらない冗談をきくといらいらしてしまう。

「一応答えておくと、わたしは転倒の件で通院しているの」

「ああ、なるほど。去年のあれか。酔っぱらって前後不覚になったんだよな」

下手な冗談になんかかまっていられない。ユードラは答えた。「あなたは？」

スタンリーは額を指で叩いた。「物忘れ。エイダが亡くなってから少し悪くなったと、息子がいうんだ。わたし自身はなにも問題ないと思うんだが、まあ、調べて損をすることもないからね。そうだ、おやつがある」ポケットからフィグロール〔干しイチジクのビスケット〕を取りだして、ユードラに勧めた。ユードラは訝しげな目でそれをみた。

「心配いらないよ。毒なんか盛ってない」

「ありがとう」ユードラはそういってひとつ取った。「準備がいいのね」

「こういうところはどれだけ待たされるかわからないからね」イチジクを食べて、スタンリーは続けた。「でもまあ、家にこもって我が身をあわれんでいるよりは、ここにいるほうがいいとは思わないかい？」

「わたしはそんなふうには考えないようにしているわ」ユードラはいい、ハンドバッグからクロスワードパズルの本を出した。

「おや、パズル好きなんだね」

「病院の待ち時間の長さが気になるのは、あなただけじゃないのよ。わたし、クロスワードパズルを一日にひとつはやるようにしてるの。脳をしっかり働かせないとね」

「エイダもよくそういっていたよ。彼女もパズルが大好きでね。クロスワードパズルも単語探し《ワードサーチ》も、その手のものすべてが好きだった。わたしはあまり好きになれなかったが」

「物忘れが心配なら、やってみるべきよ」

「使わないとさびつくってことか」

「まあ、そういうことね」ユードラはペンを取りだした。

「スタンリー・マーチャムさん」看護師が明るい笑顔で声をかけてきた。

「はいはい、まいりますよ」スタンリーは大声で答え、勢いよく立ちあがった。

「幸運を祈るわ」ユードラはいった。

「幸運なんかいらないがね」

「看護師さんにいったのよ」

スタンリーは笑い声をあげた。「一本取られたな、ミス・ハニーセット！」

ユードラは首を左右に振り、クロスワードパズルに視線を戻した。今日のは難しいが、難しいほうがやりがいがあって好きだ。すべてを忘れて言葉探しに集中できる。〈ザ・タイムズ〉紙のクロスワードパズルが昔からいちばん好きだった。前は新聞を毎日配達してもらっていたが、クロスワードパズルのためだけに買っているのだと気づいたときに購読をやめた。いま開いているようなクロスワードパズルの本さえあれば、ニュースを読んだり、現在世界を動かしている間抜けな政治家たちの写真をみたりする必要はない。ああいう危険なばかどものことをチャーチルさんが知ったらどう思うだろう。

横のカギの十七番でペンが止まった。〝意味のない言語（十二文字）〟とある。Gobbledegookという単語にはeがいくつあっただろう……と考えはじめたとき、手が震えだした。突然だった。動揺したせいで、震えがさらにひどくなる。両腕を抱えるようにして、深呼吸よ、と自分にいいきかせた。

「ハニーセットさん？」小さな声がした。こちらの反応を待っているのがわかる。顔をあげたユードラは怪訝に思った。運転免許を手に入れたばかりのような若い女性が、どうしてこんなところで人の名前を呼んでいるんだろう。そのとき、首にかけた聴診器が目に入り、ため息をついた。

「わたしです」ユードラは立ちあがり、ほっとした。とりあえず震えは止まってくれた。

「手をお貸ししましょうか？」医師はそういって前に出た。

「いえ、だいじょうぶよ」ユードラはそういってから、ぶっきらぼうないいかたをしたのを後悔した。医師がびくりとしてうしろに下がったからだ。「ありがとう」

医師のあとについて、窮屈な感じの小部屋に入る。窓の外は駐車場で、景色までが殺風景だった。イーニッドと娘が腕をとりあって車に向かうのがみえる。イーニッドがなにかいうと、娘は笑って、その頬にキスをした。思わず嫉妬してしまうような、親子の絆がみてとれる。自分とお母さんとのあいだには、あんな絆はなかった。

「かけてください」医師がいった。「わたしはアビー・ジャーヴィスといいます。高齢者医療専門の研修医で、上司はサイモンズです。今回の通院は、昨年転倒された件の追跡診察ということで間違いないですね？」

「そのとおりではあるけど」ユードラは応えた。「わたしはそんな必要はないと思っているわ」あらためて、若い医師を観察する。いきなり相手を拒絶するような言葉を返してしまって、申し訳ないような気がしてきた。瓶底のような分厚い眼鏡の奥にある目はやさしそうだが、自信がなさそうだ。それも気の毒なほどに。

ジャーヴィス医師が微笑んだ。顔がぱっと明るくなる。「追跡診察は、ただのルーティーンみたいなものなんです。なにもなければ、すぐにお帰りいただけますよ」

「そう、よかった」ユードラはいった。できるだけ協力的に応じることで、診察を早く終わらせてもらおうと決めた。

「転んだときの状況を覚えていますか？」

「歩道の敷石が少し浮いていて、つまずいたの。役所に苦情を入れたわ。ああいう不備が市内に何百カ所もあるっていうし」

「骨折はしなかったんですね？」

「ええ、ありがたいことに。頭を打って脳震盪を起こしたのと、あざができたけれど、長く残るような怪我ではなかったわ」

「よかった。いまもふつうに動きまわれるんですね？」

「杖のおかげでなんとか」ユードラの手がまた震えはじめた。隠そうとしたが、どうにもならなかった。

「よくそんなふうに手が震えるんですか？」ジャーヴィス医師がかすかに眉をひそめた。

「ときどき。でも、なんでもないわ」

「関節がこわばるとか、動きが遅くなるとかいうことは？」

「そりゃあ、あるわ。八十五歳だもの」

医師はユードラの震える手を取った。「サイモンズ先生にセカンドオピニオンを求めたいと思うのですが、いかがでしょう」

放っておいてよ。年齢のせいなんだからしかたがないっていってるでしょう？　どうしてわかってくれないの？　ユードラはそう思ったが、協力的に応じようと決めたのを思い出して、気持ちを口には出さなかった。

「ええ、お願いします」

ジャーヴィス医師はユードラの手を軽く握った。医師の手はひんやりとして、秘めた力強さが伝わってきた。「すぐに戻ります」

ユードラはそのままじっと座っていた。自分の手をにらみつけて、もう震えるなと念じていた。まもなく、男性の医師がノックもせずに入ってきた。押し出しの強い感じの赤ら顔の男で、自分はほかのだれより立派な人間だとでも思っているような雰囲気がある。苦手なタイプだ、とユードラはひと目みて思った。うしろからついてきたジャーヴィス医師のようすをみると、上司をひどく恐れているのがわかる。

「サイモンズといいます」面倒くさそうな口調だった。しかたなく自己紹介はするが、ほかの人間をみんな自分より下の存在だ、とでも思っているんだろう。「パーキンソン病の症状があるようだ、とジャーヴィスがいっているんだが」

ジャーヴィス医師がはっと息をのんだ。「わたしはそうとまでは……」

サイモンズはため息をついて、悪びれることなく続けた。「筋肉がこわばったり、歩くのが遅くなったと感じることは？」

「少し」ユードラは口をすぼめた。「でも、歳のせいかと」

「あるんですね」サイモンズはそういうと、ジャーヴィスを振りかえった。「基本中の基本ともいうべき問診だが、どうしてわたしがやらなきゃならんのかね」

「はい、申し訳ありません」ジャーヴィスはいまにも泣きだしそうな顔でいった。

ユードラの手がまた震えだした。サイモンズがユードラをじろりとみて、その手をつかんだ。震える手を叱りつけようとでもいうような勢いだ。しかし、ふんと鼻を鳴らして手を放し、どこかつまらなさそうな顔をした。「振戦《しんせん》だな。高齢者によくあるやつだ」ユードラの顔をみて、なにも知らない人にものをいいきかせるようなゆっくりした口調でいう。「このことのせいで、日々の生活に、なにか影響が、ありますか?」

ユードラは肩を縮こまらせた。「不愉快だけど、影響はないわ」

「ストレス、怒り、カフェインの過剰摂取によって誘発されることがある」サイモンズはジャーヴィスにいった。「経過観察をするように、かかりつけ医への申し送りを」そうつけくわえてドアに向かった。

「じゃ、いまのは怒りによって誘発されたということね」ユードラはつぶやいた。

「失礼だが、いまなんと?」

「本当にね」ユードラは目を細めた。サイモンズは困惑している。「質問していいかしら」

サイモンズは腕組みをした。「どうぞ」

「あなたのお母さんは、あなたを自慢の息子と思っているかしら?」

「はあ?」

「あなたのお母さんよ。息子がそんな振る舞いをしていると知ったら、お母さんはどう思うでしょうね。お仕事ではずいぶんな成功をおさめたのでしょうけど、その振る舞いは、立派な大人とはいえないわね」サイモンズが反論しようと口を開いたが、ユードラは片手をあげてそれを制した。「わたしは八十五歳。いじめっ子に付き合ってる暇はないの。あなた、自分の今後を考えなおしたほうがいいわよ。他人と関わらないような仕事につくのがいいと思う。乱暴で、見苦しくて、思いやりがない。この若い先生とわたしにお詫びのひとことがほしいわね」

サイモンズはユードラをきっとにらみつけると、口をぎゅっと閉じて、すごい勢いで部屋から出ていった。

ジャーヴィスとユードラは顔をみあわせた。一瞬、気持ちが通じ合うのがわかった。互いの力になりたいと思う気持ちに年齢は関係なかった。ユードラにとっては、失っていた声を取りもどしたような瞬間だった。よくぞあれだけのことがいえたと自分でも驚いていた。

「かえってあなたを困らせることになったらごめんなさいね。いいたいことをいってしまったわ」

「いいえ、全然だいじょうぶです」ジャーヴィスは首を振った。「こちらこそ、すみません。あの人は……」

「いけすかない男よね。だれかがつんといってやらなきゃだめなのよ」ユードラはそういって立ちあがった。ジャーヴィスをまっすぐみつめる。「あなたが謝ることはないわ。わたしはいじめが許せない。あなたも立ち向かわなきゃだめ。あなたはやさしい女性だし、優秀なお医者さんだもの。こんな環境で我慢しているのはもったいないわ」

「ありがとうございます。ときどき、別の仕事についたほうがいいのかもって思ってしまうんです」

「いいえ、逃げちゃだめよ。もっと強くならなきゃ。間違いなく、あなたならできる。それに、あなたがここを辞めてしまったら、わたしが次に来たとき、どうしたらいいの？　あなたには重要な役目があるのよ」

ジャーヴィスはユードラの顔をまじまじとみた。「ええ。そしてあなたも」

思いがけない言葉が返ってきて、ユードラは一瞬たじろいだ。しかしすぐに気を取りなおした。「今日の診察はこれでおしまい？」

「はい。かかりつけの医師への申し送り書を書いておきますね。手の震えがひどくなるようなら、連絡してみてください」ジャーヴィスが差しだした手を、ユードラは握った。「会えてよかったです、ミス・ハニーセット」

「わたしもよ、ジャーヴィス先生」


ジャーヴィス医師との会話を反芻しながら、ユードラは待合室に戻った。歳を取れば取るほど、自分なんか世の中に必要ないのでは、と強く思うようになっていた。人生は長い廊下のようなものだ。過去や現在のさまざまな出来事に通じるドアがいくつも並んでいる。若いころはいろんなドアをあけて、そこに入っていくことができた。仕事に行ったり、友だちと会ったり、海岸に旅行したり、なんでも可能だった。いまはほとんどのドアに〈立入禁止〉の札がかかっている。許されているのは病院に行くこととクロスワードパズルを解くこと、柔らかくて食べやすい食事を作ること。世界の終わりが来たわけではないが、世界そのものが小さくなってしまった。そのせいで、自分がどんどん役立たずになっていくように思える。

待合室に入ると、意外なことにスタンリーが待っていてくれた。

「家まで車で送ってあげようと思ってね」

「ありがとう。とても助かるわ」

「どうだった？　問題なかったかい？」

手の震えのことも、いけすかない医師のことも、いわないでおこうと決めた。まだ頭の中が整理できていないからだ。「ええ、問題なかったわ。あなたは？」

スタンリーは肩をすくめた。「どうやら目をつけられたようだ。だが、年寄りってのはみんな、医者に目をつけられるもんだよな」

「いったんつかまったら逃がしてもらえないのよね」

スタンリーは笑った。「そのとおり。まあ、悪意があってのことじゃないが」

「たぶんね」

車まで行くと、スタンリーが助手席のドアをあけてくれた。ユードラは乗りこみ、バスで帰らずにすんだことをありがたく思った。

「よかったら、これからも通院のときは送り迎えをしようか」スタンリーは運転席に座ってそういうと、イグニションを回した。エアコンからひんやりした空気が出てきた。

「ありがとう。でも、バスで来られるわ」

「嘘が下手だな」スタンリーがいう。「遠慮しないでくれよ。こっちも、たまにはそうやって出かけたほうがいいからね。家に着いたら電話番号を渡そう」

「ありがとう」ユードラはいった。甘えるつもりはないが、親切な申し出がうれしかった。

スタンリーはラジオをつけた。〈ハウンド・ドッグ〉が大音量で流れてきて、ユードラはびくっとした。スタンリーはボリュームを下げるどころか、いっしょに歌いだした。なにかがのりうつったみたいに、大声で歌い、運転席に座ったまま体を動かす。視線をユードラに向けてきた。「キング〔エルヴィス・プレスリーのこと。18曲のビルボードNo.1シングルを誇り、50枚のアルバムをTOP40に送り込み、〝キング・オブ・ロックンロール〟と称された。〕は嫌いかい?」

「世代的に、わたしの少しあとだから」

「ふうん、そうか。だが、ダンスパーティーなんかには行ったんだろう?」

「もちろん」ユードラは昔を思い出して目を輝かせた。「土曜の夜といえばダンスだった」

「いい時代だったな」

「いまとなっては大昔ね」

「年齢は気持ちで決まるんだよ」

「ってことは、わたしは二百歳くらいだわね」

「それはまずいな、ミス・ハニーセット。ひとつ提案があるんだが」

「提案?」ユードラはいった。やっぱりバスに乗ればよかった、と思っていた。

「今週末、ポールの五十歳の誕生日なんだ。パーティーに同行してくれないか？　すぐそばの古いダンスホールでやるんだよ。ひとりで行くのはつまらない。いっしょに行けば楽しめる」

ユードラはスタンリーに目をやった。行きたくなんかない。けど、断れそうにない。それに、一回くらいは頼みをきいてあげてもいい。

どうせもうすぐ死ぬんだから、だれかの役に立つのもいいかもね。

「いいわ。でも、十時には帰りたい」

スタンリーは帽子を脱ぐしぐさをした。「シンデレラ姫のおおせのとおりに」

一九五二年　ロンドン南東部、シドニー・アヴェニュー

けんかのきっかけはボタンだった。はぜたばかりのトチの実のような、丸々とした茶色いボタン。ステラが近所の中学校に入学した初日の朝に撮った写真は、緊張しつつもわくわくした表情をとらえていた。着ているブレザーにはボタンが三つ。

「決まってるわね」ユードラは目をうるませて、ステラの両肩に手を置いた。「新しい冒険の始まりよ」振りかえってお母さんをみたが、その顔にはなんの感情もみえない。「とても似合ってるわよね。お母さん、そう思わない？」ふたりの関係を少しでもよくしたかった。

ビアトリスは一歩前に出た。「襟に糸くずがついてるわよ」爪で引っかくようにして、糸くずを取った。「それ以外は合格ね」

ステラはユードラに目をやった。ユードラはステラを勇気づけるようにうなずいた。「じゃ、行ってきます」ステラはかばんを持って玄関に向かった。

「行ってらっしゃい」ユードラがいうと、ステラは強気な笑みを浮かべて歩きだした。その姿がみえなくなると、ユードラはいった。「うまくいきますように」

「だいじょうぶよ」ビアトリスはどうでもいいというようすだった。「早くしないと仕事に遅れるわよ」

学校を出たあと、ユードラはロンドンの銀行で秘書として働いていた。仕事は好きだったが、それ以上に、毎日街に出ていくのがうれしかった。自分が必要とされている重要な存在だと思うことができた。家族のためにお金を稼ぎ、面倒もみることで、お父さんとの約束も果たせる。お父さんに会いたい、と毎日思っていた。お母さんと妹が衝突したとき、お父さんがいれば逃げ場ができるのに、と思うこともたびたびあった。ふたりで顔をみあわせて笑いあえば、そんな状況も少しは楽にやりすごせるだろう。

ステラが大きくなれば、お母さんからの当たりも弱くなるのではないか、あまりがみがみいわなくなるのではないか、と前は思っていた。しかし、そうはならなかった。お父さんが死んだ日に生まれた強い恨みの気持ちは、家庭の中に深く根を張って育ち、二度と消えないものになってしまった。ばかげた考えかもしれないが、お母さんはステラのせいでお父さんが死んだと思っているみたいだ。アルバート、ビアトリス、ユードラの三人で幸せに暮らしていたのに、戦争が始まってお父さんが徴兵された。そこに劇的かつ騒々しい登場を果たしたのがステラだったのだ。ステラにとっては不運なめぐりあわせだった。ビアトリスの心の中では、ステラの存在は悲劇と同義であり、さらにステラの残忍でわがままな性格が、その思いをさらに強固なものにした。ステラは愛する娘ではなく、厄介な娘になってしまったのだ。

お母さんがステラを憎むなら、自分がそのぶんかわいがってやらなければ、とユードラは考えた。それは大変なことばかりで、感謝されることもめったになかった。

仕事は、そんな生活からの逃げ場になってくれた。同僚たちはそれなりに親しく接してくれるし、先輩秘書たちはなにかと目をかけてかわいがってくれる。上司のウェルズさんも親切な人で、どこかお父さんに似たところがある。

お母さんはいまも小学校で働いている。ユードラとステラが卒業した小学校だ。いまは事務の責任者をしている。去年、ハリソン先生という男の先生から、いっしょに劇場に行かないかと誘われたとのこと。お母さんはかんかんに怒っていたが、ユードラはひそかにそれを残念に思った。お母さんがお父さんを亡くして悲しんでいるのはわかるが、だからといって、これから一生男性を拒絶して生きていく必要はないはずだ。お父さんだって、お母さんに幸せになってほしいと思うだろう。でもどういうわけか、お母さんは悲しみに押しつぶされたまま、その重みから逃れることができずにいる。

その夜、玄関のドアをあけたときのユードラは、ステラに会うのが楽しみでならなかった。

中学校の初日がどうだったか、早くききたかった。

「ただいま！　お母さん？　ステラ？」重い静寂。まもなく、キッチンからすすり泣きがきこえた。「お母さん？」なにかよくないことがあったんだ。お母さんの怒りに満ちた顔をみた瞬間、ユードラは察した。調理台には皮をむいたニンジンとジャガイモがあった。

「あの子は悪魔そのものよ！」

「なにをしたの？」ユードラは苛立ちを隠そうとしながらきいた。

「わたしをぶったの！　母親に手をあげるなんて！」ビアトリスがユードラに寄りかかる。ユードラが抱きしめると、子どもみたいに泣きはじめた。

「なにがあったの？」ユードラはやさしくききながら、ビアトリスの髪をなでた。

「あの子が帰ってきたとき、ブレザーのボタンがひとつなくなっていたの。どうしたのかってきいたら、あの子、それがなんなのよっていうみたいに肩をすくめた。わたし、腹が立ってね、すぐに座ってボタンをつけなさいっていってやったの。でも、あの子はいうことをきかなかった。信じられる？　いわれたとおりにしなさいって怒鳴ってやったら、あの子も怒鳴った。あんたなんか地獄に落ちろ、といったのよ！　わたしが母親にそんな口をきいたら、きっと炭小屋に閉じこめられたわ」

ユードラは心の中でため息をついた。

「あの子がキッチンから出ていこうとしたから、わたしが腕をつかんだ。そうしたらあの子、わたしをぶったの。ほら、ここ」ビアトリスは頬を上に向けた。ピンク色の手形がついている。

「まあ、ひどい」ユードラはいった。息が詰まるような不安が押しよせてきた。

「ステラのこと、どうしたらいいの?」ビアトリスがいう。「手に余るのよ。お父さんが生きてたら、こんなことにはならなかった。絶対にそうよ」

「わたしがステラと話してみる」

「お願いできる? ありがとう。あなたはやさしい子ね。あなただけが頼りよ。ステラもあなたのいうことには耳を貸すだろうし。わたしのことは嫌ってるけどね! わたしがいったいなにをしたっていうの?」

ユードラは階段をのぼり、ステラの部屋のドアをそっとノックした。「あっちに行って!」こもった声がきこえた。それでも怒りが伝わってくる。

「ステラ、わたしよ。入っていい?」部屋の中から物音がきこえたあと、ドアが細く開いた。ユードラはこれを受け入れの合図だと解釈して、部屋に入った。ステラは制服姿のままベッドに座り、世界のすべてが気に入らないというように顔をしかめていた。ユードラはその隣に腰をおろした。

「話、あの人からきいたんでしょ」しばらくして、ステラがいった。

「あの人っていうのがお母さんのことなら、ええ、きいたわ」ユードラは妹の顔を盗みみた。今回の事件に対するお母さんの反応は涙、ステラの反応は激しい怒りだった。「ぶつなんてよくないわ。そう思わない？」

ステラは肩をすくめた。

「ステラ」ユードラは厳しい口調でいった。「気に入らない人をぶってばかりじゃ、この先生きていけないわよ」

「あの人があたしの腕をつかんだの。すごい力で！」

ユードラは息をのんだ。お母さんの力が強いのは知っている。「それでも、ぶつのはだめよ」

「どうしていつも、あの人の味方をするの？　いつだってそうじゃん。あの人はあたしのことを嫌ってるのに、ドーラはいつもあの人の味方。そんなの不公平だよ」

たしかにそうだと思う。でも、それをいえば、毎日家に帰ってくるたびに、お母さんと妹のけんかの仲裁をしなきゃいけないのだって不公平だ。「お母さんは、ステラのことを嫌ってなんかいないわ」

「嫌ってるよ」ステラは腕組みをした。「でも、べつにかまわない。だってあたしもあの人が嫌いだから。くそばばあ」

「そんなひどいことをいっちゃだめ。あなたのお母さんなのよ」

「だからなによ？」ステラはそういって立ちあがり、部屋のドアをさっとあけると、階段の手すりの上に身をのりだした。「くそばばあ。きこえる？　く・そ・ば・ば・あ！」

「ユードラ！」キッチンのドアのほうからお母さんの声がきこえた。「なにをやってるの？

ステラにそんなことをいわせないで！」

　ユードラはがくりと肩を落とした。もう疲れた。そのままステラのベッドに体を倒す。わたしがなにをしようと、どんなにがんばろうと、お母さんと妹を幸せにすることは絶対にできない――そんな現実がじわじわと迫ってくる。しかし、必死にそれを打ちけそうとした。顔の向きを変えると、軍服姿のお父さんの写真があった。ベッドサイドテーブルに置かれた写真立てから、お父さんが笑いかけてくる。がんばれ、といっているみたいだ。ユードラはため息をついて床に立った。お母さんと妹が繰りひろげる終わりのない激しい戦争を、なんとかして鎮めたい。もう一度がんばろう。

7

　古いマホガニーのクローゼットをあけると、防虫剤とラベンダーのにおいが流れてきた。数少ない服に指を走らせて、あきらめのため息をつく。どこかに招待されるなんて久しぶりだし、五十歳の誕生日パーティーに行くのにふさわしい服なんか持っていない。クローゼットに入っているのは喪服のほか、灰色や茶色や青の服ばかり。どれも暗めの色合いだ。

「いつからこんなにつまらない人間になっちゃったのかしらね」ユードラはモンゴメリにいった。モンゴメリはベッドの上でちんまりと丸くなっている。手を伸ばしてモンゴメリの頭をなでてやった。猫は大きく伸びをして、鋭い歯をみせた。いまは触れられたくないらしい。「あなたに相談してもだめみたいね」ユードラはふたたびクローゼットに向きなおった。こんなに地味な服しか持っていないのは事実で、言い訳のしようもない。

昔から小ぎれいな服装を心がけていた。見た目は悪くない。ただ、着るものに関して冒険はできないタイプだった。もっと冒険するべきだったんだろうか。いや、べつにどうでもいい。ただの誕生日パーティーに行くだけで、スタンリーのほかは知らない人ばかりだ。スタンリーだって、そんなに親しい友人というわけじゃないし、どう思われたってかまわない。そう、スタンリー・マーチャムがなにをどう思おうと、こっちの知ったことではない。

とはいえ、それなりに努力をしないと、自分のプライドが傷つくことになる。昔、ダンスに行くときも、見た目には気を使っていたものだ。若かったあのころ、土曜の夜におめかしをして出かけるたびに胸を躍らせていた。きれいなドレスを着て、髪を巻いて、化粧をして——厚化粧ではなく、ほどよい化粧だった——夜を楽しく過ごしたのだ。いまとなっては、まるで前世の出来事のように思える。

やるせない気持ちでクローゼットに手を伸ばした。いまここに、かぼちゃの馬車と魔法使いのおばあちゃんがあらわれてくれたら、どんなにいいだろう。紺色のスカートを手に取った。

以前、ガーデニングをするときに愛用していたものだ。合わせるブラウスは、煮出した紅茶みたいな色。両手でそれらを持ってじっくり眺めながら、これでだいじょうぶと自分にいいきかせた。ブローチのひとつもつければ、明るい雰囲気になるだろう。お母さんの形見の真珠のネックレスでもいい。靴はどうしよう。がんばってハイヒールを履くか、それとも、いつもの地味なスリッポン・シューズにするか。あれなら靴底が柔らかくて歩きやすい。

真剣に考えこんでいたので、呼び鈴の音が静寂を破ったとき、飛びあがるほど驚いた。呼び鈴は必要以上に長く押されていた。「ローズ、呼び鈴から手を離してちょうだい」手すりの上から叫んだ。

「どうしてあたしだってわかったの？」ユードラがやっとのことで玄関に出ると、ローズはそういった。

「あなたしかいないじゃない」

「あたし、頼れる友だちだもんね」ローズがいう。「ママがいつもいってるよ。あたしはだれよりも忠実でいい友だちになれる子だって」

「犬の話でもしているみたいね」

ローズはくすくす笑った。「それ、最高」

「それで、わざわざお越しいただいた理由は？　今日はプールには行かないわよ。それが狙いならあきらめて」

「あ、それはわかってる。今朝はもう行ってきたんでしょ。帰ってくるところをみたもん」これは感動すべき事態なのか、それとも恐れるべき事態なのか。ＫＧＢレベルの監視を受けているなんて。

「これを持ってきたの」ローズは赤と白の水玉模様のケーキの容器を掲げた。「お詫びの印。レモンドリズルケーキだよ。ママとふたりで作ったの。届けたらすぐ帰ってきなさいっていわれた」

ユードラはケーキを受け取った。「まあ、そうなの。ありがとう」ローズは期待をこめた目でこちらをみあげている。「届けたらすぐ帰るなんて、あなたにはできそうにないわね？」

「ええと、まあね。ていうか、ケーキをふたりで食べようって申し出たほうが親切かなって思うの。でないとユードラが食べすぎて苦しくなっちゃうから」

「とても思いやりがあるのね」

「ありがとう」ローズは胸を張ってうなずいた。

帰るつもりはないのね、とユードラは思った。こちらがよほど高圧的に出ないかぎり、追い返すことはできないだろう。「いっしょにケーキを食べていく？」

ローズの顔が喜びで爆発した。「うん、うれしい！　ありがとう、ユードラ。スクウォッシュを作ろうか？　ユードラはコーディアルって呼ぶんだっけ」

前に歯が溶けそうなほど甘い飲み物が出てきたのを思い出して、ユードラは首を横に振った。

「わたしはいいわ。お茶を飲むから。あなたは好きにしていいわよ」

「あたし、スクウォッシュにする」ローズはユードラのあとについてキッチンに入ってきた。

ユードラはグラスとコーディアルの瓶を出してやり、自分の紅茶をいれはじめた。ローズはグラスに半分以上コーディアルを注ぐと、水を少しだけ加えた。

「歯が悪くなるわよ」ユードラはいった。

「ママもそういうの。でも、歯みがきがじょうずだから平気よ」ローズはあたりをみまわした。「このキッチン、なんか寂しいね。冷蔵庫にマグネットもついてないし、戸棚に絵も貼ってない」

「そうねえ」

「あたしが絵を描いてあげる」

「いらないわ、本当に」

「いいからいいから。あたし、お絵描きが大好きなんだ」

ユードラは紅茶を飲みながら、病院の壁にかかっていた作品を思い出した。これ以上なにをいっても無駄だろう。それに、ローズの絵があればキッチンが明るくなるかもしれない。地味な服しかかかっていないクローゼットといい、なにも飾っていない壁といい、人生から彩りが少しずつ消えていこうとしているところだ。

「さっき呼び鈴を鳴らしたとき、二階でお昼寝をしてたの？　うちのおばあちゃん、よくお昼寝するんだよ」

「いいえ。じつはお洋服選びをしていたの」

「お手伝いしようか？　あたし、ファッションには詳しいのよ」

ユードラはローズの服装にちらりと目をやった。短パンはピンクとカーキ色、紫色のTシャツには〈もっとユニコーンになろう〉と書かれたワッペンがついている。頭には金色のスカーフ。ファッションというものをなめているとしか思えないが、それにもだんだん慣れてきたような気がする。いや、ひどすぎてコメントさえできないというべきか。「そうねえ」

「ユードラって、そんな返事ばっかりね」

「そんな返事って？」

「そうねえ、って。本当はいやだけど、しかたがないから相手に合わせてるときの返事」

「そうねえ」ユードラはまたいった。

「ユードラっておもしろいね」ローズはスクウォッシュを飲みほして、階段を駆けあがっていった。

ユードラが寝室にたどりついたとき、ローズは腕組みをして立っていた。クローゼットの中身をみて、どれもだめだと判断したらしい。「茶色や灰色ばっかり。カラフルな服を買わなきゃだめだよ」ユードラが思っていたとおりの反応だった。「それと、あそこにあるのはなあに？」ローズは大きな段ボール箱を指さした。『ユードラの宝物』と書いてある。

「なんでもないわ」ユードラはそういって身をかがめ、部屋のドアを閉めた。

「詮索好きは身を滅ぼす、だっけ？」ローズはいった。覚えてていでしょ、といわんばかりの顔だ。

ユードラは唇を引きむすんでからいった。「それより、わたしの服について、ほかにコメントはある？」

ローズは眉をひそめた。「それって、あたしにファッションの先生になってほしいってこと？　あたしはカリスマ・ファッションコーディネイター！」

「先生というよりアドバイザーのほうがいいわね」

「そうねえ」ローズは真剣な顔でユードラの真似をした。「いいわよ、やってみる。いつお買い物に行く？」

そんなばかげた計画はつぼみのうちに摘んでしまわなければならない。ユードラはきいた。

「買い物って、絶対に必要なの？」

「もちろん。イメージチェンジをするんだもん。あたしはそのプロデューサー」ローズはトイレに行きたがる子どものように、足を交互にあげてぴょんぴょん跳ねた。

「たったひと晩出かけるだけのために？」

ローズは大興奮だった。「夜のお出かけ？　パーティーなの？」

ユードラはうなずいた。「スタンリーの息子さんが五十歳になるんですって」

ローズはいまにも爆発しそうだ。「だったら新しい服を買わなきゃ！　努力するってことがだいじだと思うなあ。歳を取れば取るほどそうなの。あきらめちゃだめ」

ユードラは唇をひくつかせた。「そうなの？」

ローズは真剣な面持ちでうなずいた。「そうだよ」

「そうね、それならがんばってみようかしら」ユードラは答えながらも、まさか自分がこんなばかばかしい計画にのるなんてとあきれていた。

「そうこなくっちゃ！　ちょっと待ってて。ママにきいてくる」

ローズは階段を駆けおりていった。残されたユードラは唖然としていた。なにが起こっているんだろう。あんなにパワフルな人間との付き合いには慣れていない。あの子はまるで生きる喜びをぎゅっと集めて手榴弾にしたみたいな存在だ。どうして自分があんな子の友だちに選ばれたんだろう。とにかくローズとは正反対の人間だ。年寄りだし、現実を知ってしまっているし、感情だって抑えられる。それでも、あの子がそばにいるのはなんだか悪くない。どうしようもなく頑固だが、限りなくやさしい心を持った子だ。自分を友だちとして選んだのは、もしかしたら、実のおばあちゃんが恋しいからだろうか。でも、あんなふうに慕ってくるのは、きっと学校が始まって同じ年ごろの友だちができるまでのこと。とはいえ、それまでのあいだローズと付き合っていれば、死ぬことばかりを考えずにすむし、いいことなのかもしれない。それに、新しい服を買うことだって悪くない。自分のお葬式のときにも着せてもらえばいい。ものは考えようだ。

一階におりた。もう一杯紅茶をいれよう。さっきいれたのがすっかり冷めてしまった。そのとき電話が鳴った。キッチンではなくリビングに向かい、電話に出る。相手の声をきいた瞬間、脈が少し速くなった。

「こんにちは、ミス・ハニーセット。こちらはクリニック・レベンスヴァールのグレタ・リーベルマン医師です」

脈がさらに速くなる。「お電話ありがとうございます」

「こちらこそ。ペトラからハニーセットさんからの申込書を受け取ったので、直接お話がしたいと思い、お電話しました。わたしが実務を担当します。もちろん、本件を実際に進めていいかどうかを最終的に判断するのもわたしです」

「わかりました」

「お申し込みについて少しお話がしたいのですが、いまお時間はだいじょうぶですか?」

ユードラはドアのほうに目をやった。ローズがいつ戻ってくるかわからない。「ええ、もちろん」協力的だと思われたかった。

「よかった。では、正式に自己紹介させていただきます。わたしはグレタ・リーベルマンと申します。グレタと呼んでください。ユードラとお呼びしてかまいませんか?」

「もちろんです」

「まずは、現在の健康状態は、提出いただいた書類のとおりですか？」

「ええ」

「ご決断について、ほかに考えたことはありますか？」

ユードラはむっとした。「気が変わっていないか、と？」

「よくあることなので」

「いいえ、変わっていません」

「わかりました。この件をほかのどなたかに話しましたか？」

「いいえ、どうして他人に話さなきゃいけないの？」

「生と死の問題ですから、だれかととことん話し合うのは大切なことですよ」

「だからお電話をくださったのかしら」

「といいますか、今回の決断がどんなことを意味するか、完璧に理解されているかどうかを確かめたいんです」

ユードラは大げさにため息をついた。「それはペトラに説明しました。わたしは八十五歳で、もうじゅうぶんに生きたと感じています。体は衰える一方。どうやって死ぬかを自分で決めたいと思いました。鬱状態でもないし、不幸でもありません。手遅れにならないうちに、自分の今後をしっかり決めておきたいんです」

「ユードラ、わかりますよ、本当に。それでも質問をしなければならないということをご理解ください。あなたの決意が揺るがないと確信できてからでないと、わたしは判断を下せません」

ユードラは深く息を吸った。「ええ、わたしもわかっています。ごめんなさい。そうそう簡単に判断できることじゃないものね」

「あなたの決意の強さは、お話ししていて伝わってきます。あなたの申し込みについても、熟考に熟考を重ねるつもりです。死のありかたをご自分で決めたいという考えかたは、とても重要だと思います。同意するとの約束はいまはできませんが、こちらの同僚たちとよく話し合い、お話しくださったことのひとつひとつをしっかり吟味します。そしてもう一度ご連絡をさしあげ、さらに綿密な話し合いをした上で結論を出すことになります」

「ありがとうございます」ユードラはいった。受けた印象は、予想外に希望の持てるものだった。ようやく耳を傾けてくれる人がみつかった。わかってくれる人がみつかった。

人がごそごそ動くような音が廊下からきこえた。ローズが戻ってきたのだ。「泥棒じゃないよ、ローズだよ」大声が響く。「さっき、ドアをちゃんと閉めないで、掛け金に引っかけておいたの。コーンウォールにいたときはよくそうやってたんだけど、あとでちょっと心配になっちゃった。だって、ロンドンには怖い犯罪者がたくさんいるんでしょ？　ニュースでみたの」

ドアがあいて、ローズの顔があらわれた。「あ、ごめんなさい。電話中だったんだ」

ユードラははっとした。ローズが部屋にいる状況で、リーベルマン医師との会話は続けたくない。「先生、すみません。ちょっとお客さんが来たので」

「ええ、きこえましたよ。お孫さんではないんですよね？　ご家族はいらっしゃらないとのことでしたが？」

「ええ、ローズはわたしの……」ユードラは適切な言葉を探した。

「ファッションアドバイザーだよ！」ローズが叫び、ユードラをみて親指を立てた。

「……お隣の娘さんです」ユードラが続けた。

「なるほど」医師は少しおもしろがっているようだった。「じゃあ、今日はこれで終わりにしましょう。ひとつだけ、最後にいいですか？」

「そうねえ」ユードラはあきれたように天井をみた。ローズが〝ほらね〟といいたそうな視線を送ってきたからだ。

「死について最終的な決断をするまでは、生きる選択を捨てないでください。可能な限り精一杯生きることが大切なんです」

ユードラはふんと鼻を鳴らした。「考えておきます」

「よかった。近いうちにまたお話ししましょう。さようなら、ユードラ」

「まじめなお話だったみたいね」目を丸くしたローズにみつめられながら、ユードラは受話器を置いた。

「個人的なことよ。じゃ、あのケーキをいただきましょうか」空気を変えたくて、ユードラはそういった。

　ローズは訳知り顔でウィンクした。「秘密ってことね。わかった。うん、ケーキを食べよっか。ママがいってたけど、ユードラの都合がいいときだったらいつでもお買い物についていくって。あたしたち、ユードラを助ける妖精になるよ！」ローズは期待をこめた目でユードラをみあげた。「『そうねえ』っていってもいいよ！」

　医師にいわれた「生きる選択」という言葉が頭の中で繰りかえしこだましている。ユードラは答えた。「ありがとう、ローズ。助かるわ」

「やった！　ねえ、ケーキを食べながら〈ポイントレス〉をみようよ。うちのおばあちゃんが好きな番組なんだ」

「テレビ番組の名前が〝意味がない《ポイントレス》〟なの？　ばかみたいね」

「そうだね。でも、リチャード・オスマンは気に入ると思うよ。おばあちゃんたちはみんなそうなの」

「わたしは辛口批評家よ」

「意味がよくわからないけど、まあいいや」ローズがいった。「あたし、ケーキを切ったら、コーディアルをもう一杯作るね。ユードラはお茶をいれるんでしょ？」

「そうね、助かるわ。ありがとう」ユードラは先にキッチンに入った。

　ローズはケーキをとんでもない大きさに切りわけてから、顔をあげた。「ユードラ、自分の名前って気に入ってる?」

「気に入るもなにも、自分で選べるものじゃないし」

「ユードラを短くして、ドーラっていうのはどう?」過去の感情が稲妻のようにユードラの心を打ちぬいた。「ドーラって呼んでもいい? 〈ドーラといっしょに大冒険〉のドーラみたいでしょ」

「やめてくれるとうれしいわ」声が震えたが、それでもきっぱりいった。

「どうして? そのほうが仲良くなれた気がするんだけどな」

自分でも驚くほどの怒りが瞬時にわいてきた。「ローズ、わたしはそう呼ばれたくないの。やめてちょうだい。ドーラなんて呼ばれたくない。わたしの名前はユードラよ!」こんなふうにローズに怒りをぶつけるのは不条理だとわかっていたが、どうしようもなかった。脳裏に愛するお父さんの顔が浮かぶ。

「かわいいドーラ! 大切なドーラ!」

「ごめんなさい」ローズが小さな声でいった。「悲しくさせちゃったんだね」相手の気持ちを直感的にみぬいたらしい。「話したいこと、ある?」

「いいえ」ユードラは答えた。「でも、ありがとう」

ローズはうなずいた。「じゃ、このことはこれでおしまいね」

なんて賢い子なの。ユードラは驚くばかりだった。

「ねえ、気分を変えて〈ポイントレス〉をみようよ」ローズはケーキをのせた二枚のお皿と自分の飲み物を器用に持って、先にリビングに移動した。

ユードラはいつのまにか、リチャード・オスマンとレモンドリズルケーキに夢中になっていた。ローズと共有する空間が心地よい。さまざまなカテゴリーから出題されるクイズの答えを考えるのが楽しかった。出場者のひとりがジョン・スタインベックの作品名を『怒りのフランス』といったときには、ふんと笑った。

「それをいうなら『怒りの葡萄』でしょ。ばかな女ね！」

「ユードラって物知りなんだね」ローズが感心したようにいった。

「長く生きてるってことよ」

ローズはケーキを食べおわり、手の甲で口を拭った。「死ぬのが怖いと思う？」

ローズの単刀直入な物言いにはだいぶ慣れてきたとはいえ、ユードラは虚をつかれた気分だった。しかし、答えには迷わなかった。「いいえ。あなたは怖い？」

ローズは少し考えてから答えた。「前は怖かったけど、『リメンバー・ミー』をみてからは怖くなくなったかな」

「それ、なに？」

「死者の日についての映画だよ。メキシコですごく人気があるの」ローズはユードラの好意的な反応を楽しみながらいった。「基本的に、死んだ人は、先に死んだ家族といっしょにいるんだけど、一年に一回、生きてる家族が死んだ人たちの写真を飾ってキャンドルに火をつけて、死んだ人たちがこの世に帰ってくるのを迎えるの」

「わりとおもしろそうね」

「でしょ？　ママが、今年は同じようにしておじいちゃんをお迎えしようっていってる。あたしが死についてあれこれ考えすぎてるってママはいうんだけど、死を恐れないでいるためには、死について考えるのは大切なことじゃない？」

　ユードラはローズをまっすぐにみつめた。「ええ、そう思うわ」

「ユードラが死を恐れてなくて、よかった。だって、もうすぐ死ぬと思ったら怖くなりそうじゃない？　歳を取れば取るほど」

「たしかに、わたしはだいぶ年寄りだものねえ」

「ごめんなさい。あたし、また調子にのっちゃった。もう帰ったほうがいい？」

　いつもなら早くひとりになりたいと思っただろう。しかしこのときはどういうわけか、気持ちに余裕があった。「もう少しいたかったらいてもいいわよ」

「ありがとう。とにかく、ユードラには長生きしてほしいな。わたしの誕生日パーティーに来てほしいの」

　ユードラは吹き出しそうになるのをこらえた。「お誕生日までどれくらいあるの？　お誕生日は何日？」

「十月二十二日」

「そのときには学校が始まってるでしょ。お友だちとお祝いすればいいじゃない。わたしみたいなおばあちゃんとじゃなくて」

ローズはかっとしていった。「ユードラに来てほしいの。スタンリーも。それと、モンゴメリにも来てほしいから、なんとか連れてきてほしいな。それまで生きててほしいから、がんばってね？」

「ええ、がんばるわ」

そのとき、ドアをノックする音がきこえた。「ローズ？　まだお邪魔してるの？」

ローズは顔をしかめた。「ママだ。もう帰らなきゃ。ケーキを分けてくれてありがとう。おしゃべりも楽しかった」

「こちらこそ」

ローズははずむように玄関に出た。マギーが娘を叱る声がしたあと、ふたりはリビングにやってきた。「ユードラ、ごめんなさい。長居しちゃだめよってローズにいったのだけれど」

ユードラは両手をあげていった。「そんな、全然かまわないわ。わたしが引きとめたんだから、ローズを叱らないで」

「本当に？」

「ええ、本当よ」ユードラは答えながら、マギーが疲れた顔をしているのに気づいた。「だいじょうぶ？」

マギーはふくらんだおなかをさすった。「だいじょうぶよ、ありがとう。ちょっと疲れてるけど、赤ちゃんがいるんだからしかたないわ」

「そうね」

マギーは微笑んだ。「ローズ、行くわよ。ちゃんとお礼はいった？」

「うん」ローズはまいっちゃうよねという顔でユードラをみた。「お買い物、いつにする？」

「ああ、そうだったわ」マギーがいう。「イメチェンのためのお買い物に行くんですって？」

「そういうことになったみたいね」

マギーはにっこりした。「今度の土曜日はどうかしら？」

「ええ、それでいいわ。ありがとう。パーティーはその日の夜だから、絶対に買わなきゃって気持ちになりそう」

「よかった。十時でどう？」

「いいわ。ありがとう」ユードラはそういってからつけたした。「そうだ、ローズにききたいことがあったんだわ」

「なに？」ローズが目を輝かせる。

「〈もっとユニコーンになろう〉って、どういう意味？」ユードラはローズの着ているTシャツを指さした。

「えっとね、もっとキラキラ、ステキになろうっていう意味だよ」ローズは両腕を広げた。有名な曲のサビの部分を歌おうとする歌手みたいだ。「わかった？」

ローズを相手に文句をつけても意味はないわね。

「よくわかったわ。じゃ、土曜日にね」

一九五五年　ロンドン南東部、オーキッド・ダンスホール

ドレスは水色。身頃にはシフォンが重ねてあり、スカートはAラインになっている。親友のシルヴィアといっしょに土曜日に〈オールダーズ〉に行ったとき、みつけたものだ。一カ月分の給料に近いくらいの値段がするドレスを買うべきかどうか、考えに考えた。

「グレース・ケリーが着そうなドレスよね」シルヴィアがうっとりした表情でいった。

「買うわ」ユードラは店員にいった。

次の土曜日、迎えにきたエディを、ユードラは階段の上に立って待っていた。ハリウッド映画の女優みたいに、さっそうとした足どりで階段をおりるところをみせたかったからだ。ただし、階段に敷かれたカーペットは、国産のベージュ色。映画だったらヒロインが住んでいるのはロサンゼルスの豪邸で、階段には灰色の大理石が使われていることだろう。それでも精一杯エレガントに階段をおりた。エディはうっとりした目でこちらをみている。高いドレスを買っ

た価値はじゅうぶんにあった、とユードラは確信した。

「クリームをなめた猫みたいだねえ」お母さんがみたらこういうだろう。

ビアトリスはエディのことを気に入ってはいない。そういわれたわけではないが、ユードラにはわかる。いつも礼儀正しくエディを迎えてくれるが、温かみがないのだ。鼻を少しゆがめて、いやなにおいを嗅いだかのような顔をする。ユードラは気にしないことにした。ユードラにとって、エディは現実からの避難場所なのだ。ロンドン南東部の下町訛りをきいたり、ちょっと行き過ぎなほどの自信家ぶりをみたりしていると、人生に希望が生まれてくる。楽しいことや笑いあうことがほとんどない家庭に、エディは楽しさをもたらしてくれる。シルヴィアもこの恋愛を後押ししてくれた。二十二歳という年齢でなにも楽しみのない生活を送るなんて、人生をあきらめるようなものよ、と。

「わたし、本気でいってるのよ、ドーラ。お母さんやステラといっしょに家にこもってちゃだめ。あのふたり、けんかばかりなんでしょ。それは永遠に終わらない。あなたはそのうち精神を病むことになる」

シルヴィアのいうとおりだと思った。ビアトリスとステラの敵対関係はいっそう深刻になり、花崗岩みたいに冷たくて硬いものになってしまった。上っ面のやりとりくらいはあるが、ときにはそれが導火線となって、一触即発の状態になる。夜に帰宅するたび、ユードラは体をこわばらせて自分を守ろうとするが、毒気は容赦なく襲ってくる。

エディはこの世界のアンチテーゼみたいな存在だった。知り合ったのは、ある土曜日のダンスパーティー。ユードラはシルヴィアと恋人のケニーのお邪魔虫のような形で参加していた。ホールの隅に座ってみんなをみているだけで楽しかった。パーティーの雰囲気そのものが現実を忘れさせてくれたのだ。エディのことは何度かみかけていたが、最初はビアトリスと同じようなネガティブな印象を持っていた。騒々しくて厚かましくて、少し度が過ぎる自信家。結果として、ダンスに連れてくるかわいらしい女の子には事欠かないようだった。その日、ユードラはいつものようにホールの隅に座り、レモネードのグラスを持って、音楽に合わせて爪先でリズムを取っていた。そこへエディがあらわれた。

「世界中にダンスホールは数あれど、あの子がいるのはこのホールだけ」エディはそういって、ユードラの座っている隣の椅子に片足をかけた。気取った笑みを浮かべて身をかがめてくる。

ありきたりな誘い文句だとはわかっていたが、近づいてきたときの足どりや、なにより彼が自分を選んでくれたことに、心を動かされた。ユードラが笑って顔を赤らめると、エディはこれ幸いと手を差しだした。

「エディ・スペンサーだ」

「ユードラ・ハニーセットよ」もっとシンプルな名前だったらよかったのに、とユードラは思った。

「きれいな名前だね。きれいな子にぴったりだ」ユードラは頬が熱くなるのを感じた。「吸うかい?」エディが煙草の箱を差しだす。

「いいえ、吸わないわ。ありがとう」ユードラは答えつつ、傲慢な印象を持たれませんようにと祈った。

「自分の意志をもった女性はいいね」エディはポケットに煙草をしまい、にっこり笑った。

ユードラはきゅっと唇を閉じた。どう答えたらいいのかわからない。幸いなことに、エディはそんな場面に慣れていた。「音楽に合わせて話すのはどうかな?」といって手を差しだす。ユードラはその手を取った。ダンスを楽しむうちに、体が軽くなった気がした。人生が変わるかもしれない、と思えた。

その後の数カ月間は、ユードラ、エディ、シルヴィア、ケニーの四人で楽しく過ごした。ユードラにとって、土曜日は日曜日と同じくらい神聖な日だった。自分はいま、新しくてすばらしいなにかにつながる道を歩いているんだ――ユードラはそう夢見ることを自分に許していた。

ステラの存在は苦痛の種だった。ダンスについていきたいとしつこくせがんでくる。ユードラに断られると、家族間の決まりを破って家を出ていってしまう。あるとき、十五歳のステラが警官に連れられて家に帰ってきた。友人といっしょに地元の公園に入りこみ、煙草を吸っているのをみつかったのだという。それ以来、ビアトリスは暗い目をユードラに向けて、こういうようになった。

「お願いよ、ドーラ。土曜のダンスにあの子を連れていってちょうだい。あんな辱めにあうのは二度とごめんよ」

　良心の呵責にかられて、ユードラはうなずいた。問題ないと自分にいいきかせた。ティーンエイジャーになってから、ステラの反抗的な態度はより強くなっていたものの、姉妹の関係は強固なままだった。いや、ユードラがそう思っていただけかもしれない。

「土曜日のダンスに連れていってあげるけど、いい子にしていてね。お酒はだめ。煙草もだめ。わかった？」

「わかったよ、ドーラ」ステラは幼い女の子のような口調でいった。

「悪さをするなら絶対に連れていかないからね」

　ステラは強い視線をユードラに向けた。「絶対に連れてってもらう。でないと、また家出して騒ぎを起こしてやる。そしたらあの女がまたドーラに愚痴るんだよね。あたしたちの大切なお父さんが戦死しなかったらどうのこうのって」

「ステラ！」

　ステラはゆがんだ笑みを浮かべた。「冗談だってば、ドーラ。落ち着いてよ。ちゃんといい子にするからさ」ユードラはステラの目をのぞきこんだ。いまの言葉を信じたいという一心だった。ステラはふざけた顔をしてユードラの頬にキスをし、耳元でささやいた。「信じてくれていいよ。ドーラを悲しませたりしないから。ビアトリスはあたしのことが嫌いなんだろうけど、ドーラはあたしのことが好きだもんね」

いつからか、ステラは母親のことをビアトリスと呼ぶようになっていた。これにも母親の神経を逆なでする意図があったのだろう。ユードラは自分が母親役をやらされている気分だった。不仲な姉妹の板挟みになって苦しむ母親の役だ。ほとほとうんざりしていたが、ひたすら我慢した。いつか闇は明ける、そう願っていた。

土曜日、はじめのうちはステラはいい子にしていた。シンプルだがかわいらしいピンク色のドレスを着て、ユードラの髪のセットも手伝ってくれた。「ドーラ、とってもきれいね」姉妹は鏡の中で笑みを交わした。

お母さんは手を振って見送ってくれた。「十一時までには帰りなさい。ステラ、いい子にするのよ」ステラはあきれたような表情を返した。

車での移動中に鳴った警報に気づくべきだった。ユードラはエディの隣の助手先に座っていた。ステラは後部座席。真ん中にケニーが座り、ケニーの左側にシルヴィアがいた。ケニーがなにかいうたび、ステラは大げさに笑いつづける。自分だけが注目の的になりたい、そんな意図が伝わってくるような、甲高い笑い声だった。そのうちステラはケニーの膝をぎゅっとつかんだ。

「ケニー、あなたっておもしろいわね」

それを拒まないケニーをみてシルヴィアがかんかんに怒っているのが、ユードラにもわかった。

運転席のエディと助手席のユードラは視線を交わした。「きみの妹、ちょっとやりすぎなんじゃないか？」エディが小声でいう。

ユードラは身の置きどころがないくらいに恥ずかしかった。なにかあったらすぐにでも対処する、そうでないとあなたはすべてを台無しにしてしまうから——ステラにはそういってあったのに。

助手席からうしろを振りかえると、ステラはケニーに体を寄せて、なにかを耳打ちしているところだった。ケニーが驚いた顔をして笑い声を漏らす。とんでもなく下品な冗談でもいったんだろう。その隣に目をやると、シルヴィアはいまにも噴火しそうに怒っていた。

「ステラ」ユードラはいった。「わたし、前もっていったわよね。あなたは十五歳で、わたしのゲストとしてダンスに連れていくってこと。あなたがわたしの友だちの前で恥ずかしい言動を続けるつもりなら、いますぐあなたを家に送りかえすわよ。いってること、わかる？」

「ホント、よくやるよなあ」エディがいう。

ステラの表情が曇った。さすがにばつが悪いと感じたらしい。姉に叱られるのはまだいいとしても、エディのひとことが大打撃になったのだ。ステラはその場で小さくなり、ダンスホールに着くまでひとこともしゃべらなかった。

上着を預けるときも、ステラはユードラの横に立って黙りこくっていた。

「ステラ……」ユードラが話しかけた。

「あたしなんか連れてこなきゃよかった、家に置いてくればよかった、そう思ってるんでしょ」

「そんなことないわ」

「そうに決まってる。ドーラもドーラの友だちも、あたしのことが嫌いなんだ」

「そんなことないわよ、ステラ。あなたは出だしをちょっと間違っちゃっただけよ」

「あたし、みんなと仲良くしたかっただけなの。でも、もういい。ドーラは大切なエディと踊ってて。あたしは隅で座っていい子にしてる」ダンスホールに入ると、ステラはそういった。

「ユードラ、踊ろう」エディが隣にやってきて、ユードラの手を取った。「きみの好きな曲だよ」ユードラは手を引かれるままにダンスフロアに足を踏みいれた。ステラがわきの椅子に座るのがみえた。腕組みをして、不機嫌そうに頰をふくらませている。

「放っておけばいいよ」エディがいう。「だいじょうぶだよ。ぼくがちゃんとみてる」

ユードラはエディの目をみて、頰にキスした。「ありがとう」

「大切なユードラのためだからね」エディはユードラの腰に手をまわし、ユードラをくるっと回転させた。

心も体も、舞いあがるような希望と喜びに包まれた。

これが人生。人生はこうあるべき。

ダンスホールでの時間が半分ほど過ぎたとき、ユードラはステラを見失った。さっきまで座っていたところに目をやったが、だれも座っていない椅子がみえた。

「ステラがいない」あわててエディにいった。

エディはあたりをみまわした。「心配ない。きっとトイレで化粧でも直してるんじゃないか。そのうちみつかるさ」

そういわれて気持ちが落ち着いたのも束の間、ユードラは遠くの隅にステラがいるのをみつけた。年上のティーンエイジャーたちといっしょに笑っている。手にしたグラスに入っているのはチェリーエードだろうか。そのとき、ユードラの心は沈んだ。男の子のひとりがヒップフラスクの液体をステラのグラスにこっそり注ぐのがみえたからだ。「エディ」腕を叩いて話しかけ、グループのほうを指さした。

エディは怒った目をしてユードラの手を離し、グループに近づいていった。ユードラはあわててあとを追ったが、止めることはできなかった。エディはヒップフラスクを持った若者の襟首をつかみ、壁に押しつけて下から押しあげた。

「おまえ、なにを考えてる？　あの子はまだ十五歳だぞ！」

ユードラは恐怖に襲われた。エディが乱暴な行動に出たせいだけではない。騒ぎを眺めているステラが、落ち着きはらって冷たい笑みを浮かべていたからだ。これは最初からステラが計画したことなのかもしれない。押さえつけられている若者は両腕をじたばたさせながら、息苦しそうにもがいている。仲間たちは呆然とそれをみているだけだ。エディは彼らより年上だし、みんなから尊敬されると同時に恐れられる存在なのだ。ユードラは震える手を伸ばしてエディの肩に触れた。「エディ。放してあげて。お願い」

エディは男の子をつかんでいた手をゆるめ、自分の目の高さまでおろした。「同じことをもう一度やってみろ。腕をへし折ってやるからな。わかったか?」そういって、うんざりした顔で離れていった。ケニーが急いであとを追う。ほかの若者たちも散り散りになる。残されたユードラはステラをみつめていた。

ステラは小走りでユードラに近づいてきた。勝ちほこったようににやにや笑っている。「彼氏、ヒーローみたいだったね。鼻高々だったでしょ、ドーラ」そしてなにかにつまずいたふりをした。本当につまずいたのではない、とユードラはみぬいていた。それまでよりうれしそうに笑いながら、ステラはチェリー色の飲み物をユードラのドレスにぶちまけた。

「あらあ、大変! ドーラのきれいなドレスが!」ステラは叫び、片手を胸に当てて一歩さがった。自分の作品をほれぼれと眺めながらいう。「ドレス、だめになっちゃったかな?」

それから何週間も、ユードラは汚れたドレスをこすりつづけた。しかし赤いしみは消えなかった。ステラは一度も謝らなかった。

8

その日も朝からひどく暑かった。ユードラはローズの家の呼び鈴を鳴らしながら、どうしてこんなばかげた誘いにのってしまったんだろうと思っていた。ローズが勢いよくドアをあけてくれた瞬間、その思いがさらに強くなった。いかにも歩きにくそうにキッチンから出てきたマギーが、いつ出産が始まってもおかしくないようにみえたからだ。

「こんにちは、ユードラ。心の準備はできた？　これからイメチェンだよ」ローズが大声でいい、その場でくるりと回った。おかげで、〈カリスマ・ファッションコーディネイター〉とスパンコールで書かれたTシャツを全方向からみることができた。合わせているのは紫色のハワイアンふう短パン。銀色のサンダルを履き、同じく銀色のバンダナもつけている。

「心の準備？　まだまだできてないわね」不安がどんどんふくらんでくる。

「有名なユードラだね」だらしない身なりをした男性が階段をおりてきて、手を差しだした。

ユードラは少し抵抗を感じつつも握手に応じた。「ローズの父のロブです」

「はじめまして」

「こんな格好ですみません。今週はとにかく忙しかったもので、今日はのんびりしていたんだ」

「なるほど」

「オッケー」マギーがバッグを肩にかけた。手には車のキー。「じゃ、行きましょうか」

「本当にいいのか？　ぼくがローズとユードラを連れていってもいいんだぞ」ロブが身をかがめてマギーにキスした。

ローズが厳しい視線を父親に向けた。「だめ。今日は女の子だけのお出かけなの」

ロブはやれやれと首を振った。「差別だなあ」マギーの背中をなでる。「だいじょうぶか？」

マギーは微笑んだ。「平気よ。じゃ、行ってきます」

ロブは親指を立てた。「いい買い物ができるといいね。ユードラ、やっと会えてよかった」

「こちらこそ」


この三人で買い物に来るとは思ってもみなかった。車を降りて、駐車場からショッピングセンターへと歩きながら、ユードラはあらためて、こんなことをして本当によかったんだろうか、と思った。マギーはいつ産気づいてもおかしくないようなおなかをしている。マギーもユードラも、少し歩いては立ちどまり、額の汗を拭ったり呼吸を整えたりした。ローズは走って先に行ったかと思えば走って戻ってくる。大興奮状態の子犬みたいだ。

ユードラにとって、みかける人々のすべてが驚きの対象だった。パーカーを着たティーンエイジャーたちは、大声を出しながら、ほかの人たちを押しのけるように歩いている。太りすぎの両親と太りすぎの子どもたちが、大きな体にさらに食べ物を詰めこんでいる。まだ朝の十時だというのに。歩いている途中で急に立ちどまり、携帯電話をじっとみている、まるでゾンビみたいな人もいる。そんな人たちをしょっちゅうみかけるので、なんだかいらいらしてしまう。人ごみといい、騒音といい、ユードラにとって、ここは冥界を思わせる場所だった。みんな、他人のことなんか気にもせずに、ただやみくもに動いている。そもそも、なにをそんなに急いでいるんだろう。ここには買い物のために来ているはずだ。買い物は娯楽のはずなのに、闘技場でなにかの試合にでも出場しているみたいだ。命を懸けた買い物。奪うか奪われるか。やっぱり人間なんてろくなものじゃない。こんな世界、さっさとおさらばしたい。

「じゃ」マギーはいった。「まずは〈マークス・アンド・スペンサー〉に……」

「ううん、〈デベナム〉がいいよ」ローズがいう。「〈デベナム〉のドーナツのほうがずっとおいしいもん」

「あのね、〈マークス・アンド・スペンサー〉はこの階にトイレがあるの。あなたの妹がママの膀胱をずっと圧迫してくれてるから、ママはそっちに行きたいわけ」

ユードラは咳払いをした。マギーのトイレ事情まで知りたくない。

「ママ、ユードラはそういう話はいやなんだって。でも、そういうことならわかったよ」

「ありがとう」マギーはほっとしたようすで、さっきより急ぎ足で歩きはじめた。「先に服をみててくれる？　すぐ戻ってくるから」

「わかった。ユードラ、行こう。おばあちゃん用の服の売り場、知ってるんだ」

「ローズったら、もう少し遠回しな言葉は使えないの？」

ローズはきまりの悪そうな顔をした。「ごめんね。うちのおばあちゃんが、そこの売り場の服が好きなんだ。すごくおしゃれな服が揃ってるんだよ」そのとき、すぐそばにあったサンドレスに目を奪われたようだ。消防車みたいに鮮やかな赤で、襟ぐりと裾に金色の縁取りがある。

「うわあ、きれい」手に取って眺めはじめた。

ユードラは眉をひそめた。「それは布の分量が少なすぎるわよ」

「うん、そうだけど。でもかわいいよ」ローズはがっかりしたようすでサンドレスをラックに戻した。

ユードラは自分が苛立ちはじめているのに気がついた。このままではいけない。ローズはびっくり箱みたいな子で、明るすぎるところに疲れてしまうことはあるが、やさしさの権化みたいな子でもある。そもそも、力になろうとしてくれているのだ。やりたいようにやらせておくしかない。拒絶したり否定したりするのは、ローズの親切心を無下にすることになる。

「ローズ、ごめんなさいね」ローズが驚いた顔を向けてくる。「わたし、買い物は好きじゃないのよ。暑いし、面倒くさいし、人込みが嫌いだし。でもあなたはわたしの力になろうとしてくれてるのよね。だからできるだけあなたの意見を受け入れるようにするわ」

「気にしないで」ローズは肩をすくめた。「ちゃんとわかってるよ。ユードラは若くないし、人生ってけっこう厳しいものだから」

「ええ」ユードラは感心しながらいった。「そのとおりよ」

ローズはうなずいた。「じゃあ、こうするのはどう？　ユードラとママはあそこで座ってて」靴売り場と服売り場のあいだに並んでいるターコイズブルーの円《まる》いソファを指さす。「どんな服が好きか教えてくれたら、あたしがひとりで探してくる」

ユードラは少し考えた。ここはエアコンがほどよく効いているし、ソファは気持ちよさそうだ。「素敵なアイディアね、ローズ」ローズはうれしそうに笑った。「わたしの好みはシンプルな服ね。すっきりしていて、丈は膝まであって、ハイネック、半袖がいいわ。赤は好きじゃないけど、ほかの色なら試してみてもいい」

「まかせて、ユードラ。きっといいのをみつけてくるから」

マギーが戻ってきた。顔を赤くして、息を切らしている。「わたしがいないあいだ、なにかあった？」ソファにそっと腰をおろす。

「ローズに服さがしのミッションをお願いしたわ」

マギーはにっこり笑った。「ローズのセンスは最高よ。自分の着る服についてはかなり冒険心が強いけど、自分なりのセンスがあればこそなのよ」

「ええ」ユードラはいった。たしかに、ローズがいつも着ているものは斬新というか、攻撃的ともいえる。しかし、マギーのいうことにも一理ある。ふたりは黙ってローズを見守った。棚から棚へと移動しながら、服を手に取り、元の場所に戻し、よさそうなものを選んでいく。十歳の子どもにひとりで行動させていいんだろうか——ユードラにはそんな不安があったものの、同時に期待に胸をふくらませていた。

「あっ」マギーがソファに座ったまま体をよじり、ふくらんだおなかに手を当てた。

「だいじょうぶ？」ユードラはどきりとしてきいた。今日は助産婦の役割を果たせそうにない。今日だけじゃなく、いつだって無理だ。

マギーはため息をついた。「だいじょうぶよ。この子、有名なストライカーになりそう。蹴る力がすごいの」肩を回し、腕を伸ばす。「久しぶりの妊娠だから、こんなに疲れるものだなんて忘れてたわ」

「あとどれくらいで生まれるの？」ユードラはきいた。本当に知りたかったのではなく、きくのが礼儀だと思ったからだ。赤ちゃんや出産についての知識はほとんどない。

「一カ月くらいかしら。でも、ローズは早産だったの。すごく難産だった。今回はもっと楽に産めるといいんだけど」マギーは、ユードラが怯えた顔をしているのに気づいて咳払いをした。

「それで、今夜のパーティーっていうのは？」

「スタンリーの息子さんの誕生日パーティー。五十歳なんですって。どうしてわたしを招待してくれたのかは謎だけど」

「ユードラと仲良くなりたいのよ」

「そうかしら」

「スタンリーはいい人よね。ローズもスタンリーを尊敬してるわ」

「そう」

「奥さんが亡くなって、とても寂しい思いをしているみたいね」

「まさか、わたしを奥さんの代わりにしようと思ってるわけじゃないわよね？」ユードラはむっとしていった。

マギーは不自然な笑い声をあげた。空気をなごませようとしたのだろう。「というか、いっしょにいてくれる友だちがほしいんだと思うわ。うちの母も、父が亡くなったとき、すごく寂しそうだったもの。いい友だちはたくさんいたけど、夫の存在とはまた別なのよね」

そら来た、とユードラは思った。**みんな、なにかというと、こういう話を始めたがる。それとも、わたしのまわりにだけ、こういう人たちが集まってくるの？** 沈黙が流れた。このままだと気まずい空気にのみこまれてしまいそうだ。黙っているのは失礼だとユードラは判断した。

「お父さんが亡くなって、どれくらいたつの？」

「三年。思い出さない日はないわ」

マギーの率直な言葉がユードラの心の一部を動かした。言葉が勝手に口から出ていた。「わたしの父が亡くなって、もう七十年たつけど、まったく同じ思いよ」

マギーとユードラは顔をみあわせた。互いの顔から自分と同じ悲しみを感じとったことで、心が通じあったように思えた。「つらかったでしょうね」マギーがいった。

ユードラは座ったまま背すじを伸ばし、すぐ前にある、実用的とは思えないハイヒールの棚をみつめた。「もう大昔のことだし、人生の一部になってしまったわ」マギーの視線を感じる。ふたりとも、それが本心ではないとわかっていた。そこへローズが戻ってきて、ユードラはほっとした。ローズの両腕には何枚もの服がかかっている。すぐうしろには店員がいて、ローズよりたくさんの服を抱えている。

「この店員さん、ベリルっていうの」ローズがいった。「あたしに協力してくれてるんだ」

ベリルはにっこりした。「ローズみたいなお孫さんがいらして、お幸せですね。明るい日差しみたいなお嬢さんだわ」

「あら、わたしの孫じゃないのよ」ユードラはいった。

「あたし、ユードラのファッションの先生なの」ローズは持ってきた服を近くのラックにかけて、自分のTシャツをベリルにみせた。

ベリルは笑った。「あなたって最高。このおふたりはほんとうにラッキーだわ」自分が持ってきた服もラックにかける。「じゃ、ローズの手腕におまかせするわね。ほかにもなにか必要だったら知らせて。わたし、ローズに仕事を手伝ってほしいくらいよ」

「ありがとう、ベリル」ローズは軽く頭を下げた。

「かわいいですね」ベリルは口の形だけでマギーに伝えた。

「というわけで、持ってきたのはワンピースがほとんどだけど、きれいなトップスも何枚かあるよ。ユードラのクローゼットを少しは明るくしてくれそうなやつ」

「ローズったら、はっきりいってくれるわね」

「ごめんね。だって、灰色ばっかりだったんだもん。あとは茶色とか紺色とか」

「ええ。それはわたしもよくわかってる。持ってる服は暗い色ばっかりよね。じゃ、ローズが選んだ服をみせてちょうだい」

ローズはラックを振りかえり、服を一枚ずつ手に取ってユードラとマギーにみせた。ユードラはここでも驚かされた。ローズの持ってきた服のほとんどが、好みに合うものだったのだ。例外はきらきらした栗色のジャンプスーツ。

「ああ、これはユードラのじゃないよ。あたしが気に入ったから、ママにみてほしかったの」

結局、ユードラはゆるやかなAラインのワンピースを選んだ。青いアヤメの柄が繊細で美しい。合わせる上着は深緑色で、黄色い鳥の模様がついている。

「とても素敵だわ、ユードラ」マギーがいって布地をなでた。「きれいだし、しゃれてるし」

「ローズ、ありがとう」ユードラはいった。「実力を遺憾なく発揮してくれたわね」

「それ、どういう意味？　でも、実力って言葉はわかるし、ユードラはうれしそうだから、よかった。試着してみる？」

ユードラはかぶりを振った。「これとよく似た感じのワンピースを前に持っていたから、わかるの。だいじょうぶよ。上着のほうもぴったりだと思う」

ローズはうれしそうに手を叩いた。「ユードラ、パーティーの華になるよ！」

「じゃ、レジに行きましょうか」マギーがいった。

「そうね。このワンピースと上着、それとあのジャンプスーツをわたしのファッション・アドバイザーのために買うことにするわ」

ローズの顔がぱっと明るくなった。

「ユードラ、そんなことしなくていいのに」マギーがいう。

「ええ、でも、そうしたいの」ユードラは強くうなずいた。そのあとは、メッセージカードとシャンパンを買った。スタンリーの息子へのプレゼントだ。「ふたりの好みはわからないけど、わたし、お茶が飲みたい気分だわ」店を出るとき、ユードラはいった。「〈デベナム〉のドーナツはおいしいらしいじゃない？」

「ママ、いいよね？」ローズがぴょんぴょん跳ねながらいう。

「あなたへのごほうびね」マギーが応じる。

「ごちそうするわ」ユードラはいった。そんな言葉を口にしたのはいつぶりだろう。ショッピングセンターの人込みが、さっきほど気にならなくなっていた。カフェに入り、ドーナツを買ってようやくテーブルにつくと、ローズがドーナツにかぶりつくようすを見守った。満足そうな声を漏らしながら、口のまわりをジャムまみれにして笑うローズをみて、世の中のおばあちゃんたちは、こういう瞬間がさぞかし幸せなんだろうなあとしみじみ思った。

その日の夕方、〈ロイストン・ダンスホール〉に足を踏みいれたユードラは、過去の思い出の中に舞い戻ったような気分がした。もちろん、当時とは人々の服装が全然違う。いまの人々はちょっと肌を露出しすぎだ。襟ぐりのあきが広すぎる。とはいえ、ダンスホールそのものは昔のままで、息ができなくなるほどの強い感慨がわきあがってきた。天井には、中心から四隅に向かって四枚の白いシルクの布が留めつけてあり、そのそれぞれにちりばめられた豆電球がやさしく点滅している。中央に吊るされたミラーボールがあたりに光を振りまいていて、まるで部屋全体が魔法にかけられたみたいだ。ローズがこれをみたら大喜びしそうね、とユードラは思った。いまごろはもう、コントロールのきかなくなったコマみたいに、部屋じゅうを走りまわっていることだろう。

部屋の奥にはステージがあって、バンドがスタンバイ中だ。メインボーカルは黒いサングラスをかけ、ポークパイ・ハット〔円筒形で、狭いつばが上向きにカールした帽子〕をかぶり、細身のスーツを着ている。どうやら今夜の音楽はスイング系ではないようだ。ユードラは不安になってきた。ソファやテーブルは、部屋の端のほうに並べられている。カフェみたいな感じで、円卓のまわりに椅子が六脚ずつ。テーブルについて、踊る勇気のある人たちを眺めることができるわけだ。白い麻のテーブルクロスも、椅子のカバーも、上品でとても趣味がいい。ただ、五十歳の誕生日パーティー会場をヘリウムガスの風船で飾るのはふつうのことなんだろうか。いまはいたずらっ子たちがパンチバッグ代わりにして遊んでいる。バーの上にかけられた〈ポール、五十代の世界にようこそ!〉という、やたら大きくてやたら陽気なプラカードも、ちょっと微妙な感じがする。

「お待たせ」スタンリーが飲み物を持ってきた。「リクエストどおり、オレンジジュースだよ」

「ありがとう」ユードラはいった。

「ユードラ、すごく素敵だね。そのワンピース、すごく似合ってる」

「ありがとう」ユードラは同じ言葉を繰りかえしながら、こういうときは相手のこともほめなければ、と考えた。「あなたもとてもおしゃれね」

スタンリーは微笑んだ「座ろうか」

「このまま立たせておくつもりなのかと思ったわ」ユードラはそういったが、スタンリーの心遣いには感心した。椅子を引いてくれて、ユードラが座ってから自分も座ったのだ。こういうマナーが身についている人は、最近みかけないような気がする。このごろは、礼儀正しさよりも親切さのほうが重視されているからだろうか。「ダンスなんて、本当に久しぶりだわ」

「昔取った杵柄ってやつを、若いやつらにみせてやったらどうだい?」スタンリーは、ぎこちない踊りかたをしている三十代くらいの人々をみていった。みんな、優雅な白鳥というより食事中のニワトリみたいな動きをしている。

「いい考えだけど、ダンスに関しては無理よ」

「世の中も様変わりしたもんだな」

「たしかにね」

「で、だれか連れはいるのかい？　ミス・ハニーセットの心を射止めた男性はいるのかな」

大きなお世話よ、とユードラはいいたかったが、そのとき、スタンリーを若くして毛髪を増やした感じの男性が声をかけてきた。「父さん！　ここにいたんだね！　ヘレンがみかけたっていうから、探してたんだ」

スタンリーはぱっと立ちあがって息子を抱きしめた。「ポール、誕生日おめでとう」ポールは父親の背中をぽんぽんと叩いた。ずいぶん仲のいい親子なんだな――ユードラはそう思いながらみていた。「ポール、ユードラを紹介するよ。仲のいい友だちなんだ」

そこまで仲がいいわけじゃないのに、と思いながらも、ユードラは立ちあがり、礼儀正しくポールと握手した。「お目にかかれてうれしいわ。お誕生日おめでとうございます。プレゼントをみなさんと同じテーブルに置いておいたわ」そのとき、ユードラは驚いてどぎまぎしてしまった。ポールが身をかがめて頬にキスしてきたからだ。ビールと煙草のにおいがした。

「お目にかかれてよかったです、ユードラ。来てくれてうれしいなあ。父からいつも話をきいているんだ」

「話を?」ユードラはスタンリーに視線を送った。

「酔っぱらって転んだときのことと、いつも冷たくされていることくらいだよ」スタンリーは肘でユードラを小突き、いった。

「なるほどね。まあ、冷たくされるのもしかたがないんじゃない?」

「一本取られたね、父さん。ユードラはみる目があるなあ!」ポールとスタンリーは顔をみあわせて笑った。

「ポール、なにか飲むか?」

「いや、いまはいいよ。まだたくさんの人に挨拶しなきゃならない。それはいいけど、父さん、グロリアがうろうろしてるから気をつけて。このへんにいて、ユードラに守ってもらうといい」

スタンリーは胸に手を当てた。「ありがとう。目立たないようにしているよ」

「だね。じゃ、またあとで。ユードラ、どうも」

「ええ、また」ユードラが横をみると、スタンリーが不安そうに室内をみまわしていた。「グロリアって?」

スタンリーは身を縮めた。「ポールの義理の母親だ。二年ほど前に夫を亡くしたとかで、わたしと付き合いたがってるらしいんだ」

「あなたはその気がないってこと?」

「ああ、一ミリも。ひどい男たらしなんだ！　それに、ほかの女性には興味がないからね。真実の愛を交わしたのはエイダひとりなんだ」

「そういうことなら、わたしが守ってあげるわね」

「付き合っていることにしたらどうだろう」

ユードラは眉をひそめた。今日はまれにみる奇妙な一日だ。朝は十歳の女の子に服選びを手伝ってもらい、夜はスタンリーと恋人ごっこをするはめになるとは。リーベルマン医師の言葉が思い出される。〝生きることを選ぶ〟とはこういうことなんだろうか。ともかく、スタンリーのアイディアを却下しようとは思わなかった。「いいわよ。でも、今夜だけですからね」

スタンリーは自分のグラスをユードラのグラスに当てた。「親愛なる相棒に乾杯」

バンドの演奏が始まった。ユードラの知らない曲ばかりだったが、演奏はなかなかうまい。いつのまにか足でリズムを取っていた。いろんな年齢の子どもたちがダンスフロアで飛んだり跳ねたりしていて、それをみているのが楽しい。スタンリーはなかなか気の利く人物だとわかった。ユードラのほうに顔を近づけて、音楽に負けないくらいの声で、まわりにいる親戚を指さしては名前を教えてくれる。それに、今日のパーティーに集まった人たちの中ではスタンリーは有名人だということがすぐにわかった。数えきれないくらいの人たちが、そばを通りかかると足を止めて、握手をしたり頬にキスしたりしていく。

「おじいちゃん、こんにちは」若くてきれいな女の子がいった。スモーキーだが光沢のあるバラ色のドレスを着ている。

「孫のリヴィだよ」スタンリーはユードラにいった。その口調から愛情が伝わってきて、ユードラの気持ちも温かくなった。

「ユードラね？　おじいちゃんったら、いつもユードラの話を始めると止まらないのよ」リヴィはスタンリーにウィンクした。

「この子はわたしより冗談のセンスが悪いんだ」スタンリーがいう。

「その指輪、とってもきれい」リヴィはユードラの右手を指さした。

「わたしの祖母のものだったの」ユードラは答えながら、この指輪をつけていった別のパーティーのことを思い出していた。「ローズカットのダイヤモンドって、めずらしいでしょ」

「素敵ね」リヴィは微笑んだ。

「リヴィ、おいでよ！」同じくらい美しい女の子がむこうでぴょんぴょん跳ねている。「踊ろうよ！　あっ、おじいちゃん！」

「エリーだよ」スタンリーは投げキッスをした。リヴィが妹に引っぱられていく。「ふたりとも、わたしの天使なんだ」

　ユードラはスタンリーの顔を眺めた。孫たちをみてうっとりしている。昔、お父さんもこんな顔でわたしをみてくれた。思い出すと切なくなってくる。そして疲れを感じた。そろそろ帰るわ、とスタンリーにいおうとしたとき、酔っぱらった女性がよろめきながら近づいてきた。

「あらあああああ、スタンリーーー、ここにいたの！　ポールにきいたけど、どこにいるかわからないっていわれてね。あたしから隠れてたわけじゃないわよね？」グロリアだ。服装の面でも振る舞いの面でも、かなり非常識な女性らしいというのが、ユードラにもひと目でわかった。黒く染めたショートヘアは、静電気を起こす機械でもつかんでいたかのように、ぼさぼさに広がっている。金のラメ入りドレスは体にぴったりしすぎだし、丈も短いし、露出が激しすぎる。ひどく汗をかいているせいで化粧が恐ろしく崩れ、食屍鬼《グール》みたいにグロテスクな見た目になっている。こんな女性をからかうことも、追い払うことも簡単だ。しかしユードラが感じたのは同情だった。なにがなんでもひとりぼっちになりたくないという必死な思いを感じとったせいだ。

スタンリーの顔が恐怖にゆがんだ。グロリアがスタンリーの膝にのり、両手で抱きつくと、頬にべったりとキスをしたからだ。「あらあ、ごめんなさい。キスマークがついちゃった」グロリアはスタンリーの頬についた赤い口紅を指でこすった。「会えてうれしいわ、スタンリー。ねえ、約束してたデートはいつにする？」

スタンリーは体をこわばらせ、助けてというようにユードラをみた。ユードラは咳払いをして、女の腕を軽く叩いた。グロリアが振りかえる。くっきり描かれた眉が吊りあがった。
「はじめてお目にかかるわね」ユードラは片手を差しだした。グロリアは応じたものの、ただ手を握らせただけで、握りかえしてはこなかった。ユードラの予想どおりだ。「わたしはユードラ。スタンリーといっしょに来たの。あなた、悪気があってやってるわけじゃないんでしょうけど、できるだけ早くそこからどいてくださるとありがたいわ」

グロリアはぽかんとしてユードラをみつめたが、いわれたとおりにスタンリーから離れた。ポールの妻のヘレンがそばにやってきた。「お母さん、そろそろ帰ったほうがいいわよ」

グロリアは悲しそうな視線をスタンリーに向けたあと、投げキッスをすると、娘に連れられて歩きだした。「さようなら、あたしの王子様」ぎこちなく手を振る。

スタンリーはユードラを振りかえった。「ユードラ、きみはすばらしいね。できるだけ早くそこからどいてくださるとありがたいわ、と来たか。グロリアはあっけにとられていたじゃないか」

「あの人、外見はあんなだけど、中身はやさしい人だと思う」ユードラはいった。「正直、なんだか気の毒になってしまって。ただ、あなたにすがったところで、あの人は救われないでしょ。だったら希望を持たせないほうがいいわよね」

「やさしい人間は彼女だけじゃない」スタンリーがいう。ユードラは否定するように首を振ったものの、内心ではその言葉がうれしかった。「なんだか喉が渇いたな。シャンパンでもどうだい？」

ユードラは「そうねえ」と答えようとして、やめた。「いいわね。息子さんの健康を願って乾杯しましょう」

「そうこなくっちゃ」

ユードラは、バーに向かうスタンリーの後ろ姿をみながら、今日このパーティーに来てよかったと思った。スタンリーが家族や友人たちと気さくに付き合っているのをみていると、なんだか温かい気分になる。だれもが互いとの関係を楽しんでいるし、いっしょにいられてうれしいという気持ちが伝わってくる。自分の家族とは大違いだ。できるだけのことをしたのに、結局はばらばらになってしまった悲惨な家族。もちろん幸福な瞬間もなかったわけではないが、それらはいつも、そよ風に吹かれた羽根が飛んでいってしまうように、はかなく消えていった。目の前でひるがえった羽根をつかもうと手を伸ばしても届くことはなかったし、飛んでいった羽根が戻ってくることもなかった。

「楽しんでる?」

物思いにふけっていると、ポールが声をかけてきた。隣の椅子に腰をおろし、テーブルにビールのグラスを置く。

「とても楽しい夜だわ」正直に答えた。

「それはよかった。ユードラが来てくれて、父さんは大喜びだよ。すごく感動してると思う。ユードラも楽しんでくれているようでうれしいけど、そのぶん、父さんも楽しんでるんだ。これこそ、父さんが必要としていたものなんだと思う」

「スパーリングのパートナーみたいなものなんだけどね」

ポールは笑い声をあげた。「それでいいんだ。正直、ぼくたちは父さんのことが心配だった」

「心配？」

ポールは顔をしかめた。「母さんが亡くなってから、ちょっと物忘れがひどくてね。ただうっかりするだけじゃない。今日が何日かとか、いまきいたばかりのこととか、そんなことまでわからなくなってしまうことがあるんだ」

「なるほどね。そういえばこのあいだ、病院の物忘れ外来に来ていたわ。自分では冷静に受け止めているようだったけど」

「うん、だけど、本当は怖いんじゃないかな。男ってそういうものだからさ」

「ええ、わかるわ」

「すみません、こんなことまで話すつもりじゃなかった。ただ、父さんの脳みそに刺激を与えてくれる友だちがみつかったことがうれしくて」

「ふたりとも、なんの話かな？」スタンリーが戻ってきて、シャンパンのボトルをテーブルに置いた。グラスはふたつ。

「詮索好きは身を滅ぼすのよ」

「ほら、ポール。ユードラはこういう人なんだ」スタンリーがいう。

「たしかに、頭のいい人だよね」

「おいおい、そんなにほめると調子にのるぞ。それはともかく、ポール、おまえもグラスを持ってこいよ。三人で乾杯をしよう。おまえの健康のために」
ポールはすぐに戻ってきた。三人はグラスを持ち、乾杯した。そのとき、ユードラは心に決めた。あまり長居するつもりはないが、ここにいる限りは、できるだけスタンリー・マーチャムの力になってあげよう。エイダやグロリアだけでなく、スタンリーを愛するすべての人のためにも。

一九五七年　ロンドン南東部、シドニー・アヴェニュー

部屋をみまわした。〈おめでとう〉と書かれた横断幕があり、テーブルにはサンドイッチや手作りのキッシュ、ソーセージ・ロールなどの皿が並んでいる。いまこの瞬間ほど幸福を感じたことが、これまでにあっただろうか。エディからのプロポーズは、お母さんと妹との不幸な年月のあと、ようやく手に入れたプレゼントのようなものだった。口に出したりはしなかったが、お父さんからのメッセージを受け取ったような気分だった。

ユードラ、これまでよくがんばったね。今度はおまえが幸せになる番だよ。

お父さんならエディを気に入ってくれる、とユードラは確信していた。父親の車修理工場でいっしょうけんめい働いているし、妻を大切にするだろう。少し気が短いところはあるが、怒りをユードラに向けたことはない。ビアトリスにも気に入られるよう、努力している。ビアト

リスが乗っている古いモーリス・マイナーも無料で修理してくれたし、なにかというと雑用を引き受けてくれる。

「男手があると、こういうときに助かるわ」ある日、ビアトリスがいった。エディはシンク下のU字管の水漏れを直してくれたところだった。

「お安いご用ですよ。戦争のあとはいろいろ苦労したんでしょうけど、いつでもぼくが手助けをしますからね」エディはそういって、いつもの笑顔をみせた。

ビアトリスの首がぱっと赤くなった。頬もほんのり赤く染めて、エディに紅茶を手渡す。ソーサーには高級なビスケットが添えてあった。「親切な人ね」

ユードラに父親がいないので、エディは結婚の許可をビアトリスに求めた。ビアトリスが喜ぶのをみて、ユードラは天にも昇る気持ちだった。

「あなたには幸せになる価値があるわ」その日の夜、皿洗いを終えたときに、ビアトリスがいった。ユードラの両手をぎゅっと握り、うるんだ目でユードラの顔をみつめる。「あなたに渡したいものがあるの」そういって二階に行き、緑色のフェルトでできた小さな箱を持って戻ってきた。「わたしのお母さんの形見よ」

ユードラは笑顔で箱をあけた。金の指輪だ。ローズカットのダイヤモンドが三つ並んでいる。

「おばあちゃんの婚約指輪ね」

「あなたに譲るわ」ビアトリスは満足そうにいった。

「ありがとう」ユードラはビアトリスの頬にキスをした。

ビアトリスは目をきらきらさせていった。「お祝いのパーティーを開かなきゃね。ケーキを焼くわ。あなたとエディのために、なにか特別なものを」

「そうだね。大切なエディとユードラのために」ステラが戸口に立っていた。抑揚のない口調だったが、吊りあがった眉に本心が隠されていた。

「そうよ」ビアトリスはステラの悪意に気づいていない。「じゃ、そろそろ好きなテレビ番組が始まる時間だから」

ユードラはビアトリスがキッチンから出ていくのを見送ってから、ステラに向き合った。

「ステラ、あなたとお母さんがうまくいってないのは知ってるけど、わたしの婚約は喜んでくれると思ってた」

ステラはため息をついた。「ユードラったら、人生は思いどおりにはいかないものだってこと、いつになったら学ぶの?」ユードラの顔が曇るのをみて、笑い声をあげる。「冗談だってば。ばかね! 喜んでるに決まってるでしょ。もう、ドーラったら、どうしていつもそんなにまじめに受け取るのよ?」

ユードラもいっしょに笑った。「ごめんなさい。もちろんそうよね。喜んでくれるに決まってる。それと、心配しないでね。遠くに行くわけじゃないんだから、いつだってあなたの力になるわ」

ステラは肩をすくめた。「あたしのことは心配しないで。いつまでもこんなところでぐずぐず暮らしてるつもりはないから」

ユードラはどきりとした。「ばかなことはやらないでね。お願いよ」ステラの目をのぞきこむ。

ステラはユードラの肩に手をまわした。「ほうら、また。心配、心配、心配ばっかり。いい加減にしないとエディにうんざりされるわよ。あたしはだいじょうぶ。ドーラはドーラの幸せのことだけを考えて。あたしはあたしの幸せを追いもとめる」手を伸ばしてユードラの頬をつまんだ。いや、つねった。あとでユードラが鏡をみると、頬に赤い痕が残っていた。

パーティーではステラがおとなしくしていてくれたので、ユードラはほっとした。近所の人が数人と互いの家族だけの、比較的こぢんまりしたパーティーだった。エディにはステラより二歳ほど上のいとこがいるので、ステラがべたべた近づいていってみんなに気まずい思いをさせるのではないか、と心配していた。しかしステラは、肌の露出が控えめでかわいらしい花模様のドレスを着て、みんなに飲み物を配ってまわりながら、無邪気なおしゃべりと笑いを振りまいていた。時間がたつにつれて、ユードラの緊張感も抜けてきた。ステラはいい子にしているし、ビアトリスもエディのお母さんと打ち解けているようだ。エディは何度もウィンクしてくれたり、笑いかけてくれたりしている。

約束したとおり、ビアトリスは豪華なフルーツケーキを焼いてくれた。ケーキを覆う美しいアイシングの上には、〈ユードラ、エディ、おめでとう〉と青い文字で書いてある。

「きれいなケーキね。いつカットするの?」しばらくして、エディのおかあさんがビアトリスにきいた。

「いまがいちばんのタイミングだね」エディがいって咳払いをした。

「あら、ナイフを持ってくるのを忘れてたわ」ビアトリスがいった。

「わたしが取ってくる」ユードラがキッチンに向かった。シンクのところにステラがいる。グラスを洗っているのかと思ったが、そうではなかった。ほかの人たちの飲みのこしの酒をあおっている。

「ステラ?」

ステラはくるりと振りむいた。だらしない笑みが浮かぶ。「大切なドーラ!」

「酔っぱらってるの?」ユードラは心配になってうしろを振りかえった。

ステラは呂律がまわっていなかった。「お客さんのことなんか心配しなくてもだいじょうぶだってば。あたしは平気」

「ユードラ? ナイフ、あるでしょ?」ビアトリスが声をかけてくる。少し苛立っているようだ。「みんな待ってるのよ!」

ユードラは妹に向きなおった。ステラは挑むような表情をしている。いまにもなにか無茶なことを要求してきそうだ。ユードラを肘で押しのけて、ふらつきながら歩きはじめた。「ドーラ、来なよ。あの人が待ってる」

ユードラはケーキ用のナイフをみつけ、ステラのあとについてリビングに入った。「ああ、戻ってきた」エディは手を叩いた。部屋が静まりかえる中、エディはユードラの手を取った。ユードラの目にお母さんの涙ぐんだ笑顔が映る。ステラがそのうしろに立ち、体を左右に揺らしながら、凶暴な笑みを浮かべていた。

ユードラは無言の祈りを捧げた。**お願いです。今日だけはステラがおとなしくしていますように。どうかこのひとときを無事に過ごせますように。**

「ぼく、スピーチって苦手なんだ」エディがいう。「挨拶の代わりに、お礼をいわせてもらうよ。今日は来てくれてありがとう。そして、ハニーセットさん、お家を使わせてくれたこと、ぼくを家族として迎え入れてくれたこと、感謝してます。ぼくはすごくラッキーな男だと思います。ユードラがぼくを幸せにしてくれるように、ぼくもユードラを幸せにするつもりです」エディの騒々しい親戚たちがひゅうひゅうとはやしたて、口笛を吹く。エディはうれしそうに笑った。

「あたしもひとことといわせてもらっていい？」ステラがお母さんの横を通り、みんなの前に出た。

「ステラ」ユードラは止めようとした。お母さんの顔が青くなっている。

「いいから、お願い」ステラは片手をあげた。「ドーラのためのスピーチをする人間が必要でしょ。あたしがやりたいの」

「やらせてあげよう」エディがうなるようにいう。

「ありがとう、エディ」ステラは媚びるような笑みをみせ、両腕を広げてしゃべりだした。

「姉のドーラはすばらしい人です。やさしくて、温かくて、愛情に満ちているの」

ユードラはエディをみた。エディはこれならだいじょうぶだというようにうなずいた。

「でも、うちの母親は感情のない冷たい人間なの。意地悪ばあさんそのもの」

「ステラ!」ユードラはステラの両肩をつかんだ。まわりのあちこちから、はっと息をのむ音や気まずそうな笑い声がきこえる。ビアトリスはショックを受けて口をぽかんとあけたまま、じっと立ちつくしている。

ステラは頭をのけぞらせて高笑いした。「本当のことでしょ、ドーラ。否定できる?」

「そんなに酔っぱらって、なんて恥ずかしいことをしてくれたの?」

「あら、ドーラに恥ずかしい思いをさせちゃった? ドーラの完璧な人生に傷をつけたりして、ごめんなさいね。ユードラとエディは永遠に楽しく暮らしました、ってなるはずだったのにねえ。さあさあ、パーティーの続きをしましょうよ。ケーキを切って!」

ユードラは動くこともできず、突っ立っていた。ステラがユードラの手からナイフを取り、ビアトリスの作ったケーキに突きさした。「ケーキを切って。切って。切って!」

ユードラは怯えた視線をエディに向けた。エディはすぐさま動き、ステラの手首をつかんだ。ナイフが床に落ちる。そのままステラを廊下に引っ張りだした。ユードラもすぐあとに続く。

「離してよ、エディ！」ステラは身をよじって逃れようとした。

「おしおきしてやる」エディはいった。

ステラはまたのけぞって笑い声をあげ、反抗的な視線をエディに向けた。「そんなの、夢の中でやってなよ。汚い男！　離しやがれ！」エディは手を離した。ステラは手首を曲げ伸ばししながら、エディとユードラを交互にみた。「パーティーを台無しにして悪かったわね」そういってきびすを返し、振りかえりもせずに家から出ていった。

「なんて子だ」エディがいう。「一杯飲まなきゃやってられない」ひとりでキッチンへと歩きだした。廊下にひとり残されたユードラは、動くこともできなかった。息の詰まるような感じが消えていかない。壁が左右から迫ってきて押しつぶされそうだ。**しっかりするのよ、ユードラ。**自分にいいきかせ、婚約指輪のダイヤモンドに指先で触れた。髪を整え、リビングに戻る。お母さんをなぐさめてあげなきゃ、と思った。

9

ソーシャルワーカーは約束より七分遅れている。ユードラは苛立っていた。ユードラ自身は人生で一度も遅刻をしたことがない。約束の時間に遅れる人は性格に難があるのだろうと思っていた。

不安のせいで苛立ちがさらに募る。週末のパーティーは楽しかったが、疲れとだるさが残っている。ひと泳ぎしてリフレッシュしたら、このだるさは消えてくれるだろうか。しかし、夏の暑さはしつこく居すわっている。あと一日、家にこもっていることにした。イギリスは夏は酷暑にみまわれるし、秋は風が強く、冬は底冷えがする。高齢者が安心して外に出られる穏やかな日は、一年のうちに片手で数えられるくらいしかないのではないか。テレビの天気予報で、気候は今後いっそう厳しいものになるだろうという発表をきくたび、文句をいいたくなる。

「そんなににこにこしながら発表することじゃないでしょ。八十五歳の人間にとって、路面の凍結はしゃれにならないくらい危険なのよ！」

窓に近づき、どんよりした空を眺める。雨が降ってくれると助かる。この熱気を少しは冷ましてくれるだろう。小さな赤い車がやってきた。子どものおもちゃみたいな車だ。歩道に止まった車から、疲れたようすの女性が降りてきた。心配そうな視線を家に向けてくる。前にも来たことのある人だとわかった。たしか、名前はルース。とても親切な人だった。女性は巨大な黒いバッグをかつぎ、車の後部座席からフォルダーを取りだして、急ぎ足で私道を歩きはじめた。もうすぐノックの音が響くだろう。ユードラは玄関へと移動した。他人にはやさしくすべきだとわかっているが、今日のルースにはやさしくできそうにない。

「ほぼ十五分の遅刻ね」挨拶代わりにそういった。

「ええ、ごめんなさい。今日は子どもの具合が悪くて、母に来てもらわなきゃならなかったんです」ルースは息を弾ませながらいった。心配そうに眉をひそめている。

ユードラは唇をすぼめた。いろんな言い訳の中でも、この手の話に反論するのは難しい。

「わかったわ。入ってちょうだい」

「どうも。本当にごめんなさいね」

「一度謝ってくれればじゅうぶんよ」

「ええ。すみません」ユードラは眉を片方だけ吊りあげた。ルースが両手をあげる。

「いやだ、癖になっちゃってる。もういわないわ」

「お茶はいかが？」

「ええ、ごいっしょできるなら。よかったらわたしがいれましょうか？」

ユードラは試されているように感じた。「いいえ、自分でできるわ。ありがとう。リビングに行っていてくださる？　すぐに行くわ」

「ええ。ありがとう」

お茶をいれながら、ユードラは考えた。スイスのクリニックに申込書を送ったことを話したら、ルースはなんというだろう。人間というのは、なにを判断するにも、自分が経験したことを基準にするものだ。ルースはいつも、人生はできるだけ太く長くあるべきだという信念のもとに動いている。その考え自体は立派なものだが、長い人生を望まない人に対して、それをどう主張するつもりだろう。そのうち、また手が震えだす。それをみたルースは、気の毒そうな表情を浮かべることだろう。

でも、死にたいなんてどうして？　生きていればいいことがたくさんあるのに！　あなたには、生きていればいいことがたくさんあるでしょうけど、わたしにはないの。それで全然かまわない。自分の人生をどう生きるかを選べるなら、どうやって死ぬかを選べてもいいんじゃない？

とにかく、この世の中にはがっかりだ。死について、まともに話し合うこともできないんだから。

お茶をいれると、カップを持ってリビングに行った。「どうもありがとう」ルースはそういって、ボーンチャイナのマグカップを受け取った。

「それで」ユードラは腰をおろした。「今回のご用は？」

ルースはマグカップを置いた。きちんとコースターに置いたところが、ユードラの気に入った。ルースは書類を一枚取りだした。また書類？　まったく、NHSといったら、なんでこんなにおせっかいなんだろう。同じ質問を何度も何度もしてきて、うっとうしいくらいだ。

お名前は？（ハニーセット。tがふたつ。）

生年月日は？（そんなに高齢だったのかといつも驚かれる。）

ひとり暮らしですか？（そうだと答えると、いつも同情の表情をみせられる。）

おひとりで暮らしていることについて、どう思っていますか？（天井に目を向けてみせる。）

日常生活で、介助が必要なことはありますか？（体を震わせてみせる。）

まるでテープレコーダーになったような気分だ。いつもいつも同じことをきかれる。いつも同じように答えるのは、このまま放っておいてほしいからだ。もちろん、親切心からくる働きかけだというのはわかっているが、その根本にあるのは、なにがなんでも長生きを、という考えかたなのだ。

医療関係者の中には、高齢者とどんなふうに向き合えばいいのかがまったくわからないという人もいる。三軒隣のカーター夫人が転んで救急に運ばれたときのことが思い出される。事故から三年間、彼女は自宅とばい菌だらけの救急病棟を行ったり来たりすることになった。そして結局は救急車の中で死んでしまった。最期の瞬間、視界の中では青白い蛍光灯が光っていたことだろう。働きすぎの救急医療隊員に、もうだいじょうぶですよといわれながら命を落としたのだ。自分の人生はそんなふうに終わらせたくない、とユードラは強く思っていた。

「近況を話していただきたいの。転倒の件で高齢者外来にいらしたことは知ってます。先生方が回復を喜んでたわ」

ほめてもらえてなによりだ。「とても元気よ。ありがとう」

「よかった。プレゼントした杖、使ってる？」

「ええ。すごく助かっているわ。プールに行くときも使うし、家の中でも、あれがあると動きまわりやすいの」

「すばらしいわ。いまもプールに通っているのね。みんな、あなたを見習わないと」

「ありがとう」

「家の中でもなにも問題はない？　シャワーとかトイレとか」

ユードラは愕然として答えた。「え、ええ。だいじょうぶよ」

「椅子から立ちあがったり、ベッドに寝たりベッドから起きたりするのは？」

「なにも問題ないわ」

「よかった。メンタルのほうはどうかしら」

ユードラは眉をひそめた。「べつに、なにもないけど」

「ああ、なにか問題があるはずといっているわけじゃないの。ただ、ひとり暮らしだから」そら来た、とユードラは思った。「アクティビティをいくつか提案したいの。きっと楽しめると思うわ。いろんなグループに加わるタイプの」

冗談じゃない。みじめな老人たちが集まって病気自慢をするやつ？　グルーチョ・マルクスの言葉を思い出した。『わたしを会員として受け入れるようなクラブには、わたしは入りたくない』。

「わたしはそういうのは好みじゃないわ。ありがとう」ユードラはきっぱりいった。

「わかったわ。パンフレットをいくつか置いていくから、気が向いたときにみてね」

「え、ええ」ユードラはあいまいに答えた。

ルースの携帯電話が鳴って、ふたりの会話は途切れた。ルースが表示をみて顔をしかめた。

「ユードラ、ごめんなさい。出ないとだめなの」電話を持って廊下に出ていった

ユードラはお茶を飲んで待つことにした。電話に出たルースのひとことひとことがはっきりきこえてくる。

「ああ、お母さん。マックスはその後どう？　ええ、ええ、八時に解熱剤を飲ませたわ。カルポル。熱、下がってきてる？　そう。じゃ、イブプロフェンを飲ませて、三十分後にようすをみてくれる？　また連絡してね。ありがとう、助かるわ。マックスにわたしのぶんもキスしてあげてね」

ルースの声は不安そうだ。ユードラは母親として子どもを育てたことはないが、だれかの面

倒をみることの苦労はよく理解していた。

ルースがリビングに戻ってきた。顔色が悪いし、表情はこわばっている。「じゃ、続きを」

そういって腰をおろした。「どこまで話したかしら？」

「帰ったほうがいいわ」ユードラはいった。

「え？」

「すぐに帰って、赤ちゃんについていてあげなさい。こんな話をしているより、そっちのほうがずっと重要だもの」ルースはうるんだ目でユードラをみた。このままだと泣きだすかもしれない。ユードラは早口で続けた。「わたしは年寄りだけど、まったく問題ないわ。あなたが仕事をがんばっているのはよくわかるけど、わたしのことを心配する必要はないの。いま心配なのはお子さんでしょう？　だから、いますぐ帰りなさい。でないとあなたの職場にクレームの電話を入れるわよ」

少しの間があった。それが冗談だということに気づいたルースは胸に手を当てて、ほっとしたような笑い声を漏らした。「いいんですか？　たしかにそのとおりだわ。息子についていてあげるべきよね」

この若い母親の背中を押してあげられるのは自分だけだ、とユードラは思った。「もちろん。若いお母さんたちは、自分ひとりで全部を引き受けようとするのよね。ときどきは力を抜くようにしなきゃだめ」ラジオの女性向け番組〈ウーマンズ・アワー〉でだれかがいったフレーズだ。自分が口にするとなんだか変な感じがするが、この状況に適した言葉だというのは間違いない。

ルースは素直にうなずいた。「ありがとう、ユードラ。あなたのいうとおりだわ。いまはマックスのことをいちばんに考えなきゃだめね。すぐ帰るわ。あとで電話をかけてもいいかしら？　話の続きをしないと」

「おまかせするわ。とにかく、赤ちゃんのことを優先して。でないと電話にも応じない」

ルースは微笑んだ。

「ええ、ユードラってとてもやさしいのね。あなたもどうぞ気をつけて」

「そちらこそ」

ドアが閉まる音をきいて、椅子に体を沈めた。疲れているが、気持ちは満ち足りている。**美しさはやさしさとともにあれ**——そう思いながら目を閉じ、眠りに落ちた。

お昼ごろ、ローズがドアをノックした。ユードラは、まあまあの出来ばえのハムサンドイッチを食べおえ、クロスワードパズルをやっていた。マスはすでにだいぶ埋まっている。いつもなら邪魔が入って苛立つところだが、ドアをあけてローズの顔をみると、自分でも意外なほど明るい気持ちになった。今日の服装はとくにすごい。キンポウゲのような黄色と聖職者を思わせる紫色、そして蛍光オレンジを組みあわせている。ローズの実験的ともいえる過激なコーディネイトをみると、不思議なくらい気持ちが落ち着くようになってきた。

「こんにちは、ローズ。お元気？」

「こんにちは、ユードラ。元気だよ。でもスタンリーのことが心配なんだ」

「え？」

ローズはまじめな顔をしている。「今日、犬の散歩をしてなかったの。こんなこと、いつもは絶対にないんだよ。それに、エイダのことでときどき落ち込むっていってたでしょ。ママがね、ユードラならお家を知ってるかもしれないから、きいておいでっていうの」

「ええ、知ってるわ。ようすをみにいくつもり？」

「うん。でもママはすごく疲れてる。いまいましい赤ちゃんのせいでね」

「ローズ！」

「ごめんなさい。でも、ママがそういったんだよ。スタンリーの住所を教えてくれたら、あたし、行ってみる」

このエキセントリックな子どもがスタンリーの家の排水管をのぼっていくようすが想像できた。巻きこまれないようにしたほうがよさそうだが、なにもしないではいられない。それに、スタンリーのことは自分も心配だ。「わたしも行くわ」

「本当？　ママが、ユードラを無理に誘っちゃだめだっていうの。外はすごく暑いし」

「それは平気よ。もうすぐ雨も降りそうだし。いっしょに行きましょう」

「わかった。ママにいってくる」

空は怒りを秘めたような色になっている。遠くのほうから雷鳴が響いてくる。ユードラとローズはスタンリーの自宅までの短い道のりを歩きはじめた。雨が落ちてくると、ローズは金色のラマが描かれた傘をさし、コーディネイトにさらなる彩りを加えた。ユードラは片手に杖を持ち、片手に実用一点張りの赤紫色の傘を持っていた。スタンリーの家のカーテンが閉まったままなのをみたとき、ユードラの全身に戦慄が走った。

首を横に振る。ローズとふたりだけで来たのはとんでもない間違いだった。スタンリーが床に倒れていたらどうしよう。自分みたいな年寄りが対処できるとは思えない。

「ユードラ、こっち」ローズがユードラの腕をつかんで玄関に向かった。ユードラは気を取りなおし、手を伸ばして呼び鈴を押した。家の中からは犬たちが吠える騒々しい声が返ってきた。しかしスタンリーは出てこない。もう一度呼び鈴を押した。やはり返ってくるのは犬の吠え声だけ。ユードラは視線を落としてローズをみた。ローズはこれをゴーサインと受け取ったらしい。

ローズは郵便受けのフラップをあけて、家の中をのぞきこんだ。「スタンリー！　ローズとユードラだよ！　いるの？　だいじょうぶ？　心配なの！」

今度は人の声が響いたせいで、犬たちはさらに激しく吠えたてた。「はいはい、いま行くよ」スタンリーの力ない声がきこえた。ふたりが一歩さがって待っていると、ドアが開いた。ユードラはスタンリーの姿をみて驚いた。いつもは実物以上の存在感のあるスタンリーが、今日はひとまわり小さくなってしまっている。週末のパーティーでいっしょにシャンパンを飲んだのと同じ人物だとは思えないくらいだ。それに、着ているものもパジャマとナイトガウンだ。ユードラはこういうのが嫌いだ。なにしろ、もう午後の二時を過ぎているのだから。

「あれ、今日はパジャマの日なの？」ローズがきいた。

スタンリーは視線を落として自分の服装をみてから、ユードラに向きあった。恥ずかしそうな表情だったが、ユードラはそれ以外の思いも感じとっていた。助けてほしい、という訴えだ。

「というか、じつは……」

「中で話しましょうよ」ユードラはそういって背後に目をやった。雨は本降りになっている。

「このままだとずぶ濡れになってしまうわ」

「ああ、そうだな」スタンリーは一歩さがり、ふたりを迎えいれた。

ローズは中に入ってすぐ、スタンリーの腰に抱きついた。「無事でよかった！」

ユードラは、スタンリーの表情が崩れかけたのに気づいた。このままだと感情のコントロールができなくなってしまうのではないか。心配だったので、こういった。「コーディアルはある？」

「スクウォッシュのことだよ」ローズが口元に手を当ててささやいた。「ユードラはコーディアルって呼ぶの。なんか、お上品だよね」

スタンリーの表情が変わった。いったいなんの話だろう、とでも思っているのだろう。「うーん、あると思うよ」

「よかった。ローズ、スタンリーから離れて、キッチンで三人分のコーディアルを作ってきてくれる？　スタンリーとわたしはリビングにいるから」

ローズは火かき棒のように背すじをぴんと伸ばした。「アイアイサー！　チャスとデイヴの世話もしてやったほうがいいかなあ」

スタンリーはなにか大切なことを思い出したかのようにいった。「ああ、そうだ。奥の部屋にいる。きっとおなかをすかしてるだろう。餌と皿もそこにあるよ」

ローズは胸に片手を当てた。「おまかせください、キャプテン。ユードラとゆっくりおしゃべりしててね」

スタンリーはユードラをみつめた。「今日はなにもする気が起きなくてね。なにもかもがばかばかしく思えてしまって」

「まあ、座って話しましょう」

スタンリー・マーチャムのリビングは、幸福な人生の象徴のような部屋だった。明るくて陽気そのもの。背もたれはまっすぐだが座り心地のいいアーコール〔イギリスを代表する老舗家具メーカー〕の椅子が、テレビがあるのとは反対側の壁際に置いてある。横の壁際にはアーコールのソファ。赤いベルベットのカーテンやクジャクの羽根模様の壁紙はユードラの好みではないが、それでもとても美しい。いちばん目につくのは、家具の上や壁に所狭しと飾られた、さまざまな色やデザインの額に入った写真の数々だ。赤ん坊の写真もあれば、子ども、ティーンエイジャー、年寄りの写真もある。スタンリーとエイダの写真もたくさんあって、どれもこちらに笑いかけてくる。愛と幸福の写真ばかりだ。

犬たちのうれしそうな鳴き声がきこえる。ローズが奥の部屋に入って、餌をあげたんだろう。ローズがやさしい声をかけると鳴き声はすぐに落ち着き、たまにしかきこえなくなった。

ユードラはソファに腰をおろした。スタンリーが座ったのは、どうやらいつも使っている椅子らしい。サイドテーブルに眼鏡が置いてあり、そのすぐそばにはにっこり笑う女性の写真がある。エイダだろう。〈世界で最高のポップス〉と書かれたマグカップには、スタンリーと孫たちの写真がプリントされている。スタンリーの隣の椅子には大きなクッションとチャスとデイヴの大きな写真が置いてある。犬たちの目が「遊んで、遊んで」といっているみたいだ。これはエイダの椅子だったんだろう。

「それで、いったいどうしたの？」ユードラはきいた。

スタンリーは、母親にあれこれきかれている小さな男の子みたいな顔をして、肩をすくめた。

「わからない」

「なにかあったの？」

スタンリーの目が曇る。涙があふれてきそうだ。「エイダに会いたい」

ユードラは膝の上で手を組んだ。「そうね、寂しいわね」

スタンリーはふと遠くをみる目をした。「夢をみたんだ。ふたりでダンスに行くところだった。おめかしをしたエイダはとてもきれいだった。香水もつけていた。彼女をみていて、とても幸せな気分だった。やっぱりエイダはここにいる、いなくなったのは夢だったんだ、そう思った。ところが目が覚めると……」妻が使っていた椅子に目をやり、泣きはじめた。自分の体を自分で抱きしめ、身を震わせてすすり泣く。

ユードラは動けなかった。ドアに目をやる。ローズが元気に入ってきてくれたらいいのに。しかし、きこえてくる声からすると、ローズはまだ犬たちの世話をしているらしい。ということは、自分がなんとかするしかない。立ちあがり、スタンリーに近づいた。スタンリーはかがみこんで頭を抱え、飛行機が不時着するときみたいな格好をしている。胸の痛みに耐えきれずにいるのだ。ユードラはためらいつつも手を伸ばした。サイドテーブルにあるエイダの写真をみて勇気をもらうと、スタンリーの肩に触れた。スタンリーは泣くのをやめたが、体は丸めたまま、悲しみを抱えていた。

「ほら、ほら」ユードラはそんな言葉を口にした。いや、この場に必要なのはそんな言葉ではない。どんな言葉をかけたらいいんだろう。「自分で自分を追いこまないで。こんな姿をエイダがみたら悲しむわ」

スタンリーはとまどったように顔をあげた。「ばかなじいさんだと思われるだろうな。こんなところに座って自己憐憫に浸っているなんて」

ユードラはうなずいた。「そうよ。さあ、涙を拭いて。もうすぐローズがコーディアルを持ってくる。驚くほど甘いけど、飲めばきっと元気になるわ」

「愛情入りだもんな」

「まあ、そうね」

スタンリーはハンカチを出して涙を拭いた。「すまない、ユードラ」

「なにを謝ることがあるの？　奥さんのことが恋しくて、悲しかっただけでしょう？　なにもおかしくない。わたしに謝る必要なんかどこにもないわ」

「きみは、こんなふうにめそめそ泣くのが嫌いだろう」

「悲しみかたなんて、人それぞれだもの」

「ようすをみにきてくれてありがとう」

「あなただって、わたしに同じことをしてくれるでしょう」

「そうだな」

「お待たせ」ローズがトレイを持ってリビングに入ってきた。「チョコレートのビスケットもあったから持ってきたんだけど、よかった？」

スタンリーが笑顔でうなずく。いつもの表情が少し戻ってきた、とユードラは思った。「もちろんだよ、ローズ。好きなものをなんでも食べてくれ。輝く鎧を着たふたりの騎士が、わたしを助けにきてくれたんだからね」

「女の騎士っているの？」ローズは純粋な好奇心を持ったらしい。

スタンリーはローズとユードラを指さした。「そのようだね」

「元気になった？」ローズはそういってスタンリーにグラスを渡した。

スタンリーは渡されたコーディアルをひと口飲み、うわっと驚いてから、表情を元に戻した。

「だいぶ元気になったよ。ありがとう、ローズ」

「よかった」ローズはビスケットを食べはじめた。「あのね、ふたりを招待したいイベントがあるの」

スタンリーはユードラに目をやって微笑んだ。ユードラはあいまいに笑ったあと、エイダの写真をみた。目の輝き、冒険心、やさしさ——そんなものが写真から伝わってくる。亡くなる前に友だちになれていたら、と思った。そして無言の約束をした。**スタンリーのことはわたしにまかせて。エイダ、あなたのために力を尽くすから。**

ローズは椅子に座ったままうれしそうに体を揺らしている。

ユードラはローズに向きなおった。「ローズ、もったいぶらないで、早く話して。いったいなにを考えてるの？」

一九五八年　ロンドン南東部、シドニー・アヴェニュー

ドレスは完璧。二年前にグレース・ケリーが結婚式で着ていた上品なドレスに似たデザインで、レースのハイネックが慎み深い印象を与えてくれる。ハイウエストで、スカート部分は優雅にふんわり広がっている。ユードラにとっては夢みたいなドレスだった。このドレスを着てみせたとき、お母さんは歓喜の声をあげてシルヴィアの腕をつかんだ。ステラも気に入ったようで、うなずいて微笑んでくれた。花嫁介添人のシルヴィアといっしょにロンドンに買い物にいこう、といいだしたのはお母さんだった。ステラが賛成してくれたときはほっとしたものだ。お母さんは、結婚の準備は定石どおりに進めていくべきだという意見だった。

「花嫁のドレスは、花嫁の母親が買う。伝統的にそう決まっているのよ」涙で目をうるませながら、そういってくれた。

お母さんに余計な出費はさせたくない――ユードラはそう思っていたが、お母さんがこの結婚を喜んでくれているのはうれしかった。普段は喜びや楽しみがほとんどないのだから、なおさらだ。お母さんの両手を握り、お礼をいった。「お母さん、ありがとう」

ここ半年間、お母さんとステラは停戦状態にある。真夏に涼しいそよ風がふっと吹いてきたかのような、心休まる状況だ。

このところ、ステラは地元の教会が運営する若者のサークルに入っているし、子どもたちのための活動にも進んで参加している。それに、エディの存在がより大きな安心感を与えてくれている。エディはステラの活動に付き添って、希望するティーンエイジャーたちに車の修理を教えているのだ。婚約者がステラに目を配ってくれているという状況のおかげで、ユードラはようやく人生に希望を持てるようになった。明るい未来が待っているんだから、それを思うぞんぶん享受しよう、そう思うことができた。

結婚式まで一カ月と少し。ユードラは興奮で落ち着かない日々を送っていた。ドレスは贅沢なものを選んだが、そのほかのものはできるだけ費用を抑えるようにした。食料が配給されていたのは過去のことだが、当時しみついた倹約の精神はまだしっかり残っている。豪華な結婚披露宴を開くのではなく、結婚式を挙げる教会の隣にあるホールでお茶会を催すことにした。そして、エディといっしょにそこを午後六時に出て、イーストボーン行きの列車に乗る。エディのお母さんの友だちがやっている民宿に一週間滞在する予定だ。海のみえる部屋に割引料金で泊まれるようにしてもらった。ユードラにとってはじゅうぶんすぎるほど満足できる計画だったし、今後の夫婦生活の始まりが楽しみでしかたがなかった。

結婚式の二週間前、シルヴィアが街でアフタヌーンティーを楽しもうと誘ってくれた。

「わたしがごちそうするわ。あなたがバージンロードを歩く前の、最後のお出かけだもの。よかったら、お母さんとステラも誘っていいわよ」

お母さんとステラを誘ったが、ふたりとも行かないというので、ユードラはほっとした。ふたりのことは心から大切に思っているが、シルヴィアとふたりきりのほうが気楽に楽しめる。

「いいお天気が続いてるうちに、庭の手入れをしなきゃいけないから」お母さんはこういった。

「シルヴィアと楽しんでいらっしゃい」

ユードラはそうするつもりだった。天気がよくて気温の高い日だったので、お気に入りのサマードレスを着ていくことにした。いまにも玄関を出ようというとき、ステラが階段をおりてきた。

「ドーラ、そのドレスが本当に似合うわね」ステラはほれぼれとした目をしてそういった。

「ありがとう、ステラ」ユードラは鏡から視線を離し、髪に手をやった。

「今日、行けなくてごめんね」

ユードラはステラに向きなおった。青い目が曇って、なんだか不安そうだ。ユードラはステラの腕をぽんと叩いた。「いいのよ。ボランティア活動のほうがずっと大切だもの」

「うん」ステラはうつむいた。

ユードラはステラのあごに手を添えて、上を向かせた。「本当に気にしないで。友だちとアフタヌーンティーに行くだけだもの」

「ドーラ」ステラはユードラにぎゅっと抱きついた。「幸せになってね」

ユードラは微笑み、体を離してステラの両肩をつかんだ。「わたしは幸せよ」

ステラはユードラの目をのぞきこみ、うなずいた。「ドーラはきっと幸せになれる。あたしのことはもう心配しないで」

「あなたのことはこれからもずっと気にかけてるわ。それが姉としての役割だもの。でも、あなたは自慢の妹なの。いろいろと大変な時期はあったけど、どうやらもうそういうのは卒業したみたいね」

ステラはなにかいおうとして口を開いた。どんな言葉を使おうか迷ったあと、いった。「そうみたい。ドーラ、大好きだよ。そのことはこれからもずっと忘れないで」

ユードラはステラの額にキスした。「ばかね、そんなことわかってるわ」

シルヴィアとのひとときは最高に楽しかった。これまでのダンスパーティーを思い出しながら、笑いあったり語りあったりした。そして、今後の展望や、ひそかに抱える願いを互いに打ち明けた。シルヴィアはいま、ケニーからのプロポーズを待ちのぞんでいるのだという。ユードラは自分の身に起こったおとぎ話のような出来事を思い、いつプロポーズされてもおかしくないわよ、とシルヴィアを励ました。幸せな結婚生活、子どもたちのいるにぎやかな家、家庭を持つ喜び――そういったものにもうすぐ手が届くと、ふたりとも信じていた。

あとから思い返すと、この日のこのひとときは、ユードラが本当に幸せだった日々のうち、最後の思い出のひとつだった。すべては突然降りかかってきた。悪いことをなにひとつ予測していなかったなんて、あまりにも考えが甘かった。貨物列車が人生をずたずたにしながら走りぬけていこうとしていたのに、警笛の音にも、ガタゴトという音にも、まったく気づいていなかった。

夕方に帰宅すると、家は静かだった。ユードラにとってはありがたい平穏のひとときだった。これまで何年ものあいだ、家に帰ってくるたびに親子げんかの仲裁をしなければならなかったのだ。

「ドーラ、帰ってきたの？」

「ただいま、お母さん」コートをかけてキッチンに行くと、お母さんはティーポットにお湯を注いでいるところだった。

「あなたもどう？」

「ううん、いらない。これでもかというほどお茶を飲んできたから」

お母さんは微笑んだ。「楽しかった？」

「とても。ステラはまだ帰ってないの？」

「帰ってくる音はきいてないけど、午後はずっと庭に出ていたからきこえなかったのかも。サヤマメとレタスを植えたわ」次女のことより園芸のことで頭がいっぱいらしかった。

「ふうん、そう。部屋にいるのかもね。ようすをみてくるわ」

ユードラは階段をのぼり、ステラの部屋のドアをあけた。めずらしく片づいている。ステラはいない。状況がのみこめてくるにつれて、口の中が渇いていく。クローゼットをあける。空っぽだ。部屋全体をみまわすと、ステラの身のまわりのものもなくなっているのがわかった。

いつもクローゼットの上に置いてあったスーツケースもない。「ステラがいない！」ユードラは叫び、階段のほうに駆けだした。

「いない？」お母さんが廊下に顔を出した。「いないって、どういうこと？」

ユードラは急いで階段をおりた。「荷物をまとめて出ていったってこと」

「まさか、そんな。警察に電話したほうがいいのかしら」

そのとき、ユードラははっとした。これからずっと、お母さんの面倒は自分がみることになる。わたしがついていないと、お母さんはなにもできない。「ええ、そうしたほうがいいわ」

階段をおりきった瞬間、電話が鳴った。ユードラは受話器をひったくるようにつかんだ。「ステラ？」

「エディだ」

「エディ、ねえ、どうしよう。すぐに来てくれない？　ステラがいなくなったの。すごく心配で」

ためらうような一瞬の沈黙のあと、エディはいった。「ぼくといっしょにいる」

「ああ、よかった。どこでみつけたの？」

エディは咳払いをした。「いや、要するに……なんて説明したらいいんだろう。ステラとぼくは、一年くらい前から親しくなった。申し訳ないんだが、きみとは結婚できない」

なにかいわなければならない。頭ではわかっていたが、言葉がみつからなかった。「え？

どういうこと？」

「つまり、ステラとぼくは愛しあっている。結婚するつもりだ」

「あなたとステラが？」冗談みたいな話だ。笑えない、悲惨な冗談。

エディがわずかに苛立っているのが伝わってきた。「とにかく、それを伝えたくて電話した。申し訳ないが、よくある話だろ」

「でも、ステラはまだ子どもで」

「いや、そんなことはない。もう十八歳だから、自分のことは自分で決められる。ドーラ、ごめん。ぼくたちはもう終わりだ。きみはあまりにも……」

あまりにも、なに？

人を信じすぎる？

つまらない？

世間知らず？

「あまりにも、なんなの？」ユードラはきいた。恐ろしい言葉であっても、真実が知りたかった。

「まっすぐで、いい人すぎる。ぼくなんかよりいい人と結婚すべきだよ。ぼくは愚か者だし、ステラもそうだ。簡単に受け入れられる話じゃないだろうけど、結局はきみのためなんだ。そのうちわかる。ドーラ、きみには幸せになってほしい。ぼくたちとは縁を切って、ケニーみたいに信頼できるいい男をみつけてほしい」

「どう答えたらいいのかわからない」

「ああ、もう列車の時間だ。悪く思わないでくれ。ああ、ステラがなにかいいたいそうだ」

がさがさと音がした。受話器を手渡しているのだ。ユードラは、知らないうちに息を止めていた。

「ドーラ？　ごめんね、ドーラ。顔をみてちゃんと話したかったんだけど、エディが、こうするのがいちばんだっていうからさ。本当に悪いと思ってるんだよ。ドーラは大切なお姉ちゃんだし、幸せになってほしいって思ってる。あたしたちはもういないものと思ってね」

ステラの声をきいたとき、ユードラの心臓を灼熱の憎悪が貫いた。いきなり顔を平手打ちされたようなものだが、おかげで目が覚めた。「もう電話をかけてこないで。あなたたちは死んだものとするから」受話器を置くと、そのまま床にくずおれた。

10

このユードラ・ハニーセットがメリーゴーランドの列に並んでいるなんて、どういうことなの。最近よくある奇妙なことのほとんどがローズのせいで起こるように、今回もローズのせいでこうなった。スタンリーも関わっているが、やはり根源はローズだ。

これでもかという装飾のついたメリーゴーランドをみつけたときの、ローズのうれしそうな表情といったらなかった。そして、エイダはメリーゴーランドが大好きだったんだ、と語るスタンリーのもの悲しい表情。このふたつを同時に目にしたとき、わたしは乗りたくない、とはいえなかった。

家にこもって死を待つこともできるっていうのに、八月の酷暑に耐えながら、楽しんでいるふりをしてる。それというのも、亡くなった女性に無分別な約束をしてしまったから。そして、十歳の女の子が大喜びしているのに水を差したくないから。いったいわたしはどうなってしまったの？

「すごく楽しそう！」ローズが声をあげる。「ねえ、どれに乗る？　あたし、ウィリアムがいいな」びっくりした顔の馬を指さした。安全なんだろうかと心配になるような、がちゃがちゃという金属音をたてる胴体は虹色に塗ってある。たてがみは金色。〈ローズ・トレウィドニー・デザイン学校〉の卒業生だといわれても納得できそうだ。

さて、どれがいいだろう。立派な体格の白い雄馬で、赤と金色の鞍をつけたのに目を引かれた。名前はなんだろう。その瞬間、過去から手を差しのべられたような気がした。「アルバートにするわ」

「お父さんと同じ名前だね」ローズがいう。

「どうして知ってるの？」ユードラはきいた。喜ぶべきなのか腹を立てるべきなのかわからない。

「前に教えてくれたよ。あたし、記憶力がすごくいいの」

「少し分けてほしいくらいだよ、ローズ」スタンリーがいった。

「いつでもどうぞ」

列の先頭まで来た。ゲートに立つ若者がユードラとスタンリーをみてあっけにとられている。六十五歳以上の年寄りをみるのは生まれてはじめてだ、とでもいうようだ。「おい、デイヴ！」しわが多くて短気そうな顔をした男がこちらをみた。「どうした？」

若者はユードラとスタンリーのほうをあごでしゃくった。「どうすりゃいい？」

「桟橋の端から突き落としたければいつでもどうぞ」ユードラはつぶやいた。

デイヴと呼ばれた男は肩をすくめた。「さあね。二人乗りのやつがいいんじゃねえか？　まあ、本人次第だが」指さした先には、低めの二人用シートがあった。動物は銀色のドラゴンだ。

堪忍袋の緒が切れそうになった。ユードラは前に出ていって若者の正面に立った。若者は怯えている。ユードラより三十センチ近く背が高いし、半世紀以上若いというのに。「よくきいてちょうだい。ユードラよりわたしはアルバートに乗るわ。通していただける？　わたしたちの順番が来たんだから」

デイヴがからからと笑った。「そりゃそうだ。ディーン、通してやれよ。ぐずぐずするな」ディーンはアルバートの鞍と同じくらい顔を赤くして、ユードラたちを通した。勝利に気をよくしたユードラは自分の選んだ馬のところまで堂々と歩いていき、注意深く背中に乗った。ありがたいことに、アルバートのデザインは、横向きに座って手綱とポールをしっかりつかむタイプのものだった。ローズとスタンリーは、その両隣の馬に乗った。

「ウィリアムがよかったんじゃないの？」ユードラはローズにきいた。

ローズは首を横に振った。「並んで乗ったほうが楽しいよ」

「ミス・ハニーセット、一本取ったな」スタンリーが称賛の眼差しを向けてきた。

「ああいう人にははっきりいってやらなくちゃ」

ほっとするような陽気なオルガンの音楽が鳴りだすと同時に、メリーゴーランドが動きはじめた。最初はゆっくりだったが、だんだんスピードがあがってくる。

「わあい！」両親のそばを通ったとき、ローズが叫んだ。「ママ、パパ、みて！　あたしたち、空を飛んでるよ！」

ユードラは上下の動きに慣れるのに少し時間がかかったが、そのうち、なにかから解き放たれたような感覚に包まれた。泳いでいるときの感覚に似ていなくもない。隣に目をやると、スタンリーは、ローズが派手な歓声をあげるたびに笑い声をあげていた。傍目には、自分たちはどんなふうにみえるんだろう。八十代の年寄りがふたりと、小さな女の子。三人でこんな乗り物に乗っているところは、ちょっとばかげた姿にみえるかもしれない。顔をあげると、まわりの人々がこちらを指さしてにこにこしているのがみえた。するとユードラの体が勝手に動きだした。人々に向かって堂々と手を振りはじめたのだ。みている人々のほうも、にこにこするだけではなく、手を振ったり歓声をあげたりしはじめた。楽しそうな言葉もきこえてくる。

「女王様みたいだ！」

「おばあさんもおじいさんも、いいぞ！」

「歳を取ったら、わたしもあんなふうになりたいな」

潮の香りのするひんやりした空気を吸いこむ。すばらしく騒々しい世界のおかげで気持ちが明るくなった。ローズと目が合った。その満面の笑みをみているとこちらまで笑顔になるし、こちらまで活力がみなぎってくる。

「ローズのいったとおりね。とっても楽しいわ」

ローズは最高にうれしそうな顔をして親指を立てた。

メリーゴーランドのスピードが落ちてきて、とうとう止まったときは、残念な気さえした。スタンリーが馬から降りて、手を差しだしてくれた。「女王陛下、お手をどうぞ」

「この人ったら、よくもまあ！」ユードラはそういいつつも、スタンリーの手を取った。

「最高だったね！」ローズがいった。三人は、フェンスの外で待っているローズの両親のところに向かった。

「少し頭がくらくらするけど、とっても楽しかったわ」ユードラはいった。

「御意のとおり」スタンリーがにやりと笑う。

マギーとロブは、木陰のベンチに座っていた。海岸への家族旅行にいっしょに来ないかとローズに誘われたとき、ユードラは応じる気になれなかった。しかしそれは最初のうちだけで、エイダとの約束もあるし、なにより旅行先がブロードステアズだときいて、胸が躍った。ここにはいい思い出があるし、人生の終わりにもう一度訪ねてみたかった。

マギーはユードラに助手席を勧めてくれた。運転席はロブ。しかし、大きなおなかを抱えて大変そうなマギーの姿をみると、甘えることはできなかった。ありがたいことに、現代社会には便利なものがたくさんある。車にはエアコンが装備されているし、足元の空間も広い。ノイズキャンセル機能のあるヘッドフォンもあるから、ローズはほかのみんなに迷惑をかけることなく、好きなポップスをきくことができる。ときどきローズの調子っぱずれの歌声がきこえることはあるが、ユードラはそれは気にしないことにして、目的地に着くまでひと眠りした。

ローズやその両親といっしょに丸一日を過ごすことにも興味があった。いまの若い人たちの家庭内の人間関係がどんなふうなのか、理解できたとはいえないものの、昔とはずいぶん変わったというのはわかる。ロブとマギーは対等な関係だ。ユードラにとってはそれが新鮮に思えたし、心の中で喝采を送った。それに、ロブとローズの親子関係もいい。いっしょにいるのが当たり前のような、力の抜けた雰囲気がある。ユードラにとっては、それはなつかしさをおぼえるものでもあった。お父さんとわたしの関係。時間の隔たりを超えて存在する親子の絆。それを目の当たりにしたことで、思いがけず自分まで守られているような気がしてきた。

「アイスクリームを食べたい人！」ロブがいった。

「はい！　はい！　はーい！」ローズが声を張りあげ、父親の前で跳びはねながら片手を高くあげた。

ロブはユードラとスタンリーのほうをみた。完全なポーカーフェイスを保っている。「おやおや、だれもいないのかな？　ユードラ、スタンリー、どうです？　このままだと店を素通りすることになりそうなんだが」

「パパったら、もう！」ローズが叫ぶ。

「ロバート、意地悪しないであげて」マギーがいう。

「おっと、ロバートと呼ばれたぞ。まずいことになりそうだ。この窮地を逃れるにはどうしたらいいんだろう」

「じゃ、みんなにアイスクリームをごちそうしてちょうだい」ユードラはロブの冗談に調子を合わせた。自分でも自分の反応に驚いてしまう。

「いいアイディアだね」ロブがいう。「ユードラ、ありがとう。じゃ、いっしょに来てくれるかな。えっと、ローズ以外の全員にアイスクリームをひとつずつだね。ローズはニンジンかなにかを食べたそうだし」

ローズはロブの背中に飛びついた。ロブはそのままローズを背負い、アイスクリームの売店へと駆けだした。

「あなたはラッキーね」ユードラはマギーにいった。ロブのあとを追いながら、スタンリーに視線を移す。「あなたも。いい家族を持ったわね」

「いつでも加わってね」マギーが答えた。

「ありがとう」ユードラはそれしかいえなかった。

マギーはユードラにちらりと目をやって、いった。「ユードラ、血のつながった親戚はだれかいるの？」

ユードラは、普段ならこういう質問には答えない。しかし、マギーの口調のなにかに心を動かされ、悲しい真実を打ち明けることにした。「いいえ。父は戦死して、母は十三年前に死んだわ」

「ごきょうだいは？」マギーはおなかをさすりながらいった。

ユードラはためらってから答えた。「妹がいたわ」

過去形を強調した答えをきいて、マギーはいった。「そうだったの。つらいことをきいてしまったわね」

三人が売店に着くと、ローズがアイスクリームを受け取るところだった。「それ、なあに？」

マギーがきく。「すごくおいしそうね」

ローズはアイスクリームをなめ、口のまわりをべたべたにして答えた。「バニラ・トフィー・チョコレートだよ。トッピングはナッツとソースと粒々のチョコ」

「ユードラはなにがいい？」ロブがきいた。

「そうね、ローズはファッションの先生としても信頼できるから、アイスクリームの好みも信頼してみようかしら」

「パパ、バニラ・トフィー・チョコレートだよ。トッピングはナッツとソースと粒々のチョコ」ローズは得意そうに胸を張った。

「ありがとう」

ロブはにっこり笑った。「すぐ注文するよ」

一同はアイスクリームを手に、海をみわたせるベンチに移動した。ローズはベンチのひとつの真ん中に座った。両隣にはマギーとスタンリー。ユードラはもうひとつのベンチに、ロブとふたりで座った。雲ひとつないヒヤシンスみたいな色の空を眺める。ビーチでは子どもたちが砂の城を作り、波打ち際で跳びはねながら海に入ったり出たりして歓声をあげている。ユードラの脳裏に、このビーチでの思い出がよみがえった。あの神聖な日。まるで前世、別世界での出来事だったかに思える。まばたきをして、思い出を追いやった。

「お嬢さん、アイスクリームの趣味が最高ね」ユードラはロブにいった。「ロンドンでの生活にはもう慣れたの？　コーンウォールとは全然違うでしょう」

「いやもう、本当に」ロブは深く息を吸った。「こういうところで息抜きをするのはいいものだね。海が恋しくなってしまったんだ。それに、ロンドンでの通勤はあまり快適なものじゃないからね。とくにこの暑さでは」ユードラに目をやった。「あなたはずっとシドニー・アヴェニューに？」

ユードラはうなずいた。「戦争中に疎開していたとき以外は」

「じゃあ、たくさんの人たちの出入りをみてきたんだろうな」

「あなたが思うよりずっとたくさんよ。お隣に越してきたのは、あなたの家族が十番目か十一番目だわ」

「その中でもいちばんいい家族じゃないかな？」ロブは目を輝かせて冗談をいった。

ユードラは冗談で応じずにはいられなかった。「それはまだ検証中」

ロブは笑った。「いいね。だったら、そう思ってもらえるように努力しないとな。ただ――先入観でものをいうのはよくないが――意外だったなあ。ローズは早くもあなたの心に入りこんでしまったようだ」

「心にというか、生活に入りこんできた感じね。なかなかおもしろい子だわ。なのにけっこう馬が合うというか」

「まあ、ちょっと変わり者ではあるかな。仕事から帰ってくると、あの子がいつもいうんだ。

今日ユードラになんていわれたと思う？　今朝は最高におもしろかったんだよ。なんてね」

ユードラはびっくりしてきいた。「え、本当に？」

「本当に」

「学校が始まって同い歳の友だちができたら、状況も変わると思うわ」

ロブは海に目をやった。「じつは、ローズは友だちを作るのが苦手でね。前の学校ではいじめられていた」

「まあ。そんな。かわいそうに」

「学校側は問題を解決しようとしてくれたけど、できることも限られているというか。まあ、引っ越してきたのにはそういう理由もあるんだ。心機一転やりなおそうって」

「そう」

「ともあれ、ユードラとローズが仲良くなってくれて、わたしもうれしいんだ。あなたのおかげで、あの子が自信を取りもどしたのがわかる」ふたりはもうひとつのベンチのほうに目をやった。ローズはマギーとスタンリーの前に立って、ニワトリを真似た奇妙なダンスを披露している。ロブが笑った。「やっぱりちょっと変わってるんだよな」

「人間っていうのは奇妙な生き物なのよ」

ロブは微笑んだ。「ユードラ、あなたもちょっと変わってる。ありがとう」

「なんのお礼？」

「やさしくしてくれてありがとう。マギーもぼくも、すごく感謝しているんだ」

ふたりの会話はそこで途切れた。ローズがやってきて、父親を海岸の望遠鏡のところへ引っぱっていったからだ。ユードラはふたりの姿を目で追いながら、ロブの言葉を反芻した。ローズの毎日の中で自分が重要な役割を果たしているなんて、思いもよらなかった。なんだかまごついてしまうが、同時にうれしくもある。お母さんが死んでから、だれかに必要とされたことなんか一度もなかった。いまは、ふたりの人生に巻きこまれているかのようだ。どうしてこんなことになったのかわからないが、そんなにいやな感じはしない。そのせいで、今後の計画がスムーズにいかなくなるかもしれないが、まあ、これも途中経過のひとつだと思えばいいだろう。病院の待合室でクロスワードパズルを解くのと同じだ。

帰りは夜遅くなった。夕方に帰ると道路が混雑するだろうから、夕食にフィッシュ・アンド・チップスを食べて帰ろう、ということになったからだ。帰りの車の中で、ローズはずっと絵を描いていた。解散のとき、その絵をスタンリーとユードラにみせてくれた。それぞれの姿を描いたものだった。

「これ、ポテトを取ろうとするカモメと戦ってるスタンリーだよ」

「いやなやつだな」

「こっちはユードラとあたし。ケーキを食べながら〈ポイントレス〉をみてるの。モンゴメリがソファで寝てる。ほら、テレビに出てるリチャード・オスマンも描いたんだよ」

「よく似てるわね」

「キッチンに貼ってね。ちょっとはカラフルになるでしょ」

「ありがとう」

家に帰ると、戸棚の奥のほうにしまってある〝もしものときのためのもの〟を出してみた。余分な紐や自宅の合鍵など、ごちゃごちゃしたものの中に、何年前に買ったのかも覚えていないような粘着剤の残りがあった。黄ばんだ値段シールをみると、いまはなくなった表通りの店で、七十五ペンスで買ったものだとわかった。ローズの描いた絵を、戸棚に貼る。隣には〈かわいい子猫〉のカレンダー。今年に入ってから、郵便局に一部だけ残っていたのを買ってきたものだ。ほかの種類もあればこれを選ぶことはなかっただろうが、八月のページに載っている、花瓶の陰から青い目でこちらをみている淡い灰色の子猫は、なかなかかわいらしい。

「みてごらん、モンゴメリ」猫がキッチンに入ってきたので、声をかけた。「ローズが絵を描いてくれたの」モンゴメリはだるそうな顔をあげてユードラをみたが、その視線はすぐに、さっきユードラが出してやったビスケットに移った。ユードラは一歩さがり、ローズの絵を眺めた。カレンダーのページをめくっていくと、「自由になる日」という言葉があった。一カ月ほど前に自分で書きこんだものだ。お茶をいれようと思ったとき、電話が鳴った。足を引きずってリビングに行き、電話に出た。

「もしもし」

「ユードラ？　ペトラです」

鼓動が速くなる。「こんにちは、ペトラ。そろそろ電話があるんじゃないかと思ってたの」

「ユードラ、お元気？」

「ええ、とても。その後、手続きがどうなっているか知りたいの。新しい進捗はある？」

「残念ながら、それはまだ。先週、リーベルマン先生と話をしたんですよね？　その後の状況を知りたくてお電話したの。きのうも電話をしたのだけど、お留守だったようで」

「きのうは一日出かけていたの」考える前に口が動いていた。

「どこかいいところへ？」

嘘をつくのが苦手な遺伝子を持っているらしい。「友だちと海のほうへ」

「素敵ね」

「ええ。とても楽しかったわ。疲れたけど」

「疲れても、行ったかいがあったんでしょう？」

ゆうべ、別れ間際にローズにいわれた言葉がよみがえってくる。「生まれてきて最高の日だった！」それを頭から振りはらって答えた。「とても楽しかったわ。でも申し込みを取り下げるつもりはないわ。このまま進めてほしい」

「わかったわ」ペトラいった。「リーベルマン先生は、ユードラの申し込みについてとても慎重に検討しているわ。結果が出るまでに、そんなに長くはかからないと思う」

「そう」

待つことも、希望を持つことも、これまでさんざんやってきたのに。でも、ここまで長く待ったんだから、あと二週間や三週間待つくらい、なんてことはない。

「人生を楽しんでいらっしゃるようで、うれしいわ」

「ぼんやり座って死を待っているよりはいいでしょう?」

「そのとおりよ。ユードラ、あなたは素敵な女性だわ。そのことを忘れないで」

素敵な女性? ばかばかしい、と思いながら受話器を置いた。わたしは生と死を現実的にとらえているだけ。世の中で、それ以上にまともなことがある?

苦労しながら立ちあがった。あちこちの関節が思うように動いてくれないが、なんとかキッチンに向かう。自分を元気づけるためのお茶を一杯いれるつもりだった。そのとき、ローズが描いてくれた絵が目に入った。ペンを手に取り、カレンダーのページをめくる。「自由になる日」という言葉をしばらくみつめてから、そのあとに「?」と書きたすと、これでよしとうなずいた。こういうことについては、常に現実的でいることが重要なのだ。

一九五八年　ロンドン南東部、オーキッド・ダンスホール

シルヴィアが、クリスマス前の土曜日にダンスに行こうといいだした。ユードラは断ろうとしたが、シルヴィアはいったんなにかをいいだしたら他人の意見をきかないタイプだ。

「週末を家で過ごすなんてだめ。外に出て、だれかに会って、忘れなきゃ……あんなこと」シルヴィアはいった。

エディとステラの名前は口にしないで、とユードラはシルヴィアにいってある。ふたりの存在を自分の世界から消してしまいたかった。もともといない人たちだった、と思いたかった。なかなか難しいことではあったが、それでも努力していた。

働いている銀行に、パトリック・ニコルソンという上司がいた。父親が同じ銀行の取締役だというだけでそこそこの地位まで昇進した男だ。どこかグレゴリー・ペックを思わせる好男子で、服のセンスも抜群。ユードラはこの上司のことをなんとも思っていなかったが、ほとんどの秘書たちが彼に夢中になっているのは知っていた。それも、彼の心を射止めるためならなんでもするというくらいののぼせっぷりなのだ。そんなわけで、そのうちダンスにでも行かないかと誘われたときは、どうしたものかと考えた。断れば、シルヴィアだけでなくほかの秘書たちにどう思われるかわからない。結局は誘いを受け、〈オーキッド・ダンスホール〉で落ち合うことにした。

「いい男じゃない！」クロークにコートを預けながら、シルヴィアがいった。「すごく礼儀正しいし。さっき、あなたが車を降りるときなんかも、さっと手を差しだした……本当に素敵！ケニーにプロポーズされたばかりだからいいけど、そうじゃなかったら、わたし、あなたに嫉妬してたわ！」

「たしかに魅力的な男性ね」ユードラはそういって、なじみのダンスホール全体をみわたした。わたしはどうしてここに来ることにしたんだろう。……そう、ここに来ればエディに会えるんじゃないか、ずっとそう思っていたからだ。そのことに気づいたとき、悲しみで胸が詰まりそうになった。

楽しい夜になりそうだった。身のこなしはスマートなわりに、パトリックのダンスはそれほど優雅ではなかった。それでも彼のリードでフォックストロットのステップを刻むうち、ユードラはだんだん気持ちが明るくなってきた。だれもが陽気に浮かれている。ホールは薄紙のリボンや、ベルの形の紙細工、ミラーボールなどで飾られている。パトリックと付き合えば、いまのどん底の状態から抜けだせるんだろうか。試しもせずに拒絶するのは愚かなことかもしれない。わたしだって幸せになる権利がある。自己憐憫に浸るのはそろそろやめにしよう。

ちょっと失礼、といってトイレに行こうとすると、パトリックが手の甲にキスしてくれた。これからの展開に新たな希望を持ってしまいそうになる、そんなキスだった。ところが、トイレの個室に入っていたとき、ふたりの女性がパトリックの話をしているのがきこえた。

「グレゴリー・ペックに似た人がいたわ。気がついてた？」

「気がついたどころか、あの人、ずっとわたしに熱い視線を送ってくれてたわ」

「ドリスったら！　あんたって人は」笑い声が続く。

「だけど、無理もないんじゃない？　あの人が連れてた子、みた？　氷の女王っていうか、全然愛想がなくてさ。もっと楽しめる女と付き合いたいのかもよ」

　ユードラは目を閉じ、ふたりが笑うのをやめてトイレから出ていくのを待った。それからまもなく個室を出ると、手を洗い、ホールに戻ってパトリックを探した。

「やあ、戻ってきたね！」パトリックはバーにいた。「迷子になったかと思ったよ。なにか飲むかい？」

　ユードラはアルコールが好きではない。一方のパトリックはすでにかなり酔っているようだ。しかし、トイレできいた会話がユードラの耳に残っていた。「ベイビーシャム〔女性に人気のある洋梨の発泡酒〕をいただくわ」できるだけ上品にいった。「仰せのとおりに」パトリックはうれしそうな笑みをみせた。

　まわりに目をやる。シルヴィアとケニーは宙を舞うように優雅に踊っている。まるでハリウッドのカップルみたいだ。ユードラは嫉妬心をのみこんだ。そこへパトリックが飲み物を持って戻ってきた。

「ベイビーシャムをどうぞ」グラスを渡してくれた。「乾杯！」ビールの大きなグラスをユードラのグラスにぶつける。ビールが少しこぼれて床を濡らした。

「乾杯」ユードラは作り笑いをした。近くにいる騒々しい女性グループが、嫉妬の目をこちらに向けている。「どこかに座らない？」

「お望みのとおりに」パトリックは不格好なおじぎをした。

ユードラが先に立って、隅のテーブルを目指した。ところが、近づいてみると、そこは思ったより暗い場所だった。ベイビーシャムを口にする。べたつくような甘さにたじろいだ。パトリックが椅子を近くに寄せて、ユードラの肩に手を回してきた。ユードラはぴくりとも動かず、ダンスフロアのほうだけをみていた。パトリックがさらに近づいてくる。ビールのにおいのする生温かい息が頬にかかった。

「きみは最高だよ、ユードラ」パトリックがささやき、さらに顔を寄せてきた。高価なアフターシェーブローションのにおいと安物のビールのにおいが混ざったものが襲ってきて、息もできない。

グラスを持って、飲みたくもない甘い酒を飲んだ。パトリックの手が膝に置かれたのを意識しないようにした。酒を飲みつづけ、とうとう最後の一滴まで飲みほすと、大げさにグラスを掲げた。おかわりを頼んで、その隙に、もっと明るいところへ移動するつもりだった。しかしパトリックには別の目論見があった。ユードラがグラスをテーブルに置いた瞬間、ぐっと身をのりだして、ユードラの唇にキスをした。唇のあいだから舌が入る。ユードラは虚を突かれた格好だった。とっさにパトリックの体を全力で押しかえした。パトリックはうしろむきに床に倒れた。まわりの人々が好奇心いっぱいの目を向けてくる。

「残念、ふられちまったな!」ひとりが叫ぶ。

「次はがんばれよ！」別の男もいう。

恥をかかされたパトリックはよろよろと立ちあがり、ユードラをにらみつけた。「なんなんだ！　どういうつもりだ？」

「ごめんなさい、パトリック。誤解なの。こっちの席に来たのが間違いだった」ユードラはパニックの高波にのみこまれそうになっていた。

「要するに、きみも気を持たせるだけの女の子だったってわけか」さっきまでにこやかだったパトリックの顔は憎々しげにゆがんでいた。

人々の注目が集まっている。「お願い、おおごとにしないで」

パトリックは肩をすくめた。「はあ？　自分がどういう女なのか、みんなに知られるのがいやなのか？　男を誘ってその気にさせておいて、肘鉄をくらわせるのが趣味なんだろう？」

「ごめんなさい」

「謝ってすむかよ」パトリックの視線は氷のようだった。「思わせぶり女め」

ユードラはどうしていいかわからなかった。にやにやする野次馬たちを押しのけてクロークに行き、コートを受け取って外に出た。

パトリックがこの夜の出来事を忘れていてくれますように。ユードラはそう願っていたが、そんなわけはなかった。月曜日に職場に行くと、同僚の秘書たちはあからさまに噂話をしていた。ユードラはそれを無視しようとした。今日の新聞紙も明日にはフィッシュ・アンド・チップスの包み紙になる。噂なんて一時《いっとき》のもの。

しかし、トイレに行こうとしたとき、パトリックの話し声がきこえてきた。女性従業員のまとめ役を務める上司に、なにか訴えている。

「余計な意見かもしれないが、ユードラはどうかしたのか?」

女性上司はため息をついた。「こういうゴシップは口にしたくないんですが、きいたところによると、婚約者が妹さんと駆け落ちしたらしいですよ」同情している口調ではなかった。

「そいつは気の毒にな。だが、だからといってなにをやってもいいわけじゃない。少なくとも、せめてちゃんとした説明がほしい」

「わたしから話しましょうか?」

「いや、いいよ、ローズマリー。ただ、今回のことを記録だけはしておいてくれないか。彼女は明らかに不安定になっている。それを気に留めておかないと、顧客に迷惑をかけかねない」

「ええ、もちろん」

「ありがとう。まあ、正直、かわいそうな女だと思うよ。ユードラ・ハニーセットは死ぬまで独身なんだろうな」

ローズマリーが書類を片づける音がきこえる。オフィスを出ようとしているんだとわかり、ユードラはあわててトイレに駆けこんだ。あふれそうな涙をまばたきで押しもどし、個室のドアに鍵をかける。そのとき、ふたつのことに気づいた。ひとつは、大好きな仕事を辞めなければならないということ。もうひとつは、パトリック・ニコルソンがした将来への予言がきっと当たるだろうということだ。

11

「ラインダンス」

「へえ、おもしろそうじゃないか」

「そんなわけないでしょ。一列に並んでダンスだなんて、だれがやりたがるもんですか」

スタンリーは別のパンフレットに目をやった。「ノルディック・ウォーキング」

ユードラは眉をひそめた。「ふつうに歩くだけじゃだめなの？」

スタンリーがため息をつく。「椅子に座ってエクササイズってやつは？」

「絶対にいや」

「ふうむ」スタンリーは残ったパンフレットを扇状に広げた。「どれかを選んでごらん」ユードラは、なんのつもり、という目でスタンリーをみた。スタンリーは肩をすくめる。「どれかに参加するって約束したじゃないか。なのにいまのところ、なにを提案しても却下されてる。とにかくひとつ選んでくれよ」

　スタンリーのいうとおりだと、ユードラは自覚していた。ソーシャルワーカーのルースがアクティヴィティのパンフレットをたくさん置いていった。そのうちのどれかに参加すれば、スタンリーを自宅から連れ出すことができると思った。ところがいまになって、そんな考えなしの約束をしたことを後悔していた。「そうねえ」目を閉じて、スタンリーの持つパンフレットのひとつを抜きとった。書かれた文字をみたとき、ユードラの表情は明るくなった。「ああ、これならいいかも」

「おや、素直になったね」

　ユードラはスタンリーの言葉を無視して、パンフレットを声に出して読んだ。「〈古き良き時代――高齢者向けアクティヴィティ。パズル、音楽、お茶、おしゃべりを楽しみましょう〉」

「よさそうだね。音楽が入ってるのがとくにいい」

　ユードラは釘を刺すような視線を送った。「派手に騒いだりするのは厳禁よ」

　スタンリーは敬礼の真似をした。「承知しました」

「ばかね」

「そういうところが好きなんだろう?」

「もう」

スタンリーとの関係をどう説明したらいいのかわからない。ローズに尋ねれば、ふたりは〝永遠の友だち〟だよ、ふたりでハイタッチをしてそれを喜びあわなきゃ、といわれるだろう。いい意味で家族のような関係ともいえる。スタンリーは弟で、姉にうるさく指示されたりからかわれたりする立場に甘んじている。

このごろは、夕方に電話をかけあうようになった。今日一日の出来事について話し合う相手がいないのが寂しい、とスタンリーがいっていたので、だったら電話で話そうとユードラが提案したのがきっかけだ。重荷になってしまうんじゃないかと最初は不安だったが、いまは、スタンリーが〝千九百時間の任務報告〟と呼ぶ毎日の電話を楽しみにしていた。スタンリーのおしゃべりの大半はくだらない冗談ばかりだが、軽口のやりとりや、スタンリーがいつも語ってくれるふざけた思い出話も、心から楽しんでいた。スタンリーが音楽に関する難しいクイズを出してくることもあるし、ユードラがクロスワードパズルで苦労したカギを紹介することもある。そしていつも、話題はローズのことになる。今日もあの子がこんなおもしろいことをしてくれてね、といった具合だ。毎回の会話はせいぜい十分くらいだが、それで満足だった。

「おやすみ、よい夢を」スタンリーはいつも南部の訛りを強調し、この言葉で電話をしめくくる。

「おやすみなさい、スタンリー」

翌日。これから例のグループ・アクティヴィティに参加しなければならない。少し不安だが、どんな公務からも逃げられない女王様になったつもりでのりきろう、とユードラは決意した。一度参加してしまえば、あとはスタンリーがなんとかしてくれるだろう。彼は人と集まるのが好きだし、新しい友だちを作るのも得意だ。こちらは気楽に参加しているだけでいい。

それで責務は果たせる。

エイダとの約束を果たすこともできる。

今日はローズにも来てもらうことにした。どこまでも元気なローズが参加すれば、午前中のアクティヴィティが終わるまで大興奮でそこらじゅうを跳ねまわってくれるだろうし、そのおかげで気も紛れる。だが、理由はほかにもあった。マギーを休ませてあげたい。最近のマギーは本当に疲れているようだ。ローズにはしっかり目を配っているから少し休んでいるように、とマギーにいった。

十時きっかりにスタンリーとふたりでローズを迎えにいったとき、出てきたマギーは目が落ちくぼんでいた。正解だった、とユードラは思った。

「ありがとう」マギーはそういって、自分のおなかに責めるような視線を送った。「ゆうべはほとんど眠れなかったの。ローズの妹がひと晩じゅう運動会をしていたから」

「あらまあ」ユードラはいった。「とにかく少しでも休んで。お昼くらいに帰ってくるわ」

「すごく楽しそうだね！」跳ねるように階段をおりてきたローズは、鮮やかなオレンジ色のサンドレスに黄色いフレームのサングラス、きらきらした銀色のサンダルという出で立ちだった。

「ローズ、今日も素敵だね」スタンリーがいう。「お日様が歩いてるみたいだ」

「とても夏らしいわね」ユードラもほめた。

「その上着、いっしょに買い物に行ったときのやつだね！」ローズがうれしそうにいう。

「気がついてくれるかなと思って」ユードラは答えた。この服はクローゼットの奥にしまいこむところだったが、今日はせっかく〝いまを楽しむ〟を実践しようとしているのだからと思い、着てくることにした。

「すごくいいよ」

「両手に花だ」スタンリーはユードラとローズに手を差しだした。「行こうか」

「いってらっしゃい！」スタンリーの車に乗りこむ三人に、マギーが声をかけてくれた。

短いが、楽しいドライブだった。スタンリーが選んだラジオ番組さえおもしろいと思えた。音楽の合間合間にＤＪのおしゃべりが流れるのだが、騒々しいものではないし、ときにはなかなかいいこともいう。クイズに答えようと電話をかけてくるリスナーとのおしゃべりも、微笑ましいものだった。スタンリーがこの番組を好きなのもわかる。エラ・フィッツジェラルドの曲がかかると、ユードラは満足してうなずいた。

「うちのパパも、〈ポップマスター〉が大好きなんだよ」ローズがいう。

「趣味がいいね」スタンリーが答える。

「いったいなんの話？」ユードラはきいた。

「このラジオ番組のことだよ。いつもわたしが話してるだろう？」

「ユードラもきっと気に入るよ。でもいまは静かにしてね。クイズの問題がきこえなくなっちゃう」

「静かにして、なんてローズからいわれるとはね」

「しーっ。ほら、始まるよ！」ローズがいった。曲が終わり、ＤＪが口を開く。

では、フィル、六〇年代ヒットソングとセクシーソング、どちらかを選んでください。

「いいわね！」ユードラがいった。

六〇年代のヒットソングで。

六〇年代ヒットソング、了解。ではいきますよ。

クイズが始まったとき、ユードラはスタンリーの顔をみて驚いた。いつになくまじめくさった顔で耳を傾けている。それだけでなく、どんな問題の正解も知っているみたいだ。

六〇年代のヒットソングについて、クイズです。ベストセラーとなったロニー・ドネガンの六〇年代のアルバムで、ごみ収集作業員をテーマにした曲はなんでしょう？

「〈マイ・オールド・マンズ・ア・ダストマン〉！」回答者のフィルとスタンリーが同時にいった。

正解。では、エレイン・ペイジとバーバラ・ディクソンの一九八五年の大ヒット曲〈アイ・

ノウ・ヒム・ソー・ウェル〉を採用したミュージカルのタイトルは？

「〈チェス〉！」ふたりが叫ぶ。

「エイダはエレイン・ペイジの大ファンだったんだ」スタンリーはうれしそうに微笑んだ。

ユードラはスタンリーのいきいきした顔をみて、自分も参戦できたらいいのにと思った。残念ながら、ポップスはこの四十年くらいきいていない。とはいえ、そのことを残念だとは思わない。もともと自分の生活になかったものだから、恋しく思うことはないのだ。でも、スタンリーといっしょにこの瞬間を楽しめたら、と思わずにはいられない。

では、最後の問題です。ローレル・アンド・ハーディのトップテン入りしたヒット曲で、一九三七年の映画『宝の山』で使用された曲でありながら、ヒットしたのは一九七六年だったのは、なんという曲でしょう？

「〈ザ・トレイル・オブ・ザ・ロンサム・パイン〉」ユードラが、スタンリーとフィルのふたりと同時に叫んだ。

スタンリーが笑い声をあげた。「たいしたもんだ、ミス・ハニーセット。六点ゲットだよ！」

「ふたりは最高のコンビだね！」後部座席のローズがいった。

グループの第一印象は悪くなかった。このグループも含めて、地域のさまざまなグループの活動の場となっている二十世紀の領主館が、まずすばらしい。石膏をきれいに塗った天井といい、大理石の暖炉といい、気持ちがほっと落ち着くような歴史の香りに満ちている。髪を紫色に染めた陽気そうな女性が出迎えて、会場の横の部屋に案内してくれた。

木製のパネルで仕切られたスペースにいる三十人前後の老人たちをみたとき、ユードラの心は沈んだ。みんな、自分と同じくらいの老いぼれだ。年寄りというのは、どうしてこうもよぼよぼな見た目になってしまうのか。ドライプルーンのようにしぼんでしまって、だれかにゆっくり空気を抜かれでもしたみたいだ。こんな人たちといっしょにいたくない。鏡をみているのと同じで、いまの自分の姿もこうなのだと思い知らされるだけだ。でも、来てしまった。

「いらっしゃい！　いらっしゃい！」ジュースの入った水差しを持った、いかにも有能そうな女性がいう。「わたし、スーっていうの。あなたたちは？」

こんなところにいたくない。ここ以外の場所ならどこでもいい。ユードラはそう思った。

ローズが応じた。我先に答えようとするのが十歳の子どもらしいし、ユードラにとってはそれがありがたかった。「あたしはローズ。六十五歳以上じゃないけど、連れてきてもいいだろうってユードラが思ったから、来たの。ちなみに、ユードラっていうのはこの人。それで、こっちがスタンリー。あたしたち、親戚とかじゃなくて、友だちなの」

スーがにっこり笑った。「もちろん大歓迎よ。好きなところに座ってちょうだい。それと、名札を作ってね。恥ずかしがらないで、どんどんまわりに自己紹介をして。パズルもゲームもいろいろあるから、楽しんでもらえると思うわ。飲み物はセルフサービスでお願い。料金はかからないわ。寄付されたものでまかなっているから。三十分後におしゃべりの時間を始めるわね」

「ありがとう、スー」スタンリーがいつもの感じのいい笑みをみせた。スーがときめいたような顔になったのをみて、ユードラは内心あきれて首を振った。

「あとでまた来るわね」スーはいった。

「名札?」ユードラはげんなりしてつぶやいた。「歳を取ると子どもに返るっていうけど、名札なんて本当に子どもみたい」

「ユードラ、だいじょうぶだよ」ローズがいった。「あたしが作ってあげる。あたし、みんなとは違うものを作るのが好きなんだ。わあ、ラメのペンがある!」

別のふたり連れがすでについているテーブルの一部を使うことにした。ローズはすぐに作業に取りかかった。スポンジでできた文字や糊、ありったけのラメ入りペンを使って、名札を作る。

「おはよう」スタンリーがいった。

「やあ、やあ、やあ」スタンリーと同い歳くらいの男性が答える。「おれはジェイムズ。みんなにはジムって呼ばれてる」

「やあ、ジム。この人はユードラ。この子はローズだ」

ジムの隣の女性が微笑んだ。「ユードラって、珍しい名前ね。わたしはジムの妻で、オードリーよ。お嬢ちゃんはずいぶんがんばり屋さんなのね」

「あたし、ものを作るのが好きなの。ねえ、ふたりは結婚してどれくらいになるの？　そんなこと、きいちゃだめ？」

オードリーは笑顔で答えた。「だいじょうぶよ。結婚して、もうすぐ五十六年になるわね。あなたたちは？」ユードラにきく。ユードラはびくっとして体を引いた。

「わたしたちは夫婦じゃないんだ」スタンリーが答えた。「彼女がわたしを落とせなかったのでね」ユードラは白目をむいてみせた。「いい友だちなんだよ。ローズはわたしたちの用心棒ってとこか」ローズはウェイトリフティングの選手みたいなポーズをとって、左右の力こぶにキスをした。

オードリーは笑い声をあげた。「お互い、とてもいい関係なのね。わたしたちには孫がいるけど、めったに会えないの」

「そんなの寂しいね」ローズがいった。「あたしが遊びにいってあげようか？　すごく遠かったら無理だけど」オードリーは心が溶かされたような顔をした。

「はい、ユードラの名札ができたよ。あんまり派手になりすぎないようにしたんだ。ユードラは派手好きじゃないもんね」

ユードラは渡された名札をみた。蛍光オレンジのプレートに紫色の文字。緑色のラメの飾りがある。「ローズったら。これが地味なら、あなたにとって派手なバージョンがどんなふうなのか、みるのが怖いくらいよ」

「逆にわたしのほうは、できるだけ派手なやつにしてほしいな」スタンリーがいった。「虹の色を全部使って、できるだけ華やかな名札を作ってくれ」

「了解！」

スタンリーはユードラに向きなおった。「女王陛下、お茶をお持ちしましょうか」

「ずっとそうやって呼ぶつもり？」

「たぶん」

「それなら、お茶を一杯いただこうかしら。それと、それなりにおいしいビスケットを。もしあれば、だけれど」

スタンリーは音をたてて踵を揃えた。「承知しました。シェフにキュウリのサンドイッチを作らせましょう」ユードラは唇をすぼめてからいった。「ローズ、あなたはジュース？」

「うん、お願いね、スタンリー」

「おふたりは？」

「いえ、なにもいらないわ」オードリーが答えた。

「かしこまりました。すぐにご用意します」

「素敵な人ね」オードリーはそういって、スタンリーの背中を見送った。

「ええ、まあ」ユードラは答えた。

「歳を取ってからの友だちって、とても大切よね。支えになってくれるっていうか」

「そうね」ユードラは答え、オードリーの視線を追った。その先にはローズがいた。ローズは名札作りに集中している。まるで命でも懸けているかのように、せっせとラメを塗りひろげている。

「オードリー、トイレに連れてってくれるかい」ジムが不安そうにいった。

オードリーの眼差しが変わった。現実に返ったのだ。「もちろんよ。行きましょう」夫に手を貸して、立ちあがらせる。「このごろ、わたしたちは友人たちと疎遠になっているの」ドアのほうへと歩きはじめる前に、ユードラにいった。「ジムにどう接していいかわからないからだと思う」

「それは残念ね」ユードラはほかにどう答えていいかわからなかった。

オードリーはあきらめたような暗い顔をみせた。「これが人生ってものよね」

たしかにそうだけど、それに甘んじるべきじゃない。そんな人生は人生じゃない。長生きをすることがいい人生ってわけじゃない。そんな考えかた、間違ってる。

ユードラは部屋をみまわした。いろんな人がいる。ジグソーパズルをしている人たち。ドミノで遊んでいる人たち。おしゃべりをしているだけの人たちもいるし、お茶を飲んでいるだけの人たちもいる。雰囲気は悪くないし、みんな、気さくに接している。きっとスタンリーはこれからも喜んでここに通うだろう。

「お待たせ」スタンリーがトレイを持って戻ってきた。飲み物とビスケットがのっている。

「わあい、オレオだ。大好き」ローズが手を伸ばした。

「ありがとう」ユードラはお茶を飲んだ。「なかなかおいしいわ」

「みなさん、こんにちは！」スーが声を張りあげた。「今日はじめてのかたも、おなじみのかたも、来てくれてありがとう。どんなかたも大歓迎よ。話し相手はみつかったかしら。そして、このグループがみなさんの力になるってことに気がついてもらえたらうれしいわ。わたしの個人的な信条のひとつは、お年寄りひとりひとりが自信を失わないようにするってことなの」

自信を失わない？　どういうことだろう、とユードラは思った。**自分の眼鏡さえみつかれば、わたしはじゅうぶん幸せなんだけど。自信を持つとか、そんなたいそうなことまで考える余裕はないわ。**

「わたしがいちばんいやなのは」スーが続ける。「お年寄りから自立心を奪うことなの。自立心がなくなれば、自信を失うことにもなるし、究極的には自分の人生を自分らしく生きることもできなくなってしまう。ここにいつも来ているかたは知っていると思うけど、わたしはデリケートな問題も避けることなく話し合いたいと思っているわ。最近も、いい話し合いができたわよね。弁護士がいかに力になってくれるかとか、介護のための費用のこととか。今日は、わたしたちみんなが向き合わなきゃならない問題について、話し合いましょう」ひと呼吸おいて、続ける。「死について」

「わあ」ローズがいった。ほかの全員は息を詰めているかのようだ。ユードラは椅子に座ったまま背すじを伸ばした。

「心配しないで。暗い話をしようってわけじゃないの。今日は素敵なゲストに来ていただいたわ。いい死にかたについて話してもらうことになってる。わたしは彼女の話を前にきいたことがあって、いい話だと思ったの。古き良き昔をなつかしむつもりで、迎えてください。亡くなる人の最期に寄り添う〝見送り〟ボランティアのハナ・リーヴよ。ハナ、どうぞ」

ハナが立ちあがった瞬間、静謐なオーラがまわりに広がっていった。一同の顔をみまわして、明るい笑みを浮かべる。褐色の巻き毛が神々しくさえみえた。部屋全体がしんと静まりかえり、ローズまでがじっと動かなくなった。

「ありがとう、スー。ここに呼んでもらえてうれしいわ。わたしからも念を押させていただきます。みなさん、心配せずにきいてくださいね。暗い話をするつもりじゃないの。というより、わたしはみなさんの気持ちを明るくしたいんです。そして、〝見送り〟ボランティアの仕事について知っていただきたいと思っています。心を開いて、耳を傾けてください」温かみのあるやさしい声だった。それでいて、発するひとことひとことに威厳がある。いつのまにか、ユードラは身をのりだしてきいていたし、ローズも同じだった。「わたしのいちばんの願いは、みんなが幸福な死を迎えることです。それがどんなものか、考えてみませんか。どんなふうに死ぬのがいいか、お考えがあればきかせてください」

「自宅で死にたいな」スタンリーがいった。「妻のエイダも自宅で亡くなったんだ」まわりから同情のつぶやきが漏れる。ローズがスタンリーの肩に手を置いた。

「奥様が亡くなって、お寂しいですね」ハナがやさしい視線をスタンリーに向けた。「経験を話してくださって、ありがとうございます」

「愛に包まれて死にたいわ」オードリーがジムの手をなでながらいった。

ハナはにっこりしてうなずいた。「そうですね。じゃあ、みなさんのご意見をここに書きだしていきますね」ポケットからマーカーを出し、ホワイトボードに書きはじめた。ほかの参加者の発言に勇気づけられて、みんなが次々に意見を出していく。さまざまな言葉がホワイトボードを埋めていった。「苦しまずに死にたい」「怖がらずに死にたい」などだ。さらに、ローズの発言をきいて、みんながおもしろがった。「大きいピザを一枚食べて、チェリーコークを一本飲んでから死にたいな」ハナは全員の顔をみた。「みなさん、すばらしい意見をありがとう。救急処置を受けたあとに救急車の中で死にたい、なんていう答えはひとつもありませんでしたね」部屋がざわめく。「そりゃそうだよ。だれだってそんな死にかたはしたくない。けど、いまのイギリスでは、そうやって死ぬ人がたくさんいるんだろうな」

「そんなのいやだよね」ローズがいう。

「本当にね、ローズ」

「あたしの名前、覚えてくれてるんだ」ローズがユードラに小声でいった。

「ひとつ、いいお知らせがあります」ハナが話を続けた。「生きているうちにあることをやっておけば、そんな死にかたをせずにすみます。なんだかわかりますか？」人々が不安そうに顔をみあわせる。「そんな顔をしないでください」ハナがいう。「テストでもなんでもないんですよ。答えはとても簡単——人に話しておくことです。自分がどんなふうに死にたいのかを遺言として文書にするとか、メモ書きでもいいから大切な人に渡しておくとか、とにかく自分の希望を伝えておくこと」ユードラはさらに身をのりだした。「なぜなら、死は生と同じくらい重要なことだからです。人間は、生を祝い、死を恐れます。そんなふうにする必要はありません。わたしは見送りボランティアとして、死という特別な出来事を経験するいろんな人たちやその家族に寄り添ってきましたが、その経験上、いえることがあります。死は、愛と笑いと涙と希望と喜びに満ちたものなのです。死を恐れる瞬間はあるでしょう。でも、それを和らげるのがわたしの仕事です。なにより、わたしはみなさんにいい死にかたをしてほしい。そして、愛する人を亡くした人たちに、よい思い出を残してあげたい。安心してこの世を去ることができるような状況を作ってあげたい。なぜなら、死は避けられないものだから。でも、死を恐れる必要はないんです」

ユードラが別の人生を生きてきたとしたら、いまこのとき、立ちあがってハナに喝采を送っていただろう。しかし、現実のユードラの反応はそうではなかった。これまでに耳にした中でいちばん心にしっくりくる言葉をきいて、鼓動が速くなるほどの感動をおぼえていた。

ハナが続ける。「落ち着いて冷静に死について話し合うことができれば、恐怖を払いのけ、寛大で前向きな気持ちでそれに向き合うことができるはずです」参加者全員に笑いかける。「わたしの仕事について、ご理解いただけたでしょうか。わたしは今日の午後いっぱい、ここにいる予定です。なにか質問がありましたら、どうか遠慮なく話しかけてください。それと、生前遺言の書類や、終活関連のパンフレットも持ってきていますので、ご希望でしたらおっしゃってくださいね。ご静聴ありがとうございます」

ぱらぱらと遠慮がちな拍手が起きた。ユードラには理解できる反応だった。人々は真実に目を向けるのがきらいだ。とくに死を目前にした高齢者たちは、真実が怖い。

「あたし、ハナのところに行ってくるね。お話がしたいんだ」ローズがいった。「いっしょに行く?」

「うーん、どうしようかしら。スタンリーにきいて……」

「スタンリーはあの人とおしゃべりしてるよ」ローズがいって、指さした。ユードラがその先に目をやると、同い歳くらいの女性と話しこんでいるスタンリーの姿があった。女性は消防車みたいに真っ赤なジャケットを着ている。髪が真っ白なので、色のコントラストが印象的だ。

まいったわね、とユードラは思った。スタンリーが期待どおりの行動をとってくれているせいで、自分の逃げ道がなくなってしまった。「そうねえ」と答え、ローズといっしょに、スーとハナが話しているところに行った。ハナはあたりをみまわして、温かい笑みを返してくれた。

こちらも微笑むしかない。「教えてほしいことがあるの」ローズがいった。

「どうぞ」ハナがいう。

「死ぬことについて、みんなが話したがらないのはどうして？」

ハナはユードラに目をやってから答えた。「おそらく、怖いからでしょうね」

「死ぬことが？」

「ええ」

「あたし、海で泳ぐのが怖かったの。だから、パパとふたりでそのことをよーく話し合った。そしたら怖くなくなったの。怖いと思ってることについてちゃんと話し合うのって、大切なことだよね」

ハナはうなずいた。「そのとおりよ。みんなが死ぬことを恐れているのは、死んだらすべてが終わるからじゃないかしらね」

「〝死者の日〟に戻ってこられるのにね。あたしはそう思ってる」

「ローズ、あなたは賢いわね。そういう考えかたを忘れないで。そして、人と話すことをやめないでね」

「だいじょうぶ。あたし、おしゃべり大好きだから。だよね、ユードラ」

「本当にね」ユードラは応じた。「よく息が切れないなってときどき感心するもの。言葉だって次々に出てきて、際限がないし」

ローズは笑った。「ユードラっておもしろいね。そんなの、感心するほどのことじゃないよ。ハナ、あたしの友だちのユードラにアドバイスをしてあげて。ユードラのほうが、死を迎えるまでの時間がちょっとだけ短いから」

ハナは笑いを噛みころした。「ユードラ、なにか気になることがありますか？」

「もうすぐ死ぬってローズにいわれつづけてること以外で？」

「ローズはあなたのことを心の底から気にかけているってことだと思いますよ」ハナがいう。

「生前遺言について考えたことはありますか？　もしものときの対処について、まわりの人に知らせておくことができるわ」

「うん、やっておいたほうがいいよ」ローズがいう。

「書いておいて損はないわね」ユードラはそういって、ハナから書類を受け取った。

「手続きは簡単ですよ。かかりつけのお医者さんに証人になってもらうだけでいいの」

「そうねえ。今日はありがとう。お話をきけてよかったわ。興味深いお話だったし、わたしはあなたのいうことに賛成よ。人は、死についてもっとしっかり話し合うべきだと思う」

「ありがとう、ユードラ。これ、わたしの名刺です。なにかあったら連絡してくださいね」

ユードラはハナのこげ茶色の目をみつめながら名刺を受け取った。その瞳の中にあるのは思いやりだけだ。こんな瞳に見守られて最期の瞬間を迎えられたら、どんなに心強いだろう。

「あたしもいい見送りボランティアになれそうな気がするなあ」帰りがけにローズがいった。

「いい話し相手にはなりそうね」

「あたし、黙ってるのが嫌いなの」

「そうみたいね」

「ユードラの最期のときには、あたしがそばにいてあげたいな」

「覚えておくわ」

「やあ、楽しかったかい？」建物のエントランスホールで、スタンリーが声をかけてきた。

「とても……興味深かったわ」

「楽しかったよ。名札を作るのも、ビスケットを食べるのも、死について話すのも」ローズがいった。「スタンリーは？」

「外に出ていろんな人たちに会えたのがよかったな。シーラっていう素敵な女性と知り合えたよ。わたしがエイダを亡くしたのと同じころ、伴侶を亡くしたそうだ」

「みんな、いい経験ができたようね」ユードラはいった。

「みなさん、今日はありがとう！」スーが声をかけてくる。「九月十二日にもぜひいらしてね。ゲストはクリス・ザ・クルーナー。往年のヒット曲を演奏してくれることになってるわ。とても人気のあるアーティストなのよ」

「そいつは楽しみだ」スタンリーがいった。

「たしか、その日は診察の予約が入ってるわ」ユードラは嘘をついた。スタンリーががっかりした顔をする。「スタンリーは参加しなきゃだめよ。きっとシーラが待ってるから」

家に帰ると、ハナに渡された生前遺言書を取りだした。隅々まで目を走らせたが、求めている事項はみつからなかった。この書類にあるのは、もう命が助からないというときの治療を拒否するかどうかということばかり。長生きしすぎで疲れたり体が痛んだりする人たちの選択肢はないんだろうか。尊厳を失わずに穏やかにこの世を去る、そんな選択肢がほしい。ユードラは書類をわきに置いて、目を閉じた。いい死にかた。言葉にすればシンプルなのに、実現するのは月への旅行と同じくらい難しい。

電話の音がして、はっと目が覚めた。半分ほどお茶が残っていたカップがひっくり返って、さっきの書類にかかってしまった。

「もう！」ハンカチでテーブルを拭きながら、受話器を取った。「もしもし？」

「ユードラ？」

ふきん代わりにしたハンカチを、思わず取りおとした。英語のアクセントにききおぼえがあったからだ。「ええ、こんにちは」

「こんにちは、ユードラ。クリニック・レベンスヴァールのグレタ・リーベルマンです。いま、お電話よろしかったかしら」

ユードラはいちばん近くの椅子に腰をおろした。「ええ、だいじょうぶよ」答えながら、しみひとつなかったハンカチに紅茶がしみこんでいくのをみつめた。Eという刺繍が入っている。

お母さんからのプレゼントだった。

「よかった。あなたの申し込みについて、同僚たちと話し合ったの。それで、もう一度あなたから詳しい話をきいてみようということになって」

口の中がからからになっていた。残っていたお茶をこぼしたのが悔やまれる。「そうですか」グレタが続ける。「提出していただいた書類にも、あらためて目を通したわ。健康状態についても詳しく書いてあったけど、いまも記入時と変わりはないかしら？」

「ええ」ユードラはできるだけ堂々と答えた。

「そう。ペトラとも話したわ。あなたのことをいろいろ説明してくれた」

ユードラの心に小さな小さな希望が芽生えた。ペトラがわたしを裏切るはずはない。「わかっていただけたのね」

「ええ。ただ、前にもお話ししたように、厳正な審査をしてからでないと、最終的な決断はできないの」

「でも、これ以上なにを話せばいいのかわからないわ」

「そうね、いくつか質問をさせてください。書類に書いてあること以外で、なにか体調に問題はない？」

「ないわ。歳を取ったことで、いろいろと具合が悪いことはあるし、尊厳が傷つくこともある。それだけでじゅうぶんじゃないの？　動物が同じように苦しんでいたら、楽にしてあげようと思うものでしょう？」

「たしかに。でも人間には選択肢があるし、言葉もしゃべれる。まずは、その人の精神状態に問題がないことを確認する必要があるんですよ」

「その点は保証するわ」

「ひとり暮らしで家族はいない、そうですね？」

話の向かう方向はもうわかっていて、よどみなく答えることができた。「ええ。でも、だからって抑鬱状態になんかなっていないわ。じゅうぶん長く生きたっていうだけ」

「抑鬱状態じゃないってこと、どうしてわかるんです？」

ユードラはため息をついた。「できるだけ活動的に毎日を暮らしているわ。プールにも行くし、少なくとも一日一回は外に出かける。ちゃんと食べて、それなりに眠ってる。でももうこの年齢だから、どうやって死ぬかを自分で決める権利を行使したいの」

「ユードラ、あなたがなにを望んでいるかも、その理由も、ちゃんとわかっているわ。この申し込みをしてきた人はあなたがはじめてじゃないもの。でも、あなたにもわかってほしいんです。判断に間違いがあってはならないってことを」

「必要な書類があればサインするわ」

「その言葉はうれしいわ。というのも、生前遺言書を書いてもらう必要があるから」

ユードラは、お茶がかかってだめになった書類に目をやった。「それなら、送ってくださる？」

「もちろん。今日発送します」

「ありがとう。ほかには？」

「かかりつけのお医者さんに、健康状態についての最新の報告書を書いてもらってください。ただ、なにに使うかはいわないほうがいいと思う」

「ええ」

「それをきちんと確認できたら、最終的な判断を下すことができると思います」

「現時点では、申請却下というわけじゃないのね？」

「ええ。でも、受理するという約束もできないわ。あなたの決意の固さは電話でも伝わってくるし、強い信念があるのは理解できる。ただ、わたしには医師としての責任があるから、必要な書類の提出をお願いしなければならないの。それと、本当にこの手続きをしていいのかどうか、真剣に考えるのをやめないで。少しでも迷いがあったり、気持ちに変化があったりしたら、考えなおすべきよ。人生は尊いもの。生きつづける理由がひとつでもあるなら、その道を歩いていかなくちゃ」

モンゴメリがリビングに入ってきて、ユードラの膝に跳びのった。医師の言葉の後押しをするかのように、ユードラのあごに頭をすりつけてくる。「わかったわ」ユードラはいった。「生前遺言書を書くし、かかりつけ医の書類も準備します」

「よかった。ありがとう。なにかあったら必ず、ペトラかわたしに電話してくださいね」

「ええ」ユードラは本心を隠して応じた。「ありがとう、先生――グレタ」

「どういたしまして。それじゃあ、また」

受話器を置いたとき、両手が震えていた。コインはすでに空中に弾かれた。それはくるくると回りつづけていて、表が出るか裏が出るかわからない。表が出れば、ずっと前から望んでいたものが手に入る。裏が出れば、このまま生きつづけなければならない。モンゴメリが手に頭を押しつけてくる。こんなに甘えてくるのはめずらしい。

「モンゴメリ、わたしがいなくなったら寂しい？　それともわたしのことなんか忘れて、今度はローズに甘えるの？」猫は湿った鼻をユードラのあごに押しつけてきた。「やさしいのね」頭をなでてやると、猫は手の動きに合わせて頭を動かしはじめた。「でも、わたしがまだここで暮らしていくことになったら、どうする？　わたしになにかあっても、おまえは電話もかけられないし、救急車も呼べない。そうでしょ？」猫は体をぴんと伸ばして、まばたきもせずにユードラをみつめた。「救急車を呼んでほしいってわけじゃないけどね」ユードラは、自分と両親が微笑む写真に目をやった。あのひたすら幸福だったころに戻ることができるなら、どんなことでもするのに。「すべては一瞬の夢。はかなく消えてしまうもの」小さくつぶやいた。物思いにふける飼い主に苛立ったのか、モンゴメリがユードラの手を軽く噛んだ。「痛い！　やめてちょうだい。本当に気難しい子ね！」ユードラはモンゴメリを追いはらった。コインがどちら向きに落ちるかはわからないが、自分にできるだけのことはしておこう。受話器を取り、かかりつけ医に予約を取った。

一九五九年　ロンドン南東部、シドニー・アヴェニュー

「お誕生日おめでとう、ドーラ」

「ありがとう、お母さん」ユードラは母親の頬にキスをした。「お茶をいれるわね」

「あなたは座ってて。お母さんがやるわ。今日はおいしい朝食を楽しみましょ。半熟卵とトーストとマーマレード。〈ローズ〉のレモン・アンド・ライムを買ってきたの。ドーラ、好きでしょ」

「ありがとう」ユードラはもう一度いった。キッチンのテーブルにつき、どうしてこんなに体がだるいんだろうと思った。二十六歳になったばかりの体が、どうしてこんなに重いんだろう。ふとみると、テーブルにカードの小さな山ができている。「わたしあてのカード？」

ビアトリスはうなずいた。「朝食の用意をするあいだに、あけてみたら？　わたしからのカードはあとで渡すわ」

「ありがとう」

「ほら、お父さんのレターオープナーを使いなさい」ビアトリスはそういって、小さな銀製の

剣を差しだした。ユードラはそれをじっとみて、切ない気持ちになった。タイムマシンがあればいいのに。ピカデリーで過ごした日の午後に戻りたい。お父さんとふたりきり、ティーショップで過ごしたひととき。空襲警報のサイレンが鳴って、そのあとの人生は不幸続きだった。

「ほらほら、現実に戻っていらっしゃい。カードを読まないの？」

「ごめんなさい」ユードラは一通目の封筒にレターオープナーを差しこみ、カードを取りだした。「ドリスおばさんとヘイゼルおばさんより、愛をこめて」

ビアトリスはふんと鼻を鳴らした。「連絡をくれるのが誕生日とクリスマスだけなんて、寂しいものね」

ユードラは答えなかった。ふたりは父方の親戚で、ビアトリスとはそりが合わない。アルバートが戦死してからはほとんど没交渉だった。どうしてそうなったのか、ユードラは覚えていなかった。きっとお母さんもそうだろう。こういう幻みたいな親戚に突然連絡を取ったらどうなるだろう、と思うことがよくある。お母さん以外の身内がいたら、きっと楽しいはずだ。歳の近いいとこもほしい。シルヴィアがよくやっているように、みんなでクラクトンに日帰り旅行をしたり、イーストボーンで休暇を過ごしたりしてみたい。

次のカードをあけた。噂をすれば影。


お誕生日をいっしょに過ごせなくてごめんね。結婚式の打ち合わせで、ケニーの両親とラン

チをする予定なの。結婚式、もうすぐだわ！　そのうち映画にでも行こうね。わたしがおごるから！

そのカードをわきに置いた。胸がしめつけられるようだった。シルヴィアに会えないのがつらい。これから、こんな思いをすることが増えていくだろう。結婚して子どもができて、守るべき家を持つんだから。友だちよりそっちのほうが大切になる。でも、わたしは？　銀行での仕事ももうつづけられない。家でお母さんと過ごすだけの人生。

そう思った瞬間、罪悪感をおぼえた。お母さんのことは好きだし、守ってあげたいと思う。いままでいろいろあったけど、お母さんを守るのはわたしの義務だ。それに、お母さんにだってほかに身寄りがない。お母さんの両親はずっと前に亡くなってしまったし、お母さんはひとりっ子だ。だから、お母さんが頼れるのはわたしだけ。それならそれで、精一杯楽しく生きていこう。やさしくしてあげれば、お母さんはいつも感謝してくれる。両手で顔を包んで、目をみてこういってくれる。

「ドーラ、あなたほどすばらしい娘はいないわ。あなたがいなくなったら、わたしはどうしたらいいかわからない」

ビアトリスは鼻歌を歌いながら朝食の支度をしている。ユードラはそれを微笑ましく見守った。お母さんはいつもこんなに機嫌がいいわけじゃない。「卵ができるまであと二分よ」

「うれしい」ユードラはいった。

ゆで卵は半熟ではなく、ほぼ固ゆでになっていた。紅茶も濃くなりすぎて渋い。おいしいマーマレードがあるのが救いだった。

「ごめんなさい、ドーラ」ビアトリスは目に涙を浮かべた。「お誕生日の朝ごはんなのに、大失敗しちゃって」

「そんなことないわよ」ユードラは手を差しだした。「トースト、おいしいわ！」笑い声をあげる。

ビアトリスは弱々しく微笑んだ。「やさしいのね、ドーラ。いつもどこかにいいところをみつけてくれる。さあ、プレゼントをあけて」

ユードラは平らで柔らかい包みを受け取った。新生児くらいの大きさで、茶色い包み紙に紐がかけてある。紙を破ると、入っていたのは手編みのカーディガンだった。セージの色のニットで、大きな茶色いボタンがついている。「お母さんが編んだのよ」ビアトリスがいった。「サイズが合ってるといいんだけど」

カーディガンに袖を通しながら、頭にしつこく浮かんでこようとする思いを振りはらうことができなかった。**わたしは二十六歳で、母親とふたりで自宅暮らし。いまも母親にカーディガンを編んでもらってる。**「素敵ね。ありがとう、お母さん」絞りだすようにいった。

「それで、今日の予定は？」

「公園を散歩しようかな。いいお天気だし。お母さんもいっしょにどう？」

ビアトリスはぱちぱちとまばたきをして、心のシャッターを下ろした。学校での仕事以外で家から出ることはめったにない。唯一の例外は裏庭だけだ。ビアトリスは喉元に手を当てた。

「予報では、あとで雨が降るらしいわよ」

「雨なんて降らないわよ」ユードラは苛立ちを抑えきれなかった。今日はわたしの誕生日なのに！　今日くらいは努力してみようって思わないの？　テーブルに左右の拳を打ちつけて、長いこと怒りをためこんできたパンドラの箱をあけてしまいたい。たまには娘として扱ってくれたっていいじゃない。しかし、そんな思いと苛立ちを心の内に押しとどめた。

　こんなことを何度繰りかえしてきただろう。怒りを爆発させることは、わたしにはどうしてもできない。癇癪を起こせば、お母さんにステラのことを思い出させてしまう。わたしはあらゆる点でステラとは反対の人間だし、そのことを誇りに思って生きてきた。わたしはあの不実な妹よりもいい娘なんだ。そう思うことだけが、わたしにとって唯一の心のなぐさめになった。

「散歩に付き合ってくれない？　お願いよ」ユードラはいった。「アイスクリームをごちそうするわ」笑顔を作ってみせる。**いつも笑顔を忘れないで。じっとしていちゃだめ。落ち着いて、物事を進めていかないと。**

「そうねえ。今日が誕生日の娘にそういわれちゃ、断ることはできないわ。アイスクリームはお母さんがおごってあげる」

公園は、ロンドン南東部のこのエリアの中でもとくに美しい場所だった。大きな円を描く遊歩道があり、ゆったり歩くのにちょうどいい。遊歩道の内側には大きな池があって、カモや白鳥がにぎやかに鳴き声を交わしている。池のまわりの芝生のあちこちにたたずむ樫や栗の木は、まるで結婚式の日の花嫁みたいに美しい。遊歩道の両わきには、真夏の色をしたたくさんの花が競うように咲き乱れている。青、黄、オレンジ、ピンク——まさに壮観だ。

ユードラとビアトリスは腕を組み、七月の日差しの下を歩いた。アイスクリームを買ってベンチに座り、池を眺める。ユードラは目を閉じ、温かな日差しを顔に受けた。ときおりやさしい風が吹いてくる。

「素敵ね」つぶやいた。

「風が当たると肌寒いわ」ビアトリスがいう。

ユードラは両肩をわずかにこわばらせて、苛立ちを抑えこんだ。お母さんは、どんなことにも文句をつけずにはいられないようだ。過酷な人生に耐えてきたせいなのか。一九四四年に三十代で未亡人になった女性はほかにもたくさんいるはずだが、だからといって苦労が減るわけではない。それに、ステラとの不仲もつらかっただろう。気性の荒いステラには、お母さんもわたしも手を焼いたものだ。そして、〝あの出来事〟があった。いまはふたりとも、あのことをそう呼んでいるし、出来事の詳細を話し合うことはない。エディとステラの名前を口にすることもない。無事に暮らしているという連絡くらいはしてくるだろうと思っていたが、そんなものは一度もなかったし、おかげでこちらも落ち着いた気持ちでいられた。〝便りがないのはよい便り〟という諺のとおりだ。自分の生活のことだけを考えていられる。

もちろん、ステラのことを考えないわけではない。血を分けた妹への思いは、部屋の電気を消すようには消せないのだ。しかし、ステラの記憶が脳裏をよぎるたび、こみあげてくるのは燃えるような怒りだ。かつては全身の血管に流れていた妹への愛情は、いまやどろどろとしたどす黒い憎しみに変わってしまった。今回ばかりは絶対に許さない。

ステラが出ていってからの数カ月間、ビアトリスは母親らしく振る舞っていた。ユードラのためにケーキを焼き、ユードラの肩に手を置き、何杯もの紅茶をいれた。

『お茶と同情』」カップをそっとソーサーにのせて娘の前に差しだすたび、ビアトリスはそんな映画のタイトルを口にした。そしてすぐ、ほかの作業に取りかかる。同情らしい同情の気持ちを伝えてくれたことはない。アドバイスをくれたこともない。でも、ユードラにとっては意外でもなんでもなかった。むしろ、お母さんが知恵を授けようとなんかしてきたら、なにかあったのかと不安になっていただろう。唯一、お母さんがそれらしいことをいったとすれば、あの出来事の日だった。

「あの男は腐ったリンゴだったのよ。前からそう思ってた」そういって頭を左右に振り、歩《ほ》哨《しょう》が持ち場につくように、キッチンに戻っていった。そんなお母さんの後ろ姿をみたとき、どうしようもない寂しさに襲われたのを覚えている。意識しないと呼吸が止まってしまいそうなくらいだった。

アイスクリームを食べおえて、ハンカチで手を拭いた。そのとき、みおぼえのある人がこちらに歩いてくるのに気がついた。サム・ブキャナンだ。ステラの機嫌をとるために、デートの誘いを断った相手。いまは大人の男性になったサムと、あのとき交際を始めていたら、いまごろどうなっていただろう。うまくいっていたかもしれないし、そうじゃなかったかもしれない。いずれにしても、あのときの自分に希望をくれたのがサムだった。堂々とした立ち姿といい、がっしりした体つきといい、少し離れたところからみても、あれがサム・ブキャナンであることは間違いない。日差しを浴びながらこちらに歩いてくる。美しく若い奥さんを連れて、小さな男の子を肩車している。黄色いリボンを髪につけた女の子が三人の前を歩いていた。非の打ちどころのない四人家族だ。

ユードラは急いで立ちあがった。「お母さんのいうとおりね。風が出てきたわ。帰りましょう」

その日の夕方、食事の準備をしているところに電話が鳴った。夕食のメニューはポークチョップと缶詰のジャガイモ（「ドーラ、今日は皮むきの手間をはぶきましょうよ」とビアトリスがいった）、ミックスベジタブル。デザートはバースデーケーキだ。

「わたしが出るわ」ユードラが廊下に出た。「エデナム七三五九番地です」

一瞬の間をおいてから、相手の声がきこえた。「ドーラ」

ユードラは答えなかった。この電話がかかってくるのを長いこと待っていたし、かかってきたときの対応を頭の中で何度も練習していたのに、言葉が出てこなかった。自分の鼓動の音と妹の呼吸の音だけがきこえていた。

「ドーラ、ドーラでしょ?」

「ええ」

「きいて。ドーラがあたしのことを嫌ってるのはわかってる。けど、お誕生日だからおめでとうっていいたくて、電話したの。いつもドーラのこと考えてるし、会いたいよ。ドーラはあたしのこと考えてる?」

十九歳にしては幼いしゃべりかただった。ユードラはつい同情してしまいそうになったが、やけに悲しそうな口調をきいて、思いなおした。その口調のせいで、ステラとのいやな思い出がすべてよみがえってきたからだ。

「二度と電話をかけてこないで」ひとことといって電話を切り、ゆっくりとキッチンに戻った。

「だれから?」ビアトリスがきいた。

「ただの混線だったみたい」

ビアトリスはユードラの肩に手をまわし、頰にキスした。「今日はいい誕生日だった?」

ユードラはビアトリスの目をのぞきこんだ。なにかにすがるような目だった。「ええ、楽しい日だったわ。ありがとう、お母さん」嘘をついて、缶詰のジャガイモを鍋にあけ、コンロにのせた。

12

翌日、買い物に出かけたとき、ヒマワリが目に入った。大きな黄色い花をみるとローズを思い出す。マギーにあげたら喜ぶだろう。それと、ユニコーンの形のキャンディもみつけたので、カゴに入れた。ほかにもいくつか買い物をした。

店からの帰り道、日差しを顔に受けて歩いていると、夏のどうしようもない暑さが少し和らいだのがわかった。足どりを少し早めてローズの家に向かう。プレゼントを早く渡したかった。庭の私道に足を踏みいれたとき、ドアがさっと開いた。

「ユードラ！」叫んだローズは、いつになくおとなしい服装をしていた。白のブラウスに鮮やかなピンクのズボン。「遊びにきてくれたの？」

「お忙しくなければね」ユードラはどうしたのというようにローズの服に目をやった。

「ママがね、学校の制服を試着しろっていうの。制服なんておもしろくないよね。っていうわけで、忙しくなんかないよ。帰ってきてくれてうれしい。さっき出かけるのがみえたんだ。一時間くらい前だったでしょ。ちょっと心配になりかけてたとこ」

ユードラはドアの中に入った。「ちょっと気になるんだけど、ローズ、あなたは一日じゅうわたしの行動を見張っているの?」

ローズは左右に首をかしげて考えた。「ユードラの行動だけじゃないよ。スタンリーのことも気になる。パパのこともね。パパが帰ってくるのはいつもだいたい七時十三分くらいなんだけど」

「だいたい?」

ローズはうなずいた。「電車が駅に着くのが七時五分。駅から家まで歩いて八分」

「一分でも遅れたら、大変なことになるのよね」廊下にあらわれたマギーがいった。「こんにちは、ユードラ。お元気?」

「一挙手一投足を秘密警察に監視されているらしいのが気になるけれど、それ以外はだいじょうぶ。調子はどう?」

「体がだるいし、どうにも落ち着かない感じだけど、それもあと少しの我慢ね。紅茶がいい? それともコーヒー?」

「紅茶をお願い」

「中へどうぞ」マギーが先に立ってキッチンに向かった。

「これ、どうぞ」ユードラはマギーにヒマワリを渡した。「遅くなっちゃったけど、あの旅行に連れていってくれたお礼よ」

「あら、そんなことしなくてもよかったのに」マギーはそういって花を受け取った。ユードラがいつも不思議に思う台詞だった。どうしてみんな、人からなにかもらうと、そんなふうにいうんだろう。そんなことをいったら、だれもなにもしなくていいということになる。ぼんやり考えていると、頬にキスされた。「ありがとう、ユードラ」

マギーからはイチゴの香りがして、気持ちがなごんだ。「ローズにはこれを」お菓子を差しだしてから、お礼のハグに備えて体に力をこめた。

ローズは期待どおりの反応をみせてくれた。「ユニコーンのキャンディ！ ありがとう、ユードラ。大好き」両手を広げて腰に抱きついてくる。

ケトルに水を入れていたマギーが途中で手を止め、つらそうに息をつくのが目に入った。

「ローズ、お茶をいれるのを手伝ってくれる？ ママには座っててもらいましょう」

「そうだね。そうしたら、あたしがユードラの家に行ったときも、お茶をいれてあげられるもん」

いまのは警告ととるべきか、約束ととるべきか。「そうねえ。とにかくケトルにお水を入れてちょうだい。それからティーポットを取ってきて」ユードラはそういって腰をおろした。

マギーはユードラのむかいの椅子によいしょと座り、顔をしかめた。「ユードラ、ごめんなさい。うちにはティーポットがないの」

ユードラは顔をしかめた。「文明崩壊の危機ね。それじゃあ、どうやってお茶を？」

「えっと、マグカップとティーバッグで」

ユードラは目を細めた。「お茶の種類は？」

「ヨークシャーティー」

「それだけはまともね。神様に感謝しなくちゃ」

ローズが笑った。「ユードラっておもしろいでしょ、ママ」

マギーは微笑んだ。「ほんとうね」

「じゃ、ローズ、ティーバッグをカップにひとつずつ入れて、お湯がわいたらすぐカップに注いでちょうだい。とても重要な作業よ」

「アイアイサー！」ローズはユードラの指示に丁寧に従った。「次は？」

「三分くらい、そのままにして抽出させて。そうすると香りが出てくるの」

「抽出って、かっこいい言葉だね」ローズがそわそわしはじめた。「まだかな？　抽出できた？」

ユードラは厳しい視線をローズに向けた。「ローズは辛抱強くないのね」

マギーが同意とばかりに咳払いをした。

「だって、待つのは苦手なんだもん」ローズは左右の足を交互にあげて、踊るように跳びはねた。

「制服を全部着てみたらどう？　そしたら秘密を教えてあげる」

ローズは目を丸くした。「ユードラの秘密、ききたい！」

「でしょうね」スキップでリビングに向かうローズを、ユードラは見送った。

「わたしたち夫婦は、死とか難しいことがらをローズと話し合うのを避けたことがなかったわ。わたしの父が亡くなったとき、ローズは身内の死に直面したわけだし、わたしも流産を何度かしたし」

ユードラの肩に力が入った。「そうだったのね」勇気を出してマギーと目を合わせた。

「ありがとう、ユードラ」マギーの顔が悲しげにゆがんだ。「それで、こういうことはきちんと話し合うのがいちばんだってわかったの」ユードラは咳払いをした。「でも、そうするのが平気な人ばかりじゃないわよね」

ユードラはさらにマギーの目をみつめつづけた。「ずいぶん疲れているようね。ごめんなさい、こんなこといわれたくないでしょうけど」

マギーはため息をついた。「毎日大変よ。ローズは元気いっぱいだし、おなかはこんなだし。このところよく眠れないの」

「それはつらいわね」

「ええ。でも、それだけじゃないの。母のことが心配なのよ。ロブの仕事の都合と、ローズの環境を変えるっていう理由でこっちに引っ越してきたんだけど、そのせいで母がいろいろ大変みたいなの。わたし自身も寂しくて」

「お母さん、こちらに越してこられないの？」

マギーはかぶりを振った。「母がコーンウォールを離れるのは無理ね。あっちにはいい友だちがいるけど、父が亡くなってからは、いろんな苦労をしているわ」

「ご両親の結婚生活は長かったの？」

「ええ、五十年以上。悲しみののりこえかたって、人によって全然違うでしょ。でも、それをのりこえれば、人はそれまでより強くなれる。父が亡くなったことで、わたしも強く考えさせられたわ。自分はどんな人間になりたいのかって」

ユードラは好奇心を刺激されて、身をのりだした。「どんな人間になりたいの？」

マギーは澄んだ青い目を大きく見開いた。「父が亡くなったとき、みんながやさしくしてくれた。まったく連絡を取ってなかった人や、ほんの顔見知りくらいの人が、声をかけてくれたの。悲しいですね、お父さんはいい人でしたね、って。人のやさしさは心を癒やしてくれる。なにより大切なものだって、このごろつくづく感じているの。いってること、わかるかしら」

「わかるわ」

マギーが続けた。「昔から、人生は短いって言葉をきくたびに、そんなことあるもんですかって思ってた。でもいまは、そのとおりだと思う。わたしたちがこの世界に生きていられる年数には限りがあって、それはとても短いのね。それならせめて、まわりの人たちにやさしくしなきゃならない。人間って、そのことをすぐに忘れてしまうみたいだけど」

ユードラはマギーの言葉にすっかり圧倒されてしまっていた。偉大なる真実が突然目の前に着地したかのようだ。「みんながそういう気持ちになればいいのにね」

「ううん、みんな、それはちゃんとわかってるのよ」マギーはいった。「ただ、やさしさを忘れてるかのような言葉や出来事ばかりが目や耳に入ってくるだけ。世の中には、悪より善のほうがずっとたくさんあるわ」

ユードラはマギーをみつめた。そのとおりだと思いたかったが、自身の経験がそれを否定している。「立派な考えかたね」

「お・ま・た・せ！　早く秘密をきかせて！」ローズがスキップでキッチンに入ってきた。学校の制服姿だが、ローズ独特の着こなしかたをしていた。青と白のストライプのネクタイはバンダナで代用されていたし、襟元はあいている。ブラウスの裾を前で結び、おなかを二センチほどみせている。

「なるほど。じゃ、お茶を飲みながら、そのお召し物について談義しましょうか」ユードラはいった。

「どういう意味？　秘密を教えてくれるの？」

「お茶の味が合格だったらね」

お茶はまだいれかけだった。ローズが残りの作業を丁寧に終わらせる。まもなく、三人はお茶を飲みながらユニコーンのお菓子を食べはじめた。ユードラはローズに、フルウィンザーと呼ばれるネクタイの結びかたを教え、制服は決められたとおりにきちんと着るべきだと説教した。ひとつうなずいてから、こういった。「そのほうがおしゃれにみえるわよ。それに、制服をきちんと着てほしいと思うのには理由があるの。あなたがこれから通う学校は、わたしが子どものころに通った学校でね」

「本当に?」マギーが感激したようにいった。

「え、もしかしたらそれが秘密なの?」ローズは腕組みをした。

「ユードラと同じ学校に行けるなんて、うれしいことじゃない?」マギーがいう。

「まあね」ローズは表情を曇らせた。「でも、学校に行くのはあまり楽しみじゃないんだ」

ユードラはローズの顔をのぞきこんだ。心配ごとはなんでもだれかに打ち明けるべき、という昨今の傾向は好きではないが、いつもは純粋無垢そのものといったローズの顔に陰がさしているのをみて、このままにはしておけないと思った。「ローズ、どうしたの?」

ローズは横目でユードラをみた。「今度の学校も、前の学校みたいに意地悪な子たちばっかりだったら、どうしたらいい?」力のない声でいう。

「そんなことないわよ、きっと……」マギーがローズをなだめようとしはじめた。

「もしそうだったら、わたしにいいなさい。いっしょに戦ってあげるから」マギーの言葉が終わるのも待たず、ユードラは自分でも驚くほど激しい口調でいった。マギーが微笑む。

「本当に？」ローズがいった。「どうやって？」

ユードラは唇を引きむすんだ。「わたしなりのやりかたがあるのよ。杖で足をすくってやろうかしらね」

ローズの表情がぱっと明るくなった。「あたしのために戦ってくれるの？」

ユードラはローズの目をまっすぐにみた。「わたしみたいな年寄りは、いじめっ子は大嫌いだし、やっつけるのが得意なの。どうやって戦ったらいいか、ローズに教えてあげるわよ」

「ママもよく『ママは味方だからね』っていってくれるよ」ローズの顔に希望の灯がともった。

マギーが手を伸ばし、ローズをぎゅっと抱きしめた。

「わたしも味方よ」ユードラはいった。親子の自然な愛情表現を目にして、胸が熱くなる思いだった。最近では、世の中、なんでもオープンに話し合うのを美徳と考えるような風潮があってうんざりするが、傷ついた子どもを愛情で包みこむ度量もあるのだ。

「あたしもユードラの味方だよ。スタンリーの味方でもあるし」

「ありがとう、ローズ」

「明日はスタンリーの誕生日よ。知ってた？」

「知らなかった」

「明日の夜、あいてる？」ローズがいって、マギーと目配せをした。

「なにをたくらんでるの？」ユードラはきいた。

「なにも」ローズとマギーは声を合わせ、にやりと笑った。

ユードラは腕組みをした。「話して」

マギーが笑顔で答えた。「スタンリーが、誕生日にはいつも、エイダとふたりで表通りのピザレストランに行ってたっていうのよ。それで、ご家族には週末まで会わないらしいからローズと考えたの……」

「スタンリーをそのレストランに連れていって、お誕生日のお祝いをしようって！」ローズが勝ちほこったようにいった。

「ピザ？」ユードラはその言葉をきいただけでぞっとした。テイクアウトのピザのメニュー表が頭に浮かぶ。油でぎとぎとしたチーズたっぷりのものが、パンらしきものの上にのった食べ物の写真が並んでいる。

「よくあるまずいピザじゃないのよ、ユードラ。どれも焼きたてだし、そこのオリーブがめちゃくちゃおいしいの。ユードラもきっと気に入ると思う」マギーがいった。

「ねえ、お願い！」ローズもいう。「スタンリーのためだよ？」

ユードラはふたりをみつめてから、負けたわというように両手をあげた。「わかったわ。せめてまあまあのサラダがあるといいわね」

〈ヌメロ・ウノ・ピッツェリア〉は、表通りのネイルサロンと馬券売り場のあいだにあった。ユードラにとっては、ある意味ありがたい新発見だった。これまでに何度、店の前を通りかかったかわからないが、赤いひさしのついた店構えはとても控えめで、これといった印象がなかった。ところがいったん店に入ってみると、まるで地中海に瞬間移動したかのように思えた。壁はイタリアの風景をモチーフにした壁画で飾られている。アマルフィ海岸、プーリア州の村、ヴェニスのサンマルコ広場。低い梁からはランタンや木の葉の飾りが吊るされている。オリーブや月桂樹をイメージしているのだろう。

「わあ、いいお店だね。すごくいい雰囲気」ローズの言葉はユードラの気持ちをそのままあらわしていた。

「いらっしゃい、いらっしゃい、ミスター・スタンリー」背が低くて丸々した体型の男性が大声でいった。しゃれた口ひげをたくわえたその男は、小走りで店の奥から出てきて、スタンリーの手を握った。「今日はいちばんいいテーブルを用意しましたよ」

「ありがとう、フランチェスコ」スタンリーが応じる。「会えてうれしいよ」

「こちらこそ。美しいエイダに会えなくなったのは寂しいですが、きっと天国でもグリッシーニを食べてるんでしょうね」スタンリーが悲しげにうなずくと、フランチェスコはその背中をぽんと叩いた。「こちらの美しいご婦人がたは？」

ローズがにっこり笑った。「あたしはローズ。こっちはユードラ。あたしたち、スタンリーのお誕生日をお祝いしにきたの」

フランチェスコが片手で額をぺちんと叩いた。「そうだった、そうだった。今日はミスター・スタンリーの誕生日だったな。思い出させてくれてありがとう、ミス・ローズ。ジーノ！」

黒い巻き毛の陽気そうな男性が顔をあげた。バーでカクテルを作っていたところだ。「はい、なんです？」

「大切な友人たちのために、プロセッコ〈イタリアのヴェネト州で造られるスパークリングワイン〉を一本と、うちの特製オリーブを持ってきてくれ」

「はい、いますぐ」

フランチェスコは深くおじぎをした。「楽しい夜になりますように。なにかあったら呼んでくださいよ」

「いい人だね」フランチェスコが離れていくと、ローズがいった。「スタンリーって、ここの有名人みたい」

「エイダとふたりでよく来ていたんだ。祝日や特別な日にね。エイダはまさに有名人だったよ。彼女の歌はすばらしかった。フランチェスコといっしょにあそこに立って、〈ザッツ・アモーレ〉を歌ってた」二階席を指さした。「そんなエイダをみながら思ったものだよ。**わたしはなんて幸せ者なんだろう、**ってね」涙をさっと拭う。

「メニューをみましょうか」ユードラがいった。

「ありがとう、ユードラ。この店は気に入ったかい？」スタンリーの目には希望が光っていた。

「雰囲気が最高ね」ユードラは答えながらメニューをみた。「わたしはニース風サラダを」

「ピザも食べなきゃだめだよ。クワトロ・スタジオーニがお勧めだ。四種類の具材がのってる」

ユードラは眉をひそめた。「わたし、ピザは苦手なの」

「ここのはそこらのピザとは違うんだ。新鮮な材料だけで作ってる」スタンリーの言葉をききながら、ユードラは隣のテーブルにやってきたウェイトレスをみた。木製のボードにのせられた大きなピザを置いたところだ。たしかに、いままで持っていたピザのイメージとは全然違う。ニンニクとハーブの香りを嗅いだだけでうっとりしてしまう。

「あたしはどんなピザも好きだよ。ハムとパイナップルのやつだっておいしいと思う。パパは、あんなのは悪魔の食べ物だっていうけどね」

「お父さんは分別があるのね」ユードラはいった。

「パパはユードラのことも好きだって！」

ウェイターが飲み物とオリーブを持ってきた。いい音をたてて栓を抜き、ユードラとスタンリーのグラスにスパークリングワインを注ぐ。「お嬢さんは？」とローズにきいた。

「レモネードをください」

「はい、すぐにお持ちしますよ」

ローズはオリーブを口に放りこんだ。「わあ、おいしい。ユードラもひとつ食べてみて」

「そうねえ」丸々とした緑色のオリーブをひとつ選んで口に運ぶと、そのおいしさに驚いた。いままでに食べたことのあるオリーブとは似ても似つかない。塩気がきいていて、クリーミーで、本当においしい。「これはいいわね」オリーブの入った深皿の下に置かれた平皿の端に種を置く。ローズのレモネードが来ると、スタンリーがグラスを持ちあげた。

「ふたりとも、わたしの誕生日を特別なものにしてくれてありがとう。今夜いっしょにいられることが光栄だよ。乾杯」

「乾杯!」ユードラとローズは声を合わせ、グラスを持ちあげた。口に含んだスパークリングワインはきりっと爽快なのど越しで、期待以上のおいしさだった。

「スタンリー、プレゼントがあるの」ローズがA4サイズの封筒を差しだした。

「なにが入ってるのかな?」スタンリーは封筒の中からカードを取りだすと、描かれている絵をみた瞬間、破顔した。「ローズとユードラとわたしだね?」

ローズも満面の笑みでうなずいた。

「いい絵だねえ。ユードラ、みてごらん。みんなでメリーゴーランドに乗ってる絵だよ」

ユードラは差しだされた絵を手に取った。笑わずにはいられない。三人の姿がありのままに描かれている。ユードラとスタンリーの顔はしわくちゃ。ローズの目は滑稽なほど大きい。三人とも、絵の中で弾けそうなくらい楽しそうだ。

「パパが撮ってくれた写真をもとにして描いたの」ローズは誇らしげだ。「すっごく時間がかかったんだよ」

「そうでしょうね」ユードラはいった。「スタンリー、よかったわね」

「心配しないでね、ユードラ。ユードラのお誕生日にも、同じことをしてあげるから。今回とは違う絵になると思う。だって、そのときまでに、ほかのいろんな冒険をするはずだから」

残念、という思いがユードラの脳裏をかすめた。そのころには、自分はもうこの世にいないかもしれない。こんな喜びを味わうことができないかもしれない。しかしそんな思いを振りはらって、バッグに手を入れた。「わたしからもプレゼントがあるわ」

「おや、ありがとう、ユードラ」

ユードラは無地の茶色い紙に包まれた小さな箱を差しだした。「きれいな包装紙がなくて、ごめんなさい」

スタンリーは箱を両手で受け取り、いろんな方向からそれを眺めた。「うれしいよ、ユードラ。大感激だ」

「あけて！　あけて！」ローズがはやしたてる。

スタンリーは微笑み、包装紙をびりびりと破った。クリスマスの朝、プレゼントでふくらんだ靴下をみつけた男の子のようだった。出てきた本のタイトルをみて、くすくす笑う。「クロスワードパズルか！　わたしのことをよく考えてのプレゼントだね。ありがとう」腰をあげ、身をのりだしてユードラの頬にキスをした。

ローズはうれしさで爆発しそうな顔をしている。ユードラは一瞬言葉を失ってしまったが、まもなく口を開いた。「ええ、役に立つんじゃないかと思って。ほら、いつもいってるでしょう。脳トレしないと物忘れがひどくなるって」

「脳トレ！」ローズがいった。「その言葉、いいね！」

「メッセージを書きこんでおいたから、それを読んでパズルをやってみてね。答えのわからないところは喜んで協力するわよ」

スタンリーは表紙を開いてメッセージを読んだ。「スタンリーへ。鉛筆は常にとがらせて、頭脳はもっと鋭くとがらせておくこと。お誕生日おめでとう。ユードラより」片手を胸に当てる。

「いいメッセージだね、ユードラ」ローズがいって、自分の体をぎゅっと抱きしめた。

「ささやかな気持ちよ」ユードラは答えた。

「いや、最高だよ」スタンリーがいう。「心からそう思う。きみたちふたりに出会えて、誕生日も祝ってもらえて、わたしは本当に幸運だと思う。この歳になると、新しい友だちができるってこと自体がすごいことなんだ。エイダが亡くなったとき、わたしはもう二度と幸せを感じることはないだろうと思った。誤解しないでくれ。わたしにはすばらしい家族がいる。だが彼らには彼らの生活があり、友人がいるんだ。きみたちはわたしに新しい希望をくれた。どんなにお礼をいっても足りないくらいだ」スタンリーの目から涙があふれそうになっていた。

ユードラはこれまで、スタンリーがこうやって感情を表に出すところがいやだと思っていた。しかし今夜は違う。言葉が和音のように胸に響いてくる。泣くのをやめさせたいと思ったが、それは自分のためではなかった。スタンリーが弱っているところをみたくなかったのだ。このおかしな男には幸せでいてほしい。そうあるべき人間なのだから。「スタンリー、今夜は涙はみせないで。エイダも悲しむわ。楽しいお誕生日を過ごしてほしいと思ってるはずよ」グラスを持ちあげた。「エイダに乾杯。そしてスタンリーにも乾杯。お誕生日おめでとう!」

スタンリーは鼻をすすって涙を押しとどめ、グラスを持って乾杯をした。「ありがとう、ユードラ。おかげで取り乱さずにすんだよ」

「これがわたしの仕事になったみたいね」ユードラは含みのある顔で笑った。

「感動のスピーチだったよ、ユードラ」ローズがいう。

「ご注文はお決まりですか?」ウェイターがいった。

「わたしはクワトロ・スタジオーニをもらおうかな」スタンリーがいった。

「わたしも同じものを」ユードラはそういってメニューを閉じ、スタンリーに目配せした。

「でも、気に入らなかったらあなたのせいよ」

「心配いらないさ」

「あたしは、サル、シーッ、チャーのピザがいいな」ローズがメニューの単語をゆっくり発音した。顔をあげ、希望をこめた目でウェイターをみる。「あたし、ちゃんといえた？」

「ペルフェット！〔イタリア語で「完璧」の意味〕」ウェイターは答え、にっこり笑った。

ユードラはティラミスの最後のひと口をすくって口に入れ、ナプキンで口のまわりを拭った。食事をこんなに楽しめたことがいままでにあっただろうか。ローズに目をやると、顔をチョコレートまみれにして皿をなめ終わったところだった。

ウェイトレスがやってきた。「お食事はいかがでしたか？」

「すばらしかったよ。ありがとう」スタンリーが答えた。

ウェイトレスは微笑み、皿を下げはじめた。「ごちそうさま」ローズは自分の皿を持ちあげて手伝おうとした。

「お孫さん、マナーがしっかりしてるんですね」ウェイトレスはスタンリーとユードラにいった。「おふたりの功績ですよ」

「ありがとう」ユードラはスタンリーと目を合わせることができなかった。

「じゃ、ローズを養子に迎えようか」ウェイトレスがいなくなると、スタンリーがいった。

「今夜だけの養子ね」ほんの一瞬、ユードラは自分でも意外な思いにとらわれていた。いまさら願っても詮ないことだが、人生が少しでも違った方向に進んでいたら……チョコレートで顔をべたべたにした小さな孫がいて、手書きのバースデーカードをもらえる、いまごろはそんな幸せがあったのかもしれない。

「いつでも喜んで、ふたりの孫になるよ」ローズはユードラの肩をぽんと叩いた。

「ありがとう、ローズ。うれしいわ」ユードラは答え、椅子に座ったまま体の向きを変えた。

「そろそろお会計をしてもらいましょうか。わたしが払うわ。反論無用」

「ありがとう、ユードラ」

「決意を固めた女性には、なにをいっても無駄なんだろうな。ありがとう、ユードラ」

「どういたしまして」

「きみが払ってくれるとわかっていたら、ステーキを頼むんだったな」スタンリーはローズにウィンクした。ローズがいたずらっぽく笑う。

「そうだ、忘れる前にいっておこう。ポールが土曜日に家族でバーベキューをやるんだが、ふたりを招待したいそうだ」

ローズが真剣な表情でいった。「ソーセージはある?」

スタンリーはうなずいた。「バーガーもあるよ」

「なら、行く」

「ユードラは?」

バーベキューなんて、人生で一度もやったことがない。経験しないまま墓に入っても、なんの後悔もしないだろう。しかし、それをいったらピザだって同じだ。ついさっきまで食べたことがなかったのに、食べてみたらおいしかった。

「ありがとう。それは――」

「なかなかいいわね！」スタンリーとローズが声を合わせた。ユードラはびっくりしてふたりをみた。

「内心ではすごくいいなと思ってるとき、いつもそういうよね」ローズがいって、スタンリーとハイタッチをした。

「本当に？」ユードラは唇を引きむすんだが、すぐに笑顔になった。「ちなみに、わたしがいおうとしたのは『それはとっても楽しくなりそうね』よ」

「嘘だね！」スタンリーがいった。「だが、来てくれるのはうれしいよ。ポールのパーティーのとき、家族はみんな、きみに会えて喜んでいたんだ」

「まあ、それはうれしいわ」ユードラはナプキンを丁寧にたたんでテーブルに置いた。自分でも驚いたことに、バーベキューに行くのが楽しみになっていた。「じゃあ、帰りましょうか。あなたのママと約束したの。十時までには帰るってね。さ、急いで！」

その夜眠りにつくとき、ユードラの気持ちは平穏に包まれていた。おいしいワインや料理のおかげかもしれないが、頭の中では同じ言葉が何度も繰りかえされていて、それをききながら眠りに落ちていった。

人生は尊いもの。生きつづける理由がひとつでもあるなら、その道を歩いていかなくちゃ。

一九六一年　ロンドン南東部、シドニー・アヴェニュー

赤ちゃん用の靴下ほどかわいらしいものが、この世にあるだろうか。ユードラはそれをてのひらにのせ、真っ白なウールやサテンのリボンを指先でそっとなでた。完璧だ。それをテーブルに戻す。隣にはお揃いのマチネジャケットと帽子もある。今月、これでもう三セット。どれもお母さんの作品だ。

「サイズ違いで全部揃えておかないとね」お母さんは満足げに笑った。「赤ちゃんって、どんどん大きくなっちゃうのよ」

ユードラはお母さんの肩に手を置いた。お母さんが編み物に夢中になってくれたことがうれしい。ラジオの〈ライト・プログラム〉をきいていると、その音声といっしょに、編み針同士がぶつかるカチカチという音が耳に入ってきて、心を落ち着かせてくれる。同じように、お母さんの心も落ち着いているはずだ。

職場から家に帰るのが怖かった。家の中はしんとして、お父さんのお気に入りだったエンフィールドの時計の音だけが響いていた。お母さんはいつも薄暗いキッチンにひとりで座り、なにをみるでもなくぼんやりしている。すっかり冷めてしまった紅茶だけが、学校での仕事から

帰ったあとに、紅茶をいれるという作業だけはしたのだと知らせてくれる。そんなときは、声をかけて励ましてあげれば、夜のルーティーンもこなすことができる。しかし紅茶もなく、静寂と暗闇だけが鎮座しているときは、ユードラにとっては絶望あるのみだ。長い夜が待っている。

そんなわけで、赤ちゃんが生まれるという知らせをきいたお母さんが休みなく動きだしたのをみたとき、ユードラはうれしかった。ユードラ自身の赤ちゃんではないが、そんなことはどうでもいい。だれかと結婚して子どもを産むなんていう希望は、もうとっくに捨てていた。シルヴィアが幸せでいてくれることがうれしい。友だちが母性を持っていることがうれしい。母性を持つことが、なによりのあこがれだったから。

「ドーラ、わたし、赤ちゃんが生まれるのが待ちきれないの」シルヴィアはそういってふくらんだおなかをさすり、ユードラの腕を取って子ども部屋に入った。新品のベビーベッドや、きちんとたたまれたおむつをみたユードラは、育児という旅に出るのが自分ではなくシルヴィアだということに救われた気分だった。

「わたしもうれしいわ」

シルヴィアはユードラの両肩をつかんで、目をまっすぐにみた。「あなただって、まだこれからなのよ。次の山を越えたら、素敵な王子様が待っていると思う」

「わたしはいまのままで幸せなの。本当よ」

シルヴィアは首をかしげ、深い同情の目でユードラをみた。「ドーラ、あなたってすごく勇気のある人なのね。どうしたらあなたみたいになれるのかしら」

だって、こうやって生きるしかないじゃない？　ユードラはそう思いながら家に帰った。**それに、わたしは幸せ。少なくとも、不幸せじゃない。**

本当のことだ。ありがたいことに、好きな仕事も辞めなくてすんだ。パトリック・ニコルソンは、同僚の奥さんと浮気をしたことでクビになった。下半身が奔放なのねえ、と若くて品のない秘書がいっていた。おかげでユードラの立場は安泰になったし、秘書として働いた経験も長くなり、もらえる給料も少し増えた。なによりうれしいのは、お母さんが新しい趣味をみつけたことで、家で過ごす時間が前より楽しくなったことだ。ステラのことはもうほとんど考えなくなった。去る者日々に疎し。それでいいんだと思う。

そんなわけで、生活にはなんの不足もない。気が向いたときに映画をみにいくお金もあるし、快適な日々を送っている。結婚して家族を持ちたいと思ったことはたしかにあったが、結局、結婚生活は経験しなかった。なかったものを取りもどしたいと思うことはない。いまの生活でじゅうぶんなのだ。暮らしに困窮している人はたくさんいる。そもそも、戦争で亡くなった人だってたくさんいるんだから、自分はこの自由な生活を楽しむべきではないか。そう、文句なんていえない。

玄関のドアをあけると、家の中はしんと静まりかえっていた。時計の音だけがきこえる。

「お母さん？　いるの？」声をかけた。出かけているだけならいいんだけど。そのとき、返事らしき小さな声がキッチンからきこえた。ユードラは鼓動が速くなるのを感じながらキッチンに急いだ。「どうしたの、お母さん。なにかあったの？」

ビアトリスはいつもの場所に座っていた。片手にふきんを、片手にハンカチを握っている。ひとまわり小さくなったようにみえた。ひどく怯えて、まるで母親を恋しがる小さな子どものようだ。ユードラは手を伸ばし、その肩に触れた。「お母さん、話して。なにがあったの？」やさしく声をかけた。

「ステラが」ビアトリスがいった。怒りと絶望が入りまじった声だった。「電話をかけてきたの」

「ステラが？　なんの用で？」

「わたしには話してくれなかった」ビアトリスは泣いた。「わたしは母親なのに、なにも話してくれなかった。あなたに話したいから、また電話するって」

ユードラはため息をついた。「元気そうだった？」

ビアトリスはかぶりを振った。「わからない。わかるわけない！」

泣き声が大きくなった。ユードラはビアトリスを抱きよせた。「お母さん、だいじょうぶだから。そんなに悲しまないで」

「でも、わたし――」ビアトリスはしゃくりあげながらいった。「――母親失格ってことでしよ」

「そんなことないわ。ステラの考えはステラの考えにすぎないもの。お母さんのせいじゃない」

ビアトリスはうなずいた。ユードラの言葉を信じたいのだろう。「でも、あの子はどうして、わたしをそんなに嫌うの？」

「お母さんのことを嫌ってるわけじゃないわ。あの子はただ、道を踏みはずしただけ。ねえ、元気を出して。お茶を飲みましょう。そしたら少しは気分がよくなるから。それに、シルヴィアの話をききたくない？　マチネジャケットをすごく気に入ってくれたわよ」

「本当？」ビアトリスの表情が明るくなった。

ユードラはうなずいた。「本当よ。お礼状を書くっていってた」

「シルヴィアはお母さんを亡くしてるから、大変よね。赤ちゃんのために編み物をしてくれる人がいないわけだもの」

「お母さんはやさしいわね」ユードラはかすかな妬ましさを感じていた。ビアトリスの母親としてのやさしさを受け取るのは、シルヴィアなのだ。それがわたしに向けられたことが一度でもあっただろうか。ケトルに水を入れて火にかけたとき、電話が鳴った。

「ああ」ビアトリスが弱々しい声をあげ、ハンカチを握って胸元に当てた。

「だいじょうぶよ。わたしが出る。それに、だれからの電話か、まだわからないじゃない」ユードラはそういって廊下に出た。頭の中をいろんな考えが駆けめぐっていた。震える手で受話器を取り、勇気を振りしぼって声を出した。「エデナム七三五九番地です」

「ドーラ。ステラよ。お願い、切らないで」

ユードラは迷った。あんなふうに裏切られた悔しさが脳にこびりついているというのに、妹に頼まれると拒めなくなってしまう。「二度と電話をかけてこないでっていったでしょう」

「わかってる。けど、いま困ってるの。家に帰りたい」

ユードラは乾いた笑い声をあげた。「ふうん」

「お願い、ドーラ。話をきいて」

「勝手にすれば。今度はなんなの？　エディに捨てられたとか？」

「ううん。でも、妊娠してる」

「それはおめでとう」

「ドーラ、お願い。あたし、つらいの」

そのときダムが決壊した。言葉が堰を切ってあふれだす。「あら、わたしはつらくないとでも？　捨てられて、裏切られて、取り残されて。この人だけは信じられる、そう思っていた人にそんなことをされても、わたしにとっては公園を散歩するのと同じくらいお気楽な出来事だったと思ってる？」

ステラの声は小さく、陰気な感じがした。前とは違う。大人の声ともいえるが、弱々しくなったともいえる。「そんなことない。信じてもらえないと思うけど、あたし、ドーラを傷つけたことをいちばん後悔してるの。ドーラはいつもあたしにやさしくしてくれたのに」

「それはおもしろいわね。わたしがいちばん後悔してるのは、ステラ、あなたに一度でもやさしくしたことよ」

一瞬の間があった。「ドーラ、あたし、怖いの」ユードラが黙っているので、ステラはさらに続けた。「エディが……お酒ばっかり飲んでる。赤ちゃんもいるし、このままじゃいっしょにいるのが怖くて。どこかに逃げたい。こんなことドーラにしか頼めないの。お願い、力になって。あたしじゃなくて、赤ちゃんを助けると思って」

ユードラはいろんなことを思いかえした。お母さんとの会話。いまの生活。ようやく前より落ち着いて穏やかなものになったところだ。ステラにひどい仕打ちをされたあと、やっとここまで立ちなおったのだ。

「ドーラ、お願い、助けて」

軍服姿のお父さんの写真に目をやった。電話の横からこちらをみつめるお父さんは、いつもはやさしい顔をしているのに、いまは悲しそうな目をしている。

お母さんと赤ちゃんのこと、頼んだぞ。

お父さんの言葉がじわじわとよみがえってくる。

お母さんとステラを守るつもりだった。でも永遠にそうしなきゃいけないなんて思わなかっ

た。お父さんが帰ってくると思ってた。わたしひとりでやらなきゃいけないなんて思わなかった。

「ドーラ?」ステラのすがるような声がきこえた。

ユードラは目を閉じた。「いま、どこにいるの?」

「あたし――」そのとき、カチリという音がして電話が切れた。

「ステラ?　もしもし?」受話器のボタンを何度も押してみたが、電話がつながることはなかった。受話器を額に押しあてて、頭の中に渦巻く安堵と後悔の思いを鎮めようとした。時計が六時を打つ。「夕食の時間ね」ぽつりとつぶやいた。写真の中のお父さんと目を合わせないようにしながら受話器をフックにかけ、キッチンに戻った。

13

「ソーセージをもっと食べたい人!」ポールがいって、皿を掲げた。

「はーい!」ローズが声をあげ、高く手をあげた。先生に注目されたがっている子どものようだ。

「それ以上食べたら、おなかが破裂しちゃうんじゃない？」ユードラがいった。

「それでもいいから食べたいの」ローズはソーセージを二本、自分の皿にのせた。「ありがとう、ポール」

「どういたしまして。ユードラは？」

「わたしはいいわ、ありがとう。もうおなかがくちくて」

ローズが笑った。「ユードラのしゃべりかた、いいよね。『おなかがくちくて』って、おもしろい。どういう意味？」

「堪能したってことよ」ユードラは苦笑いしながら答えた。

ポールとローズは困惑して顔をみあわせた。「満腹ってことさ」スタンリーがいう。「こないだ、クロスワードパズルに出てきた言葉なんだ。わたしもすぐにはわからなかったよ」

「すごいじゃない、スタンリー」ユードラは拍手した。

スタンリーが片膝を折っておじぎした。ローズが笑う。「ああ、すごく楽しい！　家でママといっしょにいるの、つまんないんだもん」

「ローズ、そんないいかたはだめよ。お母さんは疲れてるんだから」ユードラはいった。

「赤ちゃんのせいでね。赤ちゃんなんか大嫌い」

「ローズ、だいじょうぶよ。わたしも妹が生まれたときは大嫌いって思ってた」スタンリーの孫娘のリヴィが、ユードラの隣に腰をおろした。「でも、大きくなると、妹がいるってけっこう便利なの。服だって借りられるし」

「あたしと同じくらいイケてるファッションセンスを持ってるといいんだけどな」

リヴィはローズの服装に目をやった。ヒョウ柄のレギンスに蛍光オレンジのTシャツ。そしてにっこりした。「そうね、お姉さんなんだから、妹に教えてあげなくちゃ」

「その点はバッチリだよ。妹に教えることのリストを作りはじめてるの。あたしの部屋のドアにかけておく〈立入禁止〉の札も作ったし」

「やるわね」リヴィがいう。

「ユードラにも妹はいた？」ローズはユードラにきいた。「これも詮索ってやつかな」

ユードラはグラスの中で浮いたり沈んだりする氷をみつめた。「そうね、詮索だわ。でもかまわない。わたしにも妹がいたわ。昔ね」

「ごめんなさい」ローズがいった。「悲しいことを思い出させちゃったね」

「いいの」ユードラはいった。スタンリーの家族はすべてを愛で包みこんでくれる。そのことが気持ちを楽にしてくれた。「ステラって子で、わたしより七歳下だった」

「ステラ」ローズは口にしてからいった。「いい名前だね」

「星っていう意味だよ」スタンリーがいう。

「そのとおりね」ユードラはいった。

「七歳も離れてるなんて、大変そう。二歳違うだけでもいやだと思ったのに」リヴィがいった。

「デイジーとあたしは十歳違いだよ」ローズが胸を張る。「それで、ユードラとステラは仲がよかったの？　それともうっとうしかった？」

ユードラはやさしい目をして記憶をたどった。「小さいころは本当にかわいくてね。元気いっぱいな女の子だった。ローズみたいに」

「うーん、ありがとう。それで、どうなったの？　大きくなってからは？」

ユードラは体をこわばらせた。ローズの探究心の強さを忘れていた。幸せな出来事をなつかしみながら過去の思い出に浸っていられるなら問題はないが、つらい出来事をたどっていって、悲しみの袋小路にはまってしまうのはつらすぎる。咳払いをして答えた。「あまり仲良くはできなかったわね。妹が遠くに行ってしまって、それ以来一度も会っていないの」

「それは残念だったね。会いたかったでしょ？」

「大昔のことよ」ローズがじっとして続きを待っているのがわかった。においの手がかりを差しだされるのを待つ警察犬みたいだ。ユードラはポールの奥さんのほうをみた。「ヘレン、娘さんのひとりはテレビ関係の仕事がしたくて、ひとりは獣医さんになりたいとか？」

「いったいどうしてそんな夢を持ったのかわからないんだが」ポールが会話に加わった。「母親の影響なんだろうな」ヘレンにウィンクする。

ヘレンは微笑んだ。「いい娘たちでしょ」ユードラに向かって続けた。「昔からいい子たちなの。親子の関係もいいと思うし。ただ、今週はちょっとあったけど。そうよね、リヴィ」

リヴィがゆっくりうなずいた。「彼氏と別れたの。十四歳のときから付き合ってたんだけど」

「それは悲しいね」ローズがいう。

「本当にね」ユードラはほっとしていた。他人の悲しい出来事をきいているおかげで、自分の過去から目を背けていられる。

「おれが会いにいって、ひとこといってやりたかった」ポールがいった。「うちの娘を裏切るなんて、絶対に許さん」

「その場にはわたしも同行したかったたな」スタンリーもいう。

リヴィとヘレンはあきれたというように顔をみあわせた。「思いとどまってくれてよかったわ」ヘレンがいった。「わたしたち、ベン・アンド・ジェリーズの大きいアイスをふたつ食べて、〈フレンズ〉を全話通してみたの」

「ベンとジェリーがどういう人なのか知らないし、友《フレンズ》だちのことも知らないけど、ヘレンが世界一のお母さんだってことはわかったわ」ユードラはいった。ビアトリスの顔が頭に浮かぶ。ヘレンとは対極にいるような母親だ。「リヴィ、あなたは本当に幸運よ」

「そうよね」リヴィはヘレンの肩に腕をまわした。

「あなたはもっと幸せになれる、ママはそういってくれたの。わたし、その言葉を信じるわ」

「ええ、信じるべきね。あなたという人間の価値も理解できず、見下げてくるような男といっしょにいたって、時間の無駄でしかないわ」

「ええ。わたしたち、付き合いが長くて、ずっといい相棒だったんだ。友情も終わっちゃったのが悲しいかな」

「どんなに親しい人間にも裏切られることはある。それが真実だし、どうすることもできないわ。あなたは自信も知性もある若い女性だもの、あなたにふさわしい男性がきっとみつかる。もしみつからなくたって、あなたがすばらしい人だってことに変わりはない」

「ありがとう、ユードラ」リヴィがいった。「素敵な言葉だわ」

「ねえ、あたしも自信と知性のある若い女性？」ローズが期待をこめた顔でいった。

ユードラとリヴィはおかしくなって、視線を交わした。「あなたは百万人にひとりの逸材よ」

「さあ、歌の準備はいい？」一同が顔をあげると、ヘレンが長方形の大きなケーキを持ってきたところだった。〈おじいちゃん、お誕生日おめでとう！〉という文字とともに、サングラスをかけてデッキチェアに寝そべり、頭にハンカチをかけているスタンリーの姿が、アイシングで描かれている。キャンドルは二十本あまり。灯した火が揺らめいているが、ヘレンがなんとか風からケーキを守り、歌が終わるまで火が消えることはなかった。スタンリーに向けられた全員の笑顔をみながら、ユードラは、まるで日なたで輝くお花みたいだと思った。思わず嫉妬をおぼえるほどだ。いっしょにいることが自然で、純粋な愛情を互いに与えあう家族がここにいる。

「願い事をして！」歌が終わると、ローズが叫んだ。スタンリーがキャンドルの火に息を吹きかける。何度かやって、ようやくすべての火が消えた。

「歳の数だけキャンドルが立ってなくてよかったな。立ててもよかったんだが、火災保険に入らなきゃならんからな」ポールがいった。

「パパ！」エリーがあきれたという顔でいう。「毎年おんなじジョークをいうのはやめて」

「なんだよ、いいジョークじゃないか」ポールはエリーの髪をくしゃくしゃとなでた。

エリーが両手をあげる。「やめて。髪に触らないで」

ポールが笑う。

「なによ。どうせたいしたヘアスタイルじゃないじゃない」リヴィがいって、おどけたように目を丸くした。

エリーは口をとがらせた。「なによ。そっちだってたいした顔じゃないくせに」

「ほらほら」ヘレンが左右の手でふたりの肩を抱いた。「今日はけんかしないで。ね？」

「ただの冗談よ。だいじょうぶ」

「そうそう、ただの冗談」

ヘレンはユードラとローズに向きなおった。「娘たちのことをほめたばかりなのに、全部取り消さなきゃね」

エリーとリヴィはヘレンと腕を組み、頬に濃厚なキスをした。「ママ、そんなこといわないでよ」

ローズがくすくす笑う。「あたしも大きくなったデイジーとあんなふうに仲良くなりたいな」

ユードラは微笑んだが、ふと真顔に戻った。ふたりのそんな姿を自分はみることができないんだ、と気づいたからだ。「願いがかなうといいわね、ローズ。じゃ、そろそろ家に送るわね。お母さんが心配してるわよ」


ユードラはスタンリーに手を振って玄関を出た。廊下は涼しくて薄暗かったが、外はまばゆいほどの明るさだった。一瞬頭がくらっとする。パーティーで疲れたからだろう。楽しいひときではあったが、やはり気力も体力も消耗した。

「お茶を飲んで、ひと休みしようかしらね」モンゴメリに話しかけた。モンゴメリはキッチンの戸口からユードラをみて、待ちきれないというように鳴き声をあげている。「そうね、あなたにもなにかあげるわ。心配しないで」

それでも猫はしつこく足首に体をすり寄せてくる。望みがかなうまでは離れないつもりなのだ。そのようすをみて、ユードラはあらためてつくづく思った。子どもを持たなくてよかった。子どもはいつもあれこれ要求してくるし、愛情に飢えている。男性のもっともいやな部分と同じだ。いや、それをいえば、お母さんだって同じだ。とはいえ、お母さんの場合は、感謝の気持ちというおまけもついている。晩年は、ほんの些細なことでもお礼をいってくれたものだ。そのことを考えると、胸がぎゅっと苦しくなった。

お湯がわくのを待っているとき、カササギが庭で耳障りな鳴き声をあげていることに気がついた。

一羽なら悲しみ。

そこへもう一羽のカササギがやってきて、芝生に舞いおりた。「二羽なら喜び」ほっとして小さくつぶやいた。

猫に餌をやり、お茶をいれると、椅子に体を落ち着けた。息もまともにできないほど疲れきっている。**八十五歳だものね、と自分にいいきかせた。あんなにたくさんの人と会っておしゃべりするのには慣れていないし、その上奔放なローズの存在もある。疲れはてるのが当たり前でしょ。**

留守番電話のメッセージを知らせる赤いランプが光っているのに気がついた。再生ボタンを押す。

「こんにちは、ユードラ。ペトラです。リーベルマン先生とお話をしたそうね。その後はどんな調子かを知りたくてお電話しました。おしゃべりしたい気分だったら、ぜひ電話をくださいね。いつでもいいから」

椅子の背に体を預け、お茶をすする。

調子はどう、ユードラ。どんな気分? 正直に答えて。

この手の質問をぶつけられるのは気が進まない。とはいえ、電話はしたほうがいいだろう。

自分が積極的に動かなければ、ペトラも医師も助けてはくれない。それでも、正直なところ、はっきり答える勇気が出ない。そこで、しばらくはこのままじっとしていることにした。沈黙には力がある。肯定も否定もしないまま時間を稼ぐことができる。いまはとにかく時間がほしい。もう少しだけ。そして、もう少しだけ生きていたい。

偶然の出会いのせいで、その思いがひときわ強くなった。レジャーセンターのプールで泳いだあと、さて、家まで無事に帰りつけるだろうかと不安に思っているところだった。八十五歳の体には、毎日が疲労困憊の連続だ。しかしどういうわけか、今日はとくにくたびれている。「こんにちは。ユードラじゃない？」糖蜜のように甘くてやさしい声がした。だれだろうと思って振りかえると、スパイシーで温かみのある香水の香りがした。「ハナよ。このあいだ、わたしの話をきいてくれたでしょう、女の子といっしょに。ローズ、だったかしら」

「よく覚えているのね」ユードラは答えた。ハナの笑顔をみるとすぐ、肩の力が抜けた。

「ユードラ、お元気？」

「なんとか地底に沈まずにいるわ」

ハナは声をあげて笑った。「あなたらしいブラックユーモアね。そういえば、あのあとわたしに話しかけに来てくれたのは、あなただけでした。ほかの人たちは、わたしのことを人間に変装した死に神だと思っていたみたいで」

「変装がうまいのね」ユードラはいった。「じつは、あなたと話がしたいといったのはローズなの」

ハナはうなずいた。「死について話したがる子どもはたくさんいます。いろんな物事の仕組みの中で、死がどういう役割を果たしているのかを知りたいんでしょう。でも大人は、死について話すのをいやがる人が多い。あまりにも重い話題だから」ハナは、本当はそんなことないのに、といいたそうだった。

「なるほど」ユードラは答えた。早く家に帰りたかった。「お目にかかれてよかったわ。それじゃ」

ハナはユードラの杖に目をやった。「よかったら、車でお送りしますよ。わたし、ここにパンフレットを持ってきただけだから」

「いえ、そんなこと」

「いいのいいの」

「そうねえ」ユードラは内心ほっとしていた。「ありがとう、甘えるわ」

車を走らせはじめると、ハナがいった。「ジムのこと、もうききました?」

「ジム?」

「オードリーのご主人。あのグループのメンバーの」

「ああ、わたしはあそこにはまだ一回しか参加してないの。でも、たしかにあの日、ふたりに会ったわ。どうかしたの？」

ハナは咳払いをした。「週末に、ジムが亡くなったんです。わたしもオードリーといっしょに彼の最期を見送りました」

「まあ。オードリー、お気の毒に」

「ええ。ここ二、三年、ずいぶん大変だったみたいなんです。でもジムが愛に包まれて穏やかな最期を迎えたので、ほっとしているでしょうね」

「そう願うしかないわね」ユードラはつぶやいた。

「ええ、本当に」

会話はそこで途切れ、車がシドニー・アヴェニューに入ると、ユードラは自分の家を指さした。ハナが車を家の前に止め、エンジンを切った。ユードラはシートベルトをはずした。「ひとつ、質問をしてもいいかしら」

「もちろん」

「人は、自分がどうやって死ぬかを選べるようにすべきだと思いますか？」

ハナは純粋なやさしさに満ちた視線をユードラに向けた。「理にかなう範囲でなら、そうですね。まずは死についてちゃんと話し合うことが大切です。タブー扱いされている〝死〟という言葉にもう一度市民権を与えて、それについて大人の討論をする。誤った概念を打ち消し、不安を取り除くべきです」

「死を怖いと思わない人の場合は？」

ハナは視線をそらすことなく答えた。「死を怖いと思わないなら、できるだけ長く人生を楽しむことを考えるべきです。命を大切にし、尊ぶこと。ユードラ、あなたのことはまだよく知らないけど、ローズとは特別な友情で結ばれているようですね。あなたはとても幸運な人ですよ。そう思いませんか？」

「そうね。幸運だと思うわ」


カップを手で包み、紅茶の甘い香りを吸いこんで、深い息をついた。さっきまで、ラジオの瞑想についての番組をきいていた。いつもなら、そんなものはばかばかしいと思って気にも留めないのだが、出演していた専門家の話しかたがよかった。穏やかで威厳があり、ハナが死について話すときの口調に通じるものがあって、いつのまにかすっかり魅了されていた。部屋をみまわす。電話台、暖炉、本棚、カーテン、部屋全体を柔らかいアプリコット色の光で包んでくれる、背が高くてエレガントなランプ。手にしたカップからじんわり伝わってくる温もり。モンゴメリが部屋に入ってきてソファに跳びのると、そこで三百六十度回転してから体を丸め、呼吸するふわふわした毛のかたまりになった。ユードラは、自分の体に痛いところはないかと調べてみた。だるさはあるが、いつもの痛みは座っていれば楽なので、全体として調子はいい。いまこの瞬間に問題がなければ、それでじゅうぶんだ。

平穏な時間は突然終わりを告げた。切羽詰まったようなノックの音が繰りかえし響く。その後、呼び鈴も鳴りつづけた。こんなことをする人間はひとりしかいない。

「ローズ、いったいなんなの？」ユードラは足を引きずって廊下を歩き、玄関に出た。「月にでも行くの？　夜中に〈ロンドン動物園〉に押し入るとか？」ローズの真っ青な顔をみた瞬間、動けなくなった。「ローズ、どうしたの？」

「ママが。ユードラに来てほしいって。赤ちゃんが生まれる」

一九六一年　ロンドン南東部、シドニー・アヴェニュー

その日のことはなにからなにまでよく覚えている。よくある一日のように始まったが、あとで思いかえすと、ごくふつうの瞬間さえありありとよみがえってくる。朝食のメニューは、ゆで卵と、マーマレードを塗ったトースト。バス停に行く途中でクーパー夫人と出会った。夫人がいうには、いちばん小さな孫のアンソニーが水疱瘡にかかったとのこと。そのあとに起こった出来事のせいで、すべての記憶が色褪せることなく記憶に刻まれた。映画のフィルムが巻き戻されて再生されるように、頭の中で何度も何度も繰りかえされた。

金曜日だった。会社を一日休んでシルヴィアと赤ちゃんと三人で過ごすことになっていた。前からこの日が楽しみだった。フィリップと名付けられた赤ちゃんが生まれてから、生きるた

めの新しい目的ができたように感じていた。自分が子どもを持つことはたぶんないだろうが、親友の息子のことは思い切り甘やかしてやるつもりだった。

〝天使《ケルビム》のような〟という言葉はフィリップのために作られた言葉だと思う。あのくりくりした大きな目やぽちゃぽちゃの太ももをみれば、どんなに冷酷な人の心も溶けてしまうだろう。はじめて会った瞬間、ユードラの心もとろけた。フィリップのほうもユードラを気に入ったらしい。ユードラの指をぎゅっとつかみ、心を読もうとでもするかのように、目をのぞきこんできた。

「この子、ドーラのことが気に入ったみたいね」シルヴィアはいった。「よかったわ。あなたに洗礼のときの代母《ゴッドマザー》になってほしいと思ってるから」

ユードラは驚いてシルヴィアとケニーをみつめ、そしてまたフィリップをみた。「本気なの？」

ケニーとシルヴィアは温かい笑みを浮かべた。「もちろん」シルヴィアがいう。「ドーラ以外のだれに頼むと思う？」

ビアトリスもユードラと同じくらい喜んで、フィリップの洗礼用のジャケットを編みはじめた。「レースの縁飾りをつけるわね。特別中の特別なものを作るわ」ユードラはビアトリスの肩を叩いた。ステラから電話がかかってきたあの日以来、ふたりの生活は以前どおりの落ち着いたものになっていた。ありがたいことに、ビアトリスは電話があったこと自体を忘れてしまったようで、ユードラはほっとしていた。忘れたなら忘れたで、そのほうがいい。

出かけたのは朝食後。赤ちゃん用のマフラー、帽子、手袋を詰め合わせた箱を持ち、シルヴィアの家に向かった。シルヴィアとケニーは、最近郊外に引っ越したばかりだった。一九三〇年代に建てられた二軒続きの家で、寝室が三つと、広い庭がある。

「この庭なら、フィリップとパパがサッカーを楽しめるでしょ」というシルヴィアは、いまや絵に描いたような主婦になっていた。最近は二槽式の洗濯機を買ったとのこと。フィリップと同じくらい大切にしているようだ。「おむつを洗うのがすごく楽なの。生活が変わったわ」

家の前の私道を歩いていった。九月のはじめで、木の葉の色は変わりつつあったが、バラはまだ満開だった。身をかがめて顔を近づけると、甘くて爽やかな香りを楽しむことができた。浮き立つような気分になった。面倒なことをすべて忘れてただひたすらに楽しめる、貴重なひとときが待っている。

「いらっしゃい！」ドアをあけたシルヴィアがいった。その腕の中で、フィリップがちょっと緊張したような笑みを浮かべている。ぷくぷくした小さな手をユードラに伸ばしてきた。

「こんにちは、おちびちゃん」ユードラはフィリップを抱っこして、おでこにキスした。シルヴィアが結婚して子どもを産んだら自分はどうなるんだろう——そんな心配は無用だった。むしろ、シルヴィアとの友情はいっそう強固なものになった。いまは姉妹といってもいいくらいの関係だ。

シルヴィアには母親がおらず、父親にもめったに会えない。だから、ユードラとビアトリスを代理の家族と考えるようになったのだろう。「入って」そういって、ユードラの先に立って廊下を歩きはじめた。「今日はお天気がいいから、サンルームでコーヒーを飲みましょ」

ユードラは微笑んだ。シルヴィアはひとつひとつの部屋をちょっとおおげさな名前で呼ぶのが好きだ。リビングは〝客間〟、夫婦の部屋は〝主寝室〟。ユードラにとってはどうでもいいことだが、自分の家に誇りを持てるなら、それはなにより幸福なことだ。

「どう？　元気にしてた？」トレイを持ってきたシルヴィアに、ユードラは話しかけた。トレイにはすべて揃いのコーヒーカップと砂糖入れやトングがのっている。ユードラの膝の上にはフィリップが座っていた。さっきまで、ふたりで手遊びをしていたところだ。喜んだフィリップがかわいらしく笑っているので、ユードラはただただ幸せだった。

「ええ、三人とも元気よ。ケニーは仕事が忙しいけど、そのおかげでいい生活ができるんだものね」

「それはそうだけど、シルヴィア、あなたは幸せなのね？」親友の口調になにか不穏なものを感じて、ユードラはきいた。

シルヴィアは表情を硬くした。「ええ、幸せよ。だいじょうぶ。あなたは？　銀行はどう？」

シルヴィアはなにかを隠している、とユードラは思った。「ええ、問題ないわ。ありがとう。少し昇進したところよ」

「すごいじゃない！」シルヴィアはいいながら、ユードラのコーヒーカップをコースターの上に置いた。「そのうち秘書課のトップに立てるわね」

「それはわからないけど、がんばりを認めてもらえるのってうれしいわね」

「お母さんはどう？」

「元気よ。よろしくっていってた。それと、こちらの若い男性のために、編み物をしてくれたわ」ユードラは手を伸ばし、フィリップのふわふわの髪をなでた。ふと目を上げると、シルヴィアが泣いていた。「シルヴィア、どうしたの？」

「ドーラ、わたし、どう話したらいいのかわからない」

ユードラは不安で胸がどきどきしてきた。「話して。なにがあったの？　フィリップのこと？」

シルヴィアは首をぶんぶんと振った。「ううん、フィリップのことじゃない。ごめんね、心配させて。あのね、ケニーが会社で昇進した」

「よかったじゃない。もうすぐ社長になるんじゃない？」

シルヴィアは弱々しく笑った。「新しい支社をまかせられることになったの」

「場所は？」ユードラはきいた。スコットランドあたりかな、と思っていた。

「カナダ」

「カナダ？」

シルヴィアはうなずいた。「そうなの。ユードラになんていえばいいかわからなかった」

「ケニーはそのオファーを受けるつもりなのね？」

「ええ、そうみたい。今後のキャリアのためにも、とてもいい話だし。それに、カナダってすごくきれいなところでしょ」

「カナダなんて、遠すぎる」ユードラはいった。喉が締めつけられるようだった。

「そうよね」シルヴィアがうなずく。ふたりとも泣きはじめていた。

フィリップが大きな目を開いて、どうしたのという顔をしている。ユードラはそんなフィリップを抱きよせ、頭にキスした。「だいじょうぶよ。遊びにいくからね。絶対に」本当にそんなことができるのか、わからない。

「手紙を書くわ」シルヴィアが明るく話そうとしているのがわかる。

「連絡を取り合いましょうね」ユードラもいった。「わたしたち、ずっと友だちよ。なにがあってもね」


深い悲しみを抱えて家に帰った。シルヴィアとは、この状況をできるだけ楽観的にとらえようとした。離れてもなにも変わらない、と。しかし、すべては嘘だった。気持ちを楽にするための嘘。家に近づいたとき、警官が歩いてきたのに気がついた。巡査で、歳はユードラと変わらないだろう。テラスハウスをみて、番地を確かめようとしている。

「どこかお探しですか？」家の前で顔を合わせたので、ユードラは警官にきいた。

「ああ、だいじょうぶです」警官はヘルメットのつばに指を当てた。「この家だとわかったので」

「ここ、わたしの家です」ユードラはどきりとしていった。

警官は顔を赤らめた。フィリップを思わせるような表情をみせる。「ああ、そうですか。お父さんはご在宅ですか？」

「父は亡くなりました」

「そうですか。お母さんは？」

「母は……」言葉が途切れた。「まあ、入ってください」

「ありがとうございます」

ドアをあけると、なにかの音楽と、編み針を動かす音がきこえた。いい兆候だ。「お母さん、お客さんよ」警官を連れてリビングに入る。ビアトリスは暖炉のそばで編み物をしていた。かたわらには紅茶のカップ。ビアトリスは顔をあげて微笑んだ。満ち足りたひとときを絵にしたような光景だった。ビアトリスがそんな顔をしたのは、ユードラの記憶ではこのときが最後だった。

警官はヘルメットを取り、咳払いした。「ハニーセットさんですね。悪いお知らせがあります」

ビアトリスはユードラと警官の顔を交互にみた。長女は元気でここにいるというのに、いったいなにがあったんだろう、とでも思っているのだろう。「なんですか？」少し苛立ったような口調でいった。

「ステラという娘さんのことです。事故がありまして」

「ドーラ？」ビアトリスが悲鳴に似た声をあげ、ユードラに手を伸ばした。

「だいじょうぶよ、お母さん。わたしはここにいるから」ユードラはいって、警官に向きなおった。「事故というのは？　ステラは無事なんですか？　赤ちゃんは？」

「赤ちゃん？」ビアトリスが叫ぶ。

ユードラはお母さんの手を握った。「なにがあったんですか？」

警官の顔が幽霊みたいにみえた。こういうニュースを伝えるのははじめてなのかもしれない、とユードラは思った。「残念ながら、娘さんは階段から落ちて、致命的な傷を負いました」

「死んだの」ユードラはいった。

警官はうなずいた。「御愁傷様です」

「死んだの」ユードラは繰りかえした。「赤ちゃんは？」

警官はかぶりを振った。「御愁傷様です」

「どういうこと？　階段から落ちるなんて、どうして？」

警官は居心地が悪そうに体をずらした。「押されたんです」

「夫ね」ユードラはいった。「夫に押されたんでしょう?」

警官は小さくうなずいた。「すでに拘留されています。本当に御愁傷様です」

この日、この瞬間までの記憶はありありと残っているのに、このあとの記憶はぼやけたままだ。たぶん、お茶をいれてお母さんをなぐさめ、夕食を作ったんだと思う。なのに、それがまったく思い出せないのだ。わかっているのは、あれほど寂しくてつらくてうしろめたい思いをしたことは人生でほかに一度もなかったということだ。人生は選択の繰りかえしで、選択の結果はその後もついてまわる。あのたった一度の選択に一生悩まされるのだろうと、そのときからわかっていた。

14

「ユードラ? ユードラ? きこえる? お願い、助けて。赤ちゃんが生まれるの」

ユードラははっとして我に返ったが、過去のつらい記憶が、腐ったミルクのような味を舌に残していた。「わたしにはなにもできないわ」

ローズは目をぱちくりさせた。一回。二回。いまにも涙があふれてきそうだ。「でも、ほかにだれもいないの。ユードラしかいないの」

昔きいた言葉がよみがえる。**ドーラにしか頼めないの。**

その言葉を必死で振りはらおうとした。「救急に電話をかけるのがいちばんいいと思うけど」

ローズは首を横に振った。「ママは病院には行きたくないって。助産師のベスに電話したけど、あと三十分かかるっていうの。ママは、赤ちゃんはいまにも生まれそうだって」ユードラはためらった。ローズが腕に触れてくる。「お願い、ユードラ」

ユードラはローズをみつめた。「こんな年寄りになにができるの」

「あたしだって、こんな子どもじゃなにもできない」

ふたりは互いをみつめた。年齢とは無関係に、気持ちが通じ合った瞬間だった。

ふたりとも同じ。なにもできない者同士。だったら力を合わせよう。

「杖を取ってきてくれる？」

ローズは素早く動いた。いつものような無駄なおしゃべりもしない。「はい、これ。急かしてごめんなさい。でも、早くママのところに戻ってあげたいの。すごく苦しそうな声をあげてるし、ひとりにしておかないほうがいいから」

「ええ、そのとおりよ。行きましょう」ユードラはローズのあとについて、できるだけ急ぎ足で隣家に向かった。ありがたいことに、体のだるさが消えている。アドレナリンのおかげだろう。「パパはどこにいるの？」ききながらローズの家に入ると、動物の鳴き声みたいな声がきこえた。鼓動が速くなる。

「パパは出かけてて、いま帰り道だと思う。行き先が思い出せないんだけど、三十分ごとに状況を知らせてる」

ローズが先に立ってリビングに入った。マギーはこちらに背を向けている。両手と両足を大きく広げて立ち、星のような形になって壁にもたれかかり、肩で息をしている。深く息を吸い、低くうなりながら息を吐く。ユードラはそれをみつめる以外になにもできなかった。

「ママ、だいじょうぶ?」ローズがいった。不安が声にあらわれている。

自分がなんとかしなければならない。ユードラは頭ではわかっていたが、恐怖で体が動かなかった。

「だいじょうぶ、だいじょうぶよ、ローズ」マギーは肩ごしに振りかえった。「赤ちゃんが出てこようとしてるの。収縮に合わせていきまなきゃいけない」呼吸をする。体がびくりと動いた。次の収縮が来たのだ。マギーは顔をしかめ、低い声をあげながらいきみはじめた。

「ユードラ」ローズが小声でいい、必死な視線を向けてきた。「助けてあげて」

ユードラはおずおずと手を伸ばし、マギーの肩に軽く触れた。マギーは振りかえり、ユードラの手を握った。マギーの手は冷たかったが、力強かった。これならだいじょうぶ、とユードラは思った。

「わたしがついてるわ」ユードラはいった。「ローズもいる。だいじょうぶよ。よくがんばってるわね」本当にだいじょうぶであってほしい。**無事に赤ちゃんが生まれますように。マギーが無事でありますように。**

マギーはこくりとうなずいた。

「ローズ、タオルが必要だわ。できるだけたくさん集めてきてちょうだい。それと、ケトルでお湯をわかすやりかた、覚えてる？　ひとりでできる？」

「アイアイサー」ローズはいつものローズに戻り、駆け足でリビングから出ていった。

「〈ロンドン助産婦物語〉でこういうシーンをみたわ。ユードラ、来てくれてありがとう。わたし、少し怖くなりかけてたの」

ユードラはマギーの目をみて、手をぎゅっと握った。「赤ちゃんは無事に生まれる。あなたもだいじょうぶよ」

ローズがタオルを五枚ほど持って、すぐに戻ってきた。ちょうどマギーがまたいきみはじめたところだった。「ママ、だいじょうぶ？」ローズは青ざめた顔でユードラにきいた。

「だいじょうぶよ」ユードラはいいながら、あらためて神に祈った。「でも、わたしたちの助けが必要だわ。床にタオルを敷いてくれる？　ママの足元にね。それからママの手を握ってあげて。あなたがそばにいるって知らせてあげて」

ローズが敷いたタオルの上に、マギーが移動した。ローズの手を取ってキスする。「怖がらないで。ママはだいじょうぶだから。あなたを産んだときのことを覚えてるの。ローズ、大好きよ。そばにいてくれてありがとう」

「ママ、あたしも大好きだよ」ローズは目に涙を浮かべていた。また陣痛が来る。

ユードラは恐怖と興奮に包まれて、マギーを見守った。赤ちゃんの頭のてっぺんがあらわれた。「もしかして……」ローズがユードラの顔をみる。


ユードラはうなずいた。あらゆる不安を押しのけるようにして、新しい命が誕生しようとしている。「ローズ、妹が生まれるわよ。マギー、だいじょうぶ？　その調子よ、がんばって」

マギーはあえぎながらうなずいた。「今度こそ」激しい息づかいの中でいう。「今度こそ、生まれる」

「ローズ」ユードラはいった。「ママの手をしっかり握っていて。わたしがタオルで赤ちゃんを受け取るから」

「ラグビーで、スクラムのうしろからボールが出てくるみたいな感じ？」ローズは目を丸くしていた。

ユードラはにっこりして答えた。「そうかもね」そのとき、マギーが目をぎゅっとつぶったのに気がついた。「マギー、がんばって。そう、その調子」きれいなタオルを手にして待ち受ける。

「ママ、がんばって！」ローズが叫んだ。

マギーは世界中の女性の声を合わせたようなものすごい絶叫をあげ、新しい命――新しい希望を産みだした。世の中への贈り物のような新しい命を、ユードラは受け止めた。小さくて、血まみれで、べたべたした、完璧な赤ちゃんだった。マギーが床に横たわるのをみながら、ユードラは赤ちゃんをタオルで包み、鼻と口を丁寧に拭いてやった。赤ちゃんは空気を引きさくような産声をあげた。自分の誕生を全力でみんなに知らせているかのようだ。

「赤ちゃん、いつもこんなに泣いてるわけじゃないよね？」ローズがいった。

その場が笑い声に包まれた。ユードラは大切な包みをマギーに手渡した。「おめでとう」

「ありがとう。本当にありがとう、ユードラ。あなたがいなかったらどうなっていたか」

「いいえ、あなたががんばったのよ。よくやったわ」ユードラは感動で身震いしながらマギーを労った。

あわてたようなノックの音がきこえた。ローズが急いで玄関に出る。まもなく、快活そうな笑顔の女性を連れて戻ってきた。「あらあら、自力で出産を終えた人がいるようね。おめでとう」

「ユードラとローズがいなかったら、どうにもならなかったわ」マギーがいう。

「よくやってくれたわね、ふたりとも」女性はいった。「ベスです。最高の瞬間に立ち会えなくて残念だわ。じゃ、ローズ、妹ちゃんのへその緒を切ってくれる？」

「うん。お湯をわかしておいたんだけど、いる？」

「すばらしいわね」ベスがいった。「キッチンに案内してくれる？　すべて準備するわ」

ローズが歩きだした。残されたユードラは、マギーが生まれたばかりの赤ちゃんに授乳するのを見守った。

「完璧な子ね」ユードラは赤ちゃんの小さくてかわいらしい姿をうっとりと眺めた。

「ありがとう」マギーがいう。

「あたし、大きくなったら助産師さんになる」ローズがベスとともに戻ってきた。「もう経験者だもん。ベスがね、新しい命を誕生させるのは最高の仕事だっていうの」

「そのとおりよ」ベスがいって、へその緒をクリップで挟んだ。「さあ、いいわよ」ローズにハサミを手渡した。

「へその緒、たしかに切れました！」ローズが宣言した。みんなが笑う。

「よくできました」ベスがいった。「次はママの状態をチェックするわよ。胎盤も出してあげないと。ローズ、みていたい？」

「うーん、やめとく。なんか気持ち悪そう」

ベスは笑った。「あらあら、助産師の仕事は向いてないかもしれないわね。じゃ、ユードラとふたりで赤ちゃんのお世話をしていてくれる？」

「もちろん！　でも、赤ちゃんを抱っこするのはユードラのほうが上手だよね」

「そうね。じゃあ、あっちのソファに座っていたらどうかしら」ベスは隣の部屋を指さした。

ユードラは指示に従うことにした。ローズが隣室に向かう。ベスがうとうとしはじめた赤ちゃんを抱きあげ、ユードラの腕に抱かせた。

「こんにちは、デイジー」ユードラが隣室に行くと、ローズがいった。「あたし、お姉ちゃんのローズだよ。その人はあたしの親友のユードラが隣室に行くと、この世にやってきたばかりの命を眺めるユードラの心を、ローズの言葉が包みこんだ。「おとなしい子だね」

ユードラは笑った。「そうね。でもそのうち、あなたのまわりをぐるぐる走りまわるようになるわよ」

ローズは肩をすくめた。「デイジーがうっとうしいときは、ユードラの家に避難するね」そういって、ぱっと立ちあがった。赤ちゃんがぱちりと目をあける。「パパに電話するの、忘れてた！　すぐ戻るね」

ユードラと赤ちゃんはみつめあった。「あれがお姉ちゃんよ。じっとしていることがないの。あんなお姉ちゃんがいたら、きっと毎日が楽しいでしょうね。あなたは幸運な子だわ。いつもお姉ちゃんにやさしくしてあげてね。ステラみたいな妹にならないで」

赤ちゃんはユードラの言葉を理解したかのように甲高い声をあげ、ユードラをみつめつづけた。生まれたばかりの赤ちゃんの目はものをはっきりみることはできない。ユードラはそれを知っていたが、デイジーの眼差しにはなにか特別なものを感じた。その目にのみこまれ、この人はどんな人間だろうと調べられているかのような気分だった。そして、救われたような気がした。別の母親と赤ちゃんを助けてあげることができたはずなのにそうしなかった、あのときのことが思い出される。今回は助けることができた。そのとき、デイジーの頬に涙がぽたりと落ちた。いつのまにか、ユードラは泣いていた。

ロブが帰ってくると、ユードラは自宅に帰ることにした。まだ帰らないで、いっしょにお祝いをしよう、とローズにいわれたが、遠慮した。

「出産祝いってやつ、やろうよ」

「ありがとう。でも帰るわ。すごい出来事を経験したから、ちょっと疲れてしまって。また会いましょう」

「明日は？」

「ローズ」しつこくするなよとばかりに、ロブが声をかける。

「ユードラは怒らないよ。友だちだもん」ローズがいう。

ユードラは反論しなかった。「まあね」四人になったばかりの家族に笑いかける。「おめでとう。かわいい子が生まれたわね」

「ありがとう」ローズがいった。母親と妹のそばに腰を落ち着けていた。

ロブが玄関まで見送ってくれた。「お送りしなくてだいじょうぶかな？」

ユードラは微笑んだ。「奥さんと赤ちゃんを大切にね」

「ええ」ロブは身をかがめ、ユードラの頬にキスをした。「助けにきてくれてありがとう。すべてあなたのおかげです」

ユードラは一瞬ロブをみつめ返した。「お役に立てて光栄よ」

家に向かって歩くあいだ、頭がくらくらするような感じがした。**すごく興奮して、全身をアドレナリンが駆けめぐったせいね。**体は疲れはてているが、しばらくのあいだ、眠ることはできないだろう。お茶をいれて、いつもの肘かけ椅子に腰をおろした。ぐるりと部屋をみまわす。このすばらしいニュースをだれかに伝えたい、そんな気分だった。モンゴメリはなにも知らずにソファで眠っている。

「あなたじゃだめね」電話に目をやったとき、あることを思いついた。こんな時間でもかまわないだろうか。教えられた番号が自宅のものなのか、職場のものなのか、わからない。でも、かけてみよう。

呼び出し音が鳴りつづける。何度鳴っただろう。もうあきらめようかと思ったとき、声がきこえた。

「コンラッドです」

「ペトラ?」

「ええ。ユードラね?」

「どうしてわかるの?」

「声でわかるわ。それに、イギリスの人から自宅に電話がかかってくることはそんなにないから」

「いま、よかったかしら」

「ええ、もちろん。いつでもかけてといったでしょう。かけてくれてうれしいわ。あなたがよくいう、うれしいサプライズよ」

温かい声のおかげで、会話にすっかり引きこまれていた。ペトラにすべて話してしまいたい。

「今日はいいことがあったから、きいてほしいと思って」

「あら、なあに？」

「お隣のローズの話をしたでしょう？　あの子の母親に赤ちゃんが生まれたの。わたしが出産を手伝ったのよ」

「まあ、すごいじゃない。あなたが出産したわけじゃないけど、おめでとう。出産の手伝いをするなんて、すばらしい経験ね」

「奇跡みたいだったわ」

「生命の奇跡ね」

一瞬の間がすべてを物語っていた。「ええ、そうなの。まさにそのとおり」

「話してくれてうれしいわ。ユードラ、すごく幸せそうね」

また間があった。今度は、その言葉の意味を反芻するための間だった。「ええ、幸せだわ」

妹と赤ちゃんが自分のせいで死んでしまったことも、ペトラにきいてもらいたい。デイジーの誕生を手伝ったことが贖罪のように感じられたことも。あのときのうしろめたさをこれまでずっと抱えて生きてきた。いまはその重みが少し薄れたような気がする。

「ありがとう、ユードラ」

「なにが?」

「電話をくれたこと。今日の出来事をわたしに話したいと思ってくれたんだもの。光栄だわ」

「きいてくれてありがとう、ペトラ」

「体に気をつけてね、ユードラ」

「あなたも」

そろそろ寝よう。モンゴメリもうしろについて階段をのぼってきた。ユードラがベッドに入るとすぐ、モンゴメリも跳びのってきて、ユードラの足元で体を丸くした。珍しいこともあるものだ。いつもは夜中に家の中を歩きまわってネズミを探しているのに。しかし、モンゴメリの穏やかな寝息をきいていると気持ちが落ち着いてくる。いつのまにか、普段よりスムーズに、普段より深い眠りに落ちていった。

一九六一年　ロンドン南東部、エデナム火葬場

教会は秋の日差しを浴びて輝いていた。尖塔を覆うツタの葉は血のような赤色だ。ユードラはそれをみて身震いした。襟元をきつく合わせ、足を速める。空は暗くなり、大きな雨粒が落ちてきた。入り口で出迎えてくれた司祭は、形ばかりの会釈をした。まじめくさった顔をした、それでいてぼんやりした感じの司祭で、前に葬儀の打ち合わせをしたときは、かなりいい加減に物事を進めていくタイプだと思われた。たぶん、女性と話をするのが苦手なのだろう。しかしこちらだって、まだ二十一歳だった妹の葬式なんかやりたくない。人生はときに不公平だ。

教会の最前列の席につき、まっすぐ前をみた。ほかの参列者たちに挨拶なんかしたくないし、その数がほんの少しだという事実にも向き合いたくない。遺族としてやってきたのはユードラひとりだった。お母さんは、葬式には行きたくない、父方の親戚にもステラの死を知らせるな、といった。

「どうせ、わたしたちを哀れみの目でみてくるんだ」お母さんはかすかに毒を含んだ口調でいった。「そんな目でみられてたまるもんですか」

うしろから、人々のささやき声や、鼻をすする音がきこえてくる。ステラの友だちの声もした。

「信じられない」

「まだ若かったのに」

「どうしてこんなことに？」

「去年、手紙をくれたよ。実家に帰りたいって書いてあった」

「どうしてそうしなかったのかな？」

声が小さくなり、なにをいったのかユードラにはきこえなかった。しかし、きこえなくてもわかっていた。

あの人のせいよ。お姉さん。話をきいてくれなかったんだって。冷たくて意地悪な人だよね。自分の感情だけにとらわれて、血を分けた妹を助けようとしなかったんだから。

ユードラ側の言い分も真実もある。このごろは、それが頭の中でぐるぐる渦巻いている。

「起立してください」

ユードラは前をみつづけた。ステラが運ばれてくる。背後のすすり泣きが大きくなった。柩《ひつぎ》が台の上に丁寧に置かれ、黄色のバラが上に散らされる。柩を運んできた人たちはおじぎをして下がっていった。

礼拝は短いものだったが、ユードラにとっては永遠に続くように思われた。讃美歌もオルガン音楽もない。よい人生を生きた人の旅立ちを祝う場ではなかった。司祭の説教にも、お祈りにも、祝福の言葉にも、形ばかりの追悼の言葉にも、ユードラは耳を傾けなかった。どんな言葉からも、今日は安らぎもなぐさめも得られないとわかっていたからだ。いまは自分の責任を受け入れ、罪や痛みと向き合わなければならない。柩をみつめ、その中にいるふたりのことを思った。ひとりは半生を生きただけ。もうひとりの人生は始まってさえいなかった。助けることができたはずなのに、わたしは助けなかった。

窓に雨が叩きつけている。風のせいでドアががたがた音をたてる。ユードラは不安になってあたりをみまわした。妹の怒りがこの嵐を呼んだのではないか。ステラならありえる。感情第一に生きていた人間だ。死んでからだって同じだろう。

司祭は風雨の音に負けないよう声を張りあげ、最後の称賛と祝福を与えると、柩に布がかけられた。参列者たちは教会を出ていったが、ユードラはそのままそこに残っていた。ピンク色のベルベットをじっとみつめる。だれとも話をしたくなかった。みんながいなくなってからここを立ち去るつもりだった。

「ユードラ？」

すぐうしろから声をかけられ、はっとして振りかえり、立ちあがった。「サム」反射的に手を差しだした。

サムはユードラの手をそっと握り、温かい笑みを浮かべてユードラの目をみた。「ユードラ、残念だったね」

「ありがとう。来てくれてうれしいわ」

「お母さんはどうしてる？」

答えかたならいくらでも考えられたが、その中から、言い訳や嘘を重ねずにすむようなものを選んだ。「体調が悪くて、今日は来られなかったの」半分本当、半分嘘だった。

「それはお気の毒に。お悔やみの言葉を伝えてほしい」

「ええ、ありがとう」周囲をみると、ほかにだれもいなくなっていた。そろそろ出ていこう。

「家まで車で送ろうか?」サムがいった。

「親切にありがとう。でも、庭を少し歩いてから帰りたいの。気持ちを整理したいというか」

「わかった」これで帰っていくだろうとユードラは思ったが、サムはまだその場にとどまり、こういった。「ぼくもいっしょに歩いていいかな。話をしたければすればいいし、しなくてもいい。ぼくも気持ちを整理したいんだ」

「ええ、もちろん」

ユードラは柩にもう一度目をやってから、サムといっしょに外に出た。雨はやんでいたが、冷たい風はまだ吹いていた。あたりには靄《もや》がかかり、日差しはほとんど届かない。ユードラはマフラーを首にしっかり巻いて寒さをしのぎ、教会の墓地を歩きはじめた。

「墓地を散歩するって、なんだか変な感じだね」サムがいった。

「ええ、まあ。でも、心が落ち着く場所ではあるでしょ」墓も庭もよく手入れされていて、美しい場所だった。まわりの木々の葉は黄金色に染まり、荘厳な雰囲気をかもしだしている。

「ユードラ、きみはどう?　元気?」サムがきいた。真剣な口調だった。

「ええ、元気よ。ありがとう」それしかいえなかった。

「ごめん。ばかげた質問だった」

「ううん、いいの。あなたのやさしさを感じた。サムは？　結婚して、お子さんがいるってきいたわ。おめでとう」人にきいたわけではない。公園でみかけただけだ。

サムはため息をついた。「ありがとう。そう、子どもはふたりいるよ。だけど残念ながら、妻とは離婚しそうなんだ」

「まあ」

「うちの母も同じ反応だったよ。だけどそのあと、すごく文句をいいだした。家族の恥になるってね。そのあと母は口をきいてもくれない」

「そんな。苦労しているのね」

サムは肩をすくめた。「いや、きみの苦労に比べたら」

ユードラは視線をあげてサムをみた。ティーンエイジャーだったころとは違って、重ねた年と生活感が顔にあらわれている。それでもハンサムであることは変わらない。ヘアクリームで固めた髪には白髪がまじっている。「会えてよかった」

サムは微笑んだ。ユードラは胸を高鳴らせている自分を恥じた。いまは喪に服するときなのに。悲しみに沈み、喜びとは無縁でいるべきときなのに。それでも気分が高揚してしまう。

「会えてよかったよ、ユードラ。よくきみのことを思い出していたんだ。どうしてるかなって。これからも連絡を取っていきたい。厚かましいお願いかもしれないが、どうかな？」

また雨が降りはじめた。ユードラは傘をさし、サムをみた。「ええ、ぜひ」

サムがいなくなると、教会の回廊のほうに歩きはじめた。葬儀で使われた花が飾られているはずだから、もう一度みていこうか、一輪もらって押し花にしようか、と考えた。しかし、それはやめて、雨と風の中を歩きつづけた。傘をたたみ、歯を食いしばる。冷たい雨粒を肌で受け止めたかった。

嵐の中で、バラが小さく震えていた。淡い黄色の花びらが雨粒に打たれている。一枚のカードが風に吹かれて飛んできた。雨に濡れて、書かれた言葉がにじんでいる。書かれているのはたったひとこと、だれかの願い。

〈許して〉

嵐はおさまる気配がなかった。

15

今日の通院はとくにきつく感じられる。病院へ行くのに時間がかかるのは今回に限ったことではないが、いつもならK２登頂に成功したかのような達成感を味わえる。でも今日はいつもとは違う。

「ミス・ハニーセット、今日もお元気そうですね。みんなのお手本ですよ」家を出たとき、通りかかった郵便配達員がいった。「いくつになっても、じっとしていちゃだめですよね？」

「そうよ」ユードラは答えた。いつのまにか、あの配達員が前のように会釈をしたり手を振ったりしてくるようになっていた。いったいどういうつもりだろう。もしかしたら、ローズのせいかもしれない。耳を傾けてくれる人ならだれにでも、デイジーが生まれたときのことを話してまわっているからだ。いずれにしても、冷戦状態が和らいだのはありがたい。

今日の空気には明らかに秋の気配を感じることができる。暑かった夏がようやく終わると思うとうれしかった。例年は秋が嫌いだ。なんとなく寂しい感じがするからだ。でも今年は違う。自然界では緑が茶色になり、植物が枯れて朽ちていく一方で、隣家には新しい命が誕生したという事実が心を癒やしてくれる。

生まれたばかりのデイジーは、自分の存在を世の中に知らせるのが好きらしい。昼でも夜でも元気な泣き声がきこえてくる。高い声。低い声。そしてローズの「もう、うるさいってば！」という声もきこえる。赤ちゃんをやさしくあやすマギーの声や、デイジーを寝かしつけようとするときのロブの子守歌も。癇癪を起こしたローズが家の中で絶叫しながら暴れる声もするし、マギーとロブのどちらかがローズをなだめる声もする。そしてようやく静寂が訪れる。いろんな騒ぎと愛情があってこそ、生活は続いていくんだろう――ユードラはそう思って微笑んだ。かつては、他人の騒ぎ立てる声をきくと、自分だけが世の中から取り残されているかのように思えて、寂しい気持ちになったものだ。しかしローズの存在のおかげで、いまはそうは思わない。デイジーが生まれて以来、ローズはほぼ毎日のようにユードラを自宅に呼ぶようになったし、ユードラのほうも喜んで応じている。

「ねえ、お願い、うちに来てくれる？　ママがユードラに来てほしいって」

毎回さまざまなタイプのカオスが待ち受けていた。ユードラにはなじみのない状況ばかりだったにもかかわらず、なぜかうまく解決することができた。

「出産前はいつも疲れてる感じだったけど、いまはそんなものじゃ……」ある日、マギーはいった。疲れすぎて、最後まで言葉が続かないほどだった。

ユードラは、自分は陸軍大将みたいなものだと考えるのが好きだった。軍の危機を救う存在。ローズもその設定を楽しんでいた。「よし、ローズ大尉、本日の状況について説明してくれたまえ」

「イエス、マム！」ローズが答える。「敵は午前二時に起床しました」

「妹を敵って呼ぶのはやめてよ」マギーがつぶやく。

「ママ、ごめんなさい。赤ちゃんは午前二時に起きて、それからずっと……」

「……眠ろうとしません」マギーが続ける。このまま一生起きていなきゃいけないのかしら、とでもいいたそうだ。

ユードラはマギーの疲れた赤い目をみて、それからマギーの腕に抱かれた赤ちゃんをみた。

母親が右をみればデイジーも右をみるし、左をみれば左をみる。デイジーの顔の筋肉が不思議な動きをするのは、どの表情を真似ていいかわからないからかもしれない。

「おっぱいは？　おむつは？」

「どっちも問題なし。やれることは全部やったの」マギーがいう。

「なるほど。じゃあ、敵を——じゃなくて赤ちゃんを——わたしにまかせて。マギーはベッドに行ってちょうだい」ユードラはいった。

マギーは泣きそうな顔をした。「でも……」

「上官からの命令よ」

マギーはユードラとローズをみつめてから、デイジーを差しだした。「ありがとう」声にならなかった。

ユードラはローズに向きなおった。「やさしい音楽が必要ね。それと、洗濯機を回す音も」

「ただちに用意します」ローズはいった。十五分後、ブラームスの子守歌と洗濯機の音を同時にききながら、デイジーは眠りに落ちていった。ユードラはデイジーをリビングのベビーバスケットに寝かせ、ローズとドミノゲームの真剣勝負を始めた。

「ユードラ、来てくれてありがとう。さっきまで、家の中が戦場みたいだったんだ」

「力になれてうれしいわ」

「来週、学校が始まるの」ローズは置いたばかりのドミノの牌から視線をそらさずにいった。

ああ、なにか話したいことがあるんだな、とユードラは気づいた。「どう思ってる?」

「最悪。ホームスクーリングでいいのにって、ママを説得中なの」

ユードラは、鼻をふんふんいわせて眠っているデイジーに目をやった。「ローズ、いまのママにはそんな余裕はないんじゃないかしら」

ローズは目を大きく見開いた。「ユードラに教えてもらう」

「その考えはいまひとつね」

「どうして? ユードラはなんでも知ってるでしょ。スタンリーも協力してくれると思うし。博物館に社会見学に行ったりしてもいいよね。三人とも楽しめるよ」

ユードラはローズの手に自分の手を重ねた。「同年代のお友だちを作らなきゃだめよ」

ローズはドミノの牌をみつめた。目に涙がたまっている。「同年代の人たちなんて、嫌い。みんな意地悪だもん」

「意地悪じゃない子もいるわよ。大人だってそうでしょう。やさしい人ばっかりじゃないわ」

「ユードラはやさしいよ。スタンリーも。ふたりとも、あたしの親友だよ」ローズの目からこぼれた涙が、並べたドミノの牌に落ちた。

ユードラはもう片方の手も伸ばし、ローズの手を両手で包んだ。「だいじょうぶ、うまくいくから」

「本当に?」ローズは顔をあげた。涙が流れつづけている。

「わたしが嘘をいったことがある?」
「ない」
「じゃ、信じて。ゲームの続きをしましょう。わたしが二勝一敗で勝ってるんだから、がんばって」

やっと病院に着いた。いつもより二十分も余計にかかったのは、何度も立ちどまって呼吸を整えなければならなかったからだ。しかし、車を出してほしいとスタンリーに頼めばよかった、という後悔は、ほんの少し頭をかすめただけだった。相手がスタンリーであっても、人にものを頼むのは苦手だ。

このクリニックを設計した人物が、できるだけ感じの悪いクリニックを作ることを目標にしていたのなら、その仕事ぶりはすばらしいものだったといえるだろう。受付までの通路が狭い上に、重いドアを二回もあけなければならなかった。ちょうど出ていこうとしていた男性がドアを支えていてくれたのがありがたかった。それに、内部は外観以上に殺風景だ。第二次世界大戦中に作られた掩蔽壕《えんぺいごう》のようだ。ただでさえ陰気で狭苦しい場所なのに、奥の窓はブラインドがおろされている。クリニックに通いはじめて何年もたつのに、あのブラインドがあげられているのをみたことがない。待合室の隅に置かれたラジオからは音楽が大音量で流れているが、ただうるさいだけで、雰囲気をよくする働きはしていない。壁にはさまざまなポスターが貼ってある。命を脅かす病気についての警告のポスターもあるし、朝の茶話会や編み物サークルの勧誘ポスターもある。

受付に近づいたとき、攻撃的な態度を禁じる旨のポスターが目に入った。受付に座っている女性がまるで無反応な人形のようにじっとしているのが、このポスターをみたあとでは皮肉のように感じられる。

二分後、受付の女性はようやくユードラの存在に気づいてくれた。なんの感情もない冷たい目を向けてくる。「はい?」

ユードラが口を開こうとしたとき、女性が手をあげてユードラを制した。ちょうどかかってきた電話に出ることを優先したらしい。「ちょっと待ってください」

ユードラは唇を引きむすび、女性のくすんだブロンドの髪や厚化粧の顔のむこうをみた。青と白の水玉模様の箱が、奥の棚に置いてある。なんとも陽気な雰囲気の箱だが、書いてある言葉は「死亡診断書」。できるだけ早いスイス行きの航空券を取ってしまおうか——ユードラがそう思ったとき、女性は完璧なネイルアートをした手で受話器を置いた。

「はい?」女性は謝りもせずにいった。

ユードラは深く息を吸った。「ユードラ・ハニーセット。予約をしています」

「担当医は?」

一瞬頭が混乱したが、すぐに気を取りなおして答えた。「さあ。いつも違うお医者さんなので」

女性は深いため息をつき、うんざりしたような顔をした。「生年月日を」

この高慢な女の鼻をへし折ってやりたい。しかしすぐに思いなおした。なにかつらいことがあって、こんな態度を取っているのかもしれない。唇を噛んで、答えた。「一九三三年七月二十日」

女性の表情が和らいだ。「母と同じだわ」つぶやいた女性の表情からすると、彼女の母親はもう鬼籍に入っているのだろう。女性はかすかな笑みを浮かべた。「お名前は?」

「ユードラ・ハニーセット」

「あ、ええ、なるほど。座って待っていてください。カリッド先生のスケジュールが三十分ほど押しているので」

「ありがとう」もともと待ち時間があったほうがありがたいと思っていた。前にもらっていた生前遺言書に記入してきたので、それをみなおしておきたかったのだ。ラジオに目をやり、受付の女性に視線を戻した。「音楽を切ってもらえるかしら。もしだれもきいていないなら」

女性は眉をひそめた。ただ静かにしてほしいといわれただけなのに、まるで待合室の模様替えをしろとでもいわれたかのような反応だった。「いつもつけてるんですけど、まあいいわ。サムはどう?」同僚に尋ねる。

「いいわよ」サムと呼ばれた女性はかぶりを振った。「患者さんは大切にしないとね」

「ありがとう」ユードラはいった。

「トラブルは回避しないとね」受付の女性は椅子に座ったまま手を伸ばし、うるさいラジオのスイッチを切った。

ユードラはほうっと息を吐き、隅の椅子に腰をおろした。待合室は人でいっぱいだったが、比較的静かだった。喉がかすれたような息づかいや、子どもの甲高い声がきこえるくらい。ユードラは持ってきた書類を取りだし、なんとも頼りない自分の字に目を走らせた。不意に胸がきゅっと苦しくなった。深呼吸をして、胸に片手を当てる。胸苦しさは消えていった。きっと、ここまで歩いてきて疲れたせいだろう。

「ユードラ・ハニーセットさん」医師に名前を呼ばれた。疲れた顔をした女医で、ユードラが歩いていくのを待つこともなく、診察室に戻っていった。

ドアをノックした。

「どうぞ！」

診察室の中は空気がよどんでいるかのように蒸し暑かった。あいた椅子に腰をおろす。医師はすでに自分のデスクについて、パソコンのキーボードを叩いていた。こちらをみようともしない。「ハニーセットさん、体調はいかがですか」

「問題ないわ、ありがとう」このごろ頭がくらくらすることや、胸が苦しくなることは、話さないことにした。知らないままでいたほうがいいこともある。

「そうですか。それで、今日は?」

ユードラは背すじを伸ばした。「これをみていただきたくて」書類を差しだした。「それと、カルテのコピーをいただきたいの」笑顔でいった。医師の協力を得るには、笑顔をみせたほうがいい。

医師は書類に目を通し、ユードラの顔をみた。「このことについて、身内のかたに相談しましたか?」

「わたし、ひとり暮らしなの。でも、ひとりでよく考えたわ」

医師は時計に目をやった。スケジュールが押しているとのことだったが、急いでいるなら、そのほうがこちらにとって有利だろう、とユードラは思った。「ここに書いてあることは、すべてあなたの意思なんですね?」

ユードラはためらうことなく答えた。「ええ。わたしは八十五歳ですからね。じっくり考える時間があったわ」

迷いのないしっかりした返答をしたのがよかったらしい。医師は微笑んだ。「しっかり書けていますね。ここに名前を書いてくだされば、承認欄に署名しますよ」

「ありがとう」ユードラはいわれたとおりに名前を書き、書類をもう一度差しだした。そのとき、また胸が苦しくなった。

「ハニーセットさん、どうしたんですか?」医師が心配そうな顔をした。

「胸焼けがしていて」ユードラは問題ないというようにうなずいた。

医師は手にしたペンを宙に浮かせたまま、ちょっと考えた。「診察してみていいかしら?」

やめて、余計なことはしないで。「ええ、もちろん」

医師は聴診器を出して、ユードラの胸にチェストピースを当てた。仕事に追われた状況にもかかわらず、たっぷり時間をかけて診察をする。しばらくして、医師は自分の椅子に戻った。

「肺感染症の疑いがありますね。抗生物質を処方しておきます。それと、心臓のエコー検査を受けることをお勧めします」

ユードラは暗い気持ちになった。「そうですか。でも、承認欄の署名はいただけるわよね?」

「もちろん」医師は署名をして、パソコンのマウスを素早く動かした。プリンターが動きだす。

「はい、どうぞ」書類とカルテと処方箋を渡してくれた。印刷したてなので、まだ温かい。「エコー検査については、すぐに案内を送ります。二週間ほどたっても呼吸の状態がよくならないなら、また来てください」

「ありがとう」ユードラは診察室をあとにした。書類をバッグにしまいながら、これをリーベルマン先生に送るんだと心に決めた。人生は大切なものだが、いつなにが起こるかわからない。なにがあってもいいように準備しておかなければ。

一九六四年　ジョス湾

ユードラは赤いタータンチェックのラグマットに寝そべり、空をみあげた。

「セルリアン」

「それ、なんだい？」サムがきいた。

「セルリアンブルー。空の色よ。学校で習った言葉だけど、いままでずっと忘れてたわ」

サムは片肘をついて体を起こし、ユードラにキスした。「ドーラ、きみは賢いね。愛してるよ」

ユードラは微笑んだ。「わたしも、愛してる」

気持ちを率直に伝えあう間柄になっていた。ユードラは、ステラの葬儀の日にサムと会って以来、自分たちはこうなる運命だったんだと思っていた。サムのことは学校に通っていたころから好きだったが、当時はそんな感情を持つことは許されなかった。教会でサムに話しかけられ、いっしょに散歩をしたときから、こうなることを予測していた。

もちろん、ふたりはそれぞれの事情を抱えていた。サムの元妻のジュディスは、もともと離婚に同意していた。結婚を急ぎすぎただけで、愛のない結婚生活を続けるよりは別れたほうがいいと、夫婦ともに考えていたのだ。ところが、そこにユードラが登場したとたん、ジュディスは離婚に非協力的になった。問題の焦点は子どもたちのこと。ユードラはそれをある程度は理解することができた。母親が子どもを守りたいと思うのは当然だ。ところが、いっこうに決着しない離婚についての話し合いで、ジュディスが子どもたちを盾にして話を自分に有利に持っていこうとするのをみるうちに、同情の気持ちはすっかり消えてしまった。子どもたちに会いたいと何度いってても会わせてもらえず泣いているサムをなぐさめながら、ジュディスはなんて冷酷な女なんだろうと、怒りをたぎらせていた。

また、サムの両親の問題もあった。とくに母親のほうが先鋒に立って、ユードラとの再婚に反対していた。実際、ユードラはまだ一度も、サムの実家に挨拶に行くことができずにいる。家族のお祝いごとも別々にやらなければならない。こうした事情には気が滅入るが、皮肉なことに、サムとユードラの関係はそのおかげでいっそう強固なものになっていた。世間の逆風に吹かれることで、なにごとにも負けない強い愛情で結ばれたのだ。

風が少し強くなった。ユードラが体を震わせると、サムが肩にショールをかけ、抱きよせてキスしてくれた。「ちょっと歩こうか」

「あの再会の日を思い出すわ」ユードラはサムの手を取り、立ちあがった。「教会の庭を散歩したわよね」

「人生でいちばん幸せな日だった」サムはユードラの手にキスした。ふたりでみつめあう。

「もちろん、ジェイムズとセアラが生まれた日は別として」

「それはそうよ」

ユードラは、サムにとって子どもたちが最優先、自分が二番目だということを、なんの不満もなく受け入れていた。当然のことだ。子どもたちには二回ほど会ったことがある。ふたりともとてもかわいかった。ふたりの継母になれたらうれしい、とも思った。自分が子どもを産むのはとうにあきらめていたので、なおさらだ。子どもがいる人生。考えただけで幸せになる。シルヴィアとは、固い約束もむなしく、三年前に一家がカナダに引っ越してから一度も会えていない。手紙や家族の写真は送ってくれるので、ユードラはそれを大切にしているが、フィリップのそばにいて成長を見守るのとは大違いだ。

サムと手をつないで海岸を歩き、波打ち際でたわむれる子どもたちを笑顔でみつめた。昔、映画に行こうというサムの誘いを断らなかったら、人生はいまごろどうなっていたんだろう。結婚しただろうか。ふたりの子どもが生まれていただろうか。考えても意味のないことだが、そうしていたらこんな遠回りをせずにすんだし、いまよりもっと幸せだっただろうにと考えてしまう。

「ちょっと相談したいことがあるんだ」サムがユードラに向きなおった。

「まじめな話?」ユードラは額に手をかざして日差しをよけながら、サムの顔をみあげた。

「ジュディスのことなんだ」

ユードラはため息をついた。「今度はなにがあったの?」

「引っ越すそうだ」

「どこへ?」

「ノーウィッチ。実家に戻るそうだ」

「そんな。サム、つらいわね」ユードラはサムの頬に触れた。「子どもたちに会えなくなるわ」

「そうなんだ。だから、ぼくもノーウィッチに引っ越す」

「え？」

サムはユードラの両手をつかんだ。「いっしょに来てくれないか」ユードラに答える隙も与えず、サムは哀願するように続けた。「考えてみてくれ、ドーラ。完璧なアイディアじゃないか？　いろいろ調べてみたんだ。しばらくは家を借りて暮らすことにして、準備が整ったら家を買おう。いままで住んでいた家を売った金があるし、ノーウィッチはこっちより物価が安いからね」

「でも、ロンドンでのわたしの生活は？　わたしの母はどうなるの？」

サムの眼差しはゆるがなかった。この人にまかせてしまいたい、とユードラは思った。「お母さんも喜んでくれるよ。ぼくたちのことをよく理解してくれてるじゃないか。うちの両親なんかよりずっと」

それは事実だった。驚いたことに、お母さんはサムの状況についてほとんどなにも文句をいわなかった。両手を広げてサムを歓迎してくれたわけではないが、ユードラの手をぽんと叩いてこういった。「ドーラ、あなたには幸せになってほしいわ」感情を表に出すタイプではない人がこういってくれたのは、賛成の印だと思われた。ステラが死んだことについては、お母さんも――わたしと同じように――うしろめたく思っているんだろう。ただ、そのことについてふたりで話し合うことは一度もなかった。ステラの死後は新しい生活のリズムができたし、ユードラは自分の幸せについてあらためて考えるようになった。ここまではとてもいい展開だったのに、いまはよくわからなくなってしまった。

「母を置いてはいけないわ」

「お母さんもいっしょに来てもらえばいいんじゃないか？」

「いっしょに住むの？」

「必ずしもそうしなくてもいい。いまの家を売れば、お母さんが住む家を買えるだろう」

「ほかの人たちは？　変なふうに思われないかしら」

サムはユードラの目をまっすぐみつめた。「ドーラ、世の中は変わっていくんだよ。他人にどう思われるかなんて関係ない。きみとぼくがどうなるか、それがいちばん大切なんだ。ぼくはきみと幸せになりたい」

ユードラは海に目をやった。小石が波に打たれて躍るように、胸のうちにさまざまな思いがあらわれては消えていく。顔に降りそそぐ日差しのせいなのか、サムの言葉のせいなのかはわからないが、希望が生まれたような気がした。いくつものつらい出来事を経て、とうとう自分が幸せになる番が来たのではないか。

サムに向き合った。「お母さんに話してみる」

サムはユードラを高く抱きあげ、その場でくるくる回った。ユードラも顔をのけぞらせて笑った。ピカデリーのティーショップでの思い出と同じように、この日の思い出はユードラの大切な宝物になるのだった。

あたりが暗くなりかけたころ、サムの車が家の前に着いた。サムはエンジンを切り、ユードラの顔をみた。「ぼくもいっしょに行って、お母さんに話をしようか?」

ユードラは首を振った。「ううん、だいじょうぶ。まずはわたしが話してみる」

サムは手を伸ばし、ユードラの頬をなでた。「わかってると思うけど、愛してるよ」

ユードラは運転席のほうに身をのりだして、サムにキスした。「もちろんわかってる」そして車から降りた。「明日電話するわね」

ドアをあけた瞬間、なにかがおかしいと思った。家の中がしんとしている。皮膚がぴりぴりするような緊張感をおぼえながらバッグを置き、キッチンに向かった。「お母さん?」声をかけたが、恐怖のせいで声になっていなかった。

キッチンにはだれもいない。徹底的に掃除されていたし、皿もすべて片づけられていた。キッチンのテーブルに、ユードラの名前だけが書かれた封筒がある。胸がどきりとした。封筒をあけて中をみたとき、頭がおかしくなるかと思った。手紙をその場に落とし、駆け足で二階に行った。お母さんの寝室のドアをあけると、ベッドサイドテーブルに、空になった睡眠薬の瓶が置いてあるのが目に入った。その隣には、きれいな花模様の、水の入ったグラス。ビアトリスの肩を激しく揺さぶった。

「お母さん！　お母さん！　きこえる？」必死に叫んだ。

「うう」

「お母さん！　どういうこと？」ユードラの胸に怒りと恐怖がわきあがった。「どうしてこんなことを？」

ビアトリスはなにかをもごもごとつぶやいている。

「なに？　きこえない。救急車を呼ばなきゃ。どうしたの？」

ビアトリスはユードラにもたれかかってきた。「ドーラ、あなたに幸せになってほしくて」

そしてふたたびベッドに倒れこんだ。

16

「ユードラ？」スタンリーが声をかけて、ユードラの顔の前で手を振った。

「え？」

「お茶を飲むかい、ときいたんだ」

「あ、ええ、お願い。ありがとう」

スタンリーは眉をひそめた。「どうかしたのか？」

「いえ、だいじょうぶよ。もしカスタードクリームがあったら、それもお願い」

「了解」

ユードラはスタンリーの後ろ姿をみながら、自分は本当にだいじょうぶなんだろうかと考えた。〝だいじょうぶ〟というのは無難な言葉だが、場合によっては逆の意味も含んでいる。いまの体調は〝だいじょうぶ〟ではない。先週クリニックに行ったときからずっと、体調は悪い。処方された抗生物質もほとんど効いていないように思うし、心臓のエコー検査を受けることを考えると不安でたまらない。ローズに新しい学校の先生と面談する約束がなければ、今日は自分の代わりにここに来てもらおうかと思ったくらいだ。スタンリーが小さな男の子みたいにしつこく誘ってくるので、断ることができなかった。

お茶を取ってくるだけなのに、スタンリーはなかなか戻ってこない。みてみると、ひとりの女性とおしゃべりを楽しんでいる。前回のミーティングにも来ていた女性——シーラに違いない。スタンリーがなにかをいうと、女性が笑ってスタンリーの腕に手を置いた。スタンリーの台詞がおもしろすぎて、まっすぐ立っていられなくなったかのようだ。ユードラは姿勢を変え、視線をそらした。そのとき、オードリーがドアをあけて入ってきた。目が合ったので、顔をそらすことはできなくなった。オードリーはこれを会話のチャンスととらえたらしい。

「こんにちは、ユードラ」オードリーは腰をおろした。「今日はどうしようかと思ったけど、やっぱりお友だちの顔をみるのはいいものね」

お友だちと呼ばれるほどの関係なんだろうか。ユードラはそう思ったが、オードリーに悔やみの言葉をかける機会が得られたのはうれしかった。人の死をこれまで何度もみてきたので、悲しみが時とともにどう変化していくのかもわかっていた。「ジムのこと、きいたわ。御愁傷様です」

「ありがとう。あのとき、ハナがいてくれてよかった。ハナのこと覚えてるわよね？　見送りボランティアの」オードリーは微笑んだ。「見送りボランティアって、なんだか奇妙な言葉だけれど」

「わかるわ。ええ、彼女のことは覚えてる。すばらしい人よね。じつはこのあいだ、彼女にばったり会ったの。ジムの最期に立ち会ったことも教えてくれたわ。彼女がいてくれて、さぞかし気持ちが救われたでしょう」

オードリーはうなずいた。「そうなの。あの人は本当に特別な人だわ。彼女に出会うまで、いい死にかたがどんなものか、わかっていなかった。でもジムがいい死にかたをしたのはわかったわ。ジムはすばらしい人だったから、そんな最期を迎えられて本当によかった。晩年はいろいろ大変だったけど、彼が愛に包まれて旅立ったと思うと、気持ちが救われるわ」

ユードラはオードリーの手をぎゅっと握った。自分でも思いがけない行動だった。ふたりの目が合う。気持ちが通じ合うのがわかった。「気を落としていない?」

オードリーは深く息を吸った。「じつはほっとしてるっていったら、わたしをモンスターだと思う?」

「思わない」ユードラは迷いなく答えた。「どんなに大変だったか、わかるもの。ほっとするのは当然だし、理解できるわ」

オードリーは涙をこらえた。「ありがとう、ユードラ。そんなふうにいってもらえて、わたしがどんなに救われたか。息子はまったくわかってくれないの。きっと父親にめったに会っていなかったからね。いまはとにかく腹を立ててる」

「それはうしろめたさのあらわれね。それを感じるべきは息子さんであって、あなたじゃない。息子さん自身が向き合っていかなきゃならない問題だと思う」

オードリーはほっとしたようにうなずいた。「スタンリーは?」

「だれか、わたしの名前を呼んだかな?」スタンリーがシーラを伴ってあらわれた。「素敵なアシスタントを紹介するよ」シーラがユードラとオードリーの前に紅茶カップを置き、大げさなおじぎをした。スタンリーが笑い声をあげる。「ユードラとは初対面かな?」

「ええ、今日がはじめてだわ」シーラは薄い唇に笑みを浮かべた。

「はじめまして、ユードラ」シーラはユードラにいい、心のこもった握手をした。「こんにちは、オードリー。お元気?」手を伸ばし、オードリーを抱きしめた。ユードラは思わず肩に力をこめた。

「まあまあ元気よ、ありがとう」オードリーはいった。「ユードラはとてもやさしい人よ」

「ああ、心の底にあったかいものを持ってる人なんだ」スタンリーはユードラにウィンクした。

ユードラはあきれたというように天井をみた。

「ヴィクが亡くなったあと、ここに来るのはもう無理と思っていたの」シーラはオードリーの手を両手で包んだ。「でも、力になってくれる人ばかりなのよね。いつも元気をくれるわ」

「そうなんだ」スタンリーがいう。「わたしも、エイダを亡くしてからとてもつらかった。だが、気持ちをわかってくれる人たちがそばにいると、立ち直れそうな気がする」

「自助グループでも作る？」シーラが冗談めかしていい、オードリーの手を握った。ユードラの顔をみていう。「ユードラ、あなたは未亡人なの？」

　ユードラはむっとした。「いいえ、わたしは結婚したことがなくて」

「まあ、そうなの」シーラはどう反応すればいいのかわからないようだった。「ええと、お茶の準備に戻らなくちゃ。みなさん、今日はありがとう。オードリー、力を落とさないでね」

「ありがとう、シーラ」オードリーがいって、腕をぽんと叩いた。

「いい人だねえ」シーラが離れていったあと、スタンリーがいった。

「ええ、本当に」オードリーがいう。「このあいだ、〈セインズベリー〉の冷蔵品コーナーのところでふらついてしまったの。そしたらシーラが来て、ぎゅっと抱きしめてくれたわ」

「いい話だね。そう思わないか、ユードラ」スタンリーがいう。

「そうね」

「そういえば、シーラとわたしは誕生日が同じなんだ」

「うそ」オードリーは仰天したようにいった。ユードラは、そんなに驚くことかしら、と思った。

「生まれた年も同じだから、双子みたいなものなんだ」

「それはすごいわね」ユードラはいいながら、いつまでシーラをほめたたえるんだろうと思った。スタンリーの視線を感じる。そのとき、スーが全員に声をかけた。

「こんにちは、みなさん！　今日も会えてよかった。前回初参加だった人たちが今回も来てくれて、うれしいわ」ユードラとスタンリーをみる。「今日はみなさんお気に入りのゲストに来てもらったの。だから、おしゃべりはこれくらいにしましょうか。みなさん、クリス・ザ・クルーナーに拍手を！」

ユードラは驚いて飛びあがりそうになった。みんなの拍手喝采があまりにも熱烈なものだったからだ。クリスはハリウッドのスターみたいに微笑み、手を振りながらあらわれた。

「こんにちは、みなさん！　クリス・ザ・クルーナーです。今日は四〇年代、五〇年代、さらにその後の音楽を楽しんでいただきますよ。どうぞ遠慮なくいっしょに歌って踊ってください。チップも大歓迎！」

どうかお助けください。ユードラは神に祈った。

クリス・ザ・クルーナーがスイッチを入れる。〈メモリーズ・アー・メイド・オブ・ジス〉のイントロが流れはじめた。あっというまにみんなが大興奮になるのをみて、ユードラは感心した。部屋にいる人々の四分の三が、すでに立ちあがっている。座ったままの人も、音楽に合わせてリズムを取ったり体を揺らしたりしている。

主催者のひとりがオードリーのところにやってきて、手を差しだした。「踊るチャンスは逃しちゃだめよね」オードリーは目を輝かせて誘いに応じた。みていたユードラは、シルヴィアのことを思い出した。彼女も、いつも同じ台詞で応じていたからだ。視界には、椅子に座ったまま体を左右に揺らしているスタンリーの姿があった。踊りたくてうずうずしているのだろう。

「悪くないだろう?」スタンリーはいった。

ユードラはふっと笑った。「ディーン・マーティンほどじゃないけど、まああの声をしてるわね」

「ミス・ハニーセット、ダンスは嫌いかな?」

ユードラは目を丸くした。「遠慮しておくわ」

「そうか」スタンリーはがっかりしたようだった。「じゃあ、シーラを誘ってもいいかい?」

「いいに決まってるでしょ。わたしには関係ないもの」ユードラはあえて前をみたまま、視線を動かさなかった。

「だったらそうさせてもらおうかな」スタンリーは立ちあがった。「すぐ戻ってくるよ」

「気にしなくていいってば。わたしは病人じゃないんだから」ユードラはいったが、スタンリーはすでにシーラに近づき、大げさにおじぎをしていた。シーラのほうも大げさに片足を引いておじぎをし、スタンリーにエスコートされて歩きだした。ワルツのような優雅なステップでダンスフロアに入っていく。

「似た者同士ね」ユードラはつぶやいてお茶を飲み、自分以外のほぼ全員が踊っているという事実を無視しようとした。車椅子の老女でさえ、熱心なボランティアに車椅子を押されてくるくる回っている。

ペリー・コモ、ボビー・ダーリン、フランク・シナトラ。スタンリーがいうように、ゲストの歌手はなかなかうまい。しかしユードラはいつのまにか気持ちがふさいでいた。いろんな思い出がしみついた音楽をきいていると、忘れたいと思っていた過去が蒸し返されてしまうのだ。思い出をたどるのが心の癒やしになるという人にはいいのかもしれないが、ユードラにとってはそうではない。昔楽しめたことがいまはもう楽しめないという事実を思い知らされたり、蓋をして遠ざけていた過去の記憶をよみがえらされたりするのは、迷惑でしかない。

クリス・ザ・クルーナーはエルヴィス・プレスリーのウィッグをつけて、プレスリーのヒットソングメドレーを歌いはじめた。いちばん好きな歌手の曲が始まったことで、スタンリーがとうとうプレスリーを真似て踊りはじめた。体の動きはクリスに負けているが、情熱とエネルギーがそれを補っている。

クリスはスタンリーをそばに呼び、スペアのウィッグとサングラスを渡した。そこからはふたりのデュエットが始まり、まわりのみんなは大喜びだった。スタンリーはほかに類をみないほどの音痴なのに、ユードラ以外の全員が、歓声をあげながらいっしょに歌っている。シーラが二本の指をくわえて大きな指笛を鳴らした。

もうたくさん、とユードラは思った。杖を手に取り、よいしょと腰をあげた。スタンリーやまわりの人々のほうに目をやったが、みんな、こちらに背を向けている。まるであいだに壁が一枚あるかのようだ。曲が終わりに近づいたとき、スタンリーがシーラをみて、最後のフレーズを歌った。

「それこそ奇跡、きみが起こす愛の奇跡さ！」

もうきいていられない。ユードラは体を揺らしたり歓声をあげたりしている人々から離れ、ドアに向かって歩きだした。

「だいじょうぶ？」建物の出口でスーが声をかけてきた。

「家に帰りたいの」ユードラは答えた。自分でも驚くほど、感情をあらわにしてしまった。

スーはユードラの腕に手を置いた。「ユードラ、ちょっと座って落ち着いて。なんだか動揺しているみたい」

ユードラはパニック状態だった。スタンリーとシーラが感情を爆発させていたので、みているほうまで感情的になってしまったのだろう。「動揺なんかしてないわ。ただ家に帰って猫に餌をやりたいだけよ」スーは真意をさぐるようにユードラの顔をみた。「お願い」ユードラは必死に訴えた。

「スタンリーに送ってもらわなくていいの？　よかったら呼んでくるわよ」

「いいの」ユードラは自分でも意図しないほど強い口調でいった。「ありがとう。スタンリーの邪魔はしたくないの。最寄りのバス停だけ教えてもらえたら助かるわ」

スーは唇を噛んで少し考えていた。「わかったわ。でも、せめてタクシーで帰って。空車が何台か待ってるから」

「親切にありがとう」

家に帰って静けさに包まれると、心底ほっとした。あの大騒ぎにはほとほと疲れてしまった。どうしてあんなにあわてて出てくることになったのか、じっくり考えるのはやめておこう。しかし、出てきたのは正しい判断だったと思う。

気力を振りしぼってランチを作り、モンゴメリの餌を用意した。「どうしてこんなに体がだるいの？」猫の餌をフォークでつぶしながら、きいた。「糖蜜の中を歩いてるみたいなの」

モンゴメリが跳びあがり、前足を調理台にかけると、ユードラの手に湿った鼻をこすりつけた。「早く食べ物がほしいだけなんでしょ。でも、話をきいてくれてありがとうね」猫用の皿に餌を入れて、床に置いてやる。モンゴメリは一瞬ユードラの顔をみてから、食べはじめた。

呼び鈴の音が静寂を破り、ユードラははっとした。大きなノックの音に続いて、スタンリーの心配そうな声がきこえる。「ユードラ？　いるのか？」

居留守を使おうかと思ったが、スタンリーの声があまりに心配そうなので、良心が働いた。

「もちろんいるわよ。ここしか帰るところはないんだもの」足を引きずって玄関に向かう。ドアをあけると、スタンリーの車にシーラが乗って、心配そうな顔でこちらをみているのがみえた。

「どうしてあんなふうに帰っていったんだ？」スタンリーがいった。「心配するじゃないか」

ユードラは腕組みをした。「ごめんなさい。でも、どうしても帰りたくて」

スタンリーは探るようにユードラの顔をみた。「どうしてだ？」

「あなたには関係ないわよ」

スタンリーは顔をしかめた。「なにかあったのか？」

「なにもないわ。なにかがあったわけじゃないの。ただ、あそこにいるのに飽きちゃって、帰りたくなっただけ。あなたは夢中だったみたいね」ちらりとシーラのほうに目をやった。「だからお邪魔しちゃ悪いと思って」

「それで黙って帰ったのか？」

スタンリーが傷ついているのが、眼差しにあらわれていた。「ごめんなさい。ひとこと断ってから帰るべきだったわね。でも、さっきもいったけど、あなたは楽しそうにしてたから。スーには話したから、あなたに伝えてくれるものとばかり思ってた」

「そうか」スタンリーは足元に視線を落とした。「三人でランチに行こうと思っていたんだが……」

「やることがあるの。でも、お誘いありがとう。ふたりで行ってきて。心配をかけてしまってごめんなさい」シーラのほうにも会釈をすると、シーラは笑みを返してきた。

スタンリーはユードラをじっとみた。「ユードラ・ハニーセット、きみは変わった人だね」

「スタンリー・マーチャム、それはお互いさまよ」

「あとで電話する」

「ええ、どうぞ。じゃあね」困惑したスタンリーを突きはなすように、ユードラはドアを閉めた。これ以上詳しい説明はできない。そもそも説明するような理由がないのだ。いまはただ、外界と自宅とを切りはなし、しばらくひとりきりになりたい。ばかげた歌や踊りのせいで、今日はとにかく疲れてしまった。


翌週、ローズの学校が始まった。ユードラとスタンリーは初日の放課後に校門に来てほしいといわれた。

「ユードラの杖を使って、だれかの足を引っかけて転ばせてもらいたくなるかもしれないから」

「そんなことになるかしら」

「クラスメートたちが友好的かどうか、わからないもの」

「そうねえ」

校門に着いたとき、時間はまだかなり余裕があった。ユードラは校庭に集まった保護者たちを観察した。全体としては、騒がしくて陽気な人の群れ。個々の国籍や年齢はまちまちだ。意外だったのは、八十代の老人がほかにもいたことだ。やがて、色鮮やかな絵を片手に持った子どもが校庭をジグザグに走ってきて、その老人に抱きついた。老人はうれしそうに笑う子どもを抱きあげてくるくる回り、子どもを地面におろしてから、小さな頭のてっぺんにキスをした。

「ユードラ！」ローズの声がきこえた。校庭の反対側で大きく手を振っている。気づいてもらえなかったら命がなくなるとでも思っているかのような、激しい振りかただ。それをみた瞬間、ユードラはほっとした。ローズがほかの女の子と腕を組んでいたからだ。

ユードラが小さく手を振りかえしたとき、横からスタンリーがあらわれた。「間に合ったかな」胸に手を当てて、弾んだ息を整えた。

ユードラは腕時計を指さした。「間に合ってないわよ。二分の遅刻」

「すまない。今朝、シーラと園芸店に行ったんだが、つい時間を忘れてしまって」

「そう」ユードラはスタンリーと目を合わせないようにした。

「ユードラ！　スタンリー！　来てくれたんだね！」ローズが新しくできた友だちを連れて走ってくる。

ローズの友だちはユードラとスタンリーを交互にみた。「この人たちが親友なの？」

「そうだよ！」友だちのばかにしたような態度にも気づかず、ローズはいった。「ユードラ、スタンリー――この子はジェイダ」

「はじめまして、ジェイダ」スタンリーは大げさにおじぎした。ジェイダは、このおかしな人はなんなの、という顔をしている。

「こんにちは、ジェイダ」ユードラはまっすぐに女の子をみつめた。

「どうも」ジェイダはだるそうにいった。

「ローズ、また明日ね」ぼさぼさ髪でゆがんだ笑顔の男の子が、そばを走りぬけていった。

「バイバイ、トミー」ローズが応じる。

「あんな子、負け組じゃん」ジェイダがつぶやいた。「じゃ、ロージー、また明日」

「うん、ジェイダ」ローズは新しい友だちをぎこちなくハグした。「また明日」

ジェイダは走っていった。ユードラの目には、新しい獲物を狙う大きな猫のようにみえた。

「あの子、かわいいでしょ？」ローズがいった。「親友になれそうだねっていってくれたんだ。学校のことを心配してて損しちゃったな。みんなすごくやさしいの」

「ローズが幸せならよかったよ」スタンリーは目を大きく開いてユードラをみた。「ミルクシエイクとドーナツを食べたい人はいるかな？」

「はーい！」ローズが勢いよく手をあげた。

三人は表通りのカフェに入った。この三人でカフェに入ることはめったにない。スタンリーがユードラとローズを先に入らせ、ひとりで飲み物を買いにいった。ユードラたちが選んだのは窓際の席。クリーム色のプラスチックの椅子といい、揚げ物のいやなにおいといい、安っぽいBGMといい、ユードラの好みの店ではない。しかし、スタンリーが持ってきた紅茶の色はいいし、ローズにいわせると、ドーナツは〝絶品〟だった。

「じゃ」スタンリーが口を開いた。「今日はどうだった？　話してもらおうか」

「えっと」ローズは手の甲で口元を拭った。「担任はラブリー先生っていうの」

「本当に？」

「嘘。冗談だってば。それは、あたしの好きな本の登場人物の名前。あたしの先生はシンプソン先生。厳しいけど、やさしい先生なんだ」

「いい人そうね」ユードラはいった。

ローズはうなずいた。「なんとなくユードラに似てるよ。クラスメートはみんなすごくやさしいけど、ジェイダがいちばんの仲良しなんだ」

ユードラはスタンリーの視線を感じた。「ローズ、ジェイダはやさしいの？」

ローズは肩をすくめた。「うん。人をからかうのが好きだけど、ただのギャグだから」

「ギャグ?」

「冗談のことだな」スタンリーが威厳を持っていった。

「ほかの人を傷つけるような冗談じゃないならいいけど」ユードラはいった。

ローズは首を振った。「あたしにはやさしいよ。グループに入れてくれたし」

ユードラはローズをじっとみた。「自分の意思で動くことが大切よ。ほかの人になにかをさせられるのはだめ」

ローズは真剣な顔でうなずいた。「うん、わかった。ユードラ、ありがとう」

「やあ、ローズ」声がしたほうをみると、さっき校庭にいた男の子が別のテーブルから手を振ってきた。

「ああ、トミー」ローズが答えると、トミーはにっこり笑ってから、手にしたスマホに視線を戻した。

「気さくな感じの子だね」スタンリーがいった。

ローズが身をのりだして小声でいう。「うん、でもね、ジェイダがいうには、あの子はゲス男なんだって。いまいち意味がわからないけど」

スタンリーは笑いをこらえている。ユードラはそんなスタンリーをにらみつけた。「ローズ、そんな言葉を使っちゃだめよ。ジェイダもだけど」

「うん、わかった」

「それと、人のよしあしは、自分の目できちんと確かめなきゃだめよ。あの子は、わたしにはいい子にみえるわ」

ローズはうなずいた。「うん。気をつけるよ」ぱっと立ちあがった。「あたし、トイレに行ってくる。すぐに戻るね」

「やれやれ」ユードラはいった。「どう思う？」

「ジェイダって子のことは気になるな」

「そうよね。マギーに伝えるべきかしら」

スタンリーはかぶりを振った。「マギーはいま大変なときだからな。わたしたちで気をつけていよう」

「了解」

「ユードラ？」

「なに？」

「よかったら、こないだのことについてききたいんだが。きみはなんだか……」

「なに？」

「焼きもちを焼いてるみたいだった」

ユードラは鼻を鳴らして笑った。「焼きもちを？　だれに対して？」

スタンリーはスプーンをもてあそびながらいった。「シーラに」

ユードラは椅子に座ったまま姿勢を変えた。「どうしてわたしがシーラに焼きもちを焼くの？　あなたはわたしの夫でもないのに」

「そうなんだが、しかし……」

「なに？」

「あの日のきみはようすがおかしかった。途中で急に帰ってしまったし、その後も少しよそよそしい」

ユードラは背すじを伸ばした。「正直いって、あの日のアクティヴィティが楽しくなかったの。だから帰りたくなった。それに、よそよそしくなんかしてないわよ。今日だってここに来てるでしょう？」

「ああ、ただ……」

ユードラは腕組みをした。「なあに？」

スタンリーは目の前のカップをみつめた。「じつは、シーラを夕食に誘おうかと思うんだ。それについて、きみの意見をききたい」

ユードラは少しためらってから答えた。「あなたがなにをしようと、わたしには関係ないわ」

「ああ、そうだな。ただ、友だちとしてなにか意見があるんじゃないかと思ってね」

ユードラは、ありもしないパン屑をテーブルから払いおとした。「意見なんて、なにもないわ。シーラと楽しみたいならそうすればいい。あなたの自由よ」

スタンリーはいまひとつ納得のいかない顔でうなずいた。「じゃあ、そのことでわたしを悪く思わないんだね？　いや、シーラに対して恋愛感情みたいなものは一切ないんだ。ただ、いい人だし、趣味が似てるってだけでね」

ユードラは両手をあげてスタンリーの言葉を制した。「やめてよ。そんなふうに言い訳する必要はないわ」

スタンリーは傷ついたような顔をした。「ユードラ、きみの意見は尊重したいと思ってる」

ユードラは咳払いをした。「さっきもいったように、あなたがなにをしようと、わたしには関係ない。自分の気持ちに従って決めるべきよ。わたしは、あなたの人生をどうしろこうしろと指図するつもりはないの」

スタンリーが苦々しい顔をしているところへ、ローズが戻ってきた。ふたりのあいだの気まずい空気には気づいていないようだ。「さっきいわれたことを考えてみたの。あたし、みんなと仲良くなれるようにがんばる」

「いい考えだね、ローズ」スタンリーはそういって、ユードラに鋭い視線を送った。「ひとつのこと、ひとりの友だちにすべての希望をかけちゃだめだよ。友だちってのは気まぐれなものだからね。じゃ、行こうか」

一九七七年　ロンドン南東部、シドニー・アヴェニュー

シルヴィアからの手紙には、到着は正午ごろになると書いてあった。しかしユードラは、十時半には客を迎える準備を完了していた。すべてを完璧にしたかった。フィリップの好物がわからないので、ランチにはいろんな料理を用意した。その中には、シルヴィアとの楽しかった日々を思い出させるようなものもある。一歩さがって、テーブル全体を眺めた。テーブルクロスも食器もナイフとフォークも、お母さんが大切にしていたものだ。家にあるいちばんいいものを、大切な親友のために使いたかった。

暖炉にも飾りつけをした。女王の戴冠二十五周年を祝うシルバージュビリーの際に開かれたストリート・パーティーで使われた旗やバナーが残っていたので、それを使った。ビアトリスはこのお祝いに参加したがらなかったが、ユードラが説得して、ほかの人たちと同じように家の前に飾りつけをしたし、パーティーが開かれたときには参加した。過去の騒ぎ以来何年間も、ハニーセット家は近所の噂の種になっていた。ジュビリーにも背を向けているとなると、またよからぬ噂を立てられてしまう。

何本かある旗のうち、一本の角度を整えると、満足してうなずいた。興奮と緊張が胸のうちでないまぜになっている。シルヴィアは毎月手紙を書いてくれたし、そこには必ず友情を確かめる言葉が書き添えられていた。とはいえ、十六年という年月はあまりにも長い。自分たちの友情は年月と距離という試練に耐えることのできる強いものだ、と信じたかった。

「ずいぶん忙しく働いた人がいたようね」お母さんが戸口に立っていた。ユードラは微笑み、お母さんの肩に手をまわした。もともとがっしりした体格ではないが、いまでは小鳥のように か細く弱々しくなっている。肩の骨がこちらの腕にめりこんできそうだ。ショールをしっかり巻きつけてあげた。

「お母さん、具合はどう？」

ビアトリスは身震いした。「肌寒いわね。ヒーターをつけたほうがいいんじゃない？」

「いまは真夏よ。ヒーターはいらないわ。少し庭に出ていたらどう？　お茶を持っていってあげるわ」

ビアトリスは迷っているようだ。「いいけど。シルヴィアはいつ来るの？」

「お昼ごろよ。時間はまだたっぷりある。すべてを完璧にしておきたくて、早めに支度してるの」

ビアトリスはユードラにもたれかかった。「ドーラ、あなたはいい子ね。これだけのことができるなんて。そうだ、編み針を出して、シルヴィアの赤ちゃんのために編み物をしておいてあげればよかった」

お母さんの記憶障害にはもう慣れていた。あの恐ろしい出来事のあと、電気ショック療法を受けることになった。その副作用で、記憶が混乱してしまったのだ。お母さんの意識の中では、時間があのときのままストップしているのかもしれない。毎日同じ壁をみつめつづけているのだから無理もない。

「だいじょうぶよ、お母さん。フィリップにはプレゼントを用意してあるから。さあ、お茶をいれてビスケットを出しましょう」


十二時を少しまわったころ、呼び鈴が鳴った。玄関ホールの鏡でもう一度身なりをチェックし、急いでドアをあけた。目の前で腕を広げているのがシルヴィアだとわかってはいたが、まるでほかの時代からやってきたかにみえた。着ているのは鮮やかなオレンジ色のサンドレスで、スカート部分が大きくふくらんでいる。大きなサングラスは、ソフィア・ローレンが選びそうなものだ。ユードラは紺色のエプロンの裾を伸ばし、シルヴィアをきつく抱きしめた。

「会えてうれしいわ」突然感情が高まってきた。

「ドーラ、本当にうれしい」シルヴィアもいう。シルヴィアが前に出ると、うしろにいたフィリップの姿がみえた。いまはもう母親より三十センチほど背が高く、驚くほど母親に似た顔をしている。黒髪に隠れかけた目で、代母であるユードラを恥ずかしそうにみている。ユードラは、そのハシバミ色の目をはじめてみた日のことを思い出した。あのころははにかむこともなくにこにこと笑いかけてくれたが、いまは違う。フィリップにしてみれば、見知らぬ他人に会うのと同じなのだろう。

「フィリップ」ユードラは声をかけ、片手を差しだした。フィリップは母親をちらりとみた。

シルヴィアがうなずくのを待って、握手に応じた。ユードラはハグをしたい気持ちでいっぱいだったが、控えめな握手だけにしておいた。「大きくなったわね、なんて言葉はありきたりすぎるかしらね。前に会ったときはママに抱っこされた赤ちゃんだったんだもの」シルヴィアはユードラの肩をつかんだ。ユードラは微笑んだ。「あ、不作法でごめんなさい。こんなところで立たせたままで。さあ、さあ、中に入って。母が楽しみに待っているの。ランチもできてるわ」

「ありがとう、ドーラ」シルヴィアがいう。

「ずいぶん話しかたが変わったわね」ユードラは、ダイニングへと歩きながらいった。「カナダのアクセントになったんだわ」

「え、そう?」シルヴィアは驚いていた。そういわれたのを喜んでいるようにきこえた。「フィルなんて、もっと違うかもね」息子のほうを振りかえる。「フィル、代母のユードラにご挨拶なさい」

フィリップは足元に目を落とした。「こんにちは。お目にかかれてうれしいです」

ユードラはシルヴィアをみつめた。「驚いた! でも、そうよね。フィリップはカナダで育ったんだもの。もう完全なカナダ人ね」すでにテーブルについて襟元にナプキンを折りこんでいるビアトリスを振りかえった。「お母さん、シルヴィアを覚えてるわよね? それとフィリップ。すっかり大きくなったわ」

ビアトリスは訝しげな目をふたりに向けた。こんがらがった頭の中を整理しようとしているようだ。「ああ、シルヴィアね。お元気？」

シルヴィアは身をかがめてビアトリスの頰にキスした。「また会えてうれしいです、ミセス・ハニーセット。フィル、ご挨拶して」

「こんにちは」フィルはぎこちなく手を振った。

「ランチ、おいしそうにできてるでしょ？」ユードラはいった。「座って食べましょうよ。飲み物はなにがいい？　シルヴィアはおいしい紅茶がいいわね。フィリップは？」

「ソーダはあるかな」フィリップがいう。

ユードラはまごついた。

「ドーラ、気にしないで。わたしたちふたりとも、お水をいただくわ」シルヴィアがいった。「最近、紅茶はほとんど飲まないの。わたしたちカナダ人はもっぱらコーヒーを飲んで元気を出すのよ」

わたしたちカナダ人。

ユードラは、がっかりした気持ちを表に出さないようにした。「ああ、そうよね。わかったわ。じゃ、座って。グラスを持ってくるから」

ダイニングに戻ってくると、三人は気まずい沈黙の中で座っていた。シルヴィアは引きつった笑みを顔に張りつけ、ビアトリスは見知らぬ客人たちを訝しそうな目でみている。フィリップに至っては、このまま床にのみこまれてしまったほうがましだ、という表情だ。

「お待たせ。みんな、お好きなものを自分で取って食べてね。キッシュ・ロレーヌとチキンサラダ、なつかしいでしょう？　デザートはサクランボのキルシュトルテよ」

「すごいわね。こんなにがんばってくれなくてもよかったのに」シルヴィアがいった。どこか批判的なニュアンスが感じられた。

「でも、できるだけのことをしたかったの。ほら、シルヴィアはジュビリーのパーティーには参加できなかったわけでしょ？　だから、女王様のお祝いのためにも」

「ありがたいわ」シルヴィアはチキンサラダをほんの少し取った。「それと、フィリップにプレゼントがあるの」ユードラはいって、包みを手渡した。「サイズが合うといいんだけど」

「ありがとう」フィリップは包みをあけて、ジュビリー記念Tシャツを取りだした。

「まあ、素敵ね。ありがとう、ドーラ」シルヴィアがユードラの腕に手を置いた。息子がどう反応していいのか困っているのをごまかすためだった。

ユードラは明るい笑顔でいった。「ねえ、カナダの生活はどんなふうなの？　話をきくのを楽しみにしてたの。そうよね、お母さん」

「サラダクリームはある？」ビアトリスが、キッシュを口いっぱいにほおばりながらきいた。

ランチのあと、シルヴィアはフィリップに、ビアトリスを散歩に連れ出すようにといいきかせた。ユードラは旧友とふたりきりの時間を楽しめるのがうれしかった。ランチのときの不自然な会話から、離れていた時間が長すぎたのだと思い知らされていた。フィリップとビアトリスがいなければ、昔の絆を少しは取りもどせるのではないか、そんな希望を持っていた。

「フィリップ、すごくハンサムね」ユードラはいった。「自慢の息子でしょ」

「ええ。でも、あなたがフィリップっていうたびに、だれのことだろうって思っちゃう。いまはみんなにフィルって呼ばれてるから」

「あ、ごめんなさい」

「いいの。ドーラは知らなかったことだものね。それより、お母さんはどうなの？　少し混乱しているようだけど」

ユードラはいったん唇を閉じ、なにかを隠していると思われないように気をつけながら答えた。「心配いらないわ。ただ、いろいろと大変な人生だったから」あのときのことは、まだだれにも話していない。今日シルヴィアにきいてもらえたらと思っていたのだが、なんとなく、話さないほうがよさそうだという気がしていた。

シルヴィアは身をのりだし、うなずきながらきいた。「ユードラ、あなた自身はどうなの？　幸せなの？」

「まあ……」ユードラは口ごもった。「元気にやってるわ。今年、銀行で勤続二十五年を迎えてね。旅行用の時計をもらったわ」

「すごいわね」シルヴィアの口調にはとげがあった。「ここでの生活は？」

「問題ないわ。母とはうまくいってるし」

「そうなの？」シルヴィアは眉を吊りあげた。

いつのまにか握りしめた拳に力が入るのを感じながら、ユードラはいった。「母にはわたしが必要だし」

「でも、自分の生活だってあるじゃない。ドーラ、あなた自身は満足してるの？　サムと再会したときは幸せそうだった。どうしてサムといっしょに引っ越さなかったの？　なにかあったの？」

シルヴィアの口調が批判的だったからかもしれないし、カナダでの完璧な生活自慢が鼻についたからかもしれない。トロントの自宅には寝室が四つあり、夏休みは湖畔の別荘で過ごし、ケニーは会社の創業以来最年少でＣＥＯになることが決まっているという。なにがきっかけだったかはわからないが、ユードラの心の中でなにかが弾けた。

「しかたがなかったの。お母さんにはわたしが必要だったし、サムは子どもたちのそばに行きたかった。ふたつを同時にかなえることはできなかったのよ」

「また自分の幸せを犠牲にしたのね」

「なんの話？」

「ドーラ。わたしにはわかってるのよ」

そのとき、シルヴィアははっとして身を引いた。ユードラがテーブルをどんと叩いたからだ。

「いいえ、あなたにはわからない。少なくともいまは、わたしのことなんかわからないわよ。トロントの社交生活やコーヒーやソーダを楽しんでるあなたにはね！　十六年も会ってないんだから、わたしの気持ちなんかわかるわけない。わたしのことはもう放っておいてちょうだい。いまの生活はわたしが自分で決めたことだし、他人にとやかくいわれたくない」

シルヴィアは両手をあげた。「わかったわ、ごめんなさい。力になれないかと思っただけよ」

「助けなんかいらない。だれの力もいらない」

シルヴィアとフィリップは一時間後には帰っていった。もう失礼するわとシルヴィアがいったとき、ユードラはほっとした。刻々変わっていく世の中で自分ひとりが過去の思い出の中に生きているということは、心の中でひそかに自覚していた。でも、いちばん信頼していた人にそれを指摘されるのはつらすぎる。

シルヴィアはユードラをハグし、体を離して両肩をつかむと、目をのぞきこんだ。「ドーラ、体を大切にね」

ユードラはシルヴィアの眼差しに哀れみを感じとった。もう二度と会うことはないだろう。

「あなたもね」

ふたりがいなくなると、ユードラはケーキの最後のひと切れがのった皿を手に取り、ケーキをごみ箱に捨てた。どうしたってうまくいかないことはある。

17

電話は突然かかってきた。このところ、あの申し込みについて考えることはあまりない。一カ月前は、起きているあいだじゅう常に考えていた。物語のエンディングを決める権利は自分にあるという思いで、頭の中がいっぱいだった。しかし最近は、生活の中の騒音が多すぎて、死を求める叫び声がきこえてこない。

ラジオをききながら、遅めの朝食のあとの紅茶を飲みほした。頭の中は今日のクロスワードパズルでいっぱいだった。いつもなら、これからプールに出かけるところだ。しかしこの一週間は、その気力と体力がわいてこない。認めたくない事実が、まもなく目の前に突きつけられるのだろうか。午前中にプールで泳ぐという、ずっと守りつづけていた日課を、いつまで続けられるかわからない。いや、この夏がひどく暑かったせいだろう。いまのだるさも、そのうち消えていくと思う。

うるさい電話の音が、穏やかなひとときをかき乱す。スタンリーだろうか。最近は夕方の電話もあまりかかってこなくなった。昨日はこちらが電話に出る前に切れてしまったし、残されたメッセージもいつものように温かいものではなかった。

「ユードラ？　いるのかい？　いつものご機嫌伺いだよ。気が向いたら電話してくれ。じゃあ」

電話をかけてみたが話し中だった。スタンリーのほうはどうしてもユードラと話したくてかけてきたわけではなさそうだ。シーラと話しているのかもしれない。

三回目のコールで受話器を取り、気軽な感じで応答した。

「もしもし」

「ユードラ？」

ユードラは座ったまま背すじを伸ばした。知っている声だ。「ああ、こんにちは」

「こんにちは。グレタ・リーベルマンです。いま、よかったかしら」

「超過密スケジュールだけど、いまは平気よ」ユードラは答えた。

医師が困っているのがわかった。

「冗談ですよ」ユードラはいった。

「なるほど、イギリス流のユーモアね。難しい話をするときには役立つらしいわね」

「ええ」

「電話の要件、わかるかしら」

ユードラの両手が震えはじめた。「結果が出たのね」

「そのとおり。いろんな書類を送ってくださって、ありがとう。さまざまな情報や事情を考慮して、同僚たちとも話し合ったわ」

却下。ユードラはその言葉を思いうかべ、両手で受話器を握って、手の震えを抑えようとした。

「よくよく考えての判断だということをご理解くださいね」

お願い。早く教えて。

「あなたやペトラと話をして、情報のすべてを考慮して、カルテや生前遺言書に目を通した結果――」医師は、スター発掘番組の審査結果を発表するときのように、ひと呼吸分の間を置いた。「――あなたの力になることを決めました。あなたが本当にそれを求めているなら」

「まあ」ユードラ自身、淡白な反応だと思った。これまでずっと、希望を捨てずに結果を待っていたのだから。心臓がどきどきして破裂しそうだ。両手を強く握って震えを止めた。医師はまだ話している。きいていなければならないのに、そんな余裕はなかった。

やっと決まった。願いをきいてもらえた。

「今後もずっと、連絡を取って状況を伺っていく必要があります。気が変わったらいつでも知らせてください。もちろんキャンセルしてもかまいません。あなたが決めることなんですよ。最後まで、いつでも」

人生を終えられる。わたしに選択権がある。

〝わたしたちは永遠に生きつづけるんだから、死を否定すべき〟と主張する昨今の世の中は、みずから死を選択する考えかたを残念なものとしてとらえるだろう。でも、わたしはそうじゃない。ずっと前から考えてきた疑問への答えがやっと得られたのだ。

息を吐いた。「ありがとう」

「ユードラ、ゴーサインが出たからといって、これは簡単には扱いきれないことがらだわ。正直、ここが大きな決断のスタート地点なんだと思う。いま、なにか知りたいことはある？」

「このまま計画を進めるとしたら、次はなにがあるの？」

「こっちに来てもらうために決めなきゃいけないことがいろいろあるわ。飛行機、ホテル、などなど」

「あとどれくらい……」

「本当に実行するのなら、数週間というところね」

数週間。頭がくらくらする。

「でも、あらためてよく考えてほしいわ。いまはまだなにも決まっていないんだから。ペトラでもいい、わたしでもいい、なにかあったら電話して。いつでも話をきくから、そのことを覚えておいて」

「ありがとう。本当にありがとう」

「体に気をつけてね、ユードラ。じゃ、さようなら」

「さようなら」ユードラは受話器を手にしたまま腰をおろした。次になにをしたらいいのかわからない。手の震えは止まったが、心臓はどきどきしているし、頭の中も忙しく動きつづけている。

とうとう終わる。とうとう終わる。求めていたものが手に入る。本当に手に入るとは思わなかった、ずっと前から求めていたプレゼントだ。受け取ろう。受け取らなきゃ。これで終わりにできるんだから。

そう考えただけで、思いもよらないほどの力がわいてきた。立ちあがった。

「散歩して、頭の中を整理してくるわ」モンゴメリにいって、なでてやった。モンゴメリはユードラの手に頭をすりつけてきたが、大きく伸びをすると、また眠りに落ちていった。

玄関を出て通りに出ると、マギーがベビーカーを押して家に入ろうとしているのがみえた。

「ユードラ！　久しぶりね。元気だった？」

自分の死について静かに考えようとしていたところよ。「ええ、とても元気よ。そちらはどう？」

「みんなとても元気。ローズは学校を楽しんでるみたいで、助かるわ。こちらのお姫様も」マギーはにこにこしているデイジーを指さした。「朝までぐっすり寝てくれたの」

「それはよかったわ。マギー、あなたも前より元気そうね」

「ありがとう。この子を家に入れなきゃいけないから、またね。そのうちまたお茶でもいかが？」

「ええ、ぜひ」ユードラはほっとした。これでまたひとりになれる。「またね」

足元をみながら歩いた。まわりをみることで気を散らしたくない。ゆっくりだが一定のリズムで足を動かしていると、リーベルマン医師との会話がよみがえってきた。弾かれたコインは地面に落ちたのだ。

表。ユードラの勝ちね。それを望んでいたんでしょう？

違うの？

自分でも気づかないうちに店に入っていた。焼きたてのパンの香りを楽しんでいると、フレンチファンシーというプチフールのようなお菓子に目が留まった。

「ときどき買いたくなっちゃうのよね」隣から声がきこえた。

みると、そこにはオードリーがいた。笑顔だが、なんだか疲れているようだ。これまでにも、こういう人はたくさんみてきた。悲しみにむしばまれるうちに、表情が虚ろになってしまうのだ。「こんにちは、オードリー。お元気？」

「寂しい」オードリーは唐突にいった。ユードラだけでなく、オードリー自身も驚いたようだ。

「ごめんなさい。ユードラはそんなことをいうタイプじゃないわよね。寂しくても元気なふりをするでしょう？」

「そうかもしれないわ。でも、場合によっては、そうするのがベストだとはいえないわよね」

オードリーはうなずいた。「ここには毎日来るの。レジのスタッフがすごく親しく話しかけてくれるから。元気なときもあるのよ。家の中でのんびりして、ラジオをきいて、ガーデニングをして。でも……」声が途切れた。顔が下を向く。「朝と夜はつらいの。だれとも話せないから。息子が、ペットを飼うといいっていうんだけど」ペットなんて冗談じゃない、という口調だった。

「いいかもしれないわ」ユードラはいった。「うちには猫がいるの。気難しい子だけど、けっこうかわいいわよ」

「人間より信じられるものね」

「忠実だし」

「悲しみのせいで、普段なら思いもしないことまで口にしてしまうみたい。でも、なにもかもどうでもいい、意味がない、みたいに思うことってあるでしょう?」

ユードラはオードリーの目をみて答えた「そうね。残念だけど、そういうことはあるわ」

二、三日後。クロスワードパズルを解きおわったユードラは、今日あたりローズが放課後に来てくれないかな、と思っていた。ローズにもスタンリーにも、カフェに行った日以来会っていない。静かなほうが好きではあるが、久しぶりにばかげた話をきいて楽しみたい。モンゴメリだけはいつもいっしょにいてくれるし、このごろは、そばを離れようとしない。食べ物に関してだけは自己主張が激しいが、近所を歩きまわるよりは飼い主のそばにいたいようだ。ソファに寝そべってうとうとしながら、黄緑色の目を細く開いて飼い主を観察している。最近は噛むこともない。

「あなたも歳を取って丸くなったの？」ユードラはそういってモンゴメリのあごの下をなでた。もっとやってというように、モンゴメリがあごを突きだす。モンゴメリを迎えてから十二年。ペットとの暮らしのよしあしはすべて理解しているつもりだ。今度オードリーに会ったら、そのことをじっくり話してみよう。

部屋が暗くなった。だれかが部屋の電気を消したみたいだ。低い雷鳴が響いてくる。モンゴメリがはっとして顔を上げた。

「だいじょうぶよ」ユードラはモンゴメリに声をかけた。「心配いらないわ」モンゴメリは、わかったよという顔でユードラをみつめると、また目を閉じて動かなくなった。学校帰りの子どもたちがわいわいしゃべりながら歩いているのがきこえる。窓際に行き、レースのカーテンごしに外をみた。

「まったく、冗談じゃない」つぶやいた。「窓から外をみながら、わたしに気がついてと願ってるお年寄り――わたし、そんなふうになってしまったみたい」

体型も大きさもさまざまな子どもたちが、道路を走ったりスキップしたりして通りすぎていく。それをみているのはかなり面白かった。青あざみたいな色の空。急に強くなった風。嵐の予兆が子どもたちを興奮させているのだ。いくつもの小さな指が、ピカッと光った空を指さす。遠くからきこえる雷鳴。うれしそうな悲鳴。ユードラは思わず笑顔になった。

そのうちローズの姿がみえてきた。道路をのんびり歩いている。残念なことに、隣にいるのはジェイダだ。ふたりで腕を組んでいる。予想どおり、一方的にしゃべっているのはジェイダ。ローズは黙ってきいている。ふたりがユードラの家の前を通ったとき、ローズが言葉を挟んだのがきこえた。

「ここ、ユードラのおうちだよ」

ジェイダはカーテンに隠れたユードラのほうをみて、顔をしかめた。外から家の中はみえないはずだが、ユードラには、人をみくだすような視線が自分に向けられたように感じられた。窓から一歩離れる。「あのおばあちゃん?」ジェイダはいやそうにいった。

「ユードラだって昔はあたしたちみたいな子どもだったんだよ」ローズは小さな声ながらも勇敢にいった。ユードラはローズを抱きしめたくなった。

「どうでもいいよ」ジェイダがいった。「あんたの家に行こうよ。赤ちゃんがみたいな」

「いいよ」ローズはユードラの家をもう一度みてから、ジェイダのあとを追った。

強風に吹かれた発泡スチロールの箱が、道路を転がっていく。木の葉も吹きとばされている。ユードラは分厚いカーテンを閉め、ランプをつけた。家の中に平和な空間を作りたかった。

「おいで」モンゴメリに声をかける。「お茶をいれて、ローズの好きなテレビ番組をみましょう」

リチャード・オスマンはいい人だ。知的で雄弁でトークが軽妙。彼の三十分の番組をみるのは楽しいが、それも、横にローズがいて答えを叫んでいるからこその楽しみだ。大粒の雨が窓を叩く音に混じって、隣家の物音や声もきこえる。デイジーの泣き声。ジェイダがなにかいったあとの、ローズの大笑い。いつもならこういう音をきくと気持ちが癒やされるのに、どういうわけか、今日は孤独を実感させられる。

午後六時。親切そうな顔をしたアナウンサーがニュースの主な項目を伝えはじめた。世の中に変化はない。まともで有効な決断や新しい決断を下した政治家もいない。それがわかるとすぐにテレビのスイッチを切り、夕食を作るためにキッチンに行った。おなかはそんなにすいていないが、なにも食べないわけにはいかない。今日は缶詰のスープにしよう。トマトクリームスープが気持ちを穏やかにしてくれそうだ。缶の中身を鍋にあけた瞬間、白い閃光が走り、ものすごい雷鳴が轟いて、家が揺れた。ユードラの足元にいたモンゴメリがさっと駆けだし、ドアの猫用出入り口から外に出ていってしまった。

「出ていっちゃだめよ、モンゴメリ!」叫んだが、無意味だとわかった。そのへんの茂みに隠れているに違いない。雷がおさまって安全だと感じられたら、家に戻ってくるだろう。ユードラはスープ作りに戻った。次にきこえたのは、甲高い急ブレーキの音だった。ユードラはコンロの火を消して、できるだけ急いで玄関に行った。なにが起こったのか、出ていったらどんな光景が待っているのか、すでにわかっているような気がした。大きくて高級そうな車が、ローズの家の私道の前に不自然な角度で止まっている。ヘッドライトが闇の中に光の筒を作り、雨を照らしだしていた。運転席が開く。女性の震える声がした。ローズの家の玄関にいるだれかと話している。

「急に飛びだしてきた。止まれなかったの！」

「家に入っていなさい。パパがみてくるから」ロブの声だ。

「パパ、いまの、モンゴメリなの？　まさか……」

「ローズはここにいなさい」ロブがいって、道路に出ていった。猫をみつけたらしく、肩を落として小さくなる。着ていたコートを脱いでそっと猫を包み、抱きあげた。振りかえったとき、ユードラが家の前に立っているのに気づいたらしい。ロブの表情がすべてを物語っていた。

「そちらに連れていきます」ロブにいわれ、ユードラは小さくうなずいた。

「パパ？」ローズは泣いていた。「いっしょに行く！」駆け足で道路に出てきて、父親といっしょに歩きだした。

ロブはモンゴメリを抱いてリビングに入った。「どこに……」

「ソファにお願い。そこが好きだから」ユードラは喉が詰まってうまくしゃべれなかった。

「獣医を呼ぶか、車で……」ロブがいいかけたが、ユードラは小さくかぶりを振った。

ローズがユードラの手を握っていた。三人はモンゴメリをみつめた。猫の呼吸は浅く、その間隔がどんどん長くなっていく。

「死んじゃうの？」ローズが泣きながらいった。

「そうね」ユードラは小声でいった。「でも、苦しんでいないわ。戦争中、大おじの家でも同じことがあった」

「残念です」ロブがいった。

「ありがとう」ユードラはいった。

「ジェイダのママなの。車の前にモンゴメリが飛びだして」ローズが責めるようにいった。

「その人のせいじゃないわ」ユードラはいった。「だれのせいでもない」

ローズはユードラの腰に抱きつき、すすり泣いた。「人生って、どうしてこんなに悲しいことがあるの？」

ユードラは涙をこらえようとせずに答えた。「悲しいことがあるからこそ、幸せを実感できるのよ」

「それもそうだね」ローズはいった。しばらくしてから、ユードラの顔をみあげた。「モンゴメリがどんなに大切だったか、順番にいってあげようよ。モンゴメリにわかってもらえるように」

「いい考えね、ローズ」ユードラはいって、ロブに視線をやった。「ローズから始めて」

ローズはモンゴメリの前に膝をつき、頭をなでた。「世界でいちばんかわいい猫ちゃんだったよ。ありがとうね。愛してる。ずっと忘れないからね」

ローズはユードラを振りかえった。ユードラはモンゴメリの隣に座った。「モンティー」声が途切れる。ローズが手を伸ばし、ユードラの腕に手を置いた。ユードラは深く息を吸って、続けた。「寂しくなるわ。手を噛んでくれる子はもういない。階段で足にからみついてくる子もいない」ため息をついた。「あなたがいなくなって、わたしはどうしたらいいのかしら。これまでと同じ日々は、もうやってこないのね」片手をモンゴメリの頭にのせる。モンゴメリは小さく体を震わせ、そして動かなくなった。「さようなら、大切なモンゴメリ。あなたが苦しまなくてよかった」その瞬間、自分の人生をどう終わらせるべきか、はっきりわかった。

二〇〇五年　ロンドン南東部、シドニー・アヴェニュー

ビアトリスが救急車を呼ぶのはその週で五回目だった。救急車を何度も呼ぶ人への通知書が、最近ユードラのところに送られてきたばかりだった。これから六カ月間は要監視対象になる、との通告だ。ユードラは笑っていいのか泣いていいのかわからなかった。こんな通知が来たところで、状況はまったく変わらないだろう。お母さんは111に電話をかけつづけるだろうし、そうすれば救急車はやってくる。母を救急救命センターには連れていかないでください、と頼

むこともよくあった。救命士たちは親切で、ユードラのいうことを理解してくれたが、患者が高齢で体が弱っている以上、やるべきことをやるしかないというのが彼らのスタンスだった。ビアトリスはおなかが痛いと訴えることが多いが、それは体を動かしていないせいだ。頭痛は、水を飲めといわれても飲まないから。それでも救命士たちは「一応検査をしておきましょうね」といってビアトリスをさっさと連れていく。八時間か九時間たつと、当惑して疲れきったユードラのところにビアトリスは戻ってくるのだが、翌日になると、また同じことを繰りかえす。

「お母さん、どうしてこんなことをするの？　まるで狼少年みたいじゃない」

ビアトリスは怯えた涙目でユードラをみる。「救急車が好きなの。お医者さんのところにいると安心するの」

ユードラは深く考えないようにしたが、要するに、自宅で娘といっしょにいても安心できないということだ。それに、病原菌だらけの場所で一日の大半を過ごしたいと考える理由もよくわからない。今年だけでも、院内で感染したと思われる肺炎、ＭＲＳＡ感染症、床ずれにかかっている。ユードラは疲労困憊状態だった。バスの時刻表や病院の面会時間、ほとんどの看護師の名前もすっかり覚えてしまった。

「また来たの？」ヘレンという名の、とくに気さくでしゃべりやすい看護師がいった。

「まあ、そうみたい」ユードラはげんなりして答えた。

「会員カードでも作ってもらう?」

ユードラは弱々しく笑った。

もちろん、NHSはよくやってくれるし、感謝している。救命士も医師も看護師も、みな辛抱強く、明るく、やさしい態度でお母さんを扱ってくれる。ただ、こんな生活はまともではない。家と病院を行ったり来たりの毎日。九十五歳の女性の命を守るためだけに、それを繰りかえしているなんて。ビアトリス・ハニーセットほど多くの診察と検査と治療を受けた人間はこれまでにいないのではないか。たしかに病院ではたくさんかまってもらえて、本人はうれしいのだろうが、親子にとっての生活の質は高いとは思えない。

ビアトリス・ハニーセットは一九四四年に夫と幸福を失った。不幸なのに長生きしたのは不運だった。ユードラはお母さんを幸福にしようと、ありとあらゆる努力をしたが、自分自身が高齢者になってからは、そんな努力になんの意味があったんだろうと考えている。

もちろん、楽しいことがなかったわけじゃない。お母さんのことは愛していた。休暇をいっしょに過ごしたり、いっしょに出かけたりするのは楽しかった。でも、ふたりの人生には共通の足かせのようなものがあった。戦争、アルバートの戦死、ステラの悲惨な事故死といった出来事のせいで、ビアトリスは後悔と悲しみから抜けだせなくなってしまったのだ。ユードラのほうも、どんなに必死にもがいても、お母さんと同じぬかるみにはまって抜けだせなかった。

〝この苦労はいつ終わるんだろう〟ではなく〝この苦労が終わるときはいつか来るんだろうか〟

と思ったものだ。

終わりは、始まりと同じように、突然やってきた。週五回目の救急搬送にはもっともな理由があったのだ。心臓発作だ。運ばれたあとは入院になった。ユードラは律儀に毎日見舞いに通いながら、お母さんは永遠に生きつづけるんじゃないか、と思っていた。病院のスタッフもそう思っているようだった。リハビリ専門のスタッフがチームを組んで、ビアトリスを歩行器で歩かせようとする。医師は疲れた笑みを浮かべながら、検査結果は悪くないという。ユードラは、そんな言葉に耳を傾けなければよかったと思った。目の前で起きていることがすべてなのだから。お母さんは食べないし、しゃべることもめったになく、一日のほとんどを寝て過ごしている。体を動かすのもいやだし、ぐずぐずのフィッシュパイやゆですぎのブロッコリーを食べるのもいやなのだ。少しは尊厳を持った状態でこの世を去りたいと思っているのだろう。鼻に呼吸器のチューブを入れられ、働きすぎの看護師たちに床ずれ予防のための体位変換をしてもらう毎日なんて耐えられない、と。

自分がもっと強い娘だったらよかった、とユードラは思った。お母さんを家に連れて帰り、世話をして、きれいなパジャマを着せ、きれいなベッドに寝かせ、髪をといて、やさしい言葉をかけつづけ、そして最期をみとってあげたかった。でも、そうはならなかった。

その日も見舞いに行った。子どもみたいにストローで水を飲ませようとしたり、離乳食みたいなマッシュポテトをスプーン一杯分でいいから食べさせようとしたり。やり場のない怒りを抱えていた。髪もとかしてあげず、やさしい言葉もかけてあげずに病院をあとにした。家に帰っても、疲れすぎて食欲がなく、そのままベッドに倒れこんだ。六時間後、電話が鳴った。あの気さくな看護師の声がした。いつもより静かで、悲しみに満ちた声にきこえた。

「残念ながら、一時間前にビアトリスが亡くなったわ」

ユードラは連絡をくれたことに礼をいい、受話器を置いた。自分の体を抱きしめて、すすり泣いた。

18

翌日、スイスのクリニックに電話をかけた。これ以上ぐずぐずしていたくない。気持ちは決まった。これ以上ないほど固い決心をしていた。潮時だ。ペトラの声をきいたとき、救われた気分になった。

「手続きを進めてほしいの」ユードラはきっぱりいった。

ペトラは一瞬置いてからいった。「ユードラ、なにか変化があったの?」

どう答えるのが真実にいちばん近いのかわからない。なにかが変わったわけではない。そこが重要だ。なにも変わっていない。その上で、すべてを終わらせたくなった。慎重に言葉を選んで答えた。「なにもないわ。ただ、このことを徹底的に考えぬいただけ。健康状態が今後悪化するのは避けられないし、だったらいまがそのときだと判断したの」

「だれかに相談した？」

「そんな必要はないわ。自分で決めたことだから」

「ローズは？」

ユードラはぎくりとした。「十歳の子どもに、これから死ぬかどうかの話なんかできないわ」

「それもそうね。でも、ローズとはとてもいい関係にあるようだったから。ローズはどう思うかしら」

ユードラはため息をついた。「わからない。説明する手紙を書くわ。とても賢い子だから、いつかわかってくれると思う」

「ユードラ、これはあなたが決めることだし、リーベルマン先生も納得してる」

「そうよね。わたしの死。どうやって迎えるかはわたしが決める」

「ええ。では、これから必要になる書類についての説明をするわ。それと、こちらへの交通手段についても。おひとりでこちらにいらっしゃるのよね？」

「ええ」

「それなら、わたしが空港まで迎えにいってもいいかしら？　空港からはふたりで移動することになる」

電話を通してペトラが手を差しのべてくれたような気がした。「ありがとう、ペトラ。とても助かるわ」

モンゴメリの亡骸はリンゴの木の下に埋めた。モンゴメリのお気に入りの場所だったからだ。よくそこに座って、木の上にいるアオガラたちのさえずりをきいていた。ローズは、〝歌やお祈りのあるちゃんとしたお葬式〟をやろうよ、といった。ユードラは、最後くらいはいうことをきいてやることにしたが、いまはそれを後悔しはじめている。十月はじめの冷たい空気が骨にしみるようだからだ。

ほかの参列者たちの顔をみた。ローズはこの葬式のことをとても真剣に考えて、ロブを柩運搬係に任命した。ロブは亡骸をおさめたバナナの箱を抱えている。ローズが〝ありったけのキラキラしたもの〟で飾りつけた箱だ。おかげでとても美しい柩になった。秋の日差しを浴びて色とりどりに輝き、まるで生きているみたいだ。

ローズはみんなに、黒い服は着ないでといった。モンゴメリはずっと黒い毛皮をまとっていたが、それはかまわないのだろう。モンゴメリのことを思い出させてくれるような服を選んで、とのことだった。

マギーは笑顔の猫がたくさん描かれたスカーフを巻いていた。デイジーがそれを口に入れようとしてがんばっている。ローズは、おだてればいうことをきいてくれそうな相手を選んで、猫耳のついたカチューシャを配った。ユードラはモンゴメリの冷たい黄緑色の目を思わせるブローチをつけた。カチューシャは丁寧に断った。スタンリーは、この奇妙な葬式に、シーラを連れてきた。シーラは丸めこまれてカチューシャを受け取り、スタンリーにもつけろと迫った。それをつけたふたりをみて、ローズは笑った。ばかげたことを、とユードラは思った。カフェでの論争以来、スタンリーとは話していない。いや、論争という言葉はおおげさかもしれない。どうでもいいような誤解、というべきか。自分の態度が悪かったのはわかっているが、だからといってどうしたらいいのかわからない。八十五歳という年齢になって、自分の性格のことをああだこうだと説明してもしかたがない。ただ、夕方の電話をしなくなったのは寂しい。気楽に軽口をたたいていた日々がなつかしい。

ローズの服装は予想どおりだった。猫というテーマをこれでもかというくらい強烈に表現している。Tシャツにはトラ猫の写真と〈完璧ニャ!〉という言葉がプリントされている。黒のレギンスは金色の猫の刺繍つき。みずから進行役を買って出たので、いまは、きのうロブが掘ってくれた深い穴の前に立っている。

「親愛なるみなさん、本日はわれらがよき友人モンゴメリの旅立ちを祝うために集まっていただきました」

「イーッ!」マギーの腕に抱かれたデイジーが叫んだ。

「ありがとう、デイジー」ローズはいった。「妹も、モンゴメリがいなくなって寂しいといっています。さあ、みんなで死者を悼み、歌を歌い、お祈りを捧げましょう。そのあと……ママ、なんだっけ？」

「埋葬？」

「そう、それ。埋葬をおこないます」

ユードラはため息をついた。コートとマフラーをかきあわせる。寒さのせいで、骨も魂もきしんでいる。

「ユードラ、だいじょうぶか？」スタンリーが小声でいった。ローズは長々とした追悼を述べている。

「ええ、だいじょうぶよ」ユードラは前をみたまま答えた。

「椅子を取ってきましょうか？」シーラがいう。

「いいえ、本当にだいじょうぶだから」シーラが身を縮めたのをみて、ユードラは後悔した。もう少しやさしい口調でいえばよかった。スタンリーがシーラの腕をぽんと叩いている。

「では、ユードラにひとことお願いします」ローズがいった。

ユードラは気が進まなかったが、全員の視線を浴びているのでしかたがない。ため息をついて、応じた。「いつもそばにいてくれてありがとう。安らかに眠ってください」

ローズはユードラをみつめた。「それだけ？」

「ええ」

「了解。では、歌を歌いましょう。猫についての歌がみつからなかったから、〈素晴らしきものすべてを〉を選びました。ママが、この歌ならみんなが知ってるっていうし」

近所の猫がみんな集まってきそうな歌声が響いた。みんなが高音を出そうとして出せずに音をはずしたとき、ユードラは思わず肩をすくめた。

「素敵でしたね」ローズがいう。マギーがロブと目を合わせ、忍び笑いをした。「ママ、どうしたの？　笑っちゃだめだよ。まじめなシーンなんだから」

ユードラは我慢の限界だった。寒いし痛いし、早くお茶が飲みたい。「いいから、進めてちょうだい」

ローズはしゅんとした。「ごめんなさい。特別なお葬式にしたかったの」

「特別なお葬式よ、ローズ」マギーがいった。「ごめんなさいね、笑ったりして。さあ、進めましょう」

ローズはとまどったようすで父親に向かってうなずいた。ロブは穴の中に箱をゆっくりおろしていった。ローズがシャベルを手に取り、園芸用の土を少しすくった。

「土は土に、灰は灰に」そういって、箱の上から土をかける。「塵はチリチリに」

ロブが声をあげて笑いだした。そしてまもなく、マギーとスタンリーとシーラも笑いだした。

「ああ、もうだめ」ユードラは回れ右をして、家のほうに歩きはじめた。中に入ると電気ケトルのスイッチを入れ、震える体をヒーターに近づけて温めた。手がどうしようもなく震えていて、気が遠くなりかけていた。

「ユードラ、ごめんなさい。ローズがふざけてしまって」マギーがやってきた。

「だいじょうぶ」ユードラは答えた。「お茶を一杯飲んだら楽になるから」


お茶のおかげで少しはましになったが、マギーとローズがサンドイッチとケーキをみんなに配りながらおしゃべりするのをきくだけで、会話には参加しなかった。今日はそんな気になれない。あまりにも疲れてしまった。

「ユードラ、どうだった?」ローズが隣にやってきた。眉間にしわを寄せ、心配そうな顔をしている。

「いいお葬式だったわ」ユードラは答えた。「モンゴメリも喜んでいるわね」

「よかった。特別なお葬式にしたかったの。ちょっと調子にのりすぎたのはごめんなさい。ときどきやっちゃうの」

「あら、そうだった? 気がつかなかったわ」ユードラがいうと、ローズは笑った。

時間がどんどん過ぎていく。お茶も何杯飲んだかわからない。ユードラは早くひとりになりたかった。こういうのはもうたくさん。ローズがデイジーにいないいないばあをして、ロブとマギーが微笑みあっている。スタンリーはシーラと冗談をいいあっている。スタンリーのことはもう心配いらないだろう。**もういい。潮時だ。**

みんなには、旅行に出ると伝えようと決めていた。そして、出発する前に真実を告白する手紙を書く。明日、弁護士と会うことになっているので、そのときに手紙を預けて、死後、ひとりひとりに配ってもらうつもりだ。それがいちばんだ。だれにも従犯のような役割を担ってほしくないし、思いとどまれと説得されたくもない。**わたしの死。どうやって迎えるかはわたしが決める。**いまや、この言葉は呪文のようになっていた。

「旅行？　いいなあ！　あたしも行きたい！」ローズが手を叩いた。

「残念ながら、学校がある時期なの」

「あーん、残念」

「そうね」

「どこに行くんだい？」スタンリーがきいた。今日はほとんどスタンリーとは話していない。

「スイス」

「スイス？」スタンリーは驚いたようだ。

「きれいなところよね」シーラがいう。「ヴィクとふたりで山歩きをしたことがあるわ。ユードラはスイスのどこへ？」

「バーゼルよ」ユードラは答えた。「健康を大切にする都市よね」**なんという皮肉。**

「ほう、めずらしいね」スタンリーがいう。「きみの口から健康っていう言葉をきくとは思わなかった」

なにか怪しい、とスタンリーが思いはじめたようだ。面倒はつぼみのうちに摘んでしまったほうがいい。「ふと思いたってね。新聞の広告をみて、行ってみようかなって」

スタンリーはユードラをじっとみて、真実を嗅ぎあてようとしはじめた。ユードラは堂々と視線を返した。「わたしも行くよ。久しぶりに旅行もいいな」

「そうね！」シーラがいう。「スイスはいいところよ」

「それはそうなんだけど」ユードラはいった。「もう全部予約してしまったの。出発は来週よ」

「来週？」

「ええ。次の旅行はいっしょに行きましょう」ユードラは目をそらした。

「行く前に、また会えるよね？」ローズがいった。

予想外の質問だった。考えると体に震えが走る。「短い旅行だから、そんなにおおげさに考えなくていいわ」

「わかった。トブラローネの大きいやつ、ひとつ買ってきてくれる？　パパが出張でスイスに行ったとき、買ってきてくれたチョコレートなの。巨大なんだよ」

「探してみるわね」ユードラは答えた。早く会話を終わらせたい。みんなに帰ってほしい。やっとのことでみんなが外に出た。そのとき、スタンリーが振りかえった。「そうだ、空港まで送るよ。どの空港だい？」

「ガトウィック。でも、本当に必要ないのよ」

「いや、絶対に送る」スタンリーは真剣な顔をした。

「甘えたほうがいいわ。スタンリーは絶対譲らないから」シーラがいった。身をのりだして、ユードラの頬にキスをする。「いい旅を。寂しくなるわ」

よかった、とユードラは思った。このおおらかな女性がいれば、スタンリーの心配はせずにすむ。「ありがとう。それと、スタンリーも、親切にありがとう」スタンリーはうなずき、みんなのあとを追って歩きだした。

ユードラは手を振って彼らを見送ることはしなかった。今日はもういい。ドアを閉めるとほっとした。家の中に戻ると、静寂に包まれた。そのとき、パニックに襲われた。鼓動が速くなる。やさしく微笑むお父さんの写真が目に入った。片手を胸に当ててから、写真に触れた。

「そしてすべてはうまくいく。そうよね、お父さん」

19

スタンリーには嘘の出発日を教えようか。その前にこっそり出ていけばいい。簡単なことだ。

感情的になりたくない。いまこの瞬間から、できるだけ淡々とものごとを進めていこう。現実だけに目を向けていればいい。

ペトラはなにかと力になってくれている。ユードラの決断はもう揺るがないと理解したのだろう。飛行機とホテルの手配をし、当日は空港に迎えにきてくれるという。おかげで平穏な気持ちでいられる。まだ直接会ったことのない相手だが、ペトラになら頼れる、と感じていた。

人生の整理ができた気分だ。先週は弁護士に会いにいった。話し合いはほんの一時間。このときはじめて会った弁護士は、ユードラの孫といってもいいくらい若い女性だった。昨今の世の中は他人に無関心で、そのことがユードラにとってはありがたい。弁護士は礼儀正しい人だったが、話しているあいだじゅう、スマホのほうをちらちらみていた。しょっちゅう電話がかかってくるのか、緑色のランプが点滅しつづけていた。

現代社会のもうひとつの特徴であり、ユードラはこれが嫌いだった。だれかと話しているとき、相手に百パーセント集中するということがない。どこかのプリンセスが新しい靴を買ったとかいう緊急ニュースとか、トランプやプーチンがどうしたこうしたという、いつも同じようなニュース、あるいはブレグジットに関するくだらない論争などが、少しずつ言葉や表現を変えて、何度も何度も流れてくる。最近はBBCのラジオ4でさえ、そういう傾向がある。さっさと荷物をまとめて出発してしまいたい、と思わせられる。

しかし今回に限っては、弁護士のそんな態度は大歓迎だった。死後に読んでもらう手紙と遺言書を預かり、旅行のために必要な書類を作る——こうした手続きを、こちらになんの質問もすることなく確実に進めてくれた。余計なコメントもしてこない。オフィスを出るとき、自分は正しい決断をしたのだと確信することができた。

出発の前日、いつもより早く目が覚めた。カーテンの隙間からまばゆい朝日が射しこんでいる。苦労してベッドから出ると、モンゴメリに餌をやろうと思ってから気がついた。モンゴメリはもういない。自分ももうすぐいなくなる。

「ぐずぐずしてはいられない」がらんとした家に話しかけた。「ひとつひとつ進めていくわよ」

朝食後、荷造りを始めた。時間はかからなかった。着替えは少ししかいらないという事実について、深く考えないようにした。公的な書類を、このときのために買ったオレンジ色のフォルダーにまとめ、ベッドの上に置く。その横には小型のキャリーバッグ。銀行を退職したときの記念品だった。「将来のさまざまな冒険のために。長年お疲れさまでした」とカードに書いてあった。これも一種の冒険だろうか。

立ちあがって一歩さがり、人生最後の持ち物を眺めた。こんなものか、と思った。しかし、人間なんて、結局そういうものではないか。なにも持たずに生まれてきて、いろんなものをためこんでいくけれど、最後はやはりなにも持たずに旅立つのだ。そう考えると息が詰まり、頭がくらくらした。スタンリーに電話しよう。空港に着くまでのひとときをタクシーの後部座席で過ごすのはいやだ。空虚で退屈な時間になるだろう。自分がこれからなにをしようとしているのか、ついつい考えてしまうに違いない。

呼び出し音が三回鳴ったあと、電話がつながった。「スタンリー？　ユードラよ。空港に送ってくれるという話、まだ有効？」

「もちろん。約束は守る男だ。フライトは何時だい？」ぶっきらぼうな口調だった。ユードラは、かつてのくだらないおしゃべりが恋しくなった。しかし、長い目でみればこのほうがいい。このほうが気が楽だ。

「ありがとう。出発は明日なの。ガトウィック空港を一時五十分に発つフライトよ」

「わかった。余裕をみて、十時に迎えにいくよ」

「ありがとう。助かるわ」

「どういたしまして」

電話が切れたあとも、ユードラは受話器をみつめていた。**これでいい。みんなにとって、これでいい。**

空港への道のりは短く、それがユードラにはありがたかった。さらにありがたいことに、スタンリーはカーラジオをつけて、音楽のクイズを楽しんでいた。ユードラは今回は加わらなかった。緊張で口がきけなかった。早く空港に着いて、早く終わらせてしまいたい。ガトウィック空港に近づいたとき、スタンリーが駐車場に向かっていることに気がついた。

「ターミナルで降ろしてくれれば、それでいいのに。あまり面倒はかけたくないの」

「面倒なんかじゃないさ。荷物はわたしが運ぶし、チェックインも手伝うよ」

スタンリーは絶対に譲るつもりがない。ユードラにもそれが伝わった。今日は口論はしたくないし、それに、空港内で迷子にならないように案内してくれる人がいるとありがたい。「助かるわ、ありがとう」

スタンリーは言葉のとおりに行動した。空港内でユードラをエスコートし、チェックインが終わるまで待っていてくれた。

「ありがとう、スタンリー。もうだいじょうぶよ」ユードラはいった。どんなふうに別れの言葉をいえばいいのか、わからない。ハグされたくない、と心から思った。

スタンリーは腕時計に目をやった。「まだ時間はたっぷりある。出国前にコーヒーでも飲まないか？」

ストレートのウィスキーでも飲みたい気分。ユードラは自分でも驚くほど、スタンリーのこの提案がうれしかった。スタンリーを自分の生活から追いだして、自分の最期にひとりで向き合いたい、と思っていた。しかし冷静に今後のことを考えてみると、だれかに寄り添ってもらうことこそ、いまの自分が求めていることだと気がついた。避けられない必然について、ぐずぐず考えていてもしかたがない。「いいわね。ありがとう」

スタンリーが飲み物を買いにいくあいだに、ユードラはテーブルを確保した。空港に来たのはこれがはじめてで、常にやむことのない雑音や人の声のせいで、気が遠くなりそうだった。

「さあ、どうぞ」スタンリーはユードラの前に飲み物を置いた。「ミルク入りコーヒーが好きだったね」

「ありがとう」ユードラはいった。こんなふうにいっしょにコーヒーを飲むのは、これが最後だ。そんな思いに一瞬圧倒された。ピザレストランで過ごした楽しい夜の思い出を振りはらった。

ユードラ、しっかりして。計画は進んでいるの。感傷的になっている暇はない。

「いよいよ旅行だね。わくわくしてるのかい？」

スタンリーにきかれて我に返った。一瞬、スタンリーがなんの話をしているのかわからなかったが、半分本当で半分嘘のスイス旅行のことをいっているのだと気がついた。嘘は好きじゃない。もともとそうだった。心のどこかで、本当のことをすべて話してしまいたい、という声が響いている。話せば楽になるだろう。しかし、そんなことはできない。スタンリーはわかってくれないだろう。手紙を読んだときに少しでもわかってくれれば、それでいい。スタンリーにはシーラとローズがいる、わたしがいなくなってもだいじょうぶ、と自分にいいきかせることしかできないのが歯がゆかった。「遠くに行くのもいいものじゃないかと思うの」スプーンでコーヒーをかきまぜた。

「もっと早く話してくれていたらなあ。いっしょに行きたかったよ」

スタンリーの残念そうな言葉をきくと、胸が痛んだ。「こうするのがいちばんだから」つぶやいた。

スタンリーは眉をひそめた。「ユードラ、いったいどうしたんだ?」

ユードラはカップに視線を落とした。スタンリーと目を合わせることができない。「どういう意味?」

「きみのようすが変わったからさ」

「変わってないわ」きっぱりといった。コーヒーを飲むことにしたのを後悔しはじめていた。

スタンリーはユードラをみつめた。「いや、変わったよ。ローズが学校に行きはじめてから」

「なにをいってるのかわからない」さっさと帰ってほしい。早く飛行機に乗りたい。全部終わらせてしまいたい。胸の中に注意深く閉じこめている感情を暴かないでほしい。

「そうかな。だったらわたしが説明するよ。きみはよそよそしくなった。わたしはきみのことを信頼できる友人だと思っていたんだが、シーラのことを相談しようとしたとき、きみはどうでもいいというようにわたしを突きはなした。わたしは傷ついたよ。友だちだと思っていたのに、と」

ユードラはどう答えていいかわからなかった。ただまっすぐ前をみていた。

「ほら」スタンリーが続ける。「そうやって、わたしの目をみなくなった。わたしのことなんかどうでもよくなったのか? どうして、近づいてくる人をはねのけるんだ? わたしたちみんなを避けるんだ?」

ユードラの呼吸が速くなった。こんな会話だけは避けたかった。いまにも山のてっぺんから転がりおちていきそうな感じだ。これ以上踏んばれない。スタンリーがこちらをじっとみて、答えを待っている。説明しないわけにはいかない。傷つけてしまったことを認めなければならない。ユードラは前をみたまま答えた。「わたしが大切にしてきた人はみんな、わたしから離れていった。あなたもそうだと思った」

「どういう意味だ?」スタンリーは眉間にしわを寄せて考えこんだ。「わたしはどこにも行かないが」

ユードラは深く息を吸った。ここまで話したら、もう戻れない。「そうね。でもわたしは……もう行くわ」

スタンリーの表情に影が差した。「なにをいってるんだ? スイスに行くんだろう?」

ユードラはスタンリーに向きなおった。まっすぐに目をみていう。「ええ、死ぬためにね」

この言葉を口にした瞬間、心に静寂が訪れた。

スタンリーは椅子に座ったまま脱力した。しばらくたって、ようやく口を開いた。「そんな信じられないというように首を振る。「そんなこと、できるはずが……」

ユードラは腕組みをした。「決めたの。あなたには話さないつもりだったけど、話したほうがよさそうね」

スタンリーは首を振りつづけている。「意味がわからない。どうしてそんなことを?」

ユードラはスタンリーをみつめたまま答えた。「高齢になって、人生に疲れてしまったから。体がいうことをきいてくれない。もう潮時なの。自分の死にかたは自分で決めたい。そして、これが唯一の方法なの」

「だが、残される人たちはどうなる? ローズは?」

ユードラは姿勢を変えた。「ローズには家族もいるし、学校の友だちもいる。だいじょうぶよ。わたしのことなんか忘れてしまうわ。あなたもね」穏やかに答えた。

スタンリーは激しく首を振った。「きみは自分に嘘をついている。間違ってる。わたしたちは友だちだ。互いのことを気にかけている。互いが幸せになってほしいと思っている」

ユードラはため息をついた。「人を幸せにすることなんかできないわ。わたしは母と妹を幸せにしようとしてがんばったけど、だめだった。みんな、自分のことは自分で決める。わたしもそうするだけ」

スタンリーの頬がぱっと赤くなった。「そうするだけ? 自分のことを自分で決める? そうしてローズとわたしを地獄に落とすのか?」

ユードラはスタンリーをにらみつけた。どうしてスタンリーは、こちらの立場でものを考えてくれないの? そう思うと、決意はいっそう固くなった。「そんなつもりじゃないわ。でも、自分の死にかたは自分で決めたい。それはわかってくれるでしょう?」

スタンリーは首を振りつづける。「ちっともわからない。エイダはわたしの目の前で死んでいった。あれほど穏やかな死はみたことがない。本当に安らかに死んでいったんだ」

「わたしもそうやって死にたいの。ハナがいっていたような、いい死にかたをしたい。でも、この国でそれを望むことはできない。みんな、人の命を救うことしか考えてない。見送るってことをしてくれない」

「けど、あまりにも急ぎすぎだ。まだ生きられるのに」

ユードラは唇を噛んだ。「もう決めたの。わかってもらえなくて残念だわ」

スタンリーは両手を広げた。「それでおしまい、そういうことなのか？ いい死にかたってやつを求めて、ひとりで行ってしまうのか？」

「スタンリー、わたし、ずっと前から考えていたの」

スタンリーの目は怒りに燃えていた。ユードラがみたことのない表情だった。「よくきいてくれ、ユードラ。わたしが他人にこんな言葉を使うことがあるとは思わなかった。きみは臆病者だ」

ユードラはむっとした。「わたしは臆病なんかじゃない。これはわたしの人生。わたしの死。自分の好きなように終わらせる」

「それがいいことと思っているんだろう？ 愛する人々に見守られて死ぬんじゃなく、どこかの狭い部屋でひとりぼっちで死んでいくことが。どこのだれとも知らない人間に、すべてをまかせたいのか？　自然な形で最期を迎えればいいじゃないか」

ユードラも怒っていた。**どうしてこの頑固者はなにもわかってくれないの？**　指を顔の前に突きたてた。「母みたいな死にかたをしたくないの。病院で、ひとりぼっちで死にたくない。必要以上に長生きしたくない。自分の好きなように旅立ちたい」拳でテーブルを叩いたせいで、カップのコーヒーがソーサーにこぼれた。

スタンリーは苛立ちを抑えきれないようすでため息をついた。「きみはきみのお母さんとは違う。どうしてそれがわからない？　それに、生きる理由はいくらでもある。きみを愛する人や、きみを必要とする人もたくさんいる。きみさえみんなを素直に受け入れれば、最期を見守ってくれる人はたくさんいるじゃないか！」ユードラは首を振った。こんな話はききたくなかった。もう遅い。そのとき、スタンリーの電話が鳴りはじめた。スタンリーは不本意なようすでユードラから視線をはずし、スマホの画面をみた。「ローズだ。フェイスタイムで話したがってる」

「出てあげて」ユードラはいった。邪魔が入ったのがありがたかった。

「もしもし、ローズ。今日は学校は？」スタンリーはいいながら、ユードラのほうに目をやった。

「風邪を引いちゃってね。もう空港に着いた？　あたし、空港って大好き」

「ああ、いま空港にいるよ。ユードラとコーヒーを飲んでるとこだ」スマホを持ちあげ、ユードラにローズの顔をみせる。

ユードラは喉がからからになった。声を絞りだして話す。「こんにちは、ローズ。風邪なんて、大変ね」

「平気だよ。ユードラ、旅行、楽しみだね。いっしょに行きたかったなあ」

ユードラはスタンリーと目を合わせないようにした。「学校の友だちといっしょにいるほうが楽しいでしょう？」

「うーん。ねえ、いつ帰ってくる？」

ローズの表情が沈んでいる、とユードラは思った。「ローズ、どうかしたの？」

ローズは鼻をすすった。「べつに、なにも。ねえ、コインの手品をみせてあげようか。スタンリーが教えてくれたの」

「ローズ、どうしたの？　ジェイダとなにかあったの？」

ローズは肩をすくめた。「なんでもないよ」

「話して、ローズ。話してくれなきゃ力になれない」

ローズの目から涙がこぼれ落ちた。「このごろ、意地悪なの。最初はすごく仲良くしてくれたのに、いまは口をきいてくれないし、ほかの子たちにも、あたしと仲良くしちゃだめだっていう。前の学校のときと同じ」泣きながら話しつづける。スタンリーの心配そうな顔も視界に入った。「ごめんね」ローズがいって、ぎゅっと握った手の甲で涙を拭いた。

「だいじょうぶよ、ローズ」

「いつ帰ってくるの?」ローズは元気なふりをしている。「もうすぐ誕生日なんだ。パーティーの計画を立ててるのに、ユードラがいないと困るの」

いないと困るの。ユードラはごくりとつばをのんだ。スタンリーの刺すような視線を感じる。

「ローズ、よくきいて。すごく大切なことよ。あなたは、わたしがいままで会った中で、いちばん素敵な女の子なの。賢くて、おもしろくて、頭がいい。ジェイダみたいな子には、ローズみたいないい子はもったいないわ。あんな子のことは無視して、別の友だちをみつけなさい。あなたにふさわしい友だちを」

「ユードラはあたしの友だちだよ。ユードラは、あたしがいままで会った中で、いちばん素敵なおばあちゃんだよ。前、メアリ・ベリーっておばあちゃんに会ったことがあってね、いい人だったけど、ユードラには全然かなわない」

ユードラはいつのまにか泣いていた。涙の粒が手に落ちてはじめて、そのことに気がついた。ローズの家の中でだれかが話す声がきこえる。「ママが呼んでる。お昼ごはんだって。じゃあね、ユードラ。もう行かなきゃだけど、またすぐ会えるよね? 寂しいよ、ユードラ。バイバイ」

ユードラはアイロンをかけたてのハンカチで目元を拭った。ローズの顔が画面から消える。

「さようなら、ローズ。あなたに会えないと寂しいわ」

一九四〇年八月　ロンドン南東部、シドニー・アヴェニュー

「お茶をもう一杯いかが？」ビアトリスは、手編みのティーコゼーをかけたサドラー〔イギリスの大手陶器メーカー〕のティーポットを指さした。ティーコゼーはビアトリスの作品だ。最近手芸に夢中になっていたときのもの。それだけでなく、すべての部屋を大掃除したり、ユードラにワンピースを三枚も縫ったりした。アルバートの靴下も何足か手編みで作った。

「お母さんは巣作り中なんだ」ある夜、アルバートがユードラを寝かしつけるときにそういった。「赤ちゃんが生まれる前って、そんなふうになるものらしいね」ユードラはお母さんに編み物をやめてほしいと思っていた。手芸に夢中になっているときは、すごく怒りっぽくなるからだ。リビングに新しいカーテンをかける必要なんて、どこにあるんだろう。赤ちゃんが気づくはずないのに。お母さんは自分で自分を疲れさせている。お父さんがいなくなったら、お母さんとふたりでいなきゃならなくなる。そう考えただけで憂鬱になった。

「もう一杯飲んでいっても間に合いそうだな」お父さんはいった。「ありがとう」

お母さんはうれしそうな顔をした。年月がたつうちに、ユードラが気づいたことがある。お母さんを笑顔にさせるのは、いつもお父さんだった。お母さんはミルクピッチャーに手を伸ばした。「あら、ミルクがなくなってる。ユードラ、取ってきてくれる？」

「もちろん」ユードラはミルクピッチャーを持ってキッチンに行った。両親が低い声で話しているのがきこえる。ユードラは戸口のそばに立ちどまり、両親が娘にはきかれていないと思って話していることをききとろうとした。

「わたし、どうしたらいいのかわからないのよ、アルバート」

「だいじょうぶだよ。ドーラはいい子だ。きっと手伝ってくれる」

「でも、まだ子どもなのよ。あなたが行かなくてすんだら助かるのに」

「そりゃあそうだが」

「ねえ、アルバート。どうなってしまうの？　無事に帰ってこられるの？」お母さんの声は甲高いヒステリックなものになり、声も泣き声になっていった。お父さんが椅子を引く音がした。お母さんに寄り添って、なぐさめているんだろう。

「だいじょうぶだよ。なにも問題ない。ほら、泣きやんで。強くなってくれなきゃ困る。危険な状況になったらサフォークに疎開するって約束してくれよ」

「約束する」お母さんのくぐもった声がした。

ユードラはお母さんが泣きやむのを待って、ミルクピッチャーを持ってテーブルに戻った。お父さんが立ちあがり、微笑みかけてくれた。お母さんの肩に片手を置き、もう片方の手をユードラのほうに差しだす。ユードラはミルクピッチャーを置き、お父さんの手に自分の手を重ねた。

「ふたりとも、愛してるよ」お父さんはいった。庭のほうから日が射して、すべてを光で包んだ。心が疲れているとき、ユードラはいつもこのときの光景を思い出す。愛されている、と思った。お父さんの太陽みたいに温かい愛情に包まれていた。

お父さんといっしょに道路の突き当たりまで歩いていくことにした。お父さんはお母さんに、家にいて体を休めていなさい、といった。ユードラは歩道でけんけん遊びをしながら、お父さんとお母さんの別れの挨拶が終わるのを待った。

「足元に気をつけるんだぞ。でないとクマにさらわれるからな」お父さんは明るい表情を装ってそういうと、待っていたユードラのところに来た。そしてふたりで歩きだした。

ユードラはなんとか笑顔を作ったが、不安で胸がむかむかしていた。手を差しだすと、お父さんが握ってくれた。しばらくは黙って歩きつづけた。この瞬間が永遠に続けばいいのに。お父さんの手を離したくない。お父さんは一定のペースで歩きつづける。突き当たりが近づいてくると、ユードラの心は沈んだ。

「駅までいっしょに行っちゃだめ？」

お父さんはユードラをみおろした。「ドーラ、だめだよ。お母さんが心配するだろうし、お父さんだって心配だ。ここでお別れをしよう」

そんな、とユードラは思った。まだ突き当たりまで来ていない。あと十歩くらいはいっしょに歩けるはずなのに。お父さんはユードラの不安に気づいてくれたようだ。ユードラの前にしやがみ、両肩に手を置いた。

「すべてはうまくいく。すべてはうまくいく。なにもかも、うまくいく」お父さんはいった。「ドーラ、おまえが心配することなんて、なにもないんだよ。なにがあっても、お父さんはいつもここにいる」手をユードラの胸に当てると、頬にキスしてから立ちあがり、歩いていった。

ユードラは涙をこらえ、お母さんがきのうアイロンをかけてくれたハンカチで、すでにあふれた涙を拭いた。お父さんと同じくらい、勇敢で強い子にならなきゃいけない。さっと回れ右をすると、歩道の段差につまずかないように気をつけながら、力強い足どりで歩きはじめた。

20

子猫はどうかしら、といいだしたのはユードラだ。まずはマギーとロブの意見をきいてから、スタンリーに相談した。子猫さがしを手伝ってもらいたかった。スタンリーはなんのためらいもなく同意した。ふたりの関係は、空港に行ったあの日以来、がらりと変わっていた。ローズとの電話を切ったあと、ユードラはスタンリーにすべてを話した。父親のこと、母親のこと、ステラのこと、そしてシルヴィアのことも。ステラの身に起こった悲劇や、そのあとずっと抱えている後悔の気持ちについて話すときは、涙をこらえることができなかった。最初のうちは感情をあらわにすることが恥ずかしかったが、スタンリーが理解と共感を示しながらきいてくれているのがわかったとき、泣いてもいいんだと気がついた。

「自分でもわかっているんだろう？　きみのせいじゃない」スタンリーは目尻にしわを寄せ、やさしい表情でいった。「お母さんにも妹さんにも、きみはできるだけのことをした。ふたりの人生に対してきみが責任を負う必要はない。それぞれの生きかたを選んだのは本人たちなんだ」

ユードラはぽかんと口をあけてスタンリーをみつめた。そして、体全体を揺らしてすすり泣いた。スタンリーが椅子をずらしてユードラに近寄ると、ユードラは迷うことなくスタンリーの肩に顔を埋《うず》めた。スタンリーはユードラの肩を抱きよせ、そのまま泣かせた。それ以上の言葉は必要なかった。しっかり抱きよせるだけでじゅうぶんだった。

ユードラにははっきりわかった。スイスには行けない。ステラを助けることはできなかったが、ローズのことは絶対に助ける。やりかけの仕事は最後までやりとげよう。

幸運なことに、スタンリーの隣人のバーバラが飼っている猫が、最近子猫を産んだ。ローズの誕生日を控えた土曜日、ユードラとスタンリーはローズの家を訪ねた。マギーがドアをあけ、秘密めかしてにやりと笑った。

「ローズ！」顔だけをうしろに向けて呼んだ。「お客さんよ！」

ローズが跳ねるように階段を駆けおりてきた。「ユードラ！　スタンリー！　来てくれたの！　ユードラ、旅行はどうだった？」

ユードラはスタンリーに目をやった。「じつはね、空港までしか行かなかったの。気が変わってね」

「へえ、そうなの。せっかくの計画だったのにね」

「いいのよ。それに、心配しないで。空港でこれを買ってきたから」ユードラは巨大なトブラローネを差しだした。

ローズの目が飛びだしそうになった。「わあ！　パパが買ってきてくれたやつより大きいよ。ありがとう。いまいっしょに食べる？」

ユードラはにっこり笑った。「じつはね、ちょっと早めだけど、お誕生日のサプライズがあるの。いま忙しい？」

ローズはうれしさでいまにも弾けそうになっている。「サプライズ、大好き！　ママ、行ってきていい？」

「もちろん」マギーはスタンリーにウィンクした。

「わあい。レッツゴー！」ローズはそういって、赤紫色の毛糸の帽子をコートかけから取り、頭にのせた。

「あのね、ローズ」ユードラがいった。

「なあに？」ローズは興奮で目をきらきらさせている。

「スタンリーもわたしも、あなたの前衛的な服装にはだいぶ慣れたんだけど、さすがにパジャマはやめたほうがいいんじゃない？」

ローズは視線をおろし、自分の着ている虹の模様のパジャマをみてくすくす笑った。「ホントだ。ちょっと待ってて」

着替えたローズは、スタンリーとユードラのあいだに立って歩きはじめた。目的地に着くまで、おしゃべりは一瞬も止まらない。デイヴィッド・アッテンボロー（「うちのおばあちゃんと結婚してくれたらいいのに！」）からハリボーのお気に入りフレーバー（「トロピカルフルーツもいいけど、チェリーがいちばんよね」）まで、話題はさまざまだった。ユードラはつくづく感心してしまった。三カ月前まではこの落ち着きのないおしゃべりに苛立っていたのに、いまではそのひとことひとことを楽しんでいるのだから。

バーバラの家まで歩くのには少し時間がかかった。ユードラが思うに、寒さのせいで、何度も立ちどまり、呼吸を整えなければならなかったからだ。そういうときだけローズはおしゃべりをやめた。

「ユードラ、だいじょうぶ？」そういって、やさしくユードラの肘に触れる。呼吸が落ち着いてくると、ユードラはうなずいた。

「急がなくていいんだよ、ユードラ」スタンリーはいった。「のんびり行こう」

「スタンリーのおうちでお茶を飲むの？」スタンリーの家の前まで来たとき、ローズはいった。

「いや、今日は違うよ。もう少しだけ先まで行くんだ」

「あら、その子がお誕生日を迎えるのね」開いたドアからバーバラが声をかけてきた。玄関ホールに入ったとき、子猫の鳴き声がかすかにきこえた。ローズが目を丸くする。「中へどうぞ」

バーバラについていくと、ガラスのサンルームに六匹の子猫がいて、互いにじゃれあっているのがみえた。母親らしいきれいな茶色のトラ猫が、そばで子どもたちをみまもっている。ローズは息をのみ、ユードラとスタンリーをみあげた。

「ローズ、お誕生日おめでとう」ユードラがいった。「一匹、あなたが選んでちょうだい」

ローズは勢いよくユードラの腰にしがみつき、声にならない声で「ありがとう」というと、滂沱《ぼうだ》の涙を流しはじめた。ユードラは、世界中の祖母たちの喜びを実感することができた。自分の涙を拭き、スタンリーと笑みを交わす。ローズはその場に膝をついた。子猫たちは押し合いへし合いしながらローズの膝をのぼろうとする。いちばん小さな子猫が目についた。キャラメル色のトラ猫で、鼻の上にひとつだけ黒い模様がある。この子だけがローズの膝に近づけない。ほかの子猫たちのうしろに座り、きらきらした青い目でローズをみあげている。ローズは手を伸ばし、その子を抱きあげた。ひとりと一匹は、そのまま一瞬みつめあった。

「こんにちは、オスマン」ローズはいった。「あたしの友だちになってくれる？」子猫はいいよというようにニャアと鳴いた。ローズの顔が輝いた。

「オスマン?」スタンリーは不思議そうにいった。

「リチャード・オスマンのオスマンね」ユードラは訳知り顔で応じた。

「あなたの家族に囲まれて暮らせるなんて、この子は幸運ね」バーバラはみんなに笑いかけた。

「そうね」ユードラはいった。「本当にそうだわ」


次の土曜日はローズの誕生日パーティーだった。スタンリーがユードラを迎えにきた。

「わたしのこと、見張ってるの?」腕を差しだすスタンリーに、ユードラはきいた。「夜逃げなんかしないから、心配しなくていいのよ」夜逃げどころか、体力のいることはなにもできそうにない。このごろは体のだるさがとくに顕著になってきた。季節の変わり目だからだろう。秋は体調を崩しやすいものだ。

スタンリーはにっこり笑った。「いや、そういうわけじゃないさ。わたしが女性にやさしいのはいつものことだろう? シーラがいうんだ。わたしは輝く鎧を着た騎士みたいだってね」

「シーラはどうしてる?」

「元気だよ。いっしょにいると楽しい」

「それはよかったわ」ユードラはローズの家の呼び鈴を押した。

誕生日パーティーは、仮にマギーが生きたユニコーンを呼んでいたとしても、これほどローズらしいものにはならなかっただろう。すべてがきらきらして、色とりどりで、喜びに満ちていた。部屋の四隅にはユニコーンの風船。虹の形のピニャータ〔中にお菓子の入った紙製のくす玉〕も飾られている。バースデーケーキはユニコーンのケーキで、金色の角とパステルピンクのバラがついている。シルバー、ピンク、紫色のホイルペーパーで作った旗が天井全体を飾っているし、たくさんの豆電球をつけた〈ローズ、お誕生日おめでとう〉というプラカードも、一定の間隔で吊るされている。

「まるで洞窟みたいだ」部屋に入ったスタンリーがいった。運んできたのは、光沢のあるピンク色の包装紙で包んだ箱形の包み。

「そうなの。すごいでしょ？」ローズはうれしそうに叫び、部屋のあちこちでくるくる回った。

「今年のローズの誕生日は特別にお祝いしなきゃと思ったの」

「それもそうだが、うちの奥さんは、こういうことをいったん始めると、徹底的にやらなきゃ気がすまないたちなんだ」ロブがいった。

「わたしのそういうとこが好きなんでしょ？」マギーはロブの脇腹をつついた。

「まあ、否定できないな」

「すごいわね」ユードラはいった。「それに、ローズの衣装はいつも以上にふるってるわ」

「ユードラ、気に入ってくれてありがとう。何色にするか決められなくて、だったら全部着ちゃえって思ったの」

「目眩《めまい》がしそうよ」

「ふたりとも来てくれてよかった」ローズはいった。「ふたりがいてこそなんだよね」

スタンリーとユードラは目をみあわせた。「これはユードラとわたしからのおまけのプレゼントだよ」スタンリーが包みを差しだした。

「でも、もうオスマンをくれたじゃない」ローズは子猫を抱きあげた。オスマンはさっきまで、ハリボーを一本多く食べすぎた五歳児みたいに、大興奮で部屋を走りまわっていた。

「でも、手ぶらでは来られないもの」ユードラがいった。「スタンリーがみつけたの。きっとローズが気に入るだろうって思ったわ」

「ありがとう」ローズはユードラに子猫を渡し、プレゼントを受け取った。オスマンがユードラの頬に鼻先を押しつけてくる。息を吸いこむと、ふわふわの毛の温かいにおいと、尊い命の息吹が感じられた。ローズが包装紙を破ると、ハチミツ色のなめらかな木製の箱が出てきた。文字とピンクのバラが彫りこんである。「〈ローズの宝物〉、だって！」ローズはそういって、箱の蓋をあけた。

「とてもきれいね」マギーがいった。

「大切なものをしまっておく箱よ」ユードラが説明した。「宝物とか、思い出とか。わたしもひとつ持っているの。きっとローズもそういうのがほしいだろうと思って」

ローズはうれしそうに笑った。「ありがとう。最初に入れるもの、もう決まってるよ」勢いよく立ちあがり、冷蔵庫に貼ってあった写真を取ってきた。「ブロードステアズに行ったとき、パパが撮った写真」ユードラは写真をのぞきこんだ。ローズとスタンリーと自分、三人でメリーゴーランドに乗ったときのものだ。

「ユードラが女王様みたいだ」スタンリーがユードラにいった。「上品で威厳がある」

「当然ね」ユードラはいった。「あなたは道化師みたいよ」

「あたしは何に見える?」ローズが笑いながらいう。

「ローズはいまのローズそのもの。幸せで、楽しいことがいっぱいな女の子ね」

ローズはユードラに寄りかかり、ユードラの腕に自分の腕を通した。「あたしたちみんな、幸せだよね」ユードラは納得してうなずいた。

呼び鈴が鳴った。最初のゲストが到着したらしい。ローズが廊下を走っていき、まもなくゲストを連れて戻ってきた。十歳と十一歳の子どもたちのおしゃべりで、部屋がますますにぎやかになる。ジェイダがいることに気づいて、ユードラは驚いた。しかしローズはジェイダとも笑顔でハグをする。仲直りしたんだろう。ロブが音楽をかけた。ユードラにとってはちょっと騒々しい音楽だが、みんなは楽しんでいるようだ。子どもたちの数はおよそ十人で、半分は男の子だ。そのうちのひとりは、カフェで会った気さくな感じの男の子だった。どうやらその子はローズを笑わせるのが得意らしい。しばらくすると、ロブが全員の注目を集めた。

「よし、みんな、このあとゲームをやるぞ。だがその前に、最高のマジシャンを紹介しよう。マジカル・マーヴィンだ!」

わくわくして待っていたユードラがみたのは、タキシードにボウタイ、シルクハットをかぶったスタンリーだった。「やあ、みんな！」大声でいうと、袖口からプラスチックの花束を取りだし、ローズに渡した。ローズはくすくす笑いながら花束を受け取った。

ユードラはジェイダに目を留めた。ローズのすぐ前に座ったジェイダは、隣の女の子に耳打ちした。とげのある台詞がきこえる。「ゲームとマジックショー？　なんかダサいよね」耳打ちされた女の子はおどけたような顔をした。ジェイダと同じ意見らしい。

スタンリーのマジックは、ユードラがこれまでにみたものの中でいちばん下手くそだった。しかしどういうわけか、子どもたちはそれを楽しんでいる。

「カードを一枚取って。どれでもいいよ」ローズの友だちのトミーにいった。

トミーはいわれたとおりにした。

「ようし、なんのカードかみてくれ。こっちにはみせちゃだめだよ。じゃ、そのカードをこの中に戻して」

トミーが指示に従う。スタンリーは大げさな手つきでカードをシャッフルすると、一枚取った。「きみが選んだのは、これかな？」

「違うよ」トミーは残念そうにいった。

「うっそー」ジェイダが隣の子にいう。「恥ずかしいよねー」

スタンリーはめげずにもう一度カードを切った。「じゃ、これかな？」

「違うよ」

「ふむ、わかった。じゃあ、これはどうかな？」スタンリーはジャケットの内ポケットからカードを一枚取りだした。

トミーは口をあんぐりあけた。「どうして？　どうやったの？」

スタンリーは鼻の横を指先でとんとんと叩いた。「マジックだよ。正真正銘のマジックだ」

子どもたちは大歓声をあげた。ジェイダも手を叩いている。

マギーがデイジーを抱いてリビングに入ってきた。ユードラの隣に腰をおろす。「どう？」

「それが、けっこううまいの」ユードラはデイジーに笑いかけた。デイジーがぽちゃぽちゃの手を伸ばしてくる。「しばらくみててあげましょうか？」

「いいの？　たっぷり昼寝をして、おむつも替えたところだから、心配ないと思うわ」マギーはそういって、デイジーをユードラの膝にのせた。デイジーとユードラはしばらくみつめあった。ユードラがおどけた顔をしてみせると、デイジーはくっくっと笑い、口をあけて歯茎をみせた。

「うちの娘たちはユードラが大好きみたいね」マギーがいった。

ユードラはデイジーの子猫みたいに柔らかい髪をなでた。「じゃ、両思いだわ」

「旅行に行かなかったんですってね。あまりがっかりしてないといいんだけど」

「いまは違うかなと思っただけよ」ユードラはいった。

「じゃ、来年とか？」

ユードラはスタンリーのマジックに目をやった。ローズをアシスタントにしている。スタンリーはローズに杖を何度も渡すのだが、ローズがそれを受け取るたび、なぜか半分に折れてしまう。ほとんどの子どもたちと同様、ローズは大興奮で、その場に倒れんばかりに大笑いしている。「たぶん行かないわ。もう歳だもの。これからはおとなしくしているつもりよ」

マギーはユードラの手をぽんと叩いた。「このこと、まだ話してないと思うんだけど――うちの母、いい人ができたらしいの」

「まあ。娘としてどう思う？」

マギーは肩をすくめた。「そうね、どうしたって父の代わりにはならないけど、母が幸せならわたしもうれしいわ。前よりずっと幸せそうなの」

「よかったわね。ちょっとした幸せをしっかりつかまえておくことが大切よ」

「あああ！」デイジーが声をあげた。

「ほうら」ユードラはいった。「デイジーも賛成ですって。賢い子ね」

マジックショーが終わり、ジェイダ以外の子どもたちは大喜びで手を叩いた。今度はスタンリーに代わってロブが前に進みでる。「マジカル・マーヴィン、ありがとう。すばらしいショーだったよ！　じゃ、今度はゲームをしよう。そのあとに食事だ。みんな、輪になって座ってくれるかい？」

ジェイダが立ちあがり、腕組みをした。「あたし、ゲームはやりたくない」ロブにいった。「子どもっぽいことはいや」

ほかにも何人か、迷っているらしい子どもがいる。ユードラは、ローズの顔が一瞬曇ったことに気がついた。「つまんないこというなよ、ジェイダ」トミーがいった。「今日はローズのパーティーなんだぞ。せっかくみんなで楽しんでるんじゃないか。ゲームをやりたくないなら、輪に入らずに黙ってみてろよ」

ジェイダは怒りで目をぎらつかせた。隣の子に目をやる。「エイミー、あんたはどうする？」

エイミーは肩をすくめた。「あたしは好きだよ、ゲーム。チョコレートのゲームをやるみたい。サイコロを投げて、ナイフとフォークでチョコを食べるやつ。あたし、やりたい」

「こっちに来て座ったら？」ユードラはジェイダに声をかけた。

ジェイダはだれかに注意されることに慣れていないらしい。しかし、この状況ではユードラに従うしかなかった。「うん。赤ちゃんを抱っこしてもいい？」ユードラの隣に座り、両手を出した。

ジェイダの膝にのせられたデイジーは、しばらくジェイダの顔をみつめていたが、やがてジェイダの髪をひと房つかんで強く引っぱった。

「きゃあ！」ジェイダは悲鳴をあげた。デイジーが姉の仇をとったんだろうか——そう思いたくなるところだが、さすがにそんなことはありえないとユードラは思った。

「まあ」ユードラはデイジーの指をそっと開かせた。「デイジー、そんな意地悪をしちゃだめよ」

「平気」ジェイダはいった。「わざとやったわけじゃないもんね」

「そうね。まだ赤ちゃんだもの。なにをやっても、赤ちゃん自身に責任はないわ。でも、ジェイダ、あなたは違う」

ジェイダは横目でユードラをみた。「どういう意味？」

「人間はだれでも、いろんな選択肢の中から、自分のとる行動を決めるのよ。あなたもそう。わたしからのアドバイスは、いちばん人にやさしい行動を選ぶことね」

ジェイダは眉をひそめた。「うん」

ユードラはジェイダから視線をはずすことなく続けた。「わたしは年寄りだから、いいたいことをストレートにいえる。それと、わたしはもうすぐ死ぬでしょうから、はっきりいっておくわ。あなたがローズやほかの子に意地悪なことをするなら、わたしは幽霊になってあなたに付きまとう。あまりうれしくない方法でね。ジェイダ、やさしくなりなさい。いつでもやさしい行動を選びなさい」

ジェイダは身を縮め、ほんのわずかにうなずいた。

「イーー！」デイジーが金切り声をあげる。

「そうね、デイジー」ユードラはいった。「ジェイダは賢い子だから、これからどうすべきか、ちゃんとわかったはず。さあ、ゲームに加わったらどう？　せっかくだから楽しんでいらっしゃい」

ジェイダはデイジーをユードラに返し、ほかの子どもたちのところに戻っていった。いまは庭でピニャータを壊す遊びの真っ最中だ。ユードラがみていると、ローズが一歩さがってジェイダに棒を手渡した。ジェイダは笑顔で棒を受け取り、全力でピニャータを叩いた。お菓子がばらばらと落ちてきた。ジェイダはひとつを拾ってローズに渡した。「よろしい」ユードラはつぶやいた。

「そもそもどうしてこのパーティーをやることになったのか、覚えてるかい？」ロブが靴の裏に張りついたフルーツキャンディを剥がしながらいった。もう夕方になる。

マギーは庭を指さした。スタンリーとローズとトミーが風船をふくらませては、おならのような音をたてて飛びまわる風船をみて大笑いしている。「目的どおりになったんじゃない？」

「そうだな」ロブはにっこり笑った。

呼び鈴が鳴った。「トミーのお母さんね」マギーがいって、玄関のほうへと歩きはじめた。「少し遅くなるっていわれてたのよ。職場から直接来るって」

「デイジーは、そろそろぼくが」ロブはユードラにいった。ユードラはまだソファに座って、寝ているデイジーを抱いていた。

「まだだいじょうぶよ」ユードラはいった。「後片づけをすませてしまって」実際のところ、ユードラはこの状態に満足していた。デイジーの規則正しい寝息をきいていると、気持ちが穏やかになってくる。この家にきてこうしている時間が大好きだったし、マギーやロブも同じ気持ちでいてくれるのを知っていた。

「遅くなってすみません」トミーの母親がいって、マギーについてキッチンに入ってきた。「仕事が長引いてしまって」

「全然かまいませんよ。みんな楽しんでましたから」

トミーの母親はユードラをみてにっこり笑った。「まあ、素敵。おばあちゃんが孫を抱いている光景って、みていてほっこりしますね」

マギーは面白がってユードラに目配せをした。ユードラは口をつぐんでにこりと笑った。

「トミー！　帰るわよ」

「ママ。ねえ、帰らなきゃだめ？」トミーは不服そうにいって、庭から家の中に戻ってきた。スタンリーとローズもあとに続く。

「そうよ。そういえばトミー、来週末のこと、ローズにきいた？」

トミーはうつむいて答えた。「ううん」

「じゃ、早くききなさい。恥ずかしがらないで」

トミーはローズをみた。「ローズ、『アベンジャーズ』の新作をみにいかない？　そのあとは

〈ナンドーズ〉で南アフリカ料理を食べようよ」マシンガンのような早口でいった。

ローズがマギーに目をやると、マギーは力強くうなずいた。「うん、楽しそう。誘ってくれてありがとう！」

トミーの母親はトミーの髪をくしゃくしゃとなでた。「ほらね。ＯＫがもらえるっていった

でしょ。じゃ、帰りましょう。トミー、お礼をいって」

「どうもありがとう」トミーの首はピンク色に染まっていた。

「どういたしまして」ロブはふたりを玄関まで見送った。

ローズはオスマンを足元から抱きあげ、ソファのユードラの隣に座った。「人生最高の誕生

日だったよ」

「それをきいて、わたしもうれしいわ」ユードラはいった。「ジェイダのこと、もうだいじょ

うぶ？」

「うーん。ユードラのアドバイスについて、あれから考えたの。それで、ジェイダにはこだわ

らないことにした。みんなと仲良くするつもり。そのほうがいいよね」

「ローズ、あなたは賢いわね。トミーはとてもいい子みたいだわ」

「うん。男の子ってばかみたいだけど、おもしろいよね」

ユードラはスタンリーを見上げた。「たしかにね。じゃ、わたしはそろそろ帰るわ」

「女王陛下、お手をどうぞ」ユードラがデイジーをロブに返すと、スタンリーはいった。「お

送りしますぞ」

「すぐ隣じゃない」ユードラは座ったまま体をずらし、置いてあった杖を手にした。

「だが、紳士たるもの、淑女をエスコートしなければ」スタンリーはそういってユードラの手を取って立たせた。「だいじょうぶかい？」

視界がぐらつく。ユードラはスタンリーの腕をつかんで体を支えた。「だいじょうぶよ。急に立ちあがったのがよくなかったみたい」

ローズの一家に挨拶をしたあと、ユードラはスタンリーの腕を借りて、すぐ隣の家に戻った。息が切れるのは疲れたからだろう。長くてにぎやかな一日だった。お茶を飲んで休もう。家の前の階段をあがるとき、スタンリーが手を貸してくれたのがありがたかった。

「すばらしいパーティーだったね。ローズも喜んでいて、本当によかった」

「そうね」ユードラは答えながら、呼吸を整えようとした。

「きみがパーティーのあとも残ってくれて、うれしかったよ」スタンリーは家の中に入ってもユードラを支えた。

わたしもうれしかった――そういおうとしたとき、視界がぐにゃりとゆがんだ。床が迫ってくる。最後にきこえたのはスタンリーの声。しかしそれもすぐに遠くに消えていった。疲れすぎていて、答えることもできなかった。

二〇一八年　どこか別の場所

心が安らぐ夢だった。次はこうなるはずだという予測どおりに進んでいく。もちろんお父さんがいる。お父さんは腕を大きく広げて、抱きしめようとしてくれている。チョコレートみたいなボタンのついた大きなコートを着て、帽子をひょいと持ちあげて微笑んだ。つんとする煙草のにおい。温かい抱擁。こうしていれば安全だ。ここにいれば安全だ。お父さんの隣にはお母さんがいる。両手でふきんを絞りながら微笑んでいるが、不安のせいで暗い目をしている。お母さんはいつもなにかを心配している。でも幸せそうだ。やっとのことで自分の居場所をみつけたんだろう。物陰からもうひとりがあらわれた。若くて、痩せていて、赤ちゃんを抱いている。ステラだ。ああ、ステラ。冷たい目をして、片方の眉を吊りあげ、あごをつんと突きだしている。いかにも生意気な表情だ。だれよりもわがままで傲慢なステラ。長い年月を経ても、ステラはそんな人間のままだ。変わりたくても変われなかったんだろう。わたしの人生は、あのときこうしていたらという後悔の連続だった。妹。親戚。友だち。別の選択肢を選んでいたら、どんな人生になっていたの？　それはだれにもわからない。ステラがこちらを向いて、赤ちゃんを差しだしてくる。受け取って。わたしからのプレゼント。ドーラを許してあげる。

赤ちゃんを受け取ろうとして前に出た。両手を前に出した。

動きを止めた。なにかがきこえる。はじめはかすかな音だった。身をのりだし、耳をそばだてる。音はだんだん大きくなってきて、しまいにはそれしかきこえなくなった。ローズの歌だ。思いきり声を張りあげて歌っている。ローズのお気に入りの歌だけど、音程がひどくはずれている。ユードラは目をあけた。

21

救急車で運ばれたことは覚えていない。でもローズが必死になって「もうちょっとで死ぬところだったんだよ」と訴えてくる。

「軽度の心臓発作です」と医師はいった。目に希望の光をたたえた、利発そうな若い女性医師だった。「ですが、いくつか基礎疾患があるようですね」

「弁膜ね」ユードラはいった。「心臓に障害があるのは前から知ってたわ」

「ええ。手術することもできますが」

「必要ないわ」ユードラはいった。医師の顔がゆがむ。「そんな顔をしないで。わたしは八十五歳よ。もういいでしょう」

まったく知らないことだったが、自宅で最期を迎えるには、役所関係のさまざまな手続きが必要らしい。毎日のように医師以外のさまざまなスタッフがやってきて、それに関して長々と説明していく。結局、シーラが力になってくれた。シーラはユードラに負けないくらい、血の気の多い女性だった。シーラは病院や見送りボランティアのハナと連絡を取りあい、自宅に戻ってからのユードラの世話をするケアチームを結成してくれた。

「夫が亡くなる前にも、同じようなケアチームを結成したのよ」シーラはユードラに話した。顔つきに決意の強さがあらわれている。「人生で最良の決断だったわね」

「ありがとう、シーラ」ユードラがいうと、シーラはユードラの手をぽんと叩いてくれた。

いまはほとんどの時間をベッドで寝て過ごしている。一階におりて椅子に座り、ラジオをききたい——そんな希望を口にしてみたが、ソーシャルワーカーのルースがいうには、ワンフロアでの生活がベストとのことだ。ルースはいまや、ユードラ専任のケースワーカーのようになっていて、時間の許す限り会いにきてくれる。そんなにしょっちゅう来なくていいのに、とユードラは思うのだが、ありがたいという気持ちはあった。ルースはユードラのお気に入りの家具やラジオやテレビを二階に移す手配をしてくれた。もちろん大切な写真もだ。介護者が一日四回訪問できるようにシフトを組もうとしていたが、そこへマギーが口を挟んだ。

「わたしたちが介護するわ」といったのだ。

ルースは不安そうだった。「でも、大変なことですよ。ほとんどの時間、だれかが付き添っていなければならないんですから」

「きこえてるわよ」ユードラがいった。

「失礼、ユードラ。ただ、あなたが安全に暮らせてじゅうぶんなケアを得られるようにしなきゃならないの」

「わたしたちがなんとかするわ」シーラがいった。「マギーとスタンリーとハナとで当番表を作ったの。きっとうまくいく」

ルースはユードラをみた。ユードラは肩をすくめた。「わたしがあなただったら、この人たちのやることに口は出さないわね。だって、頑固な人たちばっかりなんだもの。それはそうと、家に帰らなくていいの？　小さな子どもが待ってるんでしょう？」

ルースは微笑んだ。「そうね。でも、なにかあったら必ず電話してね。できるだけ頻繁に顔を出すから」

「ありがとう、ルース」ユードラはいった。


日々の生活のシンプルなルーティーンができた。午前中はスタンリーかシーラが来る。ユードラはシーラのいれてくれるお茶が好きだが、クロスワードパズルはスタンリーと楽しみたい。

「縦の8。五文字。〝ばかげた〟」

「idiot《ばか》」ユードラが答える。

「えらく不作法な問題だな」スタンリーがいう。「だが、残念。最初の文字はmだよ」

「moron《ばか》ね、スタンリー」

スタンリーは自分の胸ぐらをつかんだ。「ミス・ハニーセット、そうはっきりいうなよ！」

ユードラは笑った。おどけるスタンリーをみているとお父さんを思い出す。はじめて会ったころはそれを認めるのがいやだったが、いまは心の安らぎをくれる。「あらためていわせてちょうだい。スタンリー、ありがとう」

「なにが？」

ユードラはスタンリーの目尻の笑いじわをみつめた。「わたしを助けてくれたこと」

スタンリーはペンを置き、ユードラとまっすぐ向き合った。「友だちなら当たり前じゃないか。きみだって、わたしが落ちこんでいるときに助けてくれた」

ユードラは手を伸ばした。スタンリーは驚いたような顔をしたが、その手を握ってくれた。

「ありがとう、スタンリー。本当に」

スタンリーは身をのりだし、ユードラの手にキスした。「光栄だよ、ユードラ」

玄関のドアが開く音がきこえた。「わたしたちよ！」マギーがいって、階段をのぼってきた。

「イーー！」それを裏付けるようにデイジーが叫ぶ。

「じゃ」スタンリーはユードラの手をやさしく握った。「うちの駄犬たちを散歩に連れていかないとな」

ユードラはうなずいた。「またね、またね、花のたね。こういうの、ローズが好きよね」スタンリーは微笑んだ。「またね、またね、花のたね」戸口で軽い敬礼をして、出ていった。

まもなくマギーがデイジーを抱いてあらわれた。

「イーー、イーー、イーー」デイジーがユードラに手を伸ばす。

「デイジーをまかせてだいじょうぶ？　ランチを作ってくるわ」マギーはいった。

「もちろんよ」ユードラはいった。「わたしにできることなんて、それくらいしかないもの。お姫様、こっちにいらっしゃい」デイジーを隣に座らせる。

「なにか食べたいものはある？　スープとか？」

ユードラは鼻にしわを寄せた。このところ、排水口から水が流れでていくように、食欲がすっかりなくなってしまった。「トーストと紅茶くらいでいいわ。ありがとう、マギー」

「すぐに持ってくるわね」

ユードラはデイジーをみた。ローズを除けば、ユードラにとってデイジーはいちばんのエンターテイナーだ。一日じゅうだってみていられる。なによりすごいのは、世の中のすべてに対していつも驚いていることだ。なにもかも、不思議なことばかりなのだろう。いまはユードラをじっと観察している。心を読もうとでもいうのだろうか。

「そんなふうにみていなくてもいいのよ。いますぐに死ぬわけじゃないんだから」ユードラはデイジーにいった。

「ああああ！」デイジーは叫び、ユードラの手をつかんだ。

「はいはい、わかったわよ」

ユードラが一日のうちでいちばん好きなのは、ローズが来てくれる午後四時ごろだ。ローズは勢いよくドアをあけ、大声で叫ぶ。「ユードラ！　まだ生きてる？」

「ええ、おかげさまで！」

ある日、ローズがこんなふうに訪ねてきたとき、ユードラの部屋にはハナがいた。ハナは十分近く笑いつづけて、こういった。「こんなにおもしろくて爽快なやりとりって、ほかにあるかしら」

「さすがローズでしょ？」

ローズがそばにいてくれると、食欲が復活することが多い。ローズの学校での出来事や、ユードラの死について話していると、シーラの手作りケーキをひと切れなら食べることができる。

「みせたいものがあるの」ある日、ユードラはローズにいった。ローズは紅茶の入ったマグカップを慎重に持ってきて、ベッドサイドテーブルに置いたところだった。「クローゼットに宝物の箱があるんだけど、ちょっとみてくれる？」

「うん。あたし、宝物って大好き」ローズはクローゼットのドアをあけ、中を調べはじめた。

やがて、〈ユードラの宝物〉と書かれた段ボール箱をみつけたらしい。ローズは埃を払い、それをベッドのそばまで持ってきた。ユードラは蓋をあけ、中をみた。すべて揃っている。写真、ダンスのチケット、ジョス湾の絵ハガキ。ユードラの人生すべてがこの箱に詰まっている。ローズはそれをみながら、興奮で爆発しそうになっていた。

「ローズ、きいてくれる?」ユードラはいった。「なんでも質問していいから」

ローズにすべてを話した。お父さんのこと。お母さんのこと。ステラのこと。サムのこと。シルヴィアのこと。生まれなかった赤ちゃんのこと。ローズの顔には喜びと悲しみがあらわれる。ブロードステアズで撮ったサムとユードラの写真を手にした。「すごくハンサムな人だったんだね。ユードラもすごくきれい」

「ありがとう、ローズ」

「デイジーがステラみたいに意地悪な妹にならないといいなあ」

「ローズ、あれは時代が時代だったからよ。あなたたちはだいじょうぶだと思うわ」

「シルヴィアとよく行ったっていうダンス、楽しそうだね」

「ええ、楽しかったわ」

ローズはさまざまな思い出の写真をみてから、まっすぐで濁りのない眼差しをユードラに向けた。「お父さんや妹のことで、すごくつらい思いをしたんだね。でも、いい人生だったと思う」

ユードラはローズをみつめ、微笑んだ。「そうね。結局はいい人生だったんだわ」

ある日、ローズはトミーを連れてきた。トミーは最初ははにかんで、おどおどした目でユードラをみていた。「トミー、そんなに怖がらなくてもだいじょうぶだってば。ユードラはもうすぐ死んじゃうけど、たぶん今日じゃないから」ローズがいった。「そうだよね、ユードラ」

ユードラはうなずいた。「そうよ、トミー、心配しないで。来てくれてありがとう」

トミーは少しリラックスしたようだ。「あたしたち、『グレイテスト・ショーマン』をユードラといっしょにみようと思ったの」ローズがいった。「トミーはまだみたことがないっていうんだけど、あれって最高の映画でしょ。あたし、台詞も歌も全部覚えてる」

「トミー、期待してよさそうよ」ユードラはいった。

しかしユードラは疲れてしまって、映画のストーリーについていくことができなかった。その代わり、映画に出てくる子どもたちの顔をみて楽しむことにした。あるシーンでは、あごひげを生やした女性が、悪びれることのない自分についての力強い歌を歌う。ローズは立ちあがっていっしょに歌った。映画に夢中になっているようだ。ハリウッド色の強い映画だが、自分を信じることの大切さを訴えるパワフルな作品だ。ローズのパワフルさにも感心してしまうが、ふとみると、トミーも同じように映画に没頭していた。最近のローズは前とはずいぶん違うようだ。自分に自信を持っているし、勇気もある。ユードラは誇らしさで胸がいっぱいだった。

ローズと出会った人々の世界は、必ずいいほうに変わっていく。これからのローズの活躍をみることができないのは残念だが、ローズがそういう子だと知っているだけで、とてもうれしい。

秋の嵐が冬を呼んだ。ユードラの部屋も、天井の照明が小麦色から薄黄色に変わった。もうすぐ一年が終わる。ユードラの命も終わる。食べる量は日に日に減り、眠る時間は日に日に長くなっている。ハナがいつも来てくれて、ユードラの状態を観察し、空間をやさしい心で満たしてくれる。

スタンリーはみずから夜のシフトを引きうけた。ロブも手を挙げたが、スタンリーが却下した。「家族と仕事があるじゃないか。わたしには時間がある」

スタンリーは、ユードラが昔使っていた部屋で眠る。ビアトリスがかぎ針で編んだ、虹色のブランケットを使った。「何年ぶりかっていうくらい、よく眠れたよ」朝が来るたび、ユードラにお茶を持っていっては、同じことをいう。いつも、部屋に入る前は軽くノックをする。紳士のたしなみだ。

最期のときが近づいてくると、ユードラがひとりでいることはほとんどなくなった。ひとりきりの寂しい年月を経験したおかげで、いつもだれかがいる状況がとてもありがたいと思えた。地域の看護師、友だち、大切な人たち。スタンリーの孫たちもやってきて、ベッドサイドで本を読んでくれる。その母親のヘレンもキャセロールを作ったり、花や笑顔を運んできたりしてくれる。ロブは会社帰りに必ず立ち寄る。みんな、いつもローズの話をしていく。すばらしい子だね、いい子だね、と。それをきいていると、ユードラは元気が出るし、安心できる。

　呼吸が苦しくなってきたので、呼吸器で酸素を吸うようになった。呼吸は楽になったが、体はだるい。いつもうしろから引っぱられているような感じがする。この世界のすべてから引き離されようとしているのだ。ユードラは抗わなかった。

　その日の午後、ローズがやってきたようだ。ハナとスタンリーが一階にいて、いったんローズを止めた。三人の話し声がぼんやりとユードラの耳にも届いた。静かな、なにかをあきらめたような話し声だった。やがてローズが階段を駆けあがり、ドアをノックした。

「ローズね。どうぞ」ユードラはいった。

　ローズはユードラのベッドに近づき、腰をおろした。腕にオスマンを抱いている。「ユードラに会わせたくて、連れてきたの」

「ありがとう。こんにちは、オスマン」ユードラはいったが、声に力が入らず、かすれていた。弱々しい手を伸ばし、なめらかな毛をなでた。ローズがオスマンをベッドにのせると、オスマンはそこで三回まわってから丸くなった。

　ローズは呼吸器のチューブに目をやり、ユードラのしわだらけの手に自分のすべすべした手を重ねた。「ユードラ、死んじゃうの？」

　ユードラは笑った。そんな力が残っていたのか。「そうみたいね」

「どんな感じ？」

「いまはとてもリラックスしてる」

「よかった」

「よかった、ってほどじゃないけど」

「あたしのほうがつらいよ」

「そう？」

「うん。だって、ユードラは、お母さんやお父さんや妹に会えるでしょ。それに、死者の日には、こっちに戻ってきてあたしに会える。でも、あたしはユードラに会えないんだよ」

「だいじょうぶよ。わたしがそばにいるって、きっとわかるから」

「どうやって？　幽霊になって出てきてくれるの？」

「やってみるわ」

「うん！」間があった。「ユードラ、ハグしていい？」

「どうしてもしたければ、どうぞ」

ローズはベッドにのり、ユードラの隣に横たわった。「ちょっと黙っていようか」

「黙っていることなんて、ローズにできるの？」

「ユードラのためなら」

「いい子ね」

ユードラの目に、淡いレモン色の光が映った。まだ散らずに木々に残り、風に揺れているわずかな葉のあいだから、日が射していた。ローズの体の温もりが伝わってくる。小さいけれど完璧な形の体。規則的な呼吸。ローズの呼吸二回が、ユードラの呼吸一回だ。

スタンリーがドアから顔をのぞかせた。「なにか必要なものはあるかい?」

ユードラは顔を左右に動かした。「ないわ。ありがとう。よかったらそばにいて」

スタンリーはうなずき、ドレッサーの椅子をベッドのそばに引いてきた。ユードラとローズのふたりをみて、微笑んでから腰をおろす。忠実な見張り役だ。オスマンは軽い寝息をたてて眠っている。

ユードラは目を閉じた。静寂が心地よかった。長いこと忘れていた大好きな言葉が、頭によみがえる。

すべてはうまくいく。すべてはうまくいく。なにもかも、うまくいく。

そのとおりだ。いまここにあるのは平穏だけ。それと、こちらの気持ちをわかりすぎるほどわかってくれた老人と、ひどいファッションセンスの女の子の存在。

愛している。愛されている。

終わりよければ、すべてよし。

訳者あとがき

「わたしは八十五歳です。すっかり疲れて、孤独で、やりたいこともなければ、会いたい人もいません」ユードラ・ハニーセットは、安楽死を求めてスイスのクリニックに電話をかける。日々思うように動かなくなる自分の体。このままだといずれ病院のベッドに寝かされ、たくさんのチューブをつけられて死を待つしかなくなる。それくらいなら自分の意志で人生を終わらせたい、尊厳を持って死を迎えたい、すべてから解放されたい、と考えてのことだ。

ユードラはひとり暮らし。楽しみといえばラジオとクロスワードパズル、そしてプールで泳ぐことくらいで、人づきあいもせず、単調な日々を送っている。周囲に向ける視線も態度も辛辣で、厭世家という言葉がぴったりの老人だ。

そんなユードラの隣に、ある一家が越してくる。夫婦と、ローズという名の十歳の女の子。天真爛漫で物おじしないローズは、ユードラの静かで孤独な世界にずかずかと踏みこんでくる。はじめは疎ましく思っていたユードラだったが、次第にそれを受け入れ、ローズの来訪を心待ちにするようになっていく。ローズのおかげで友人もできたし、出かける機会も増えた。モノクロの景色がフルカラーになったかのように、生活が様変わりしはじめたのだ。それでも、安楽死を望む気持ちは変わらなかった。

本書では、そんなユードラの現在の日々と並行して、彼女が歩んできた過去の年月が語られる。不幸のはじまりは第二次世界大戦だった。最愛の父親の戦死。防空壕で生まれた妹ステラが巻きおこす問題の数々。母親と妹の不仲。ユードラは幸せを求めて奮闘するものの、どの幸せも、つかむ直前に指のあいだからこぼれおちていってしまう。

原書のタイトルは ***The Brilliant Life of Eudora Honeysett***。ユードラの人生は、タイトルどおりすばらしいものだったのか。そもそも、幸せな人生とはどういうものなのか。死とはどう向き合うべきなのか。この作品を読んでいると、こうしたことを深く考えさせられる。とはいえ、決して堅苦しい小説ではない。大きな温かいものに抱きしめられたような読後感を、必ず味わっていただけるだろう。

著者アニー・ライアンズはロンドン在住。書籍販売、出版業を経て作家になった。これまでに七作の小説を発表している。そのうち六作目に当たる本書を執筆した経緯が原書の巻末に書かれているので、それを簡単に紹介しておこう。

幼いころの記憶のひとつに、洋裁の教室でのワンシーンがある。わたしに着せたコートの裾を、母が待ち針で留めていた。まわりの人たちはわたしのことを「お人形さんみたい」とほめてくれたり、母が四十二歳、わたしが三歳なのを知って驚いたりしていた。

「あなたは思いがけない贈り物みたいな娘なのよ」母はよくそんなふうにいっていた。兄はわたしの八歳上。第二子を持つことをとうにあきらめていたところに、わたしが生まれたというわけだ。

両親は第二次世界大戦中に子ども時代を過ごした世代だ。わたしは昔からそのことを誇らしく思っていた。なぜなら、両親はそのおかげで、質素、倹約、忍耐を重んじる価値観を持っていたからだ。とくに母は、不平ひとつこぼさずに生活苦と闘い、自分を取り巻く世界に疑問を持つこともなく、ありのままに受け入れていた。

中年になったわたしは、死についてかなり深く考えるようになった。そして、死をテーマにした本を書くことにした。ただ、陰気な作品にはしたくない。読者の心を動かしつつも、笑ってもらえるような本を書きたかった。そこで、主役は我慢強い母をモデルにしようと決めた。だが、物語を進めていくには、快活で好奇心旺盛な主役がもうひとり必要だ。こんなふうにしてユードラとローズが誕生した。

執筆を始めて半年後、八十四歳の母の具合が悪くなった。母は戦争で多くの身内を亡くしている。それでも家族で死について語りあうことがなかったのは、死は、どの家にも起こる当たり前のことだからだ。そのせいで、母には自分の死を選ぶことができなかった。二〇一八年のクリスマスイブ、母は、わたしがクリスマスの飾りつけをしたベッドで人生を終えた。
母が亡くなったあとにユードラの物語を書いていると、心のなぐさめと安らぎを得ることができた。人はどう生きてどう死ぬべきか——母と話したかったことを文字にできたからだ。だれにでも選択肢はある。母とはかなわなかったが、わたしは自分の子どもたちと、死について語りあおうと思う。そうすることで、最後の旅立ちに向かう愛しい人々の人生を讃え、きちんとお別れをすることができるからだ。むやみに恐れることなく、前向きに、誠実に、死と向き合えるかどうかは、自分次第だと思う。ユードラとローズもそう思ってくれるはずだ。

二〇二四年二月

金原瑞人　西田佳子

著者略歴

アニー・ライアンズ　Annie Lyons

書籍販売、出版業界での勤務を経て作家デビュー。イギリスで『Not Quite Perfect』をはじめとする7作品を発表しており、本書はその6作目。さらに2024年7月には8作目を発表予定。執筆活動のかたわら、創作の指導も行う。夫とふたりの子どもとともに、ロンドン南東部在住。

訳者略歴

金原瑞人　かねはらみずひと

1954年岡山市生まれ。法政大学教授・翻訳家。訳書は児童書、ヤングアダルト小説、一般書など600点以上。訳書に『不思議を売る男』『青空のむこう』『国のない男』『月と六ペンス』『彼女の思い出／逆さまの森』『何かが道をやってくる』『小さな手　ホラー短編集4』など。エッセイ集に『翻訳はめぐる』など。日本の古典の翻案に『雨月物語』など。ホームページは https://kanehara.jp/

西田佳子　にしだよしこ

名古屋市生まれ。東京外国語大学英米語学科卒業。翻訳家・大学非常勤講師。訳書に『わたしはマララ』（金原瑞人氏との共訳）『マララが見た世界』『ぼくがスカートをはく日』『赤毛のアン』『小公子セドリック』『警視の慟哭』（ダンカン・キンケイド警視シリーズ）など。

編集　戸田賀奈子

ユードラ・ハニーセットのすばらしき世界

2024年6月6日　第1刷　発行

著　者　　アニー・ライアンズ
訳　者　　金原瑞人《かねはらみずひと》　西田佳子《にしだよしこ》

発行者　　林 雪梅
発行所　　株式会社アストラハウス
〒107-0061
東京都港区北青山3-6-7
青山パラシオタワー11F
電話 03-5464-8738（代表）
https://astrahouse.co.jp

印刷　　株式会社 光邦

ISBN978-4-908184-51-2 C0097